Margaret Mallory

La Prisonnière des Highlands

Les Sœurs Douglas – 1

Traduit de l'anglais (États-Unis) par Lise Capitan

Milady Romance

Chapitre premier

Écosse
1517

Alison avait eu tort de brûler le lit de son mari. Elle s'en rendait compte à présent.

Pourtant, lorsqu'elle arpentait la cour du château, chaque fois qu'elle passait devant le rectangle de terre carbonisée, elle ressentait une vague de satisfaction. Pour commettre cet acte de rébellion, elle avait attendu que ses filles soient endormies. Mais ce soir-là, lorsque le corps de son mari avait été emmené au prieuré pour l'enterrement, elle avait ordonné aux serviteurs de sortir le lit du donjon. Elle y mit le feu elle-même. Habitués à la maîtresse docile que son époux l'avait contrainte à être, les domestiques étaient sous le choc.

— Les voyez-vous enfin ? demanda Alison à l'un des gardes postés sur les fortifications.

Quand le garde secoua la tête, elle se remit à faire les cent pas. Où étaient ses frères ? Ils avaient envoyé une missive le matin, indiquant qu'ils étaient en chemin.

Tandis qu'elle passait de nouveau devant la terre brûlée, elle se souvint de la manière dont les flammes s'étaient élevées dans le ciel. Elle était restée regarder le feu jusqu'au lever du jour, imaginant les horreurs des années passées se transformer en cendres noires, tout comme le lit. Les souvenirs ne se consumèrent pas, mais elle se sentit purifiée.

Détruire un meuble aussi coûteux n'allait en rien améliorer sa destinée, mais ce n'était pas pour cette raison qu'elle estimait avoir eu tort de le faire. Elle ne pouvait tolérer de conserver ce lit en sa demeure, même s'il aurait été plus sage de le donner ou de le vendre. Et pourtant, en toute bonne conscience, elle ne pouvait pas le transmettre à quelqu'un d'autre. Pas maintenant qu'elle avait l'impression que cette couche portait le mal en elle.

D'instinct, elle posa les doigts sur le pendentif de quartz noir qu'elle portait autour du cou, celui que sa mère lui avait donné pour conjurer le mauvais sort. Il lui avait manqué depuis que Blackadder en avait brisé la chaîne, le soir de leur nuit de noces. Après le feu, elle l'avait trouvé coincé dans un interstice du plancher, à l'emplacement du lit.

— Lady Alison ! cria un garde sur la muraille. Ils sont là !

Les lourdes portes de bois s'ouvrirent et ses deux frères galopèrent sur le pont-levis, suivis par une pléthore de guerriers Douglas. *Dieu soit loué !* Alors que le château s'emplissait d'hommes de son clan, Alison se sentit immédiatement plus en sécurité.

Toutefois, un seul regard à la mine assassine d'Archibald lui indiqua que son entretien avec la reine ne s'était pas bien déroulé. Sans un mot, ses frères gravirent les marches du perron, traversèrent la grande salle où des plateaux de victuailles étaient en train d'être installés sur de longues tables à tréteaux pour les Douglas, et poursuivirent leur chemin en haut de l'escalier pour aboutir aux quartiers privés. Ils ne discutaient jamais des affaires de famille en public.

— C'est mon épouse ! s'écria Archibald dès que les portes se refermèrent. Comment ose-t-elle penser pouvoir me congédier comme si j'étais un de ses serviteurs ?

Alison tapa du pied, tâchant de rester patiente, pendant que son frère, le sixième comte d'Angus, et chef du clan Douglas, arpentait furieusement la pièce. Quand Archibald lui tourna le dos, elle échangea un regard avec George, le plus malin de ses frères, et elle leva les yeux au ciel. Tout cela était si prévisible.

— Je t'avais prévenu de ne pas afficher aussi ostensiblement ta liaison avec lady Jane, dit George d'un ton posé.

— Mes liaisons ne concernent en rien mon épouse, cingla Archibald.

— Une reine n'est pas une épouse ordinaire, fit remarquer George tandis qu'il se versait, ainsi qu'à Archibald, du vin à une petite table.

Alison décela une certaine ironie dans le fait que le clan Douglas devait l'amélioration de sa fortune à l'union d'Archibald avec une reine veuve. D'ordinaire, il revenait aux femmes d'assurer des faveurs royales à leur famille par le biais d'une relation intime.

Archibald, qui avait toujours eu excessivement confiance en lui, était allé trop loin. Les membres du Conseil avaient bien voulu tolérer la folie de la reine qui avait voulu prendre le jeune chef Douglas comme amant, mais ils furent dépités d'apprendre que le couple s'était marié en secret, faisant d'Archibald le beau-père du jeune roi. Le Conseil répliqua en retirant à la reine son titre de régente. Elle prit la fuite pour l'Angleterre, accablée d'accusations auxquelles elle tenta d'échapper avec l'héritier de la Couronne.

— Comment pouvais-je savoir que ma femme reviendrait en Écosse ? lança Archibald en levant les bras au ciel. En outre, je suis un homme jeune. Elle ne pouvait pas s'attendre à ce que je vive comme un moine pendant toute la durée de son absence.

La reine, qui était enceinte de l'enfant d'Archibald quand elle avait pris la fuite, escomptait sans aucun doute que son époux la rejoindrait. Mais alors qu'elle rendait une longue visite à son frère Henri VIII, les hommes du clan Douglas se retirèrent derrière les hautes murailles du château de Tantallon, et attendirent qu'on cesse de les accuser de trahison.

C'était il y a deux ans, et à présent, Albany, l'homme qui avait repris la régence de la reine, voguait vers la France, tandis que la souveraine rentrait. Archibald était parti à sa rencontre, au château de Berwick, à la frontière.

— N'y a-t-il aucun espoir que vous vous réconciliez ? hasarda Alison.

— J'ai partagé la couche de cette femme révoltante quatre fois en deux jours – et pour rien du tout ! s'écria Archibald avec un grand geste de la main. Je la tenais au creux de ma main, je le jure, mais c'est alors que quelque vaurien lui a envoyé un message l'informant au sujet de Jane.

— Ce devait être un Hamilton, déclara George, faisant allusion à leurs plus grands rivaux.

— Malgré cette déconvenue, je suis parvenu à convaincre la reine – après moult efforts, ajouterai-je – que nous devrions arriver à Édimbourg ensemble, en tant que mari et femme, pour que tout ce satané Conseil le voie, dit Archibald, son regard bleu lançant des étincelles. Mais c'est alors qu'elle a découvert que j'avais collecté les rentes des terres de son douaire et qu'elle est entrée dans une colère noire.

Pas étonnant que la reine se soit emportée. Après l'avoir abandonnée, Archibald avait ouvertement vécu avec sa maîtresse et leur toute jeune fille dans l'un des châteaux du douaire de la reine – subsistant grâce à l'argent de cette dernière.

— Tu es son époux, répliqua George en s'appuyant au dos de sa chaise. Tu avais tous les droits de collecter ses rentes. Et tu les as toujours.

Alison ne voulait pas entendre parler des époux et de leurs droits. Elle croisa les bras et refréna son impatience, guettant le bon moment pour poser sa question.

— Trêve de bavardages, nous devons rejoindre les hommes, dit Archibald en terminant son verre de vin d'un seul trait. Nous allons chevaucher vers Édimbourg dès qu'ils se seront rempli la panse.

Voyant George déjà debout, Alison ne put attendre plus longtemps.

— Vous devez laisser quelques guerriers Douglas ici, pour protéger ce château, lâcha-t-elle. Les soldats de Blackadder sont en train de déserter.

La jeune femme espérait que ses frères ne lui demanderaient pas pourquoi. Elle n'avait pas envie de leur expliquer qu'en brûlant le lit de son mari, elle avait insulté les hommes de Blackadder et avait poussé nombre d'entre eux à partir. Ils n'aimaient pas voir une femme aux commandes du domaine, et sans y prêter garde, elle leur avait fourni l'excuse qu'ils attendaient.

— Je ne peux pas me passer de mes guerriers en ce moment, dit Archibald en faisant claquer ses gants contre sa main. Il faut que je rassemble toutes mes forces dans une démonstration de puissance, afin de convaincre ma tête de mule d'épouse qu'elle a besoin de mon aide pour regagner la régence.

— Les Hamilton tenteront de faire de même, ajouta George.

— Mais qu'en est-il de moi et de mes filles ? s'enquit Alison. Qu'en est-il des terres de Blackadder auxquelles grand-père accordait une si grande importance qu'il m'a contrainte à épouser cet homme ? Je n'étais alors qu'une enfant de treize ans !

— Pour l'amour du ciel, Alison, nous nous battons pour prendre les rênes de la Couronne, répliqua Archibald. Ce n'est pas au château de Blackadder que tout cela va se décider.

— S'il vous plaît, j'ai besoin de votre aide, insista-t-elle en saisissant le bras d'Archibald tandis qu'il se dirigeait vers la porte. Vous aviez promis de nous protéger.

Archibald s'arrêta brusquement, et ce souvenir pesant jeta un froid entre eux.

— Mère n'a jamais eu besoin de me rappeler mes devoirs envers ma famille, lança-t-il entre ses dents. Et toi non plus.

À l'inverse des hommes du clan Douglas, qui étaient heureux qu'Archibald ait séduit la reine, voyant cela comme une aubaine pour leur famille, leur mère avait supplié son fils de mettre un terme à cette liaison. Une génération plus tôt, une de ses sœurs avait été la maîtresse du roi. Après la circulation de rumeurs selon lesquelles le roi serait tombé si profondément amoureux d'elle qu'il voulait l'épouser, trois des sœurs de leur mère étaient mortes dans des circonstances mystérieuses.

Lorsque Archibald eut épousé la reine en secret, sachant parfaitement que toutes les autres familles puissantes d'Écosse s'opposeraient à ce mariage, leur mère fit une demande à ses fils. Sur la tombe de leur père, Archibald et George lui promirent qu'ils protégeraient leurs quatre sœurs.

— Je te trouverai un nouvel époux dès que ces autres questions seront réglées, déclara Archibald. Tu seras en sécurité d'ici là.

Un autre époux, ce n'était pas ce qu'Alison avait demandé, et c'était bien la dernière chose qu'elle souhaitait.

— Ce dont j'ai besoin, ce sont des guerriers…

— Et qui oserait t'attaquer ? l'interrogea Archibald. Maintenant qu'on est débarrassés d'Albany, je suis très certainement le futur souverain d'Écosse.

Avant qu'elle puisse arguer quoi que ce soit, Archibald la dépassa et disparut au bas de l'escalier de pierre en colimaçon.

— Ne t'en fais pas, Allie, dit George avant de lui donner un baiser sur la joue. Tes voisins les plus dangereux sont les seigneurs Hume, et ils sont tous les deux morts.

David Hume laissa son cheval et ses guerriers à bonne distance des fortifications de la ville, et poursuivit son chemin à pied. Si les gardes le cherchaient, ils ne s'attendraient pas à le voir arriver seul, du moins était-ce ce qu'il espérait. Maintenant, sa capuche bien baissée sur son visage et la main sur sa dague, il se mêla aux hommes qui se rassemblaient au château en passant par Cowgate Port pour vendre leurs biens sur le marché.

Un mois plus tôt, David aurait trouvé amusant de devoir entrer dans la grande cité d'Édimbourg coincé entre deux vaches. Mais il avait désormais perdu tout sens de l'humour. Tandis qu'il marchait vers West Bow, en direction du centre de la ville, la rage qui l'avait toujours habité devint si grande qu'il sentit qu'il aurait du mal à la contenir.

Il marqua une pause avant d'entrer dans High Street, et se mit à décrotter ses bottes, tout en parcourant la rue animée du regard, en quête de quiconque tenterait de l'attaquer. Puis, gardant toujours un œil sur les hommes armés qui se mêlaient aux marchands, aux dames bien vêtues, aux mendiants et aux voleurs, il descendit la colline en direction du palais de Holyrood.

Il jeta un coup d'œil par-dessus son épaule pour voir le château d'Édimbourg, cette forteresse massive accrochée au sommet de la roche noire. S'il se faisait prendre, il risquait de finir ses jours dans un sinistre cachot. Il préférerait une mort rapide.

David avait auparavant emprunté cette même rue en compagnie de son père et son oncle. À chaque pas, il tentait de s'imaginer comment cette journée aurait pu se terminer différemment. Aurait-il pu empêcher ces terribles événements ? Peut-être, peut-être pas. Quoi qu'il en soit, il aurait dû essayer. Dès l'instant où ils étaient entrés dans le palais de Holyrood, il avait pressenti le danger. Cela lui avait donné des frissons dans la nuque et il lui démangeait de brandir son épée.

« Les seigneurs Hume se voient octroyer un sauf-conduit. » S'appuyant sur cette déclaration sur l'honneur faite au nom du roi, David n'avait pas écouté son instinct, et n'avait pas crié à leurs hommes de se battre pour s'enfuir. Au lieu de cela, il avait observé son père et son oncle rendre leurs armes aux portes du palais, et il avait fait de même.

Plus jamais ça.

Quand David aperçut les voûtes de pierre de Saint-Gilles s'élever au-dessus de High Street, son cœur battait si fort que c'en était douloureux. L'église jouxtait Tolbooth, la prison où les gardes royaux avaient emmené son père et son oncle après les avoir traînés hors du palais. Les oreilles de David résonnaient encore des cris et des railleries de la foule qui avaient émané des bâtiments ce jour-là. En traversant la place, le jeune homme s'interdit de lancer un seul regard en direction de Tolbooth, de crainte que sa rage ne se déploie et révèle son identité.

Il tourna dans une de ces petites ruelles pentues qui traversaient les grands édifices de part et d'autre de High Street, et il trouva un portail sombre qui donnait sur Tolbooth. Là seulement, il leva les yeux.

Il savait à quoi il devait s'attendre, mais il eut un haut-le-cœur quand il vit les deux épouvantables têtes sur leurs piques. Son corps fut secoué d'un mélange de fureur et de chagrin quand il riva ses yeux sur ce qui restait de son père. Ils avaient tourné en ridicule l'homme que David avait admiré toute sa vie. Les traits fins et sévères de son père étaient déformés dans une grimace qui ressemblait à un sinistre rictus, ses cheveux aux reflets d'or étaient hirsutes, et des mouches se repaissaient de ses yeux exorbités.

David sentit sa poitrine se contracter jusqu'à ce que sa respiration devienne sifflante. Il voulait entrer dans le palais par la force, à coups d'épée et de hache, jusqu'à ce qu'il n'y reste plus âme qui vive. Mais le régent Albany, celui qui avait ordonné cette exécution, avait déjà quitté les lieux, et même l'Écosse depuis longtemps.

De toute façon, David devait assumer trop de responsabilités pour s'adonner à des actes irréfléchis qui le mèneraient à une mort certaine. Il était le nouveau seigneur de Wedderburn, et la protection de tout le clan des Hume lui incombait. Quand il songea à ses frères cadets, à quel point ils avaient besoin de lui, il finit par relâcher son étreinte sur la dague qu'il avait serrée si fort que sa main en était engourdie.

L'exécution des deux seigneurs Hume et cette exhibition humiliante de leurs têtes renvoyaient une image faible et vulnérable du clan, ce qui le soumettait à un danger encore plus grand. C'est pourquoi David voulait changer cela. Pour ce faire, la première étape requérait de la furtivité, et non une épée.

Il l'aurait, sa vengeance sanglante, mais pas aujourd'hui.

Alors qu'il attendait que la nuit tombe, il médita sur la façon dont le régent Albany était parvenu à prendre le dessus sur des hommes qui lui étaient supérieurs en tout point. La première fois qu'Albany avait capturé le père et l'oncle de David, ces derniers avaient persuadé leur geôlier, un Hamilton, de les libérer et de se rallier à la cause de la reine. Furieux, Albany répliqua en prenant leurs épouses en otage.

David se demanda si Albany avait compris à ce moment-là à quel point cette action était intelligente, ou s'il s'était contenté de s'attaquer à des femmes pour sa petite vengeance. Dans tous les cas, le piège était en place.

À cette époque, Albany comptait retourner en France, pays qui lui était plus cher que l'Écosse. L'oncle de David avait voulu attendre et tenter de convaincre le remplaçant d'Albany de relâcher leurs femmes. Mais le père de David et sa belle-mère vivaient un amour peu commun, et ce dernier ne supportait pas l'idée de la voir souffrir en captivité. La faiblesse qu'il éprouvait à son égard le poussa à persuader son frère d'accepter l'invitation du régent accompagnée du sauf-conduit.

« Libère ma femme ! Venge-nous ! » avait crié son père à David alors que les soldats s'emparaient de lui.

Ces ultimes paroles étaient gravées dans sa mémoire. Alors qu'il continuait de monter la garde près du portail, ces mots tournaient sans cesse dans sa tête. Il avait envie d'écraser son poing dans le mur à l'idée que sa belle-mère, vivant au sein d'étrangers, apprenne ainsi la mort de son époux. Plus rien ne pourrait sauver l'homme qui la détenait en otage à présent. La vengeance était à la fois une question d'honneur que David devait à son père, et un acte nécessaire pour rétablir le respect dû à son clan.

Quand la nuit finit par tomber sur la ville, David donna des pièces aux prostituées qui s'étaient rassemblées à proximité, et leur demanda de créer une diversion. Elles tinrent mieux leur parole que le régent. Pendant que les femmes faisaient un raffut impressionnant, criant qu'on les avait volées, David escalada la muraille de Tolbooth.

Les dents serrées, il retira la tête de son père de la pique et la plaça délicatement dans le sac en toile qu'il portait à l'épaule. Il ravala la bile qui montait dans sa gorge, et se contraignit à agir vite. Dès qu'il eut récupéré la tête de son oncle, il redescendit et quitta la place d'un pas rapide. Il entendait encore les catins crier alors qu'il franchissait l'enceinte de la ville.

Peu de temps après, il trouva la taverne des faubourgs où ses hommes l'attendaient. Ses demi-frères avaient dû guetter la porte, car ils se ruèrent pour le saluer dès qu'il l'ouvrit. Will enserra David par la taille, et Robbie, qui était plus âgé de quatre ans, resta debout, l'air gêné, mais soulagé. David aurait dû gourmander Will pour avoir ainsi fait étalage de ses sentiments devant ses gens, mais il n'en eut pas le cœur. Le garçon, âgé de seulement dix ans, avait perdu son père, et sa mère lui manquait énormément.

— Je t'avais promis que je reviendrais sain et sauf, dit David. Je ne laisserai aucun mal t'arriver, et je ramènerai ta mère à la maison.

Leur mère était détenue à Dunbar, un château imprenable protégé par une garnison royale. David ne savait pas encore quand ni comment il obtiendrait sa libération, mais il y parviendrait.

Il organisa la suite de ses actions lors de la longue chevauchée le ramenant sur les terres Hume. Dans la région sauvage et changeante des Borders, soit on inspirait la crainte, soit on devenait une proie. David avait bel et bien l'intention d'être suffisamment craint pour que personne n'ose plus jamais faire de mal à sa famille.

Il s'emparerait des terres et des châteaux des Hume qui avaient été négligés et confisqués par la Couronne. Ensuite, il se vengerait des Blackadder, ces menteurs manipulateurs. Tout en prétendant être leurs alliés, les Blackadder avaient secrètement contribué à la capture de la belle-mère de David, puis ils avaient pressé Albany d'exécuter son père et son oncle. Il était bien dommage que le seigneur du château Blackadder soit déjà mort et enterré, à l'abri des représailles de David, mais ses riches terres et sa veuve étaient à sa disposition.

Et la veuve était une Douglas, sœur du comte d'Angus en personne. Pour un homme qui voulait établir une réputation inspirant la crainte, c'était un trophée inespéré.

Chapitre 2

Alison gravit l'escalier en courant, priant pour que ses filles n'aient pas une fois de plus échappé à la vigilance de leur vieille gouvernante. Elle fut soulagée quand elle fit irruption dans leur chambre et y trouva les fillettes. Toutes deux avaient hérité de ses cheveux noirs, de ses yeux bleu foncé, et de son petit gabarit, mais les similitudes s'arrêtaient là.

Margaret, âgée de six ans, dont les nattes et la tenue étaient parfaitement soignées, s'entraînait à coudre. Dieu seul savait ce que sa fille aînée manigançait. Les cheveux de Beatrix étaient emmêlés, et les traces noires sur sa robe donnaient l'impression qu'elle avait rampé par terre – ce qu'elle avait probablement fait. Malheureusement, il n'était plus temps de la changer.

— Venez vite, lança Alison en tendant les mains vers elles. Vous devez saluer vos oncles.

Alison se retint de sermonner Beatrix pour sa robe toute sale. Son mari n'était plus là pour critiquer son laxisme maternel, l'un des nombreux défauts qu'il lui rappelait chaque jour. En vérité, Beatrix avait fait bon nombre de bêtises, et malgré cela, Alison se faisait plus de souci pour sa benjamine. Margaret avait tendance à faire confiance et à vouloir faire plaisir aux autres.

Alison avait jadis été ainsi.

— Est-ce qu'oncle George nous a apporté des cadeaux ? demanda Beatrix tandis qu'elles empruntaient l'escalier.

— Pas cette fois, ma chérie.

Alors qu'elles descendaient, des voix masculines emplirent la cage d'escalier en colimaçon et résonnèrent contre les parois de pierre. Alison marqua une pause en bas des marches pour embrasser du regard la salle, bondée de guerriers Douglas qui vidaient à toute vitesse les plateaux de victuailles que les serviteurs avaient mis des heures à préparer.

Un frisson de malaise parcourut l'échine de la jeune femme quand un individu dont les yeux gris ne lui étaient que trop familiers soutint son regard comme s'il l'avait attendue. Il donna un coup de coude à l'homme aux cheveux gris qui se tenait près de lui.

Qu'est-ce que Patrick Blackadder et son père, le seigneur de Tulliallan, font ici ?

Alison serra les mains de ses filles un peu plus fort tandis que les deux membres de la famille de son défunt mari s'approchèrent. Ce n'étaient que des cousins éloignés, mais Patrick ressemblait tellement à une version plus jeune de son défunt époux que sa proximité était intolérable à la jeune femme.

— Ne t'éloigne pas de moi, intima-t-elle à Beatrix en lui adressant un regard grave, pour lui indiquer qu'elle ne plaisantait pas.

Peut-être était-elle injuste, mais elle ne faisait aucune confiance à ces deux hommes.

— Lady Alison, toujours aussi exquise, dit Patrick en la regardant de la tête aux pieds, ce qui donna quelques sueurs froides à la jeune veuve.

Quand il prit sa main, elle eut l'impression d'étouffer. Il semblait prendre tout son temps pour presser ses lèvres contre sa peau, mais c'était probablement le fruit de son imagination. Dès qu'elle put le faire poliment, elle se libéra de son étreinte.

— Votre chagrin face à la mort de votre époux, survenue bien trop tôt, doit être épouvantable, chère madame, déclara le père.

Après avoir posé un baiser humide sur sa joue qui donna la chair de poule à Alison, il tourna son regard perçant vers les enfants.

— Comment vont mes fillettes préférées ?

Quand il tendit une main vers une boucle de cheveux de Margaret, Alison saisit son poignet.

— Excusez-nous. Mes frères attendent de les voir.

Elle guida sa progéniture en direction de la table haute, laissant les deux Blackadder derrière elles.

— Chanceuses, vous avez hérité de la beauté des Douglas, dit George en adressant un clin d'œil aux filles tandis qu'elles prenaient place près de lui. La prochaine fois, je vous rapporterai des peignes en argent, que vous puissiez exhiber vos jolis cheveux noirs.

— Pourquoi Patrick Blackadder et son père se trouvent-ils ici ? murmura Alison en s'asseyant de l'autre côté de son frère.

— Ils ont un grand nombre de guerriers sous leurs ordres, indiqua George, et nous avons besoin de tout le soutien que nous pourrons obtenir.

—Alors, partez avec eux.

Plus vite ils seraient hors de chez elle, mieux ce serait.

Alison tourna les yeux vers Archibald, à l'autre bout de la table, espérant qu'il remarquerait la présence de ses filles, mais il était absorbé dans une conversation avec quelques-uns de ses compagnons.

—Je n'ai pas eu l'occasion de vous le demander plus tôt, dit-elle en se retournant vers George. Comment se portent nos sœurs ?

—Sybil est toujours aussi terrible, repartit-il avec un sourire entendu. Elle brise des cœurs ici et là à la cour, et pourtant, elle ne fait aucun effort pour plaire à quiconque.

Alison sourit. Beatrix tenait de Sybil, ce qui la rassurait. *La plupart du temps.*

—Et Maggie ? s'enquit-elle, tournant ses pensées vers leur douce sœur au cœur d'or dont elle avait choisi le prénom pour sa benjamine.

—J'ai entendu dire qu'elle était de nouveau enceinte, répondit George doucement.

—Si rapidement ?

Cette pauvre Maggie ne s'était pas encore remise de la perte de son dernier enfant. Son mari aurait mieux fait d'attendre. Les hommes pouvaient être des monstres d'égoïsme.

Avant qu'elle ait pu lui demander des nouvelles de leur cadette, la voix d'Archibald retentit et couvrit tous les bruits de la salle.

—À vos chevaux !

Les guerriers se levèrent de table, sirotant encore leur bière, et certains s'emparèrent de quelques pilons et miches de pain à emporter.

— Pour l'amour de Dieu, Archibald ne peut donc pas laisser aux hommes le temps de manger ? murmura-t-elle.

La jeune femme avait espéré disposer de plus de temps pour le convaincre.

Avec ses filles à sa suite, Alison traversa la grande salle en direction de la porte voûtée pour dire « au revoir » aux hommes Douglas.

— Lady Alison, la salua chacun des guerriers Douglas avant d'incliner la tête en direction de la jeune femme et de ses filles, et de décamper.

Son père et son grand-père avaient exigé de leurs hommes qu'ils se montrent respectueux envers les femmes de la famille – contrairement à son époux, qui l'avait ridiculisée devant toute la maisonnée plus souvent qu'à son tour.

Ses frères furent les derniers Douglas à partir. À son signal, ses filles leur adressèrent une révérence. Elles avaient l'air si adorables qu'Alison en esquissa un sourire, malgré ses soucis. Comment Archibald pouvait-il les regarder en face, et ne pas avoir envie de remuer ciel et terre pour les protéger ?

— Ne nous oubliez pas, lança Alison tandis qu'Archibald se penchait pour déposer une bise sur sa joue.

— La prochaine fois, on parlera plus amplement de ce nouveau mari, promit-il.

Avant qu'elle ait l'occasion de lui dire qu'elle ne souhaitait plus jamais se marier, il passa la porte sans un mot de plus ni un regard pour ses filles.

— Si quelqu'un t'ennuie, envoie-nous une missive, lui dit George en posant un bras autour de ses épaules pour la serrer contre lui. Mais ne t'en fais pas, Allie, la bataille va se dérouler à Édimbourg. Ici, il ne se passera rien.

Deux mois plus tard…

David était rentré au château Hume à l'aube et se glissa dans son lit après une nouvelle nuit de raid fructueux. Il eut l'impression d'avoir tout juste posé la tête sur son oreiller quand il fut réveillé par des cris provenant de la cour. S'il en jugeait par les bruits, ce n'était pas une attaque. Il fut donc tenté de se retourner et de retrouver le sommeil. Mais il préféra se traîner hors du lit pour voir ce qui agitait ainsi ses hommes.

— Par tous les saints, siffla-t-il en regardant par la meurtrière.

Comme il s'en doutait, une rixe avait éclaté au sein de ses guerriers les plus jeunes. Les plus anciens étaient trop sages pour cela. Toutefois, ce à quoi il ne s'était pas attendu, c'était de voir que son frère Robbie se trouvait au cœur des affrontements, martelant un autre guerrier de coups de poing, comme s'il avait l'intention de le tuer.

David enfila ses culottes, saisit son épée et descendit l'escalier de la tour.

Le cercle d'hommes qui criaient des encouragements fut alors réduit au silence, et tous se mirent à reculer lorsqu'ils virent David traverser la cour. Les deux combattants, eux, n'avaient que faire de sa présence. Du moins était-ce le cas de Robbie. Son adversaire était à terre, tâchant de protéger son visage des coups du garçon.

David saisit son petit frère par le dos de sa tunique pour le redresser. Robbie était tellement aveuglé par la rage qu'il faillit commettre l'erreur de donner un coup de poing à David avant de se rendre compte de l'identité de celui qui le tenait par la peau du cou. Quand le jeune homme donna l'impression d'avoir recouvré la raison, David le reposa par terre, mais ne le lâcha pas.

Il hocha la tête, et deux des hommes aidèrent l'adversaire de Robbie à se remettre debout. Il s'agissait de Harold, un garçon qui parlait un peu trop, avait trois ans et une dizaine de kilos de plus que Robbie.

— Demande à une des femmes de te panser cette blessure à la lèvre, lui dit David. Je te parlerai plus tard de cet incident.

Un des anciens aurait dû mettre un terme à ce combat, dès qu'il avait débuté, mais ils avaient hésité à lever la main sur Robbie, car c'était le frère de David, ce qui était sûrement assez sage.

— Retournez à votre travail, lança David aux autres avant de faire pivoter son cadet en direction du donjon. À l'intérieur, maintenant.

— Mais Harold a…

— Pas devant les hommes, cingla David entre ses dents.

Une fois les portes du donjon refermées derrière eux, Robbie tenta de se défaire de l'étreinte de son aîné. Ce dernier le secoua une dernière fois avant de le relâcher, puis les deux frères gravirent l'escalier pour entrer dans les appartements de David en silence.

— Je ne tolérerai pas que tu ne respectes pas mes ordres, commença David en posant ses poings sur ses hanches. On combat nos ennemis, pas nos propres gens.

— Je n'avais pas le choix, répliqua Robbie sans le quitter des yeux. Harold se moquait ouvertement de Will.

— Qu'a-t-il dit ? s'enquit David, tâchant de conserver un ton calme.

La colère bouillonnait dans ses veines, mais à l'inverse de la folie furieuse de Robbie, elle était froide, maîtrisée. Bien plus dangereuse somme toute.

— Harold a déclaré qu'on devrait donner une robe à Will, et tresser ses cheveux, répondit Robbie. Je ne pouvais pas le laisser dire ça, même si c'est vrai.

La mère de Will l'avait surprotégé, et le garçon n'avait pas le cœur bien accroché, ce qui le plaçait souvent dans des situations difficiles. Quoi qu'il en soit, David ne tolérerait pas que quiconque ose ridiculiser son propre frère de la sorte.

— Regarde-le ! lança Robbie en désignant Will du doigt par la fenêtre.

Quand David rejoignit Robbie à la fenêtre, il vit leur cadet en train d'embrasser et de câliner un chiot comme s'il avait été une amante qu'il n'avait pas revue depuis des siècles. *Doux Jésus!*

—Il faut qu'on agisse, déclara Robbie. Il nous humilie.

David se frotta le front. Will était tellement différent de lui qu'il ignorait quoi faire.

—Il est jeune, et sa mère lui manque.

—À moi aussi, elle me manque, répliqua farouchement Robbie. Ce n'est pas une excuse pour se comporter comme une fillette.

—Will a un grand cœur. Il apprendra à le dissimuler en grandissant.

David espérait que ce soit vrai, pour le bien de Will.

—Il sera un bon guerrier un jour, car il n'a vraiment peur de rien, reprit David.

—Il n'a peur de rien, car il ne se rend pas compte de ce qui se passe autour de lui, objecta Robbie.

David soupira silencieusement, car ce qu'affirmait Robbie était vrai, et un tel aveuglement comportait des risques. Il aurait voulu pouvoir laisser Will rester un enfant plus longtemps, mais il était de son devoir de préparer son frère à l'âge adulte. Pour survivre dans les Borders, tout homme devait demeurer sur ses gardes et toujours être paré au combat. Et par-dessus tout, il devait inspirer le respect.

—C'est ma faute. J'aurais dû voir cela plus tôt.

David n'avait pas demandé à avoir la responsabilité d'élever ses frères, mais il l'acceptait comme sienne. Ce devoir lui était revenu bien avant la mort de son père, même s'il ne savait expliquer exactement comment et quand c'était survenu.

— Personne n'ose se moquer de Will devant toi, indiqua Robbie. Mais Harold n'est pas le seul à le faire.

— C'est moi qui vais m'occuper de ça, pas toi, décréta David en le fusillant du regard. Je ne tolérerai aucune autre rixe entre mes hommes.

— Mais…

— Je veux que tout le monde suive mes ordres, sans exception, insista David. Si tu me désobéis encore une fois, je ne serai pas aussi indulgent. Compris ?

— Oui, répondit Robbie en baissant les yeux. Plus de rixes entre nos hommes.

— Je suis content que ce soit réglé, dit David en croisant les bras. Y a-t-il d'autres ordres que tu n'es pas sûr d'avoir compris ?

— Non, mais si je réserve mon énergie au combat contre nos ennemis, pourquoi est-ce que tu ne m'emmènes pas en raid ? demanda Robbie. Quand tu avais mon âge, tu en faisais, des raids.

Par tous les saints, ce que ce garçon pouvait être obstiné ! Il comprenait le désir de Robbie, mais ces expéditions étaient dangereuses et imprévisibles. David ne voulait pas mettre la vie de ses frères en danger dans ces incursions, mais il préféra lui opposer une autre raison.

— Les raids ont porté leurs fruits, dit-il.

David avait plus de bétail qu'il n'en fallait. Plus important encore : des deux côtés de la frontière, on craignait son nom, et nul n'osait traverser le territoire des Hume sans son autorisation.

— Il est temps de rechercher un butin plus important que du bétail, déclara David en regardant les collines lointaines à travers la fenêtre.

— Le château Blackadder ? interrogea Robbie.

— Oui, acquiesça David en souriant face à la vivacité d'esprit de son frère.

— On va faire payer les Blackadder pour les torts qu'ils nous ont causés, déclara Robbie, les yeux brillants.

— Il faut que j'agisse avant qu'un autre le fasse, expliqua David. Un château laissé aux soins d'une jeune femme est comme un fruit trop facile à attraper. Tous les seigneurs des Borders l'ont en ligne de mire.

Si David se fiait à ce qu'il avait entendu, la dame était docile. Elle ne résisterait pas bien longtemps.

— Avant même qu'ils s'en rendent compte, tu vas prendre le château Blackadder, annonça Robbie.

Et la veuve aussi. David ne prononça pas ces mots à haute voix. Il n'était pas encore temps de partager cette partie de son plan avec son frère.

Mais la veuve était la clé.

Chapitre 3

Alison était assise seule à la haute table, son bol de ragoût était froid et cela faisait déjà un moment qu'elle avait permis à ses enfants d'aller jouer. Après dix ans de mariage, elle était enfin libre. *Mais libre d'être qui ?* Elle ignorait à présent qui elle était vraiment.

Elle se souvenait à peine de la jeune fille arrogante, et parfois inconsciente, qu'elle avait été à l'âge de treize ans, quand elle avait dû se marier. Petite-fille de deux puissants chefs de clan, elle avait été élevée dans une haute estime d'elle-même. Et malgré ses défauts, Alison aimait bien mieux cette demoiselle que la femme qu'elle était devenue en épousant Blackadder : une créature servile, le cœur empli d'amertume.

En brûlant le lit de cet homme, elle avait eu l'impression de redevenir cette jeune fille. Et elle aimait cette sensation, même si elle était fugace.

Quand elle était devenue la troisième épouse de Blackadder, ce dernier avait quarante ans. Il était de vingt-sept ans son aîné et elle avait été assez jeune pour qu'il la façonne, en fasse la femme qu'il voulait. Elle l'avait bien assez entendu dire cela à ses amis.

« Les femmes sont comme les chiens et les chevaux. Il vaut mieux les prendre jeunes, quand elles sont faciles à éduquer. »

Blackadder ne cessait de saper l'autorité d'Alison en la ridiculisant devant toute la maisonnée. Il contredisait les décisions qu'elle prenait et qui relevaient typiquement des prérogatives de la maîtresse du château, puis il la critiquait parce que la demeure ne tournait pas assez bien.

La jeune veuve avait l'intention de changer tout cela, mais ce ne serait pas facile. Les serviteurs avaient depuis longtemps l'habitude d'ignorer ses demandes sans en subir la moindre conséquence, et les guerriers Blackadder étaient encore pires. Ils avaient obéi à son ordre de transporter le lit de son mari dans la cour du château pour la seule raison qu'ils avaient pensé qu'elle était devenue folle de chagrin, et cette folie les avait effrayés.

Le manoir lui appartenait à présent – ou plus précisément, il appartenait à ses filles –, et elle était déterminée à prendre ce foyer en main.

Elle avala une autre bouchée de son ragoût insipide et décida qu'il n'y avait pas de meilleur moment que le présent. Avant qu'elle perde tout courage, elle descendit en cuisine.

— Les repas ne sont pas à la hauteur, affirma Alison face au cuisinier, un homme maigre, aux joues creuses, doté d'une barbe grisonnante et arborant une mine renfrognée. Une fois de plus il n'y avait pas de viande aujourd'hui, à part un malheureux morceau de lapin dans la soupe.

— Je ne peux pas cuisiner avec ce que je n'ai pas, milady, dit-il. J'ai découpé le dernier de nos cochons quand votre famille Douglas nous a dévalisés, et depuis lors, nous n'en avons plus.

Alison soupçonnait les hommes Blackadder ayant déserté le château d'avoir volé dans leurs réserves. Au moins, ce problème serait facile à résoudre.

— Alors, il faut qu'on se réapprovisionne, déclara la jeune femme en croisant les bras. En attendant d'avoir du porc, nous mangerons du bœuf.

Elle se sentit fière de lui tenir tête ainsi.

— Les Hume ont pillé notre bétail, répliqua le cuisinier. Il ne nous en reste plus un seul.

— Comment cela a-t-il pu arriver ? demanda-t-elle. Et pourquoi personne ne m'en a informée ?

— On a mangé toutes les volailles, poursuivit le cuisinier en ignorant ses questions, donc nous n'avons pas d'œufs non plus.

— Alors, nous allons envoyer une des aides-cuisinières au marché du village pour en acheter.

— Je l'ai déjà fait, affirma l'homme. Elle est revenue les mains vides.

Alison était abasourdie.

— L'aide-cuisinière a volé notre argent ?

— Ce n'est pas ce qu'on pense, nous, milady, intervint une jeune fille qui nettoyait de la vaisselle dans un coin. Les Hume arrêtent tous ceux qui empruntent la route entre ici et le village, et ils leur prennent tout ce qu'ils ont.

— Je pensais que les seigneurs Hume étaient morts, dit Alison. Mon frère m'a assuré qu'ils avaient été exécutés pour trahison.

— Oui, mais un de leurs fils est le nouveau seigneur de Wedderburn, indiqua le cuisinier. Tout le monde en parle, affirmant qu'il est pire que son père et son oncle réunis.

— Pire ? Ce n'est pas possible, souffla-t-elle, sa voix s'éteignant dans un murmure.

D'affreuses histoires circulaient, bien trop horribles pour les croire, sur ce que les Hume avaient fait après la défaite des Écossais à la bataille de Flodden. Certains affirmaient avoir vu les guerriers Hume dépouiller les cadavres de leurs compatriotes écossais avant de quitter le champ de bataille. Et selon la rumeur la plus incroyable, le roi aurait survécu à la bataille, et les Hume auraient volé son corps blessé pour le cacher quelque part. On murmurait que le souverain était encore en vie, mais inconscient. Aucun des hommes convoitant le pouvoir ne voulait que cette histoire-là soit vraie, et le seul fait d'en parler était périlleux.

— Le nouveau seigneur Hume a affronté deux cents gardes royaux à lui seul, assura le cuisinier. Et il a réussi à retirer les têtes de son père et de son oncle de Tolbooth à Édimbourg.

— Seul ? s'étonna Alison en portant une main à sa poitrine. Il aurait dû se faire arrêter.

— On raconte que le diable l'a transporté en ville dans un nuage tourbillonnant de brouillard noir, dit l'aide-cuisinière, ses paroles suscitant un frisson dans la nuque d'Alison. C'est pourquoi personne ne l'a vu jusqu'à ce que ce soit fait.

— On le surnomme « la Bête de Wedderburn » à présent, ajouta le cuisinier.

Cet homme atroce, cette bête, bloquait les routes menant à leur château et menaçait leur foyer.

— Quelle quantité de nourriture nous reste-t-il ? demanda Alison, la gorge si serrée qu'elle peina à articuler sa question.

— Pas grand-chose, répondit le domestique en secouant la tête.

Alison s'appuya sur le plan de travail de la cuisine alors qu'elle s'imaginait un grand guerrier vêtu d'une armure noire, des flammes au fond des yeux, la poursuivant dans un tourbillon de brouillard noir.

Mes chers frères,
David Hume, le nouveau seigneur de Wedderburn, a manifesté des intentions claires à l'encontre du château Blackadder. Voilà deux semaines qu'il bloque les routes menant au domaine.

Alors qu'elle était assise à la table principale pour écrire ce message à ses frères, Alison entendit prononcer le nom de son ennemi dans les murmures que s'échangeaient les hommes dans la grande salle. Elle se demandait comment il était possible qu'aucune marchandise ne puisse passer par les routes pour atteindre le château Blackadder, et qu'en même temps, des rumeurs sur les exploits les plus récents de Wedderburn emplissent son foyer. Même dans les Borders, là où la violence et le vol régnaient, ce David Hume s'était rapidement bâti une réputation redoutable.

Je suis convaincue qu'il prépare un siège en vue de nous affamer. Nos provisions sont déjà dangereusement réduites. Nous ne pourrons pas tenir longtemps.
Je vous en supplie, venez vite.
Votre sœur qui vous aime,

A.

Alison plia le parchemin, fit couler la cire fondue, et apposa son sceau personnel. Son grand-père, le comte, avait jadis été emprisonné par le roi à cause d'un scribe trop bavard qui avait partagé le contenu d'un message sensible. Grâce à cette leçon, il avait insisté pour que ses petits-enfants apprennent à écrire, afin de pouvoir communiquer entre eux sans encourir ce genre de risque.

Elle se leva pour s'adresser aux hommes qui s'étaient rassemblés dans la grande salle pour le maigre repas du midi.

— Le seigneur de Wedderburn et ses gens ne peuvent pas occuper la totalité du terrain qui nous entoure, déclara-t-elle en tendant le parchemin scellé. L'un d'entre vous doit échapper aux Hume et remettre ce pli à mes frères.

La pièce devint silencieuse. Personne n'osa s'avancer.

Alison ravala sa panique et désigna Walter, un grand guerrier brun, capitaine de la garde. Quand Walter secoua la tête, elle en désigna un autre.

— Non, répondit l'intéressé. La Bête de Wedderburn me découperait en morceaux et me donnerait en pâture à ses chiens.

Quelle bande de lâches ! Elle aurait bien pris un cheval pour y aller elle-même, mais elle ne pouvait laisser ses filles.

— Sans les troupes de mes frères, nous sommes perdus, dit-elle, le désespoir la saisissant aux tripes. N'y a-t-il donc pas un seul homme assez courageux pour tenter de nous sauver ?

Garrett, un palefrenier âgé et voûté, s'avança.

— J'irai, madame.

Alison dévisagea les autres hommes. Le courage du vieillard ferait sûrement honte à l'un d'eux qui finirait par se dévouer. Le silence se fit plus intense dans la grande salle.

Elle tourna de nouveau le regard vers son volontaire solitaire. Le sort de ses filles, de son foyer et de ses terres reposait sur les épaules de ce vieil homme qui devrait furtivement échapper aux griffes de la Bête de Wedderburn.

— Je t'en suis reconnaissante, Garrett, dit-elle avec un sourire forcé.

— Ne vous en faites pas, milady, la Bête ne m'aura pas, promit-il en clignant un de ses petits yeux. Je connais tous les chemins de traverse.

Le vieux Garrett avait sûrement l'habitude de voler du bétail depuis l'âge de douze ans, comme les autres hommes des Borders, donc il avait ses chances. Alison lui confia le parchemin scellé et lui serra la main.

— Que Dieu te bénisse pour ton courage et guide tes pas.

Assise avec ses filles près du feu, Alison ignora son estomac qui gargouillait et tenta de se concentrer sur son ouvrage de couture, mais chaque fois que la grande porte s'ouvrait, elle levait les yeux.

— J'en ai marre de coudre, lança Beatrix en haussant les épaules et en adressant à sa mère un regard piteux. N'est-ce toujours pas l'heure de manger ?

Une vague de culpabilité gagna la jeune femme. Il y avait si peu de nourriture qu'elle avait été contrainte de la rationner. Même ses enfants s'étaient vu attribuer de plus maigres portions.

— Vos oncles seront bientôt là, dit-elle avec plus de confiance qu'elle n'en ressentait réellement. Là, tout ira bien.

— Si les Douglas devaient venir, ils seraient déjà là en ce moment, prononça une voix grave derrière elle.

Alison se tourna pour découvrir que Walter se tenait là.

— Ce diable de Hume a dû s'emparer du vieil homme, poursuivit-il.

— Il est trop tôt pour le dire.

Elle se retint d'ajouter que Walter aurait dû se porter volontaire lui-même. *Pauvre vieux Garrett.* Si Wedderburn l'avait assassiné, ce serait la faute d'Alison.

— Cela fait une semaine entière qu'il est parti, indiqua Walter en baissant les yeux sur Alison, les poings sur les hanches, comme si elle pouvait y faire quoi que ce soit.

— Je sais pertinemment combien de temps ça fait.

Elle avait les nerfs à vif après une autre semaine sans arrivage de victuailles. Elle adressa à ses filles un sourire qu'elle espérait rassurant. Il lui devenait difficile de leur dissimuler ses craintes toujours plus pressantes.

— Ils sont là ! cria un des gardes en ouvrant brusquement les portes, ses paroles résonnant dans toute la salle. Ils sont là !

Alison bondit sur ses pieds et serra ses mains contre son cœur. *Dieu soit loué !* Garrett avait réussi à faire passer son message après tout.

— Nous sommes sauvées, dit-elle à ses filles. Nous ferons un grand festin ce soir !

Son sourire s'évanouit quand elle vit que les hommes cherchaient tous leurs armes. Elle saisit la manche de l'un d'eux au passage.

— Que se passe-t-il ? demanda-t-elle, son cœur battant la chamade.

— La Bête de Wedderburn est arrivée.

Chapitre 4

Une semaine après le début du siège, Alison s'était rendue au dernier étage de la tour et avait escaladé les degrés de métal fixés à la muraille de pierre pour atteindre le toit. Quand sa tête atteignit l'ouverture, elle vit deux gardes accroupis derrière le parapet.

— Toujours pas de signe des guerriers Douglas ? les interpella-t-elle.

Que le vieux Garrett ait délivré le message ou pas, ses frères avaient sûrement dû entendre parler de son calvaire, et décidé de venir. La seule question qui demeurait consistait à savoir s'ils arriveraient avant qu'elle soit contrainte de se rendre.

— Vous ne devriez pas vous trouver ici, déclara le plus jeune des deux soldats. C'est trop dangereux. Leurs flèches peuvent parvenir jusqu'ici.

— Vous êtes bien ici, vous, répliqua-t-elle, et elle lui tendit sa main pour qu'il l'aide à monter sur le toit.

Alison eut le souffle coupé quand elle regarda autour d'elle. Des centaines de guerriers encerclaient son château. À l'intérieur du donjon, elle avait pu faire comme si cette menace n'était pas si sérieuse. Mais de là-haut, elle avait un aperçu clair de l'ennemi auquel elle devait faire face, et elle se sentit comme une biche acculée par les chiens.

Jusque-là, elle n'avait pas encore réellement craint pour sa sécurité. Après tout, elle était la belle-sœur de la reine. Son frère était un des hommes les plus puissants d'Écosse. Mais tandis qu'elle passait en revue la troupe armée qui encerclait son foyer, elle comprit qu'un homme capable d'attaquer son château malgré ses relations haut placées n'était pas tenu par les contraintes qui l'auraient préservée en temps normal.

L'attention de la jeune femme fut à plusieurs reprises attirée par un guerrier Hume qui se tenait immobile, assis sur une grande monture noire. Elle ne parvenait pas à distinguer les traits de son visage au loin. Assurément, il ne pouvait pas la voir plus clairement qu'elle ne le voyait, pourtant elle sentait son regard la transpercer comme une lame.

— Est-ce Wedderburn ? demanda-t-elle au garde, même si elle savait au fond d'elle que c'était bien lui.

— Oui, c'est la Bête en personne.

— Pensez-vous qu'on puisse attendre une quelconque merci de sa part ? s'enquit-elle.

— De la part de Wedderburn ? répéta le garde, la mine sombre. Je crains que non, milady.

— Alors, il faut qu'on tienne aussi longtemps que possible.

Alison songea à ses filles et frissonna.

— Je prie pour que vos frères arrivent vite, repartit le garde.

La jeune femme aussi priait pour leur délivrance. Mais elle commençait à se douter que cette dernière ne viendrait sûrement pas de ses frères.

David observa ses archers lancer une autre volée de flèches par-dessus les murailles. Combien de temps cette satanée femme allait-elle encore résister avant de se résoudre à l'inévitable ? Il avait espéré prendre possession du château calmement, mais elle ne semblait pas avoir le bon sens d'ouvrir ses portes.

— Devons-nous enflammer les flèches pour y mettre le feu ? demanda l'un des jeunes guerriers.

— Cette forteresse sera bientôt mienne. Je n'ai nulle intention de la détruire, répliqua David. Nous allons attendre.

David jeta un regard incrédule quand la silhouette d'une femme fit son apparition sur le toit du donjon, sa robe lie-de-vin voletant telle une bannière devant les pierres grises.

— Retenez vos arcs ! cria-t-il en levant la main.

Elle était en train de se faire cible vivante, à se tenir là dans cette robe. Nulle autre que la maîtresse du château ne pouvait être vêtue d'une tenue si raffinée. Quelle espèce d'inconsciente était-elle pour attirer ainsi l'attention sur elle alors que les flèches volaient de toutes parts ?

David avait perdu toute patience avec la dame de Blackadder. Il était temps de lui forcer la main.

— Je n'ai pas faim, déclara Alison en repoussant son bol de bouillon fade, même si l'odeur faisait gargouiller son ventre.

Elle ne parvenait pas à se souvenir de la dernière fois qu'elle avait mangé.

Elle regarda le reste des habitants du château plonger avec avidité leur cuillère dans leur bouillon, puis lever le bol à leurs lèvres et rejeter la tête en arrière afin de ne pas en perdre une seule goutte. Quel était le pire ? Condamner les hommes à une mort lente par la famine, ou une mort rapide par le fil de l'épée ? Elle ne pouvait supporter de penser à ce que les femmes devraient endurer. Ainsi, chaque matin, elle se disait qu'elle attendrait ses frères un jour de plus. Mais ils ne vinrent pas.

Le bébé de l'une des servantes se mit à pleurer de nouveau, et ce fut la goutte d'eau. Elle ne pouvait plus endurer tout cela. Un jour de plus, une heure de plus, qu'importait ? Ses frères n'avaient pas reçu son message et ils ne viendraient pas les sauver.

Alison agrippa les bords de la table en se levant, attendant que son malaise se dissipe.

— Nous allons nous rendre, annonça-t-elle à la maisonnée. Que Dieu et le seigneur de Wedderburn aient pitié de nous.

« Boum. Boum. Boum. »

Les murs résonnèrent de ce battement semblable à un coup de tonnerre. Des cris jaillirent dans la grande salle. Beatrix et Margaret se jetèrent sur Alison pour s'agripper à ses jupons en pleurant.

— Qu'est-ce que c'est ? cria-t-elle, tâchant de se faire entendre par-dessus le bruit.

— Un bélier, répondit un des hommes avant de se ruer vers la porte.

Après avoir attendu si longtemps à les affamer et les forcer à la reddition, pourquoi Wedderburn les attaquait-il à présent ?

« Boum. Boum. Boum. »

Le sol vibra sous les pieds d'Alison, comme si Thor en personne frappait son enclume dans la cour du château.

Que devait-elle faire ?

Si les Hume entraient en force, c'était l'assurance d'assister à un bain de sang. Si elle se rendait pacifiquement, peut-être que quelques personnes pourraient être épargnées. Elle se tourna vers la gouvernante, qui lançait des regards affolés dans toute la pièce, et serrait les mains des femmes qui entouraient ses filles.

— Flora, emmène les enfants dans notre chambre et barre la porte, ordonna Alison. N'ouvre à personne d'autre que moi.

Elle sortit du donjon en courant et se tint en haut des marches. La cour était en proie au chaos le plus total. Les défenseurs du château se précipitaient vers la porte pour aider ceux qui s'entassaient déjà contre elle, s'efforçant d'user de leur poids pour résister contre les martèlements incessants du bélier.

« Boum. Boum. Boum. »

— Dites-lui que je me rends ! hurla-t-elle. Ouvrez les portes.

« Boum. Boum. Boum. »

Alison cria une nouvelle fois, mais personne ne l'entendit. Elle dévala les marches. Il fallait que les hommes l'écoutent.

— Rendez-vous ! Ouvrez les portes !

L'atroce bruit du bois qui cédait parvint à ses oreilles.

— Ils sont en train de percer ! hurla quelqu'un. Sauvez-vous, vite !

Il était trop tard. Le cœur au bord des lèvres, Alison souleva ses jupons et se mit à courir. Il fallait qu'elle trouve ses filles avant que les attaquants surgissent, assoiffés de meurtres et de chaos.

Bousculée par ses propres hommes, qui prenaient eux aussi leurs jambes à leur cou, elle faillit tomber à deux reprises, mais elle réussit à atteindre l'intérieur.

Le bruit qui régnait dans la grande salle était assourdissant. Les cris la poursuivaient, résonnant contre les murs de pierre de la cage d'escalier, tandis qu'elle se précipitait vers sa chambre à coucher, à l'étage.

— Laisse-moi entrer ! cria-t-elle en tapant des poings sur la porte de la chambre.

Quand la porte s'ouvrit en grand, Beatrix se trouvait sur le seuil, sa sœur étant juste derrière elle. Flora était assise sur un tabouret à l'autre bout de la pièce, et gémissait en se balançant d'avant en arrière.

Alison claqua la porte derrière elle et replaça la barre. Quand elle se retourna, ses filles la dévisagèrent, les yeux écarquillés et leurs visages pâles. Alison tomba à genoux et les prit dans ses bras.

— Ça va aller.

Alison avait pour habitude de ne jamais mentir à ses enfants, pourtant c'est ce qu'elle fit en cet instant.

— Tout va bien se passer, ajouta-t-elle.

Elle lança un autre regard à Flora, qui était déjà âgée quand elle avait été la gouvernante d'Alison. Elle comprit alors que la pauvre femme ne serait pas en mesure de l'aider.

Le fracas des épées et les cris des combattants s'élevaient jusqu'aux fenêtres, et emplissaient la chambre, répandant la panique dans les veines de la jeune veuve. L'ennemi avait pénétré les murailles du château à présent. Alison pria pour que les portes du donjon tiennent. Elle enfouit sa figure dans les cheveux de ses filles, inspirant leur odeur familière, et se demanda si ce serait la dernière fois qu'elle pourrait les tenir dans ses bras.

Retentirent alors un grand fracas, puis un rugissement. Soudain, les bruits des combats provinrent aussi bien de la grande salle que de la cour. Alison devait protéger ses enfants. *Mais comment?*

Elle se souvint de l'épée de son mari, qu'elle avait placée dans un coffre au pied du lit, en lieu sûr, et elle se força à lâcher Beatrix et Margaret. Les doigts tremblants, elle prit les clés accrochées à sa ceinture pour trouver la bonne.

Elle entendit des bruits de bottes dans l'escalier tandis qu'elle était en train d'ouvrir le coffre. Elle mit de côté les couvertures, les robes, et tendit la main vers l'épée.

« Clic, clic. » Elle sursauta en entendant quelqu'un attaquer la barre de la porte. Son cœur palpitait jusque dans ses oreilles quand elle souleva l'épée du coffre et lutta pour la tirer de son fourreau. Quand elle l'en sortit entièrement, elle tituba en arrière.

« Bang, bang. » Un poing frappait de l'autre côté de la porte. Le verrou tenait, mais pour combien de temps encore ?

— Restez derrière moi, ordonna-t-elle à ses filles.

Elle se tint devant elles et fit face à la porte, l'épée dans ses mains.

David traversa les zones où le combat faisait rage entre ses hommes et les défenseurs du château, dans la cour, et se dirigea tout droit vers le donjon, tout droit vers son objectif.

La forteresse leur reviendrait rapidement. Les assiégés n'avaient pas de meneur assez solide et étaient en pleine débâcle. Le seul détail qui préoccupait le jeune homme était de savoir si ce château disposait d'un tunnel secret pour s'échapper. Au cours du siège, il avait dispersé ses soldats dans les champs alentour pour monter la garde, mais il avait concentré ses forces sur l'attaque et la plupart de ses guerriers se trouvaient à présent à l'intérieur du château. S'il existait un tunnel, il devait s'assurer de mettre la main sur la veuve et ses filles, avant qu'elles aient une chance de s'échapper. Il n'était guère enchanté à l'idée d'avoir à les poursuivre à travers champs avec des chiens.

Les défenseurs avaient bêtement attendu trop longtemps avant de se retirer dans le donjon, et la plupart étaient encore occupés dans la cour lorsque les hommes de David jaillirent par les portes. Il leur accorda tout juste un regard lorsqu'il se mit à gravir les marches du donjon.

Avec plusieurs de ses guerriers sur les talons, il enfonça toutes les portes en brandissant son épée. Il marqua une pause à l'entrée de la grande salle. Des femmes et des enfants criaient, et les quelques guerriers Blackadder qui se trouvaient dedans étaient en train de retourner des tables dans une tentative bien inutile de mettre une défense en place.

— Si vous espérez un peu de merci, abandonnez vos armes, cria David, poussant sa voix pour se faire entendre malgré le chaos ambiant.

Il regarda dans les yeux des hommes qui hésitaient à obéir à son ordre jusqu'à ce que toutes les armes tombent par terre, puis il posa le regard sur les femmes. Leurs tenues confirmaient ce qu'il avait su à l'instant où il avait pénétré dans la grande salle : la veuve Blackadder ne se trouvait pas dans cette pièce.

— Où est-elle ? demanda-t-il à l'homme de Blackadder le plus proche.

— Qui ça, monseigneur ? répondit celui-ci en détournant les yeux.

— Votre maîtresse ! s'écria David en soulevant l'homme par le devant de sa tunique avant de se rapprocher de lui. Dites-le-moi maintenant.

— Dans sa chambre, répondit l'homme dans un filet de voix, désignant du doigt une porte voûtée. En haut de l'escalier.

David sentit monter à ses narines une soudaine odeur d'urine, et il laissa retomber le couard, dégoûté. Le malheureux s'était oublié.

— Emmenez-le au cachot, ordonna-t-il.

Le lâche avait abandonné sa maîtresse bien trop aisément.

David commença à gravir l'escalier en colimaçon pour atteindre les étages supérieurs, la main posée sur la garde de son épée. Il s'attendait à rencontrer des guerriers Blackadder qui protégeraient la dame du château. Mais il n'en vit aucun dans l'escalier, et aucun à la porte du premier étage.

Damnation ! Elle devait s'être enfuie. Il serra les dents en imaginant les gardes de la dame la guider à travers le tunnel.

David était sur le point d'ouvrir la porte de la chambre pour s'assurer qu'elle était vide quand Brian, un de ses meilleurs soldats, descendit l'escalier.

— Seigneur, j'ai vérifié toutes les chambres pendant que vous étiez dans la grande salle, déclara-t-il.

David avait mal à la mâchoire à force de la serrer.

— Il y a une porte à l'étage juste au-dessus de nous qui a l'air d'être barrée, indiqua Brian. Dois-je la défoncer ?

David lui fit signe de se mettre sur le côté et il tira une hache de sa ceinture tout en pressant le pas dans l'escalier.

— Ouvrez ! cria-t-il en tapant sur la porte.

Il n'attendit pas longtemps. Lady Blackadder pouvait s'échapper par une porte secrète en cet instant même. Trois grands coups de sa hache, et la porte se fendit. Il donna des coups de pied dedans pour finir par l'ouvrir en grand, puis il pénétra dans la pièce.

En voyant cette femme pour la première fois, il eut l'impression de s'enraciner dans le sol. Le jeune homme se sentit mal, et sa vue sembla se distordre, comme s'il avait avalé une potion magique capable de réduire son champ de vision. Dans la pièce, il ne vit rien d'autre qu'elle.

Elle était absolument magnifique, avec ses yeux violets, son teint pâle, et sa chevelure noire et brillante. Mais il y avait autre chose en elle, quelque chose allant au-delà de la beauté, quelque chose qui le tenait captif. Elle était jeune, bien plus qu'il ne le pensait, ses traits et sa silhouette étaient délicats, tout en contraste avec les violentes émotions qui perçaient dans son regard.

David savait dans les tréfonds de son âme qu'une brute comme lui n'était pas homme à pouvoir prétendre à une fleur si fragile, même si les mots « à moi » ne cessaient de battre dans sa tête, comme un tambour. Il n'avait aucune idée de la durée pendant laquelle il resta à la regarder ainsi avant qu'il se rende compte qu'elle tenait une épée. Il mit encore plus de temps à s'apercevoir que deux fillettes l'observaient à la dérobade, derrière les jupons de leur mère, avec des airs de chatons apeurés.

La colère saisit la poitrine du jeune Hume. Tous les hommes Blackadder du château encore en état de tenir debout auraient dû se trouver ici, et s'interposer entre lui et leur dame. Au lieu de cela, elle lui faisait face seule, avec une épée qu'elle pouvait à peine soulever à deux mains.

Bien que dérisoire, c'était un acte de bravoure.

Elle n'avait aucun moyen de se défendre contre lui.

Chapitre 5

Alison avait commencé à crier quand la lame de la hache avait fendu la porte, produisant un son similaire à celui d'ossements broyés, mais une terreur sans nom lui noua la gorge quand l'énorme guerrier qui avait manié l'arme s'avança dans ce qui restait de la porte. Il fit halte à l'entrée de la chambre, sa hache toujours levée, comme s'il s'apprêtait à frapper encore.

Dans son immobilité menaçante, Alison reconnut l'homme sur le cheval noir qu'elle avait vu de la tour. C'était la Bête de Wedderburn en personne. Son cœur battait si fort qu'elle avait l'impression que ses battements envahissaient la pièce.

Des dagues, une épée et des armes diverses étaient suspendues à ses ceintures et aux lanières de cuir accrochées à ses hanches ainsi qu'à son torse. Sa chevelure hirsute de bronze et d'or retombait sur ses épaules d'une largeur incroyable et couvertes d'une cotte de mailles. Ce qui effraya Alison bien plus que son arsenal étaient ses yeux verts et féroces, rivés sur elle, comme ceux d'un loup ayant repéré sa proie.

Ses filles commencèrent à sangloter derrière elle, et cela lui brisa le cœur.

— Reculez, ou c'est moi qui vais vous frapper ! cria-t-elle tout en maintenant la lame devant elle.

Alison était prête à donner sa vie pour les protéger si c'était nécessaire.

— Lâchez l'épée, dit l'homme d'une voix si grave qu'elle résonna jusque dans les entrailles d'Alison et fit flageoler ses genoux.

— Non ! Je ne vous laisserai pas toucher à un seul de nos cheveux !

— Lâchez-la maintenant.

Son impitoyable regard émeraude coupa le souffle de la jeune femme. Incapable de parler, elle se contenta de secouer la tête.

Il se déplaça si rapidement qu'elle ne se rendit même pas compte de ce qui se passait. Et pourtant, la voilà qui se tenait debout, les mains vides, et il était à côté d'elle, son épée à la main. Il l'avait désarmée tout aussi aisément qu'il avait pris son château.

Il se tenait si près d'elle que les contours de son torse puissant emplissaient le champ de vision de la jeune femme. Elle sentit la chaleur qui émanait du corps du colosse. Alison fut saisie de terreur en attendant de voir ce qu'il comptait faire ensuite, sachant qu'elle ne pourrait l'en empêcher. Comptait-il la découper en deux avec sa hache, tout comme il avait fendu la porte, ou la jetterait-il à terre pour la violer devant ses filles ?

Alison ferma les yeux de toutes ses forces et pria pour connaître une mort rapide.

David baissa les yeux sur la dame du château, un bout de femme dont la tête ne lui arrivait pas même au menton.

Il était très fier du soin avec lequel il avait prévu chaque étape pour venger son père, et protéger sa famille et son clan. La veuve Blackadder avait toujours été la clé. Et pourtant, il n'avait jamais véritablement songé à cette femme. Il se rendit compte tardivement qu'il n'était pas du tout préparé à la rencontrer.

Diantre, il ne savait même pas comment s'adresser à elle. *Pas « veuve Blackadder »*. Non, il ne l'appellerait pas par le nom de son ennemi, comme si ce trépassé avait encore autorité sur elle. Il avait entendu son prénom auparavant. Lequel était-ce ? Alison ? Oui, c'était cela. Lady Alison.

Il devait lui parler, lui indiquer quel serait son destin. Avant qu'il puisse prononcer le moindre mot, elle rejeta la tête en arrière et ouvrit les paupières. Il fut frappé de mutisme, perdu dans ses yeux couleur de violette. Il avait l'impression de traverser une chaude journée d'été. Il sentait quasiment la brise légère sur son visage, il entendait presque les oiseaux chanter et il humait pour ainsi dire l'odeur des fleurs sauvages.

Dieu du ciel, était-il en train de perdre la raison ?

— Je vous en prie, dit-elle d'une voix étouffée. Pas devant mes filles.

Ces paroles le sortirent brutalement de sa transe. *Pas devant ses filles ?* Elle pensait qu'il voulait lui faire du mal ? Ou, pire encore, qu'il allait la violer ?

David s'en sentit insulté. Il s'était peut-être donné du mal pour se créer une réputation effrayante, mais il n'avait jamais abusé d'une femme, et il n'avait jamais autorisé ses hommes à le faire. Toutefois, lady Alison était clairement terrifiée face à lui. Son corps tout entier en tremblait.

David ressentit le besoin de la rassurer. Instinctivement, il leva la main vers sa joue – et la dame s'effondra à ses pieds.

Grands dieux, qu'avait-il fait ? Les deux fillettes se laissèrent tomber par terre au côté de leur mère dans un amas de rubans féminins, de chevelures noires et brillantes, et de jupons de soie. Elles pleuraient, rappelant au jeune homme des chatons miaulant.

— Chut, leur dit-il avant de s'agenouiller pour sentir le pouls d'Alison. Elle s'est seulement évanouie.

Bon sang, il n'avait même pas levé la main sur elle. Cela n'augurait rien de bon. Qu'allait-il faire d'une créature aussi délicate ?

Il entendit une toux derrière lui et se tourna pour découvrir plusieurs de ses hommes se tenant sur le seuil de la porte. Pensaient-ils qu'il était incapable de s'occuper d'une femme inconsciente et de deux gamines seul ?

— Gardez le reste du château, leur ordonna-t-il.

Quand il se retourna, la plus âgée des deux filles le dévisageait, un poing sur la hanche.

— Ma mère ne s'évanouit jamais, déclara-t-elle.

Il haussa un sourcil dans sa direction, puis posa les yeux sur sa sœur cadette, qui suçait son pouce. Toutes deux étaient brunes et jolies, comme leur mère.

— Reculez-vous, leur dit-il avant de passer un bras sous le corps de lady Alison.

L'aînée lui tapa sur l'épaule.

— Vous n'avez pas intérêt à lui faire de mal !

— Je ne fais que la porter à son lit, se défendit-il, même s'il n'avait pas pour habitude de justifier ses actes. Je ne lui ferai aucun mal.

— Promis ? demanda la plus jeune.

David prit une profonde inspiration et se rappela qu'elles n'étaient que des enfants.

— Je protégerai votre mère au péril de ma vie, affirma-t-il. Tout comme je vous protégerai.

Les deux fillettes écarquillèrent les yeux.

— Vous relevez de ma responsabilité à présent, leur dit-il.

Cela les confina au silence un instant. Précautionneusement, il souleva lady Alison du sol. Elle était légère comme une plume, ce qui le fit se sentir lourd comme un bœuf, mais sa silhouette légère était douce et n'était pas dénuée de courbes très féminines. Tandis qu'il la posait sur le lit, il effleura du bout des doigts la poitrine de la jeune femme, et sa gorge s'assécha.

Il ne s'était pas attendu à ce que la veuve ressemble à cela. Comme il baissait les yeux sur son teint pâle, pur, et son visage angélique, il fut choqué de l'imaginer partager la couche de Blackadder, cet homme maussade et brutal âgé d'une cinquantaine d'années. Elle devait être à peine en âge lorsqu'elle avait épousé ce salaud. Il s'imagina à quoi la jeune fille avait dû ressembler le jour de leurs noces, fraîche comme la rosée du matin, les joues délicatement colorées.

Et maintenant, c'était au tour de David d'être la brute sans mérite qui partagerait sa couche.

Après un long moment, il se rendit compte que les bruits de combat avaient cessé. Ses hommes devaient attendre ses ordres.

Il tira le couvre-lit sur lady Alison et vérifia son pouls une nouvelle fois. Les battements étaient puissants et elle commençait à recouvrer des couleurs. Pourtant elle avait l'air encore si fragile qu'il était mal à l'aise à l'idée de la laisser là.

Il observa sa poitrine se soulever et s'abaisser sous l'effet de son souffle assez court, mais régulier, puis son regard dériva vers ses lèvres entrouvertes. Le jeune homme secoua la tête, se demandant depuis combien de temps il était resté planté là à la regarder comme un imbécile. Par tous les saints, qu'est-ce qui clochait chez lui ?

— Toi, dit-il en désignant du doigt la vieille femme qui était terrée dans un coin et n'avait pas fait le moindre bruit. Peux-tu veiller sur ta maîtresse ?

La vieillarde hocha la tête.

— Alors, fais-le.

Il se tourna brusquement pour partir, mais il marqua une pause quand il vit les deux filles qui se tenaient entre lui et la porte en se donnant la main. Ces deux fillettes étaient les héritières de Blackadder. Il avait des projets bien précis pour elles une fois qu'elles seraient en âge – mais il n'avait aucune idée de quoi faire d'elles en attendant.

Et s'il en jugeait par leur taille, cette attente risquait de durer des années. *Ah, encore une faille dans ses projets !* Il s'était un peu occupé de ses frères quand ils étaient petits, mais il n'avait jamais passé un seul jour de sa vie avec des petites filles.

— Votre mère va bien, dit-il en se mettant à genoux pour leur parler. Elle a seulement besoin d'un peu de repos.

Les boucles sombres de la benjamine rebondirent quand elle inclina la tête pour observer l'homme de ses grands yeux bleus. Après un long moment, elle déclara :

— J'ai faim.

David se détendit. Peut-être que les petites filles n'étaient pas si différentes des petits garçons après tout.

— Venez. Je vais vous mener dans la grande salle pour manger un morceau.

Quand il commença à descendre l'escalier, la plus jeune l'étonna en glissant sa petite main dans la sienne. Il faudrait qu'il surveille celle-là de près, car cette enfant accordait sa confiance bien trop facilement.

— Margaret, arrête ! siffla sa sœur, qui partageait apparemment les inquiétudes de David, mais elle les suivit dans l'escalier.

Étrange, comme cette petite main lui donna l'impression que ses nouvelles responsabilités pesaient bien lourd sur sa poitrine.

Chapitre 6

La réaction de David envers lady Alison l'irritait davantage à chaque instant. Il était déjà de bien mauvaise humeur quand il entra dans la grande salle suivi des deux filles et qu'il vit les servantes serrées les unes contre les autres dans un coin.

— L'une de vous va monter voir votre maîtresse, leur ordonna David. Les autres, apportez-nous à manger et à boire.

Les domestiques le regardèrent comme s'il venait de leur demander d'assassiner leur propre enfant. Par tous les saints, ces femelles Blackadder étaient bien impressionnables !

— Emmène quelques-unes de ces femmes aux cuisines, et reviens avec de quoi manger, dit-il à Brian, qui se tenait près de lui.

Ce dernier revint peu de temps après.

— Il n'y a rien à manger ici.

— Rien ?

La colère de David commença à gonfler dans ses veines. Lady Alison était belle, mais elle devait bien mal gérer sa demeure, sinon elle ne serait pas arrivée à court de victuailles aussi rapidement. Toutefois, ce ne fut pas son incompétence qui le rendit furieux.

Il envoya des hommes chercher leur chariot à provisions au-delà de la porte. Peu de temps après, il observa les deux fillettes se ruer sur leur repas composé de bœuf séché et de pain rassis, comme si c'était un véritable festin.

Pourquoi diable lady Alison ne s'était-elle pas rendue plus tôt ? Si elle avait fait usage du bon sens que Dieu lui avait donné, elle aurait vu que la situation était sans espoir. Au lieu de cela, elle avait laissé sa maisonnée, y compris ses fillettes, souffrir de la faim à cause de son entêtement pur et simple.

Alison rêvait que quelqu'un l'avait bordée, chose que personne n'avait faite pour elle depuis sa plus tendre enfance. Dans son rêve, elle se sentait en sécurité. Ce sentiment la quitta dès l'instant où elle ouvrit les yeux. Pendant un long moment, elle demeura immobile, incapable d'identifier la source de son anxiété.

Elle se redressa tout d'un coup. La Bête de Wedderburn s'était tenue dans cette chambre. La dernière chose dont elle se souvenait était d'avoir vu ce diable debout au-dessus d'elle, son regard vert et dur la transperçant... puis il l'avait touchée.

Elle passa les mains sur son corps, mais ne sentit aucun écoulement de sang, aucune blessure. Ses vêtements n'étaient pas déchirés. Elle regarda dans la pièce alentour et ne vit que Flora, le regard perdu dans le vide. La panique saisit Alison.

Ses filles étaient parties. Cet homme monstrueux lui avait pris ses précieuses petites filles.

— Qu'a-t-il fait d'elles ? cria-t-elle à Flora, mais la vieille femme se contenta de lui adresser un regard vitreux.

Alison bondit hors de son lit, et son champ de vision s'obscurcit. Elle s'accrocha à une des colonnes du lit pour éviter de tomber et se contraignit à prendre de lentes inspirations jusqu'à ce qu'elle recouvre la vue. Puis elle partit à la recherche de ses enfants.

N'ayant pas entièrement confiance en ses jambes, elle appuya une main contre le mur en descendant l'escalier en colimaçon. Des échos de voix masculines résonnaient dans la pièce principale, mais elle ne perçut aucun cri. Alison se sentit coupable d'avoir dormi pendant que des violences avaient pu survenir lors de la chute du château, et elle fut peinée pour ceux qu'elle n'avait pu protéger. Avait-elle été épargnée grâce à son statut de noble ?

Ou son tour n'était-il pas encore venu ?

Elle se prépara au pire, s'attendant à trouver du mobilier cassé et un certain chaos dans la grande salle. Le besoin de sauver ses enfants lui donna le courage de continuer sa descente de l'escalier sur des jambes flageolantes. Quand elle arriva en bas, elle observa la pièce principale à travers la porte basse et voûtée. Son foyer était empli de nombreux hommes qu'elle ne connaissait pas, des guerriers revêches, avec des armes qui pendaient à leur ceinture et dans leur dos, mais ils étaient assis aux longues tables sur tréteaux de façon si ordonnée que c'était un spectacle d'une incongruité confinant à l'étrange.

Elle prit une profonde inspiration et pénétra dans la salle. Le silence s'abattit sur la pièce caverneuse quand tous les soldats Hume se tournèrent pour la regarder.

Lorsqu'elle vit Wedderburn dans le siège du seigneur à la haute table, flanqué de ses deux filles, une rage aveugle s'empara de la jeune femme. Elle traversa la salle à toute vitesse pour se tenir devant la table, poings serrés.

— Si vous touchez à un seul cheveu de mes filles, je vous tue, je vous le jure.

Wedderburn ne trahit aucune réaction, si ce n'est un léger haussement de sourcils. Après une longue pause, il prit la parole d'une voix douce.

— C'est la seconde fois que vous menacez de me tuer. Je vous suggère de ne pas recommencer, dit-il. Et pour ce qui est de vos filles, je ne fais rien de plus que de les nourrir.

— Les nourrir ?

Son sang battant dans ses oreilles, Alison n'était pas sûre d'avoir bien entendu.

Elle tourna les yeux vers ses enfants qui se gavaient de bœuf séché et de pain des deux mains, comme si elles craignaient qu'elle leur interdise de manger.

— Oui, les nourrir, reprit Wedderburn, attirant de nouveau son attention sur lui. Chose que vous avez négligé de faire.

— Que j'ai négligé ? répéta-t-elle. Comment osez-vous ? Si elles ont faim, c'est parce que vous avez entravé nos approvisionnements.

— C'est délicieux, maman, les interrompit Beatrix, parlant la bouche pleine. Il faut que tu en prennes.

L'odeur du pain la fit se sentir subitement faible, et des étoiles commencèrent à apparaître dans son champ de vision. Elle agrippa la table pour se stabiliser, déterminée à ne plus montrer aucune faiblesse face à cet individu.

L'instant d'après, elle se trouva penchée en arrière, les yeux relevés vers le visage dur et beau de Wedderburn. Elle cligna des paupières à plusieurs reprises, tâchant d'éclaircir son champ de vision. Le jeune homme avait-il vraiment bondi par-dessus la table pour la rattraper ? La chaleur et la puissance du corps qui l'entourait lui indiquaient que ce n'était pas le fruit de son imagination.

L'espace furtif d'un instant, il fronça les sourcils, l'air inquiet. Puis son regard s'assombrit, avec une intensité qui coupa le souffle à la jeune femme. Il posa les yeux sur ses lèvres, et elle eut la folle impression que cet étranger allait l'embrasser ici même, dans la grande salle, devant les hommes et toute la maisonnée.

David se perdait dans ce regard violet impénétrable. Le corps de la jeune femme était d'une douceur délicieuse et épousait parfaitement la forme de ses bras. Il se pencha vers elle, attiré comme un aimant par ses lèvres rouges. Mais avant de les atteindre, il sentit les bras d'Alison se raidir.

— Bas les pattes, dit-elle en le repoussant.

David ne se laissait jamais aller de la sorte. Il gardait toujours son sang-froid. Cette femme était dangereuse.

— Cessez de lutter, lui commanda-t-il, et sous son regard inquisiteur, le corps de la jeune femme s'assouplit.

Il la prit dans ses bras et contourna la table pour ensuite l'asseoir entre les fillettes et lui.

— Vous devriez plutôt me remercier de vous avoir empêchée de tomber. Vous étiez encore en train de vous évanouir.

— Pas du tout.

Quel était l'intérêt de nier l'évidence ? *Ah, les femmes !*

— Maman est faible parce qu'elle a faim, dit la fille aînée, dont David savait maintenant qu'elle s'appelait Beatrix.

Une fois de plus, le jeune homme sentit une vague de fureur monter en lui face aux souffrances inutiles que l'entêtement de la jeune femme avait causées.

— Mangez doucement, sinon vous allez vous rendre malade, ordonna-t-il en poussant un plateau dans sa direction.

Son avertissement se révéla inutile. Même affamée au plus haut point, lady Alison mangeait avec la délicatesse d'un moineau. David était contrarié.

— À quel moment êtes-vous arrivés à court de nourriture ? lui demanda-t-il.

La jeune femme lui décocha une œillade assassine, mais ne lui répondit pas.

— Nous ne mangeons que du bouillon simple depuis deux jours, intervint Beatrix. Mais maman a toujours refusé sa portion.

Lady Alison adressa à sa fille un regard réprobateur.

— Quand avez-vous mangé pour la dernière fois ? questionna-t-il.

Elle haussa les épaules et continua de picorer son repas.

— Quand ? répéta-t-il, sans hausser le ton, même s'il était si furieux qu'il commençait à voir rouge.

— Elle n'a pas mangé sa part hier, l'informa Beatrix avec insouciance, ignorant le regard lourd de reproches de sa mère. Ni avant-hier.

David serra les mâchoires si fort que c'en devint douloureux, mais avant de reprendre la parole, il attendit que la jeune femme et ses filles aient fini de se restaurer.

— Escortez ces dames à l'étage, et gardez leur porte, intima-t-il en désignant du doigt deux de ses hommes.

Dès qu'ils eurent disparu dans l'escalier, il sortit du donjon pour aller dans la cour, où étaient détenus les guerriers Blackadder capturés. Il leur ordonna de se mettre debout et entreprit de faire les cent pas devant eux.

— Quel genre d'hommes êtes-vous ? tonna-t-il à l'adresse des prisonniers. À vous remplir la panse alors que votre maîtresse, la dame que vous êtes censés protéger, mourait de faim ?

Il pouvait comprendre, sans le leur pardonner, qu'ils n'aient pas réussi à protéger sa porte, voyant cela comme le résultat d'une grave erreur causée par la confusion des affrontements. Mais prendre leurs repas tandis qu'elle était assise à table sans rien manger indiquait un mépris total de son bien-être. Peu importait ce que lady Alison avait fait pour mériter leur courroux – et elle avait bien dû leur faire quelque chose –, rien ne pouvait excuser ce traitement honteux de la dame du château.

— Je devrais tous vous faire fouetter jusqu'à ce que vous frôliez la mort, leur cria-t-il. C'est la veuve de votre seigneur, vous lui deviez votre protection.

— C'est une Douglas, elle n'est pas des nôtres, marmonna un des prisonniers entre ses dents.

— Dieu du ciel, je vais t'apprendre le respect, dit David avant de projeter le guerrier Blackadder en avant.

L'homme était gros comme un bœuf et n'avait pas l'air plus malin si l'on en croyait l'attitude hautaine qu'il adoptait face à David.

— Donnez-lui une épée, cria ce dernier tout en brandissant la sienne.

Dès qu'un des hommes de Wedderburn tendit une épée au guerrier Blackadder, celui-ci chargea comme s'il s'attendait à couper son adversaire en deux dès la première attaque. Quand le seigneur Hume l'esquiva, l'imbécile perdit l'équilibre, et David le poussa par terre, où il tomba sur les fesses. Le jeune homme le laissa se relever et réessayer, pour la seule satisfaction de le frapper une fois de plus.

Il affronta le guerrier Blackadder à travers la cour, leurs lames ne cessant de s'entrechoquer. Quand David finit par plaquer son adversaire contre le mur, il exécuta une dernière estocade et le désarma. Le vaincu tomba à genoux et accepta sa défaite.

David se tourna vers les autres prisonniers.

— Qui prend la suite ?

Il combattit une demi-douzaine de Blackadder, les uns après les autres, les accablant de son épée jusqu'à ce que chacun se soumette et que plus aucun ne s'avance au combat.

Quand il eut terminé, chaque homme de Blackadder savait que s'il était encore en vie, c'était parce que David Hume, le seigneur de Wedderburn, avait eu pitié de lui – cette fois-ci.

— Emmenez-les au cachot, ordonna-t-il. Je déciderai de leur sort plus tard.

À présent, il était temps de révéler son sort à la dame du château.

Alison avait mal au crâne à force d'entendre le choc des épées. Pourtant, elle avait été incapable de s'éloigner de la fenêtre jusqu'à ce que Wedderburn ait vaincu tous les hommes Blackadder ayant voulu lever leur arme contre lui. À quoi pouvait bien servir cette démonstration ?

Pour être honnête, elle avait ressenti une certaine satisfaction quand elle avait regardé pour la première fois par la fenêtre et avait vu Wedderburn combattre Walter, l'énorme guerrier brun qui avait refusé de porter son message, puis le vaincre à la vitesse de l'éclair. Le seigneur Hume faisait preuve d'une violence non dénuée de grâce avec son épée, et il ne trahit à aucun moment le moindre signe de fatigue, malgré l'enchaînement des combats. Ces efforts physiques devaient lui avoir donné chaud toutefois, car au bout d'un moment, il retira sa tunique et sa chemise.

Alison continua de le regarder tandis qu'il s'aspergeait de l'eau d'un seau tiré du puits de la cour. C'était une vile brute, mais la jeune lady comprit pourquoi d'autres femmes pouvaient être en admiration devant cet homme. Son torse musclé et élancé paraissait si différent de celui de son époux. Alison frissonna en repensant au ventre proéminent de Blackadder et à son torse mou couvert de poils gris. Dieu soit loué, elle n'aurait plus jamais à revoir la chair de son mari, ni à sentir son contact, ni à entendre sa voix.

Elle tâcha de se défaire de ces souvenirs amers et rejoignit ses filles, qui jouaient avec leurs poupées sur le lit, comme s'il s'agissait d'une journée tout à fait ordinaire. Elle lissa leurs cheveux pour dégager leurs fronts et les embrassa.

— Est-ce que cet homme vous a fait du mal ? leur demanda-t-elle une nouvelle fois.

— Non, maman, répondirent-elles en chœur tout en continuant de jouer.

Ses filles pensaient que le danger était passé. Elles ne comprenaient pas qu'elles se trouvaient à présent à la merci d'un individu violent, la Bête de Wedderburn.

Quand les frères d'Alison apprendraient leur terrible sort, ils viendraient à leur rescousse avec tant de guerriers Douglas que les talents au combat de Wedderburn n'auraient plus aucune importance. Ils le chasseraient, lui et ses hommes, du château de Blackadder.

Pour sa part, Alison devait s'assurer que ses filles et elle parviennent à survivre jusque-là.

Au son de la porte brisée qui frottait contre le sol, elle fit volte-face. Un éclair de panique la traversa quand elle vit Wedderburn entrer dans sa chambre sans frapper, comme s'il était en droit de le faire. Il avait l'air encore plus dangereux avec sa chemise plaquée sur sa peau perlant de sueur et moulant les muscles ciselés de son torse.

Il posa lentement les yeux sur elle, l'observant de nouveau des pieds à la tête.

— Je vois que vous vous sentez mieux.

Sa remarque aurait pu sembler polie, mais ses yeux trahissaient la sauvagerie d'un chasseur.

— Il vaut mieux que nous soyons seuls pour parler de nos affaires, déclara-t-il en jetant un coup d'œil à Beatrix et Margaret, qui avaient oublié leurs poupées pour le regarder avec de grands yeux.

La jeune femme supposa que ces « affaires » n'étaient autre que la rançon. Elle ne voulait pas discuter du prix de ses filles devant elles, donc elle n'opposa aucune résistance.

— J'ai fait venir la gouvernante, annonça-t-il en désignant d'un signe la porte, mais j'ai l'impression qu'elle ne sera pas d'une grande utilité.

Alison vit le jupon de la morne robe de Flora dans l'encadrement de la porte défoncée.

— Elle irait mieux si vous ne l'aviez pas effrayée à ce point, la pauvre, dit Alison, se surprenant elle-même d'être si audacieuse. Les filles, allez avec Flora dans une des autres chambres.

Beatrix et Margaret regardèrent leur mère par-dessus leur épaule tandis qu'elles sortaient lentement de la pièce.

Alison tenta de leur adresser un sourire rassurant, puis elle déglutit bruyamment quand Wedderburn ferma la porte derrière elles sans ménagement.

Elle était seule avec son ravisseur.

Chapitre 7

Le regard perçant de Wedderburn donnait à Alison l'impression d'être un lapin acculé par un aigle dans une vaste clairière. Quand elle se rendit compte qu'elle était encore assise sur le lit et qu'elle bondit sur ses pieds, Wedderburn cessa de la regarder assez longtemps pour prendre une chaise située près de la cheminée et la poser devant elle.

—Asseyez-vous.

Alison ressentit l'envie pressante de courir, comme le lapin lorsque l'aigle descend sur lui en piqué, toutes serres dehors.

—Ce n'était pas une invitation, insista-t-il. Nous devons parler, et je ne veux pas que vous vous évanouissiez une nouvelle fois.

Il n'y avait aucune échappatoire. Alison s'assit donc et croisa les bras autour de sa taille. Il tira une autre chaise et s'installa face à elle, dans une proximité qui la mit mal à l'aise. Elle se recula pour éviter que leurs genoux ne se touchent. S'il essayait de l'intimider, il avait réussi.

Son regard scrutateur et son silence mirent les nerfs de la jeune femme à vif jusqu'à ce qu'elle prenne la parole.

— Vu que vous ne nous avez pas assassinées, mes filles et moi, je suppose que vous comptez nous échanger contre une rançon.

Elle humecta ses lèvres sèches et pria pour qu'il n'ait pas simplement voulu retarder l'heure de leur assassinat.

— Ma famille s'attendra à ce que vous nous traitiez bien jusqu'à ce que la rançon soit réglée, ajouta-t-elle.

— Une rançon, dit-il en la toisant de son féroce regard vert. C'est ce que vous croyez que je veux ?

— Il serait idiot de nous faire du mal, répondit-elle. Je suis la sœur de la reine par alliance.

— De ce que j'ai entendu, la reine ne tient pas les Douglas en très bonne grâce ces jours-ci, fit-il remarquer en inclinant la tête. Je crois qu'elle aimerait surtout voir son mari pendre au bout d'une corde.

Alison avait espéré que le mécontentement de la reine envers Archibald ne soit pas arrivé aux oreilles de Wedderburn, mais il était clairement au courant. *Pas étonnant qu'il ne craigne aucun châtiment royal.*

— Vous accordez trop d'importance à une petite querelle d'amoureux, dit-elle. Je vous assure que la reine aime mon frère avec grande passion.

— C'était le cas à une époque, et c'est bien là le problème, non ? lança Wedderburn en riant jaune. Les amours passionnelles se transforment bien souvent en haines.

Dans le cas de la reine, cela semblait s'avérer. Alison prit une profonde inspiration et décida de tenter d'attaquer sous un autre angle.

— Le clan Douglas est puissant, répliqua-t-elle. Mes frères vont vite arriver avec des centaines – non, des milliers – de guerriers pour me sauver.

— J'en doute, dit-il en s'adossant à sa chaise.

— Alors, vous faites erreur, seigneur Wedderburn, lui répondit-elle, ennuyée de voir qu'il ne semblait pas le moins du monde inquiet à l'idée de voir des hordes de soldats Douglas lui infliger un chaos vengeur.

David se pencha en avant et posa les coudes sur ses genoux. Son visage à la froide beauté était si proche de celui d'Alison qu'elle put voir les paillettes dorées de ses yeux verts et les gouttes d'eau qui perlaient sur sa chevelure.

— Peut-être qu'il faudrait que je vous avoue que j'ai intercepté votre message, annonça-t-il.

— Vous détenez Garrett ? s'étonna-t-elle, submergée par le désespoir, rapidement suivi d'un sentiment de culpabilité. Qu'avez-vous fait à ce pauvre homme ? L'avez-vous tué ?

Wedderburn prit une profonde inspiration avant de répondre :

— Non, je ne l'ai pas tué.

— Alors, que lui avez-vous fait ? demanda Alison en songeant qu'elle ne se le pardonnerait jamais. Comment avez-vous pu faire du mal à Garrett ? C'est un vieillard.

— Il n'est pas blessé, indiqua-t-il.

— Je ne vous crois pas, rétorqua-t-elle en se détournant pour réprimer ses larmes.

— Je suis coupable de nombreuses transgressions, ma chère, mais je ne suis pas un menteur, dit-il.

Il se leva et s'approcha de la porte, d'où il parla à voix basse à un guerrier qui se tenait devant. Alison fut gagnée par un certain malaise quand il s'adossa au mur, les bras croisés, et se mit une fois de plus à l'examiner avec minutie. Les capacités de cet homme à rester immobile étaient énervantes.

— Je préférerais que vous quittiez ma chambre à présent, décréta-t-elle.

— Vous et moi, nous sommes loin d'en avoir fini, lady Alison.

La jeune femme sentit son pouls s'accélérer en l'entendant proférer cette menace.

— Dans ce cas, je vous supplie de me dire ce que vous avez à dire, qu'on en finisse.

À peine eut-elle achevé de prononcer cette phrase que Garrett fit irruption dans la pièce, poussé par le garde à la porte.

— Dieu soit loué, tu es en vie, s'exclama lady Alison en prenant la main de Garrett pour la serrer.

David l'observa accueillir le vieil homme. Il n'était qu'un serviteur, mais elle le traitait avec une chaleur qui énerva David. Elle était tellement douce. Pas du tout le genre de femme qui ferait sa compagne.

Et pourtant, il ne faisait aucun doute qu'il avait envie de la posséder. *Vraiment.*

— Je me porte bien, milady, lui répondit le vieillard.

— Tu n'as pas réussi à trouver mes frères, mais je te suis très reconnaissante d'avoir essayé, dit lady Alison.

— Mais si, je l'ai fait, la détrompa le vieil homme en hochant la tête.

— Fait quoi ? demanda Alison, l'air surprise.

Le vieux Garrett dévoila ses dents cassées et manquantes dans un large sourire.

— Je leur ai porté votre message, madame.

Il lui tenait encore les mains et la regardait avec des yeux de merlan frit, comme s'il était un gamin de douze ans enamouré.

— C'est assez, décréta David. Lâchez Madame.

Le vieillard laissa retomber les mains de la jeune femme comme si elles lui avaient brûlé la peau.

— Laisse-nous, lui ordonna David. (Il attendit que la porte se referme derrière le domestique âgé avant de reprendre la parole.) Vous avez fait le bon choix avec le vieux Garrett. J'avais fait surveiller toutes les routes, et il nous a échappé la première fois.

David montait la garde sur son cheval en haut d'une colline donnant sur la route d'Édimbourg quand il avait vu une silhouette solitaire ramper à plat ventre dans les hautes herbes. Cela faisait des jours qu'il s'attendait à ce que la dame de Blackadder tente de faire parvenir un message aux frères Douglas. David avait surveillé le chemin avec ses hommes, espérant intercepter le messager en route pour Édimbourg, ou tout du moins voir les guerriers Douglas sortir de la ville au galop assez tôt pour se retirer et retarder son attaque contre le château.

Ce qui avait surpris David avec cet homme qui se faufilait dans les herbes était qu'il voyageait dans le mauvais sens. Il avait failli laisser échapper le vieillard.

— La première fois ? s'enquit lady Alison. Je ne comprends pas.

— C'est au retour d'Édimbourg que je l'ai arrêté, expliqua David.

— Garrett a réussi à passer ! s'écria lady Alison, un éclair de triomphe dans les yeux.

— Oui.

Il attendit qu'elle se rende compte de ce que cela signifiait, mais elle avait une trop grande confiance en ses frères pour voir la vérité en face.

— Si vous avez une once de raison, avertit-elle, vous feriez mieux de vous échapper avant que mes frères n'arrivent avec tous leurs hommes.

— Quand j'ai arrêté Garrett, dit David en parlant lentement, il portait une missive pour vous.

Elle écarquilla ses yeux violets tandis que David lui tendait le parchemin tiré de la sacoche en cuir suspendue à sa ceinture. Le sceau était brisé – il avait lu le message, bien sûr –, mais il était reconnaissable entre tous. Vu la façon dont la main de la jeune femme tremblait quand elle lui prit la lettre, elle devait commencer à se douter de son contenu.

David l'observa attentivement pendant qu'elle la lut. Elle fronça ses sourcils délicats, causant une petite ride sur son front. Puis elle haleta, et devint blanche comme un linge.

— Venez, asseyez-vous, ordonna-t-il en lui prenant le bras.

Elle se comportait comme si elle n'avait aucune conscience de la présence de David qui la guidait vers sa chaise. Ses yeux se perdaient dans le vague, et elle se laissa tomber sur son siège. Le jeune homme s'installa en face d'elle, pour voir son visage et jauger sa réaction.

— Mes frères étaient au courant de mon embarras et ne sont pas venus, murmura-t-elle.

Une larme coula le long de sa joue.

David se félicitait habituellement d'avoir les nerfs solides, mais à la vue de cette larme, un élan de panique parcourut ses veines. *Miséricorde, faites qu'elle ne pleure pas.*

Elle aurait dû savoir qu'elle ne pouvait rien attendre de mieux des Douglas, elle-même en étant une. Peut-être qu'à présent elle serait prête à accepter son sort.

— Ils auraient pu me sauver, dit-elle, d'une voix si basse qu'il l'entendit à peine.

Enfin, elle leva les yeux du parchemin, et la douleur que trahissaient ses beaux yeux le frappa comme un coup de poing en pleine poitrine.

— Cela n'aurait fait aucune différence, si vos frères étaient venus, répliqua-t-il en lui relevant le menton du bout des doigts. Vu que j'ai décidé de vous prendre, vous et votre château, rien ni personne ne pourra vous sauver.

Alison avait vaguement conscience des doigts de Wedderburn sous son menton, mais elle ne le repoussa pas. Après le choc de l'abandon de ses frères, elle mobilisait déjà toutes ses forces pour rester droite.

Les mots qu'elle avait lus sur le parchemin étaient comme gravés en lettres de feu dans son champ de vision.

Prends patience, chère sœur, et ne faiblis pas. Chaque jour, plus d'hommes se joignent à nous, et je suis convaincu que nous allons bientôt rétablir la gloire passée de notre famille. Une fois notre succès assuré, j'enverrai de l'aide le plus rapidement possible.

D'ici là, tiens bon.

Archibald

Le message que George avait griffonné au bas de la lettre la blessa encore plus que le refus impitoyable d'Archibald. George avait toujours été son allié. Si son aîné se montrait d'abord réticent, George était censé le convaincre du contraire. Archibald l'écoutait. George aurait pu le persuader.

Ma chère Allie, sois courageuse. Si le pire devait survenir, ne sous-estime pas le pouvoir d'une fille belle et intelligente comme toi pour faire ployer la volonté d'un homme.

Pensées affectueuses, de ton frère qui t'aime,

George

La vie d'Alison et celle de ses filles étaient en jeu, et ses frères lui conseillaient de « tenir bon » et de jouer de ses battements de cils.

Elle repoussa le doigt de Wedderburn et tenta de se ressaisir. Ses frères étant trop occupés pour la protéger, elle avait déjà perdu leur foyer. Et maintenant, ce voleur de nuit glorifié allait calculer leur valeur et réclamer une rançon. Heureusement, cette rançon permettrait à ses frères de préserver leurs précieux guerriers.

— Mes frères n'ont pas une estime de moi aussi haute que je le pensais, admit-elle, la voix tremblant légèrement. Toutefois, ils paieront une rançon honnête. Puis-je vous demander combien vous comptez exiger pour nous ?

Elle pria pour que ses frères ne soient pas hésitants face au coût et ne la laissent pas à la merci de cet assassin de Hume trop longtemps.

— Je ne suis pas en quête de rançon, affirma Wedderburn, sans la quitter du regard une seule seconde.

— Pas de rançon ? dit Alison en clignant des yeux dans sa direction. Vous nous laissez libres ?

L'espoir gonfla le cœur de la jeune femme. Ce martyre parviendrait bientôt à son terme. Elle ferait alors ses bagages sur-le-champ. Que serait-elle autorisée à emporter ? Pas ses bijoux, mais peut-être quelques robes. Beatrix et Margaret laisseraient couler des larmes amères à l'idée de quitter leurs poneys. Y avait-il l'ombre d'un espoir que Wedderburn autorise les filles à les garder ?

— Non, répondit Wedderburn d'une voix grave, ce qui interrompit les pensées de la jeune femme.

L'espace d'un instant, elle avait dû penser tout haut et il refusait simplement cette requête. Puis son cœur sombra quand elle se rendit compte qu'il disait « non » à bien plus que les poneys.

— Je ne peux pas vous laisser libres, dit-il sur un ton aussi implacable que le vent du nord.

— Mais pourquoi ? demanda-t-elle. Si vous n'exigez pas de rançon pour nous, pour quelle autre raison voudriez-vous…, reprit-elle, puis sa voix s'érailla à mesure que la dernière possibilité lui venait à l'esprit.

Elle se sentit étouffer. Non, cela ne pouvait pas lui arriver. *Pas encore.*

Et pourtant, Wedderburn la regardait comme s'il pensait déjà la posséder.

Chapitre 8

— Je vous prends pour épouse, l'informa David, bien qu'il sût qu'elle avait déjà compris.

— Je ne vous épouserai pas, objecta-t-elle en se levant et en le repoussant de ses poings serrés. Je refuse.

David s'en voulut d'avoir manqué de clairvoyance à ce sujet. Depuis le jour de l'exécution de son père et de son oncle, il avait prévu chacune des étapes qui le mèneraient ici. Épouser la veuve avait toujours fait partie de son dessein – c'en était l'élément central. Et pourtant, il avait omis de penser qu'elle pourrait rechigner à accepter cette situation.

À la vérité, cela ne faisait aucune différence quant au résultat final, mais il aurait dû anticiper cette complication.

— Je ne peux vous permettre de refuser, dit-il. Le mariage aura lieu dès que mes frères seront arrivés.

— Vos frères ? s'enquit-elle, frappée d'horreur. Il existe d'autres hommes comme vous ?

Par tous les saints, David regrettait de ne pas avoir rempli sa gourde de whisky avant d'entamer cette conversation avec elle.

— Mes frères devraient être ici demain, répondit-il entre ses dents. Cela vous laisse une journée tout entière pour vous faire à l'idée de devenir mon épouse.

— Une journée tout entière ? Quelle marque de considération, lança-t-elle en croisant les bras. Je peux vous assurer qu'une année tout entière et un jour ne suffiraient pas.

David trouva son ton irritant, mais il préférait la voir mécontente que désespérée, comme elle l'avait été auparavant. Il espérait que cette colère affûterait son esprit, tout comme c'était le cas pour lui, afin qu'il puisse la raisonner.

— Il n'existe aucun moyen d'échapper à cette union, déclara-t-il. C'est pourquoi je vous suggère de vous y résigner.

— M'y résigner ? répéta-t-elle en haussant le ton. Je préfère encore me laisser ébouillanter avec de l'huile.

Maintenant, elle commençait à devenir vraiment pénible.

— Beaucoup de mariages se contractent dans des circonstances similaires, dit-il après avoir marqué une pause pour prendre une profonde inspiration. Si vous y réfléchissez bien, vous verrez que cet arrangement est avantageux pour nous deux.

— Ah, oui ? rétorqua-t-elle en haussant les sourcils. Quel avantage pourrais-je tirer de ce mariage ?

— Pour commencer, vous auriez un meilleur époux que Blackadder pour chauffer votre lit, cingla-t-il.

— Ne soyez pas répugnant, répliqua-t-elle en rougissant jusqu'aux oreilles.

David n'avait pas pour habitude d'être contredit – ni qualifié de répugnant. Il avait conscience de son pouvoir de séduction sur les femmes, mais il n'en tirait pas d'orgueil, probablement parce qu'il ne s'était jamais vraiment soucié de savoir si une fille en particulier lui dirait « oui » ou « non ».

Jusqu'à aujourd'hui.

— Vous ne pouvez pas me forcer à faire cela, déclara-t-elle en se dirigeant vers la fenêtre pour lui tourner le dos. Partez, s'il vous plaît.

Le jeune homme réfléchit aux façons évidentes de la persuader. Les deux étaient désagréables, mais la dame ne lui laissait pas le choix. Il se refusa immédiatement à user de la première. Il était sûr qu'elle serait prête à tout s'il commençait à menacer ses filles, mais il ne pouvait pas même faire semblant de se livrer à ce petit jeu.

Il ne lui restait donc plus que la seconde méthode, qu'il n'aimait guère davantage. Elle sursauta quand il s'avança derrière elle et posa ses mains sur le mur, de part et d'autre de la jeune femme, la piégeant de son propre corps. Une vague de chaleur monta en lui quand il se pencha vers elle et que son torse entra en contact avec le dos d'Alison.

— Vous n'êtes pas la première dame à épouser son ravisseur, lui souffla-t-il à l'oreille. Comment pensez-vous que ça se passe habituellement ?

— Vous pouvez toujours me planter un couteau dans le cœur, je ne prononcerai pas de vœux de mariage, dit-elle.

— Ah, ma chère, si je vous poignarde, je passerai à côté de mon objectif.

— Il n'existe rien d'autre qui pourrait me convaincre de vous épouser, insista-t-elle.

David soupira dans son for intérieur. Pourquoi cette femme se montrait-elle si obstinée ?

— Je n'ai pas besoin d'un contrat de mariage pour vous emmener dans mon lit, dit-il, se détestant de prononcer ces paroles. C'est à vous de voir ce que l'on fait en premier.

— Quoi ? s'écria-t-elle en faisant volte-face pour se retrouver entre ses bras. Vous menacez de vous en prendre à mon honneur ?

Malgré la fureur qu'il pouvait lire dans ses yeux, leur proximité empêchait David de bien se concentrer. Elle sentait divinement bon, et ses seins touchaient son torse.

— Mon intention est de faire de vous mon épouse, dit-il avant de se forcer à poursuivre. Si vous n'y concédez pas maintenant, vous le ferez quand vous porterez mon rejeton.

— Quand je… quand je…

Elle tenta de le repousser, en vain.

— Oh, vous êtes un homme vil, si vil ! s'écria-t-elle.

— C'est vrai, acquiesça-t-il. Et d'une façon ou d'une autre, vous serez l'épouse de cet homme vil.

David songea à son action suivante alors qu'il faisait les cent pas dans la cour, en attendant l'arrivée de ses frères. Hier, soumettre sa future épouse à des menaces n'avait pas été une décision très avisée. Il était seulement parvenu à la rendre encore plus obstinée et à lui donner l'impression d'être un moins-que-rien.

Pourquoi diantre ses frères étaient-ils retenus de la sorte ? Il voulait en finir au plus vite avec cette union. Il n'était pas aussi sûr de lui qu'il l'avait laissé croire à lady Alison quant à l'improbable arrivée en force des Douglas. Les frères de la jeune femme avaient peut-être envoyé une fausse missive dans l'espoir de le surprendre. Et si les Blackadder apprenaient qu'il se trouvait ici, ils débarqueraient avec tous les combattants de leur clan pour tâcher de déjouer son plan.

Une fois le contrat signé et le mariage consommé, ni les Douglas ni les Blackadder n'y pourraient strictement plus rien.

À moins de le tuer.

Il ne pouvait pas attendre un jour de plus pour s'unir à la dame du château. Le risque était trop grand. Mais comment allait-il y parvenir sans tenir un couteau sous la gorge de cette femme si têtue ? David était à l'aise quand il s'agissait de diriger des hommes, il était sûr de ses talents et de son jugement. Pour ce qui était des femmes, cela lui demandait un petit peu plus d'efforts. Quand l'une commençait à lui causer des soucis, il passait à une autre.

Aucune de ses expériences ne l'aidait à savoir comment convaincre une femme de devenir son épouse alors qu'elle ne le voulait pas. Il avait laissé à la dame une journée pour se calmer, alors peut-être qu'elle y avait réfléchi et était désormais prête à l'accepter. Qu'elle le soit ou pas, le mariage se tiendrait aujourd'hui.

Comme il faisait encore les cent pas dans la cour, son attention fut attirée par une parcelle de terre carbonisée. Bizarre, la terre brûlée avait une forme rectangulaire. Il était sur le point de demander à quelqu'un ce qui s'était passé là quand les gardes crièrent que ses frères étaient à l'approche.

Peu de temps après, les portes du château s'ouvrirent dans un grand grincement, et David fut soulagé de voir Robbie et Will s'avancer avec une garde de vingt guerriers Hume. Il se sentait toujours mieux quand ses frères étaient près de lui et qu'il pouvait veiller sur eux–, et il voulait absolument se débarrasser de ce mariage.

—Je vais épouser la veuve Blackadder aujourd'hui, annonça David à ses frères dès qu'ils eurent démonté. Venez, vous devez être présentés à la dame et ses filles avant d'aller vous changer pour la cérémonie.

Ses frères restèrent plantés là, bouche bée.

—Vous avez porté vos tenues d'apparat, comme je l'ai commandé ? demanda-t-il.

—Tu vas l'épouser ? interrogea Robbie haussant les sourcils si haut qu'ils touchaient presque la racine de ses cheveux. Pourquoi ?

—Tout cela fait partie du plan, répondit David avant de leur faire signe de le suivre.

—Mais n'est-elle pas vieille ? s'enquit Robbie tandis que les deux garçons trottinaient à ses côtés dans la cour. Ah, et je parie qu'elle est laide aussi.

—Si David veut l'épouser, dit Will, elle doit être très jolie – et gentille aussi.

« Elle doit être gentille » ? D'où Will pouvait-il bien tenir ces principes ?

— Vous devez vous montrer courtois envers lady Alison et ses filles, avertit-il ses frères tandis qu'il grimpait les marches de l'escalier. Ne vous comportez pas comme des barbares mal élevés.

— On n'est pas des barbares mal élevés, contra Robbie.

— Faites simplement comme si votre mère vous regardait, ajouta David. Et agissez en conséquence.

David avait bien l'intention de suivre son propre conseil, et de se montrer tout à fait agréable.

Chapitre 9

— Je déteste coudre, dit Beatrix. Pourquoi ne peut-on pas quitter notre chambre ?

— Les talents de couturière sont importants à acquérir, déclara Alison, faisant de son mieux pour dissimuler son inquiétude derrière un sourire. Et je vous ai déjà dit que je ne pouvais pas vous laisser vous promener n'importe où avec tous ces étrangers qui sont dans le château.

Alison éprouvait de plus en plus de difficultés à divertir ses filles, et le fait qu'elle n'ait pas fermé l'œil de la nuit pour réfléchir à une façon de s'échapper de la forteresse – et des griffes de Wedderburn – ne l'avait aidée en rien. Au petit matin, elle en était arrivée à la conclusion que son seul espoir consistait à repousser le mariage autant que possible en attendant d'être sauvée.

— Ces étrangers vont rester combien de temps ici ? demanda Beatrix, posant une de ses joues rebondies sur la paume de sa main.

— Je ne sais pas, ma chérie, lui répondit Alison. Pas longtemps, j'espère.

La jeune femme sentit la panique l'envahir quand elle songea au temps qu'il faudrait à Archibald pour régler son différend avec la reine. Elle se contraignit à ne plus y penser. Il fallait qu'elle garde espoir.

En entendant quelqu'un toquer à la porte, elle bondit sur ses pieds, ce qui fit choir son ouvrage au sol.

— Mes frères sont arrivés, annonça la voix grave de Wedderburn à travers la porte. Je viens vous les présenter.

Le cœur d'Alison se mit à battre la chamade tandis qu'elle s'imaginait encerclée par une demi-douzaine de guerriers semblables à Wedderburn. Si elle ne déverrouillait pas la porte, qui venait d'être réparée, il se contenterait de la briser une nouvelle fois. Au moins avait-il feint de frapper cette fois-ci.

Après avoir pris une profonde inspiration, elle retira la barre et ouvrit la porte. Elle eut à peine le temps de faire un pas de côté que Wedderburn était déjà entré dans la chambre.

Sa simple présence physique l'oppressait. C'était un homme jeune, qui devait avoir la vingtaine, mais il émanait de lui une autorité naturelle qui le rendait plus imposant qu'il ne l'était. Et il était grand, un pied de plus qu'elle, et musclé, avec de larges épaules.

Il fallut à Alison un long moment avant de se rendre compte que deux autres personnes avaient pénétré dans la chambre à la suite de Wedderburn. Au lieu des guerriers aux airs menaçants auxquels elle s'attendait, elle vit deux garçons.

— Voici mes frères, Robert et William, déclara David.

Ni l'un ni l'autre ne lui ressemblaient, mais le plus âgé avait le regard farouche de Wedderburn, ainsi que sa façon de se tenir. Le plus jeune était encore un enfant, et avait des yeux bruns chaleureux.

— Robbie a quatorze ans, et Will dix, précisa Wedderburn en les désignant du doigt.

— Vous avez l'air d'une reine des fées, la complimenta Will en lui adressant un grand sourire auquel il était difficile de résister. J'avais dit à Robbie que vous seriez belle.

Avant qu'elle puisse réagir, Robbie lui assena un coup de coude.

— Mais c'est vrai ! protesta Will.

— Assez, ordonna Wedderburn d'une voix qui attira immédiatement l'attention des deux garçons.

Il était évident qu'il dirigeait ses frères d'une main de fer. Alison espéra que si elle l'épousait il ne se préoccuperait pas de ses filles, comme leur père l'avait fait.

Si elle l'épousait ?

Elle fut étonnée de constater qu'elle commençait à croire que cela puisse réellement se passer. À moins que des secours n'arrivent promptement, elle deviendrait bien sûr l'épouse de l'effroyable Bête de Wedderburn.

Alison resta sans voix alors qu'il s'agissait pour elle de présenter ses filles, qui s'étaient cachées derrière elle pour observer les garçons à la dérobade. Robbie fit un pas en arrière, comme si l'intérêt prononcé des fillettes le mettait mal à l'aise.

— Ces jeunes filles sont Beatrix et Margaret, dit Wedderburn avant d'adresser à ces dernières un sourire.

Ce n'était pas le sourire glacial qu'Alison avait vu auparavant, un éclair de chaleur quasiment teinté d'affection le traversait.

Était-il possible que ce guerrier qui avait l'habitude d'enfoncer les portes et qui avait menacé de la déshonorer ait un faible pour ses filles ? L'espace d'un bref instant, quand le sourire gagna le regard du jeune homme, il parut moins effrayant, et elle put voir que c'était un homme remarquablement séduisant.

Quand les filles exécutèrent leurs jolies révérences, le garçon plus âgé regarda par-dessus son épaule, en direction de la porte, souhaitant de toute évidence s'échapper.

— J'ai porté un cadeau pour les filles, annonça le plus jeune en soulevant un sac de cuir de son épaule avant de se mettre à genoux.

Wedderburn lança un regard interrogateur à Robbie, qui lui adressa une grimace et un haussement d'épaules. Quand Will commença à ouvrir le sac, Beatrix et Margaret s'étaient rapprochées de lui, empêchant Alison de voir. Un instant plus tard, leurs cris aigus lui vrillèrent les oreilles. Avant qu'elle puisse faire le moindre geste, Wedderburn avait soulevé les fillettes du sol et en portait une sous chaque bras.

— Ce n'est qu'un chiot, David, se justifia le garçon en levant les yeux sur son aîné. Je promets qu'il ne leur fera aucun mal.

Face à cela, Alison commença à tirer d'étonnantes conclusions. Wedderburn avait dû croire que les filles criaient de crainte, et avait instinctivement agi pour les protéger.

Il s'appelait David. Elle essaya de faire rouler ce prénom sur sa langue. *David*. Un prénom puissant, mais qui convenait bien à un homme dur comme lui.

— Attention aux mains, prévint-il les fillettes. Même les chiots ont des dents acérées.

Dès qu'il les reposa au sol, elles commencèrent à caresser et chouchouter la boule de poils noirs et blancs qui se trouvait dans les bras de Will.

— Je sais que vous avez perdu votre papa, dit Will, alors j'ai amené Jasper pour vous remonter le moral.

Alison se mordit les lèvres. *Quel garçon attentionné !*

— Emmène-les tous dehors, demanda Wedderburn à Robbie qui lui adressa une mine peinée.

— On ne peut pas y aller, intervint Margaret en faisant la moue. Maman affirme qu'on n'est pas en sécurité dehors.

Beatrix dévisagea sa sœur.

— Votre mère n'a pas à s'en faire, la rassura Wedderburn en posant ses grandes mains sur leurs têtes. Vous vous souvenez de ce que je vous ai dit déjà ?

— Que nous relevons de votre responsabilité maintenant, répondit Beatrix en lui souriant. Et que vous allez nous protéger.

— C'est ça, confirma-t-il en tournant le regard vers Alison. Tout comme le feront mes frères et tous mes hommes.

Des questions tourbillonnèrent dans la tête d'Alison. Comment diable avait-il conquis Beatrix de la sorte ? Pouvait-elle le croire sur parole ? Pouvait-il vraiment s'assurer que ses filles soient en sécurité avec ses gens ?

La jeune lady haleta quand Wedderburn se rapprocha d'elle.

— Croyez-vous que les femmes de ce château auraient été préservées ainsi si je ne l'avais pas ordonné ? lui souffla-t-il à l'oreille.

Elle porta la main à sa gorge en songeant à ce qui aurait pu se passer – ce qu'en fait elle s'était attendue à connaître – lorsque le château était tombé aux mains de Wedderburn. En tant que dame de haute lignée, on lui aurait épargné un viol atroce perpétré par les hommes du commun, mais les servantes auraient sûrement connu un piètre destin si Wedderburn n'avait pas commandé à ses guerriers de ne pas les toucher.

— Peut-on y aller ? supplia Beatrix.

Alison acquiesça, et ses filles dévalèrent l'escalier, laissant des échos de rires et d'aboiements derrière elles.

Tout compte fait, ce ne furent pas les paroles de Wedderburn qui la convainquirent de confier la sécurité de ses filles à leur ravisseur, mais plutôt son geste instinctif de les protéger quand elles s'étaient mises à crier. Ses enfants ne couraient aucun danger tant que Wedderburn dirigeait le château.

En revanche, en ce qui la concernait, c'était une autre histoire. Alison se souvenait fort bien de sa menace. *« Et, d'une façon ou d'une autre, vous serez l'épouse de cet homme vil. »*

— Maintenant, il est temps de discuter sérieusement de ce mariage, lança Wedderburn en l'invitant d'un geste à s'asseoir sur le banc sous la fenêtre.

La voyant hésiter, il dit :

— Vous préférez le lit ?

Elle se laissa tomber sur le banc et croisa les mains sur ses genoux.

— Il n'y a rien à discuter.

David s'installa près d'elle, prenant toute la place, étalant ses longues jambes. Les serviteurs n'avaient pas allumé de feu et la pièce était froide, mais la chaleur irradiait du corps de l'homme, réchauffant le flanc de la jeune femme, de l'épaule à la cuisse.

— Vous avez besoin d'un mari assez fort pour vous protéger, vous et vos filles, déclara-t-il.

— Et qui nous protégera de vous ?

— Pourquoi lutter ? dit-il en ignorant sa question. Peu de femmes de votre rang peuvent choisir la personne qu'elles épousent.

— Oui, mais ce sont leurs familles – des personnes qui se soucient de leur bien-être – qui choisissent pour elles.

— Et votre famille se souciait tellement de votre bien-être qu'elle vous a fait épouser Blackadder ? rétorqua-t-il en croisant les bras. Je remercie le ciel de ne pas avoir une famille de ce genre-là.

Il avait raison. Le grand-père d'Alison était à présent dans la tombe, mais elle ne lui avait pas encore pardonné de l'avoir fait épouser Blackadder.

— Les circonstances sont différentes maintenant, répliqua-t-elle. Étant veuve, j'ai désormais le choix d'épouser qui je veux, ou de ne pas me marier.

— Vous croyez que vos frères vous permettraient de ne pas vous marier ? lui demanda-t-il en haussant un sourcil. Vous ne pouvez pas être aussi naïve que ça.

Les dernières paroles d'Archibald avant son départ lui revinrent comme une claque en plein visage. *« La prochaine fois, on parlera plus amplement de ce nouveau mari. »*

— Croyez-moi, votre frère, le comte, n'a aucune intention de vous laisser sans époux pendant bien longtemps, lui assura-t-il. Il voudra que sa forteresse soit entre les mains d'un allié puissant qui sache la défendre.

— Alors, il vous en voudra de lui avoir volé cela.

— Une fois que l'on sera mariés, votre frère se rendra à l'évidente sagesse de cette union, rétorqua Wedderburn en haussant les épaules. Je suis craint et respecté dans ces contrées. Il comprendra que je n'apporte que du bon.

— « Du bon » ? répéta-t-elle en élevant la voix. Après avoir soumis mon château à un siège et m'avoir forcée à vous épouser ?

— Oui, j'en suis convaincu.

De tout son cœur, Alison voulait croire que ses frères allaient réagir face au mal qu'il lui avait fait à elle et ses filles, et qu'ils n'allaient pas se perdre en de froids calculs. Ils tenaient à elle. Et pourtant, elle ne se serait pas trouvée dans cet embarras s'ils avaient accordé plus d'importance à ses intérêts qu'à leurs propres ambitions.

Maintenant qu'Archibald était le chef et le comte, allait-il jouer des membres de sa famille comme de pions dans un jeu de pouvoir, tout comme leur grand-père l'avait fait ? Elle laissa cette question de côté, déterminée à garder son assurance et à débattre de son avenir.

— Vous m'avez indiqué pourquoi ce mariage serait à mon avantage, dit-elle. Mais je ne vois pas quels sont les bénéfices pour vous.

Le regard du jeune homme s'assombrit.

— Il y en a quelques-uns qui me viennent à l'esprit.

Oh ! là, là ! Elle humecta ses lèvres sèches et ne lui demanda pas de développer son idée.

— Vous détenez déjà le château, vous n'avez donc pas besoin de nous, objecta-t-elle. Pourquoi ne pas nous laisser partir, mes filles et moi.

— Le prix à payer pour conserver le domaine de Blackadder – et j'ai bien l'intention de le conserver – sera bien moindre si je suis perçu comme ayant le droit de le détenir, dit-il en lui adressant un sourire qui ne brisa pas la glace de son regard. Notre mariage va nous épargner bien des bains de sang.

Alison eut l'impression que la terre bougeait sous ses pieds.

— Et certains de ces bains de sang que vous éviterez auraient été destinés aux Douglas, poursuivit Wedderburn. Si je deviens votre époux, il y a peu de risques que vos frères tentent de me chasser du fief Blackadder par la force.

Il était en train de la piéger avec ses paroles, chacune formant un lien dans la chaîne qu'il enroulait autour d'elle. Et les traits durs de son séduisant visage lui indiquèrent qu'il n'abandonnerait jamais ce château sans verser une goutte de sang.

— La plupart des autres seigneurs verront qu'ils ont manqué leur chance, ajouta-t-il. Donc je n'aurai pas besoin de les combattre non plus.

— « Manqué leur chance » ?

— Je ne suis pas le seul homme à vouloir m'emparer de ces terres et de cette forteresse, je suis simplement le premier à avoir agi, dit-il. Si ce n'avait pas été moi, ça aurait été un autre, ma jolie.

Alison appuya sa tête sur le mur de pierre derrière elle et se mit à contempler le plafond. C'était un rêve idiot de croire qu'elle aurait pu conserver sa liberté. Pourquoi ne l'avait-elle pas vu ? Elle était petite-fille de chefs, belle-sœur de la reine, veuve de Blackadder et mère de ses héritiers. Une femme entretenant toutes ces relations présentait une grande valeur. Wedderburn avait raison. Si ce n'était pas lui qui la contraignait au mariage, ce serait quelqu'un d'autre – si son frère ne la promettait pas avant.

On ne la laisserait jamais rester célibataire ou bien choisir son mari. Elle n'aurait jamais l'occasion de trouver le véritable amour. Non pas qu'elle croie au grand amour, même si elle y avait cru autrefois, il y a fort longtemps. Ses espoirs immatures s'étaient envolés dans un nuage de fumée le jour où elle s'était mariée.

— Je sais que ce n'est pas juste, reprit Wedderburn, mais faisons de cet arrangement quelque chose d'aussi agréable que possible.

Le jeune homme la fit sursauter en posant ses mains sur les siennes. Elles étaient si grandes que seul le bout des doigts d'Alison était visible en dessous. Elle ne retira pas sa main, parce qu'elle ne voulait pas gâcher la bonté inattendue qu'elle pouvait lire dans ses yeux.

Une petite lueur d'espoir commença à naître dans sa poitrine. Mais cette bonté disparut vite du regard du jeune homme comme une porte violemment claquée, et la lueur d'espoir s'éteignit.

David s'en voulut pour cette faiblesse momentanée. La douce féminité de lady Alison faisait naître en lui une dangereuse envie de quelque chose qu'il ne devrait pas vouloir, et qu'il ne pourrait définitivement pas avoir. Il ne s'autoriserait jamais à se laisser affaiblir par une femme, comme son père l'avait fait. *Jamais.*

Les hommes parlaient de son père comme d'un grand dirigeant, mais sa mère avait été plus dure encore, plus froide et plus déterminée. David avait hérité d'elle.

Il se souvint qu'il n'épousait pas lady Alison parce qu'il en avait envie, ni parce qu'elle était d'une beauté à couper le souffle ni parce qu'elle avait besoin de protection, même si tout cela était vrai. Et ce qu'elle voulait ou ressentait à l'idée de devenir sa femme ne faisait pas la moindre différence.

David allait l'épouser pour le bien de ses frères et de son clan – et pour tenir sa promesse de vengeance. Elle constituait un moyen menant à une fin, et c'était tout ce qu'elle pourrait être pour lui.

— J'espère que nous pouvons initier une union cordiale et nous rendre utiles l'un pour l'autre, lui dit-il.

— Un simple arrangement matériel, alors ? s'enquit-elle.

— Oui.

— Je vais demander aux serviteurs de préparer une chambre pour vous, déclara-t-elle en se levant, comme pour lui donner congé.

— Vous allez leur demander de préparer notre chambre.

— Cela va au-delà de l'arrangement matériel que vous venez de suggérer, protesta-t-elle en haussant les sourcils.

— C'est matériel au plus haut point, répliqua-t-il. Je suis le chef des Hume, et j'ai besoin d'héritiers.

Alison baissa les yeux, et ses épaules s'affaissèrent dans un long soupir

— Il est des avantages au mariage dont nous pourrons profiter tous les deux, ajouta-t-il en effleurant la douceur de sa joue du dos de la main, et en ramenant le regard vers le sien. J'ai très, très hâte d'y être.

— Eh bien, pas moi, rétorqua-t-elle, un éclair de colère traversant ses prunelles. Il est bien trop tôt. Vous devez respecter mon veuvage si récent et me laisser du temps.

Son rejet blessa David plus qu'il ne voulait bien l'admettre.

— Ce que je dois faire, c'est vous épouser avant que quiconque tente de déjouer mon plan, dit-il.

— Comment pouvez-vous vous montrer aussi indélicat et parler de partager ma couche ?

— Je vais faire plus que d'en parler, annonça-t-il un sourire relevant lentement les commissures de ses lèvres.

Et aucune femme ne m'a jamais accusé d'être délicat. Je pourrai essayer de me montrer plus doux, si c'est comme ça que vous aimez ça…

Alison lui administra une gifle. Elle n'avait pas assez de forces pour lui faire mal, mais elle y mit toutes celles dont elle disposait.

David saisit son poignet pour l'empêcher de le gifler une seconde fois, et se pencha vers elle jusqu'à ce qu'ils se trouvent nez à nez.

— Nous serons mari et femme avant le coucher du soleil.

— Je n'y concéderai point, affirma-t-elle en soutenant son regard.

— Parce que vous pensez que vous avez le choix ? lui demanda-t-il. Vous serez dans la grande salle dans une heure.

— Sinon quoi ? l'interrogea-t-elle en éloignant son visage du sien.

— Sinon, je vous y mènerai sur mon dos.

Chapitre 10

David descendit l'escalier d'un pas lourd. Pourquoi toutes les conversations qu'il entretenait avec lady Alison lui donnaient-elles l'impression d'être une brute épaisse ?

La prise du château avait été simple en comparaison de celle de la veuve. Il ne pouvait se permettre de s'attacher à elle, mais il ne voulait pas la rendre malheureuse non plus. Il souhaitait qu'elle y trouve son compte – et qu'elle partage sa couche, là où il saurait la satisfaire encore mieux.

Il laissait les cadeaux à Will. À dix ans, son frère avait la sagesse de séduire les femmes en leur proposant du miel plutôt que des menaces. Bien sûr, Will n'avait pas porté le chiot dans ce dessein, mais comme il avait lui aussi perdu son père, il avait pensé que les fillettes auraient de la peine. Will avait sûrement raison à ce sujet. Blackadder était un homme infâme qui méritait une mort encore pire que celle qu'il avait connue, mais il était leur père.

Bon sang, David aurait dû porter un cadeau de mariage pour son épouse. Il s'était laissé gagner par d'autres préoccupations plus importantes. Et puis, que diable pouvait-il lui offrir ?

Il avait informé les serviteurs de la cérémonie, et ils étaient tous affairés à diverses tâches ménagères dans la grande salle quand il y entra. Il en saisit un au collet et le prit à part.

— Je veux que ma chambre soit préparée pour la nuit de noces, lui intima-t-il.

Quand le serviteur haleta en guise de réponse, comme s'il ne comprenait pas, David fit un geste vague de la main.

— Des fleurs, ces choses qu'une épouse est en droit d'attendre, précisa-t-il.

— La chambre du seigneur ? demanda le serviteur dont le malaise déformait le visage.

— Oui, ma chambre, répliqua David en le fusillant du regard. Et installez-y les affaires de lady Alison sur-le-champ.

Mieux valait qu'elle comprenne tout de suite comment les choses allaient se passer. Son ancien époux était peut-être content de la laisser dormir dans une autre pièce avec ses filles, mais ce ne serait pas son cas.

Une absurde vague de fureur saisit David lorsqu'il songea à Blackadder au lit avec Alison pendant toutes ces années. Il ajouta cette offense à la liste des crimes dont le trépassé était coupable.

Avaient-ils été proches pendant leur union ? Dormait-elle déjà avec ses enfants du vivant de Blackadder, ou s'était-elle installée ainsi après son décès, parce qu'elle ne supportait pas de dormir dans la couche conjugale sans lui ?

Dieu du ciel, il était follement jaloux d'un homme mort. Cela ne lui ressemblait guère, mais il n'avait jamais eu d'épouse auparavant après tout.

— Peut-être que vous voudrez voir la chambre du seigneur tout d'abord ? lui demanda le serviteur, interrompant le fil des pensées de David.

— Oui, répondit-il. Je vais prendre un bain et c'est là que je m'habillerai pour la cérémonie.

Il suivit le serviteur en haut des marches, à l'étage juste au-dessus de la grande salle.

Le bruit des bottes de David résonna quand il entra dans la pièce. De riches tapisseries couvraient les murs, et le mobilier incluait un coffre, une petite table ronde avec deux chaises, un banc, ainsi qu'une console sur laquelle étaient posés un pichet et un bol. David se tint au milieu de la pièce et décrivit un cercle lent à l'endroit où le lit aurait dû se trouver.

— Où est-il ?

Le domestique était devenu blanc comme un linge et des gouttes de sueur perlaient sur son front.

— Milady l'a brûlé.

— Elle a fait quoi ?

L'homme fit un pas de côté, vers la meurtrière, sans quitter David du regard, puis il tendit le doigt vers l'extérieur.

— Là.

David le rejoignit à la fenêtre et baissa les yeux sur la cour. Le valet lui désignait le rectangle de terre brûlée sur lequel il s'était posé des questions un peu plus tôt. Quand il se rendit compte de quoi il s'agissait, il éclata de rire. Apparemment, lady Alison partageait la piètre estime qu'il avait de son défunt époux.

— Elle a du tempérament, celle-là, pas vrai ? dit-il en donnant une tape dans le dos du serviteur. Dommage que Blackadder n'ait pas été dedans au moment où elle l'a fait.

Il riait encore quand les domestiques qui avaient préparé son bain furent partis.

Tandis qu'il se glissait dans le bassin fumant de sa chambre sans lit, son hilarité se dissipa. Qu'avait pu faire Blackadder pour qu'Alison soit si furieuse qu'elle en brûle son lit ? Des émotions si fortes laissaient penser à une passion ayant tourné au vinaigre.

Par fierté, Alison enfila sa plus belle robe. Elle était faite d'un velours bleu nuit qui allait bien avec ses yeux et mettait en valeur son teint clair. Beatrix s'agenouilla sur le lit derrière elle pour fermer les crochets du dos de la robe, une tâche qui était devenue trop dure pour Flora en raison de sa vue faiblissante, et de ses articulations douloureuses et enflées. Malgré les défauts de Flora, Alison n'avait autorisé aucune autre servante à l'aider à s'habiller, et ce depuis la première année de son mariage.

Quand elle était arrivée au château pour la première fois, jeune épouse de treize ans, les servantes avaient mis leur nouvelle maîtresse à l'épreuve et tenté de profiter de son manque d'expérience. Blackadder ignora ses plaintes à ce sujet, et une fois que les domestiques se rendirent compte du peu de pouvoir qu'Alison détenait, leur manque de respect devint de plus en plus manifeste.

Alison ne sut jamais laquelle d'entre elles l'avait terrorisée avec ses mauvais tours, et pire encore, elle était persuadée que son mari allait la tenir pour responsable de l'ourlet défait qui la fit chuter, de la bague de son père qui avait disparu, et du malheureux chat mort qu'elle avait trouvé sous sa robe préférée dans le coffre. Après cette horrible première année, Alison était devenue plus difficile à effrayer, et ces mauvais tours furent remplacés par une indifférence nonchalante.

Sans bonne digne de ce nom, une coiffure élaborée relevait du défi, et Alison ne disposait pas d'assez de temps pour cela de toute façon. Elle opta donc pour une coiffure simple, avec une seule tresse entrelacée de fils d'un ruban argenté. Blackadder aurait ri en voyant le couvre-chef de fortune qu'elle avait créé à partir d'une chute de velours bleu brodé de fil d'argent, mais cela ferait l'affaire. Elle le fit tenir à l'aide d'un cercle argenté.

— Vous êtes ravissante, dit Flora en clignant de ses yeux vitreux.

Ce n'était guère rassurant venant d'une femme à moitié aveugle, mais pourquoi Alison s'en soucierait-elle ? Elle ne voulait pas de ce mariage, et Wedderburn l'épouserait, même si elle avait l'apparence de cette vieille Flora.

— Pourquoi as-tu changé de robe et pourquoi t'es-tu coiffée ainsi ? interrogea Beatrix.

Alison s'assit sur le banc, et tapota la surface lisse du bois de part et d'autre. Quand les filles grimpèrent à ses côtés, elle posa les bras autour d'elles. Si elle voulait leur parler avant que Wedderburn ne vienne frapper à la porte, c'était le moment.

— À moins que vos oncles n'arrivent très rapidement, dit-elle en regardant la porte, je vais me marier avec le seigneur de Wedderburn aujourd'hui.

— Pourquoi ? demanda Beatrix.

— C'est un peu compliqué à expliquer.

Elle ne voulait pas révéler à ses enfants à quel point les femmes n'avaient pas leur mot à dire dans ce monde, et elle espérait que Beatrix n'insisterait pas pour obtenir une meilleure réponse.

— Est-ce que ça veut dire que Will et Robbie vont devenir nos frères ? s'enquit Margaret. J'aimerais bien avoir des frères.

— Non, ma chérie, lui répondit Alison qui était sur le point de lui expliquer qu'ils partageraient le même foyer, jusqu'à ce qu'elle se rende compte qu'elle ignorait si les deux garçons n'étaient venus que pour le mariage ou s'ils devaient rester vivre au château Blackadder.

— Notre nouveau seigneur va te faire pleurer, comme père le faisait ? demanda Beatrix, sa frimousse trahissant son inquiétude.

Alison avait tenté de dissimuler son malheur à ses filles, mais Beatrix était fine observatrice.

— Je suis sûre que non, mentit-elle, et elle embrassa Beatrix sur le front avant que son sourire s'évanouisse.

— Où va-t-il dormir ? persista Beatrix.

La fillette avait dû demeurer éveillée certaines nuits, quand Alison rentrait de la chambre de Blackadder et pleurait jusqu'à s'endormir. La jeune femme aurait dû faire plus attention.

— Pour le moment, Flora et vous deux allez vous installer dans la chambre de la tour, déclara Alison en passant les doigts dans les cheveux de sa fille.

Wedderburn avait apparemment découvert que les appartements du seigneur étaient dépourvus de lit, car il avait envoyé un homme l'informer qu'il s'installerait dans sa chambre jusqu'à ce que le mobilier soit remplacé.

— Je vais dormir avec Wedderburn ici ce soir, reprit-elle en luttant pour préserver un ton calme. Au moins un petit moment avant de venir vous rejoindre dans la tour.

Le corps de la jeune femme était crispé du besoin pressant de serrer les mains de ses filles et de s'enfuir en courant avec elles, pour aller aussi loin que possible. Mais avec le château empli de guerriers Hume, elles ne passeraient même pas les grilles. Elles ne s'échapperaient pas aujourd'hui, et demain, il serait trop tard pour elle.

— J'ai peur de dormir dans la chambre de la tour sans toi, dit Margaret en se serrant contre sa mère.

— Est-ce que tu aurais moins peur si je laissais le chiot dormir avec vous ce soir ?

Ses enfants sautèrent du banc et se mirent à crier de joie.

Si seulement il était aussi simple d'apaiser ses propres craintes quant à la nuit à venir.

Alison se leva et lissa sa robe de ses paumes moites. L'heure que Wedderburn lui avait accordée avait passé, et elle n'avait pas l'intention d'arriver dans la grande salle sur son épaule, comme un vulgaire trophée de chasse. Cela ne ferait qu'effrayer ses filles, et l'humilierait sans pour autant lui permettre d'échapper à ce mariage.

Elle chercha de la main le pendentif de quartz noir que sa mère lui avait donné, même si le bijou ne semblait pas lui avoir porté grande chance jusque-là, puis elle partit affronter son destin.

La colère de Patrick Blackadder était froide et dure comme un bloc de glace logé dans sa poitrine.

— Je t'avais dit que c'était une erreur d'ordonner à la moitié de nos hommes d'abandonner lady Alison et de laisser le château à la merci de tous, lança-t-il à son père. Maintenant, Wedderburn a pris ce qui nous appartenait.

Cela n'était que la dernière d'une série d'erreurs de calcul qui mettait en danger Patrick, sa famille et son clan. Son père aurait dû se retirer avant de les mener ainsi à leur perte.

— Je veux que son frère se rende compte que le domaine et sa dame ont besoin de notre protection, répliqua son père. Je voulais qu'il consente à un mariage rapide.

— David Hume l'a prise sans attendre d'avoir la permission du chef Douglas, observa Patrick.

Wedderburn avait pris un risque mesuré, présupposant qu'Archibald Douglas ne détournerait pas son attention de ses combats pour obtenir la mainmise sur l'héritier royal. Patrick aurait fait de même s'il avait été seigneur à la place de son père.

— Il nous a humiliés, siffla Patrick entre ses dents. Grands dieux, père, il a relâché nos guerriers comme s'il n'avait rien à craindre de nous.

Les hommes Blackadder étaient revenus la queue entre les jambes, sans leurs bottes ni leurs armes, et tous semblaient subjugués par l'agilité du seigneur Hume au maniement de l'épée. Patrick avait eu envie de tous les massacrer.

— Damné soit ce jeune Wedderburn, s'exclama son père. Qui aurait pu anticiper qu'il oserait affronter à la fois les Douglas et nous, et si tôt après l'exécution de son père et son oncle ?

— Je t'avais prévenu à son sujet.

Les Hume étaient réputés pour leur cruauté et leur opportunisme, et Patrick avait vu David Hume se battre à Flodden. L'héritier des Wedderburn avait combattu dans les premières lignes des Hume avec une férocité impressionnante et un total manque de considération pour sa propre sécurité. Contre toute attente, l'avant-garde Hume était parvenue à remplir son rôle alors que les autres y échouaient.

Quand les deux seigneurs Hume virent que tout était perdu, ils ordonnèrent à leurs hommes de s'empresser de récupérer les fournitures et objets précieux qu'ils pourraient trouver sur les morts, anglais comme écossais, puis d'abandonner le champ de bataille. Ils ne volaient aux victorieux Anglais qu'une partie de ce dont ils avaient été eux-mêmes floués, mais ce n'était pas ainsi que la plupart des Écossais voyaient cela.

— Si Wedderburn a pris le château hier, dit son père en secouant la tête, alors tu peux être sûr qu'il a déjà épousé lady Alison et a couché avec elle.

Patrick fut sur le point de perdre son sang-froid. À la pensée d'un autre homme en train de la toucher, ses mains se mirent à trembler du besoin de plonger une lame dans le cœur de son ennemi.

Alison était censée devenir sienne.

Il l'avait désirée depuis l'âge de seize ans, quand il la vit pour la première fois au mariage de son parent. Dans les années qui suivirent, son désir pour elle s'était transformé en fièvre. Il avait souffert chaque fois qu'il l'avait aperçue avec son cousin Blackadder, un vieux guerrier qui avait fait son temps, comme le père de Patrick.

Son seul réconfort était de savoir qu'Alison souffrait elle aussi. Chaque fois qu'elle regardait son mari, Patrick percevait le dégoût sur son visage. Si elle avait été heureuse avec ce vieux bouc, il n'aurait pas pu le supporter.

Quand elle serait enfin sienne, ils rattraperaient toutes ces années perdues.

— Wedderburn croit qu'il a gagné, mais il nous a sous-estimés, tout comme l'avaient fait son père et son oncle, déclara son père dans un sourire suffisant. Cela ne s'arrête pas là.

C'était un point sur lequel Patrick et son père étaient bien d'accord.

Chapitre 11

La grande salle était plongée dans un silence religieux tandis que trois cents Hume attendaient que la promise de leur chef fasse son apparition. David était prêt à se mettre en colère. Où était-elle ?

Il avait envie de casser les meubles, mais un chef puissant comme lui devait maîtriser ses émotions, donc il demeura calme. Comme le temps passait, ses hommes commencèrent à lui lancer des regards gênés quand ils pensaient qu'il ne les voyait pas. Le seul Hume qui semblait être à l'aise était Will, qui contemplait le plafond comme s'il pouvait voir les étoiles à travers. Parfois, David avait du mal à croire qu'ils partageaient le même sang.

Le jeune homme se prépara à l'odieuse tâche qui consistait à emporter sa promise hurlante contre son gré et à la faire descendre l'escalier quand un murmure parcourut l'assemblée comme une vague. Ses guerriers s'écartèrent, et la voici qui apparut, se tenant sous l'arche voûtée tel un ange descendu du ciel.

Alison était d'une beauté à couper le souffle dans une splendide robe de velours bleu qui épousait parfaitement ses formes délicates. Au lieu de ces couvre-chefs compliqués que David avait en horreur, elle portait un ornement simple et élégant, qui encadrait son visage tel un portrait.

Il fut soulagé de constater qu'elle était venue dans la pièce principale de son plein gré, mais elle resta figée sur le seuil, comme une biche apeurée prête à détaler au moindre mouvement brusque. D'un pas lent et déterminé, David traversa la salle jusqu'à elle.

— Merci d'être descendue, lui dit-il à voix basse avant de s'emparer de sa main avant qu'elle ne prenne la fuite.

Il glissa fermement le bras de la jeune femme sous le sien et la guida à travers la pièce en direction de la petite table où était posé le contrat de mariage. Tandis qu'elle avançait d'un pas léger à ses côtés, David observa son profil délicat et sa tresse sombre, entrelacée d'argent qui tombait harmonieusement au creux de ses reins.

Dès qu'ils atteignirent la table, il griffonna sa signature au bas du contrat. Il lui tendit la plume et espéra qu'il n'aurait pas à lui saisir la main pour la forcer à signer. Quand elle tendit la main vers la plume, il s'autorisa à expirer. Les doigts d'Alison l'effleurèrent et un éclair de désir le traversa.

Combien de temps devrait-il attendre avant de mener sa promise au lit ? Les vœux et la fête du mariage se tenaient comme des obstacles entre lui et ce qu'il désirait.

Tandis qu'Alison se penchait sur la table pour apposer son nom sur le contrat, sa tresse tomba par-dessus son épaule, et le regard de David suivit son trajet sur la peau d'ivoire de la jeune femme, au-dessus de son corset puis le long des courbes de ses seins. Il se vit dénouer les liens de soie de la tresse du bout des doigts, et embrasser son cou tout en détachant sa robe…

Il était tellement absorbé à s'imaginer la nuit à venir qu'il en oublia où il se trouvait, ce qu'il était en train de faire et pour quelle raison il le faisait. Cela lui revint dans un sursaut quand Alison posa la plume et se tourna vers lui, le visage livide. Elle avait décidé d'accepter ce mariage dans la dignité, car elle ne pouvait l'éviter, mais la perspective de l'avoir comme époux l'horrifiait de toute évidence.

Elle tressaillit quand il prit son poignet dans sa main, et David se dit que peu importait qu'elle le déteste, cette union était nécessaire à ses objectifs.

Quand il plaça ses mains contre les siennes, paumes contre paumes afin de se préparer aux vœux, l'ampleur des changements que ce mariage allait impliquer dans sa vie le frappa comme un grand coup de tonnerre. Il avait choisi lady Alison par devoir, celui du chef des Hume, mais il vivrait avec elle en tant qu'homme.

Il s'était tant concentré sur ses objectifs de protection de sa famille et de punition des Blackadder qu'il n'avait pas songé au fait qu'il devrait partager ses repas, son foyer, et sa grande salle avec cette femme. Depuis qu'il avait posé les yeux sur elle, il avait bien sûr énormément pensé à leur intimité à venir, il avait aussi songé à lui donner des enfants et, s'ils survivaient tous les deux, à vieillir ensemble.

Mais elle préférerait encore se faire ébouillanter.

Ce qui le perturbait encore plus que l'aversion qu'elle éprouvait envers lui et leur mariage était ce périlleux désir qu'il devait lutter pour ignorer lorsqu'il imaginait partager le reste de sa vie avec elle.

Alison se sentit hébétée quand elle regarda David Hume, seigneur de Wedderburn, nouer le lien symbolique autour de leurs mains tandis qu'il récitait les mots qui les lieraient en tant que mari et femme. La main du jeune homme était gigantesque comparée à la sienne, et sa paume était rêche à force de manier les épées et les haches.

Elle regarda sur le côté pour finir par apercevoir ses filles, et elle fut soulagée de voir Will se tenir entre elles et leur tenir la main. Comment Wedderburn pouvait-il avoir un frère au caractère si doux ?

Wedderburn avait insisté pour que les filles assistent à la cérémonie, sachant qu'Alison se montrerait plus courageuse face à elles. La jeune femme sourit à ses enfants, comme il l'attendait d'elle, et elle fit semblant d'être satisfaite de devenir l'épouse de la Bête qui avait volé leurs terres et leur château.

La cérémonie éveilla en elle de terribles souvenirs. Elle se trouvait tout aussi impuissante à empêcher son union aujourd'hui comme hier, mais elle n'était plus cette enfant naïve de treize ans. Au moins, cette fois-ci, elle savait que l'époux était un monstre.

Toutefois, à l'inverse de son premier mari, Wedderburn n'était pas dénué de charme. Elle pouvait lui accorder cela. Ses traits étaient durs et menaçants, lui rappelant les contes anciens sur le guerrier nordique Thor. Il portait sa longue chevelure aux reflets de bronze accentués par le soleil lâchée, à l'exception de deux tresses de part et d'autre de ses tempes – probablement pour éviter d'avoir des cheveux dans les yeux quand il jouait de ses armes meurtrières. Il avait troqué sa cotte de mailles contre une chemise de lin propre et une belle tunique, mais il restait en tout point un guerrier.

Elle observa leurs mains, liées, et elle sentit une tension circuler entre eux. Quand elle leva le regard, elle se rendit compte que Wedderburn devait avoir cessé de parler depuis un moment déjà et attendait qu'elle prononce son texte. Il avait trois cents témoins qui pourraient jurer l'avoir vue prononcer ses vœux librement. Il serait donc inutile de provoquer sa colère en refusant.

Alison regarda dans le blanc des yeux l'homme le plus dangereux qu'elle ait jamais rencontré, et lui voua son corps, son cœur, et sa loyauté, jusqu'à la mort.

Le rituel était accompli. Alors pourquoi Wedderburn continuait-il à la dévisager ainsi, sans bouger, comme s'il y avait quelque chose à ajouter ?

— Dès que je le pourrai, finit-il par dire à voix basse à l'attention exclusive de la jeune femme, je trouverai un prêtre pour bénir notre union.

Malheureusement, la bénédiction de l'Église n'était pas requise pour valider un mariage.

— Une bénédiction soulagerait votre culpabilité ? interrogea-t-elle.

Il se tourna brusquement pour faire face à la salle et leva leurs mains liées dans les airs, comme s'il voulait clamer une victoire. Les cris de ses guerriers tonnèrent aux oreilles d'Alison tandis qu'il la guidait à leur place habituelle sur la haute table. Il s'assit près d'elle dans la chaise ornée de gravures qui avait appartenu aux chefs Blackadder pendant des générations.

En l'absence d'un prêtre, Wedderburn demanda à un de ses hommes de prononcer les grâces.

— Dieu bénisse cette nourriture, ainsi que nous tous, les Hume.

Ces derniers devaient être accoutumés à une telle brièveté, car ils commencèrent immédiatement à remplir leur écuelle en se servant dans les plateaux.

— Vous devez manger, dit Wedderburn les yeux rivés sur l'assiette d'Alison laissée intacte.

Elle ne répondit pas. Comment pouvait-il s'attendre à ce qu'elle mange ?

— Je suis désolé, il n'y avait pas assez de temps pour préparer un grand banquet de mariage, reprit Wedderburn, avec de jolis plats, de la musique et de la danse.

Le repas préparé en vitesse était bien maigre pour des noces, mais il semblait bien abondant après ces derniers jours où ils avaient tous connu la faim. Il avait dû demander à ses frères d'apporter de la nourriture en supplément.

— J'ai déjà eu un grand banquet pour mon premier mariage, dit-elle, les yeux rivés sur le verre de vin qu'elle serrait entre ses mains. Je n'ai pas besoin d'en avoir un autre.

— Eh bien, c'est mon premier mariage, et le seul que je connaîtrai selon toute vraisemblance, donc j'aurais aimé qu'il soit différent, répondit Wedderburn en rejetant la tête en arrière pour boire sa coupe d'un trait.

— Vous auriez aimé qu'il soit différent ? répliqua-t-elle, sa colère lui faisant momentanément oublier la peur. C'est vous qui avez choisi de faire cela, et vous avez obtenu précisément ce que vous vouliez, alors que moi, je dois me conformer à vos ordres.

Il pinça les lèvres et se tut pendant un long moment.

— Je vous ai forcée à m'épouser car je le dois, déclara-t-il laissant sa voix se perdre dans le bruit de la salle. Mais je vous protégerai mieux que votre propre famille ne l'a fait.

— C'est ce que vous m'avez dit, rétorqua-t-elle.

Alison sursauta quand il posa bruyamment son verre sur la table.

— Qu'on en finisse, lança-t-il. C'est l'heure de la cérémonie du coucher.

Chapitre 12

« *La cérémonie du coucher* ». Alison ferma les yeux de toutes ses forces.

— Je comprends que je ne peux éviter… ce qui doit se passer ce soir, dit-elle. Mais sommes-nous contraints de suivre cette coutume particulière ?

— Oui. Je veux avoir des témoins pour prouver que nous avons bien consommé notre union, déclara-t-il. Il ne pourra y avoir aucun doute sur le fait que vous êtes irrémédiablement mariée.

Les joues de la jeune femme s'empourprèrent de honte et sa tête commença à la faire souffrir. Nulle femme n'était contrainte de subir l'humiliation de la cérémonie du coucher à deux reprises. Elle se souvenait encore des plaisanteries salaces, des hommes qui la regardaient bouche bée, en bavant presque. Ils ne faisaient aucun effort pour cacher le fait qu'ils s'imaginaient toucher son intimité et lui infliger les viles choses que son nouvel époux avait le droit de lui infliger.

— Si vous voulez que vos filles ne voient pas cela, dites-leur « bonne nuit » maintenant, reprit Wedderburn.

Alison fut surprise qu'il pense au fait qu'elle n'ait pas envie que Beatrix et Margaret assistent à la cérémonie du coucher, mais elle lui en fut reconnaissante. Elle serait incapable de dissimuler à quel point cela la mettait en colère, et cela rendrait les filles nerveuses.

— Je vous en remercie, parvint-elle à articuler malgré sa gorge nouée.

Il parlait du coucher comme si c'était une simple formalité, mais elle savait qu'il songeait déjà à ce qu'il allait faire ensuite, une fois que les autres les laisseraient seuls dans la chambre. David Hume, seigneur de Wedderburn, la désirait. Son regard trahissait cela chaque fois qu'il la contemplait.

Elle sentait d'ailleurs ses yeux sur elle tandis qu'elle quittait son siège pour embrasser ses enfants et les envoyer au lit avec leur gouvernante.

— Dormez bien, mes chéries, dit-elle avec un sourire forcé. Soyez gentilles avec Flora et ne vous battez pas pour le chiot.

Après avoir regagné sa place, elle avala le reste de son vin pour prendre des forces et maintint les yeux rivés sur la table. Quand Wedderburn se leva et lui tendit la main, la salle résonna de cris. Elle sentit la panique oppresser ses poumons tandis qu'il la guidait hors de la pièce. Le sol et les murs vibraient presque des battements de mains, des coups de pied par terre et des cris des hommes Hume.

Elle devait être en train de traîner, car Wedderburn se tourna pour lui adresser un regard pénétrant et la serra plus près de lui, au creux de son bras. Le bruit ne cessa de croître dans la cage d'escalier, et elle avait l'impression qu'il résonnait dans son crâne. Quand elle trébucha, Wedderburn la releva sans marquer de pause et finit de gravir les marches quatre à quatre.

Il arborait une mine impénétrable, ne révélant aucun sentiment tandis qu'il la portait dans la chambre pour enfin la reposer sur ses pieds.

Les deux servantes qu'elle aimait le moins attendaient là et la menèrent derrière un paravent où elles la déshabillèrent, ne lui laissant que sa modeste tunique de lin. Brusquement, un souvenir lui revint. Elle revit la tache sombre sur la tunique de nuit finement brodée qu'elle avait portée lors de sa première nuit de noces, et elle en eut la nausée.

De l'autre côté du paravent, des murmures, des pas sourds, et des éclats de rire envahissaient la chambre. Les deux femmes détachèrent sa tresse et coiffèrent ses cheveux, tirant sur sa tête avec des gestes brusques et impatients. Après avoir appliqué de l'eau de lavande sur sa gorge et ses poignets, elles indiquèrent qu'elle était prête.

Mais Alison n'était pas prête. Tout cela s'était passé trop vite.

Quand elles virent que la jeune femme ne bougeait pas, elles la prirent par les bras pour la faire sortir de derrière le paravent. Elle avait laissé ses cheveux lâchés dissimuler son visage et riva ses yeux sur ses pieds nus quand les deux bonnes la firent traverser la chambre pour arriver au lit. Le bourdonnement de voix masculines ne cessait d'emplir les oreilles de la jeune femme, et elle sentit les regards des hommes sur elle, en train de l'imaginer sans sa tunique.

Les domestiques relevèrent les couvertures et parsemèrent des pétales de fleurs séchées sur les draps. Un geste ancien, comme s'il y avait un soupçon de romance à ce mariage forcé, ou à ce qui allait se passer dans ce lit ce soir. Elle aventura un regard en direction de Wedderburn, qui se tenait toujours entièrement vêtu de l'autre côté du lit. L'expression de son visage était dure comme la pierre, comme s'il était déjà mécontent d'elle.

Au moins n'était-elle pas une vierge âgée de treize ans cette fois-ci. Rien ne pouvait être aussi terrible que cela. *Rien*. Elle avait eu tort de penser que ce souvenir était bel et bien enterré tant d'années après les actes fastidieux et avilissants de Blackadder lors de cette première nuit.

Il s'était servi de son corps sans la moindre affection, comme si elle n'avait été qu'une autre de ses possessions, un instrument dont il pouvait jouir comme bon lui semblait. Elle savait que d'autres femmes connaissaient bien pire sort aux mains de leurs maris. Blackadder ne l'avait jamais battue. Mais il l'avait malmenée et l'avait fait se sentir sale, humiliée.

Wedderburn la traiterait-il de la même façon ? Peut-être pire ?

Ses mains tremblèrent quand elle grimpa dans le lit. Lorsqu'elle souleva rapidement les couvertures jusqu'à son menton, des éclats de rire emplirent la pièce. La couche s'affaissa sous le poids de Wedderburn quand il monta dessus, de l'autre côté, et elle ferma les yeux de toutes ses forces.

Alison lutta pour s'empêcher de pleurer en attendant que cette humiliation publique arrive à son terme – et que son humiliation privée commence.

David avait déjà assisté à des couchers, mais il avait été trop soûl pour voir si la jeune mariée était contrariée ou pas. Et si tous les hommes avaient regardé la jeune femme avec convoitise avant qu'elle ne grimpe dans le lit, eh bien, cela ne l'avait jamais dérangé auparavant. Sauf que cette fois, la jeune épousée était sienne, et David n'apprécia en rien ce satané rituel.

La susceptibilité d'Alison pendant leur cérémonie de mariage l'avait irrité, mais de la voir étendue à son côté avec cet air apeuré et vulnérable le comblait d'une fureur teintée de frustration.

Nul autre que lui ne devrait voir sa femme dans son lit. Ses hommes eurent le bon sens de ne pas faire de remarques assez fort pour qu'il les entende, mais à partir du moment où elle était sortie de derrière ce paravent, ils avaient chuchoté en se donnant des coups de coude. Ils avaient lorgné son épouse avec un désir non dissimulé pendant que les deux servantes prenaient tout leur temps pour étaler sa longue chevelure brune sur l'oreiller.

— Laissez, laissez ! leur intima-t-il quand il ne put plus supporter de voir l'expression torturée qu'arborait son épouse.

Les deux bonnes se redressèrent et le regardèrent avec de grands yeux.

— Dehors ! leur cria-t-il avant de se tourner vers les autres. Vous en avez vu assez ! Tout le monde dehors ! Maintenant !

Ils quittèrent la pièce aussi vite que l'éclair. David se leva et verrouilla la porte derrière eux.

Il était enfin seul avec son épouse.

Il marqua une pause avant de se retourner. Comment cette femme pouvait-elle provoquer des réactions aussi vives chez lui ? Non seulement cette rage envers ceux qui la mettaient mal à l'aise, mais un désir lancinant qui menaçait de lui faire perdre la raison.

Il se dit qu'il avait bien de la chance de la trouver attirante vu qu'il était à présent coincé avec elle pour toujours. Mais il ne devrait pas la désirer à ce point. La beauté d'Alison avait un aspect fragile qui lui rappelait trop sa belle-mère.

Il songea à la façon dont l'affection aveugle de son père pour sa seconde épouse l'avait poussé à prendre des décisions qui avaient mis le clan en danger et avaient fini par lui coûter la vie. David était assurément loin d'emprunter le même chemin. L'amour lui était inconnu. Ce qu'il ressentait pour son épouse n'était qu'un désir physique, et les désirs physiques étaient simples à assouvir.

Il avait toute la nuit devant lui pour cela. Il sentit son souffle devenir court et son sexe se durcit quand il pensa aux heures à venir. Il finit par se tourner pour rejoindre son épouse dans le lit.

Pauvre de lui ! Alison avait mis ses mains sur son visage comme si sa seule vue était trop dure à supporter pour elle. Quand il souleva la couverture et grimpa à côté d'elle, elle poussa un petit cri suraigu.

Il s'étendit sur le côté, et plia le coude pour poser sa tête dans sa main et examiner son épouse réticente. Il ne l'avait même pas touchée, mais elle tremblait.

David eut la présence d'esprit de se rendre compte que la façon dont il commençait son mariage donnerait le ton du reste de leur relation pour un long moment. Il ne pouvait pas supporter les femmes qui se traînaient à ses pieds, mais il voulait d'une épouse qui l'accueillerait correctement au lit – et pas seulement ce soir, tous les soirs.

Alison représentait un problème, un autre défi à relever. Il y parviendrait, il se demandait seulement comment.

Alors qu'il la regardait, il réfléchit longuement à ce lit qu'elle avait brûlé.

— Alison, regardez-moi.

Elle sursauta quand il passa un doigt sur le dos de sa main. Ah, elle était plus tendue que la corde d'un arc.

— Je ne vous ferai pas de mal.

Il ferait de son mieux pour l'éviter, mais elle était si frêle.

Quand elle finit par retirer les mains de sa figure, il haleta et un puissant désir le gagna. Il était un jeune homme en bonne santé qui partageait la couche d'une femme tout à fait ravissante. Et c'était leur nuit de noces. Il avait imaginé cet instant précis depuis la première fois qu'il l'avait vue.

Il ne pouvait pas attendre plus longtemps de la toucher. Elle écarquilla ses yeux violets quand il enveloppa sa petite main dans la sienne et posa ses lèvres sur ses doigts.

— Tu vas t'habituer à moi avec le temps, dit-il.

Cela allait lui demander une grande maîtrise sur lui-même, mais il allait lui faire l'amour lentement. Il voulait découvrir la façon dont elle aimait être caressée, apprendre la signification de ses soupirs, explorer le moindre centimètre carré de sa peau.

Elle se mordit la lèvre inférieure, ce qui eut pour effet d'envoyer un autre éclair de désir en lui. Pourtant, la terreur qu'il décelait dans le regard de la jeune femme l'encouragea à la prudence. Dieu du ciel, il la désirait tant qu'il en avait mal aux dents ! *Mais pas comme ça.* Non, il voulait qu'elle soit accueillante et consentante.

David était un homme déterminé.

Il lui donnerait envie d'avoir envie de lui.

Chapitre 13

C'était étrange, mais il y avait quelque chose d'inexplicablement réconfortant dans la façon dont la gigantesque main de Wedderburn s'emparait de celle d'Alison. Si seulement il pouvait s'arrêter là.

— Inutile d'être effrayée, dit-il avec un sourire en coin qui lui donna un air moins impressionnant. Vu que tu as deux enfants, on sait tous les deux que tu as déjà fait ça.

Ce n'est pas parce qu'elle l'avait déjà fait qu'elle avait envie de le refaire. *Jamais*. Elle regarda le torse et les épaules de l'homme, qui étaient tout en muscles, et son cœur se mit à battre la chamade.

— Nous sommes mariés, peu importe la façon dont c'est arrivé, poursuivit-il. Nous avons l'un comme l'autre des besoins.

Alison se retint de lever les yeux au ciel. Elle savait des besoins de qui il voulait surtout parler.

— Pourquoi ne pas se donner l'un l'autre du plaisir ? lui demanda-t-il d'une voix rauque.

« Du plaisir » ? Au moins Blackadder ne lui avait jamais enjoint de prétendre apprécier ce qu'il lui faisait. Elle déglutit et lança un autre regard furtif

à Wedderburn. Il était vraiment séduisant, mais cela ne faisait aucune différence.

— Alison, c'est un joli nom, la complimenta-t-il en se rapprochant d'elle. Ça te va bien.

— Merci, répondit-elle d'une voix suraiguë.

Il était si proche d'elle à présent, qu'elle sentait son souffle sur sa joue et la chaleur de son corps tout le long de son flanc. L'attente, ne pas savoir à quel point cet acte la rendrait mal à l'aise, tout cela était difficile à supporter. Sa gorge était si nouée qu'elle ne parvenait pas à déglutir.

— Je veux te faire plaisir, dit-il.

Alison haleta quand il repoussa une mèche de ses cheveux de sa joue.

— Ça me ferait plaisir qu'on en finisse, rétorqua-t-elle quand elle se sentit incapable de supporter cette tension. Faites ce que vous avez à faire et laissez-moi partir.

— Ce que j'ai à faire ? interrogea-t-il en levant la tête de son oreiller.

Lors du long silence qui suivit, ses nerfs étaient si tendus qu'elle crut qu'elle allait se briser en deux.

— Ce que j'ai à faire, répéta-t-il, mais sur un ton badin cette fois-ci. Si tu veux que je te donne du plaisir en premier, je serais heureux de le faire.

Elle voulut lui demander ce qu'il voulait dire par là, mais ses paroles s'étouffèrent au fond de sa gorge quand il lui murmura à l'oreille :

— Extrêmement heureux.

La jeune femme peinait à avoir les idées claires avec son souffle chaud qui lui chatouillait l'oreille – puis ce fut sa langue ! Cet homme était décidément imprévisible. Elle serra le drap entre ses mains quand il embrassa ses tempes, sa joue, et le creux en dessous de son oreille. Bizarre comme un meurtrier pouvait prodiguer des caresses aussi douces, presque tendres.

À quel jeu jouait-il ? Elle craignait qu'il ne l'encourage ainsi à baisser sa garde pour la prendre par surprise lorsque viendrait le temps de l'assaut.

David avait fait quantité d'efforts pour se créer cette effrayante réputation. Jusque-là, cela n'avait jamais été à son désavantage auprès de ces dames. Nombre d'entre elles étaient attirées par le danger, s'il en jugeait par celles qui s'invitaient dans son lit sans prévenir.

Il soupira en son for intérieur quand il aperçut les articulations des mains d'Alison blanchies à force d'agripper les draps. Il était clair que son épouse n'était pas du genre à se laisser séduire par son côté ténébreux.

Pourquoi cela le troublait-il à ce point de la voir le craindre ainsi, et même ne pas supporter sa simple vue ? Il se dit que tout ce qu'il voulait, c'était un foyer paisible et une partenaire jusque dans son lit. Pourtant, quand il regardait le visage pâle de son épouse, une tendresse peu commune le gagnait – et cela l'inquiétait.

Il mit ses inquiétudes de côté pour s'occuper du présent problème.

Il n'avait jamais eu besoin de séduire auparavant. Il n'avait pas le temps de courir après les femmes. Si l'une d'entre elles n'était pas assez intéressée pour venir à lui, alors il ne s'embarrassait pas d'elle. Seulement, Alison était son épouse, et il avait décidé de briser ses barrières et de lui donner envie de le désirer. La question était la suivante : par où commencer ?

Il se souvint d'un épisode quand il avait l'âge de Will, peu après le remariage de son père. Il passait devant la chambre paternelle, et il entendit sa nouvelle belle-mère rire à l'intérieur. Curieux de savoir pourquoi elle se trouvait là au beau milieu de l'après-midi – un moment que son père consacrait habituellement à entraîner ses hommes –, David pressa son visage contre un interstice de la porte. Il fut étonné de voir son guerrier de père, chef de son clan, en train de passer un peigne dans les cheveux de sa femme, comme s'il était un serviteur. Elle était assise sur un tabouret, son père se tenait derrière, et elle souriait à ses paroles. Quand ce dernier marqua une pause pour déposer un baiser sur le sommet de son crâne, elle s'appuya contre son torse et porta une main en haut de la cuisse de son père.

Le cœur de David s'emballa à la vue de cette scène intime, et il se sentit un peu déloyal d'apprécier la chaleureuse affection qu'elle suscitait en lui. Même à l'âge de dix ans, il savait de manière indéniable qu'une telle scène ne s'était jamais produite entre son père et sa propre mère.

Après la naissance de Will et Robbie, les garçons furent enveloppés par le lien chaleureux qui unissait leurs parents. David aurait donné sa vie pour ses frères, mais il n'avait jamais fait partie de ce cercle restreint. Cela ne le dérangeait pas de rester en dehors – du moins cela ne l'avait plus dérangé depuis qu'il avait eu l'âge de Will. Cela lui permettait de demeurer fort et concentré, pas comme son père, qui avait perdu sa puissance pour une femme, tel un Samson sous les ciseaux de Dalila.

David était le fils de sa mère, pas le genre d'homme qu'une gentille fille pouvait aimer. Mais il ne voulait pas non plus risquer la vie de ceux qui avaient besoin de lui pour les beaux yeux d'une femme. Non, il n'était pas comme son père.

Et pourtant, il pouvait tirer un enseignement de la scène qu'il avait observée à travers un interstice de la porte. Il pouvait mimer ces gestes d'affection pour apaiser son épouse et obtenir ce qu'il voulait.

— Viens t'asseoir sur le tabouret, ma jolie, dit-il. Je vais coiffer tes cheveux.

La Bête de Wedderburn voulait la coiffer ? Alison était prise au dépourvu. Lors de sa première nuit de noces, Blackadder avait déchiré sa tunique et l'avait tripotée sans ménagement. Elle n'était pas sûre des réelles intentions de Wedderburn, mais elle prit la main qu'il lui avait tendue et le laissa la guider jusqu'au tabouret.

Après avoir récupéré son peigne en ivoire sur la petite console près du mur, il se tint derrière elle et ne fit que la rendre nerveuse.

— Je n'ai jamais fait ça auparavant, lui avoua-t-il, alors dis-moi si je tire trop.

Se moquait-il d'elle ? Avec Blackadder au moins elle avait su à quoi s'attendre, mais ce Wedderburn était un mystère total, par moments il se montrait menaçant, et d'autres fois, il se révélait bien délicat.

Il souleva la masse de cheveux par-dessus son bras et passa lentement le peigne des racines aux pointes.

— C'est comment ? demanda-t-il.

— Vous êtes plus doux que les femmes qui m'ont coiffée tout à l'heure, dit-elle.

Il émit un petit rire grave et rassurant.

— Vraiment ?

— Oui, même si ce n'est pas très difficile, précisa-t-elle, espérant le faire rire de nouveau.

— Si elles t'ont maltraitée, elles seront punies, déclara-t-il.

— Non, s'il vous plaît, s'empressa-t-elle de dire. Je suis sûre que ce n'était pas leur intention.

Bien sûr que si, mais les femmes trouvaient toujours des moyens sournois pour la faire souffrir lorsqu'elle les faisait punir.

Le « humff » qu'il proféra pouvait signifier tout et son contraire, mais pour l'heure, elle avait des soucis plus pressants que des servantes irrespectueuses. Malgré ses craintes, Alison sentit son corps se détendre tandis que l'homme coiffait ses cheveux en des gestes fluides et rythmés.

Au bout d'un long moment, il posa le peigne et elle se tendit derechef quand il s'agenouilla devant elle et encadra sa figure entre ses mains. La jeune femme tenta de maîtriser sa panique, mais il pouvait bien lui briser le crâne avec ses mains si puissantes. Quand il commença à lui masser les tempes, elle prit une inspiration tremblante.

Pourquoi fait-il cela ? Le séduisant visage du jeune homme était impassible. Après un moment, Alison eut du mal à rester sur ses gardes. Toute tension quittait son corps, remplacée par une sensation écrasante de fatigue, et ses paupières devenaient lourdes.

— Par tous les saints, tu es belle.

La jeune lady ouvrit grands les yeux, et découvrit son regard vert perçant à tout juste quelques centimètres d'elle. Elle était incapable de respirer en le sachant si près d'elle.

— J'ai tellement envie de toi que j'en ai mal, dit-il dans un soupir rauque, ayant l'air prêt à la manger toute crue.

Alison prit son courage à deux mains pour affronter ce qui allait survenir.

— Mais on peut prendre tout le temps que tu voudras pour… faire connaissance, poursuivit-il sans la quitter des yeux, mais ses doigts dérivèrent le long de son bras puis vinrent se refermer autour de sa main.

La gorge d'Alison se noua quand il repoussa le tissu de sa tunique sur son épaule.

— J'ai l'intention de faire connaissance avec toi, jusque dans les moindres recoins, dit-il en pressant ses lèvres sur la peau qu'il venait de dénuder. Et crois-moi, tu auras envie de moi quand on consommera cette union.

Sa promesse d'attendre qu'elle veuille partager sa couche était vide de sens, à moins qu'il ne soit disposé à patienter pour l'éternité. Toutefois, Alison lui était reconnaissante du temps qu'il lui accordait.

Il la fit se lever. Quand il prit ses joues entre ses mains et riva son regard sur les lèvres d'Alison, elle sentit sa gorge s'assécher. Le souffle de la jeune femme se fit encore plus court quand il passa le pouce sur sa lèvre inférieure.

Il allait l'embrasser. Elle savait que ce serait différent des baisers de Blackadder, mais elle ignorait de quelle façon. Son cœur battait la chamade quand il se pencha pour s'approcher d'elle encore et encore jusqu'à ce qu'elle sente son souffle sur sa bouche. Quand ses lèvres finirent par toucher les siennes, elles furent étonnamment douces, et elle entrouvrit les lèvres en soupirant. Malgré ses craintes et les histoires effroyables qu'elle avait entendues sur lui, la seule pensée qui traversait son esprit était : *C'est ainsi qu'un baiser devrait être.*

Hormis la main qu'il avait posée sur le visage de la jeune femme, seules leurs bouches étaient en contact. De sa langue, il l'explora, déclenchant des éclairs de plaisir jusque dans ses orteils. Il passa les doigts dans ses cheveux, massant son cuir chevelu. Alison sentit son esprit se ramollir, comme sous l'effet d'un philtre, tandis que sa peau devenait bien trop sensible. Chaque fibre de son corps semblait attirée par la chaleur de la sienne, si proche mais pas tout à fait contre elle.

La jeune femme avait entendu les poètes parler de baisers envoûtants comme un charme, mais elle avait pensé qu'ils exagéraient, ou même mentaient. Elle avait eu tort. Comme dotées d'une volonté propre, ses mains se nouèrent autour du cou de Wedderburn, et d'une pression légère du bout de ses doigts, elle attira son corps puissant contre le sien.

Il grogna, ses baisers devinrent plus profonds, plus humides, et elle sombra en lui. Quand il cessa de l'embrasser, elle se sentit étourdie, incapable de tenir sur ses pieds. Mais par tous les dieux, cela n'avait rien à voir avec les baisers répugnants de Blackadder.

Avant qu'elle puisse s'en remettre, il la souleva dans ses bras, la porta vers le lit et l'y déposa. Alison avait le souffle court. Il l'avait à peine touchée jusque-là, mais à présent elle sentait ses mains et sa bouche partout sur elle.

— Tu es tellement douce, dit-il en embrassant ses joues, ses paupières, ses cheveux, son cou.

Il marqua une pause juste assez longue pour retirer ses culottes et elle écarquilla les yeux en voyant son imposante érection. Un frisson de crainte la parcourut quand il roula au-dessus d'elle et immobilisa ses bras. Elle se sentit piégée, étouffée.

La jeune femme se répéta que ce serait bientôt terminé, et qu'elle ne devait pas le contrarier. Toutefois, un petit halètement d'alarme lui échappa quand le membre dur et impérieux de l'homme se frotta contre sa hanche. Il s'écarta tout d'un coup et l'examina, les sourcils froncés.

— Oh, je t'ai fait peur, murmura-t-il dans un souffle rauque. Vu comme tu m'embrassais, je pensais que… enfin, peu importe ce que je pensais.

Il s'allongea à côté d'elle, s'appuya sur son coude et posa la tête sur sa main. Les lueurs des bougies jouaient sur les traits durs et séduisants de son visage, faisaient ressortir les éclats dorés de ses cheveux, et illuminaient sa peau d'un halo chaleureux.

— Je n'ai pas l'habitude des femmes comme toi, déclara-t-il.

Alison fut tentée de lui demander à quel genre de femmes il était habitué, mais elle préféra s'enquérir :

— Que voulez-vous dire par une « femme comme moi » ?

— Tu es une fille tellement délicate, dit-il en effleurant sa joue du dos de la main. J'ai peur de te faire du mal sans le vouloir.

Elle cligna des yeux, sentant les larmes monter. Personne ne s'était soucié d'elle de cette façon depuis tellement longtemps. Sans marquer de pause pour penser à ce qu'elle faisait, elle posa une main sur son torse et sentit le battement régulier de son cœur contre sa paume.

Il couvrit sa main de la sienne.

— Tu me promets que tu me diras si je te fais mal ?

— Oui, répondit-elle.

— Si je mets du temps à t'entendre, tu n'as qu'à me donner un coup sur la tête, ajouta-t-il avec un clin d'œil.

— Je ne voudrais pas vous faire de mal, répliqua-t-elle avant de lui adresser un petit sourire. Je suis plus solide qu'on ne le croit.

— Ah, oui, vraiment ? C'est ce qu'on va voir, lança-t-il avec un éclair de malice dans le regard.

Il reprit une mine sérieuse quand il passa les doigts sur l'épaule d'Alison, puis descendit au bord de son décolleté.

— J'aime bien te caresser, dit-il. Je veux que tu aimes ça aussi.

Alison prit une inspiration tremblante quand il se mit à suivre des lèvres le trajet que ses doigts venaient de parcourir le long de sa peau nue. Elle ne parvenait pas à voir en cet homme-là la Bête de Wedderburn, celui qui avait enfoncé sa porte et défié tous les guerriers du château. Au moins comprenait-elle à présent pourquoi on le surnommait la Bête.

Cet autre Wedderburn qui la taquinait de douces caresses semait la confusion en elle. Elle se douta qu'il était encore plus dangereux à vrai dire.

— Je veux que tu dises mon nom, lui murmura-t-il à l'oreille.

— Seigneur Wedderburn.

— Non, mon prénom, reprit-il en posant une main ferme et possessive sur la hanche de la jeune femme. Tu le connais ?

Il passa le bout de sa langue sur un côté de la gorge d'Alison qui sentit ses tétons se durcir.

— David, lança-t-elle dans un soupir.

Quand il s'écarta d'elle, la chaleur de son regard fit s'emballer le cœur de la jeune femme.

— J'aime la façon dont ça sonne entre tes lèvres, dit-il en baissant les yeux sur sa bouche. Dis-le encore pour moi.

Elle déglutit.

— David, répéta-t-elle dans un filet de voix proche du murmure.

Une tension se forma dans le ventre d'Alison quand il se pencha au-dessus d'elle. Un petit cri s'échappa de sa gorge quand son torse entra en contact avec sa poitrine, lui faisant prendre conscience qu'il n'y avait rien entre eux que sa fine tunique. Mais ensuite, il posa sa bouche sur la sienne, et toute pensée déserta son cerveau. Sa résistance se mit à fondre tandis que les lèvres douces et chaudes lui procuraient des sensations de plaisir dans le ventre et dans tout son corps.

Quand il s'écarta, un soupir échappa à la jeune lady. Cet homme savait indéniablement embrasser une femme.

Il passa les doigts dans les cheveux d'Alison et baissa le regard sur elle. L'intensité de ses yeux verts la mettait sens dessus dessous.

— Que voulez-vous de moi ? demanda-t-elle.

— Je veux te faire trembler de désir jusqu'à ce que tu te mettes à crier mon nom quand je serai enfoui en toi, affirma-t-il. Je veux te donner tant de plaisir que chaque jour tu auras hâte d'être au soir, de pouvoir revenir dans mon lit.

— Ce ne sera jamais le cas, répliqua-t-elle, l'air hautaine.

— Oh, si, dit-il.

Et les poules auront des dents.

— Je veux que tu aies envie, ajouta-t-il avec un sourire séducteur. Et ce sera le cas.

— Quelle différence est-ce que ça pourrait faire ?

Blackadder ne s'était jamais soucié de cela. Il prenait ce qu'il voulait. Wedderburn ferait de même.

— Ça fait une différence pour moi, répondit Wedderburn qui ne souriait plus, et lui adressait un regard grave.

L'effroyable seigneur de Wedderburn, celui qui semait la terreur dans les Borders, avait pris son château, avait volé leur héritage à ses enfants, et cela au mépris de la colère du puissant clan d'Alison et de la Couronne sans la moindre hésitation, cet homme-là ne voulait pas prendre ce qui lui revenait de droit en tant qu'époux, à moins qu'elle ne le veuille bien.

— Vous vous sentez coupable à ce sujet, déclara-t-elle, surprise de découvrir cette vérité inattendue. C'est pour cette raison que vous voulez me séduire.

Il détourna le regard sur le côté. Wedderburn l'avait forcée à prononcer des vœux, à s'engager et à lui confier sa propriété ainsi que l'avenir de ses filles, sans une once de culpabilité. Mais la contraindre à lui donner son corps était un pas de trop pour lui, cela allait à l'encontre d'un code d'honneur qu'elle n'aurait jamais pensé qu'il respecterait.

Les barrières qu'elle avait érigées pour se protéger commencèrent à se voir percées d'une mince lueur d'espoir.

— Pour tout te dire, je n'ai pas eu l'impression d'avoir tellement le choix de ce mariage non plus, lui confia-t-il.

Alison soupira silencieusement. Les hommes prenaient des décisions puis prétendaient que c'était le destin. Bien sûr qu'il aurait pu la laisser tranquille.

— Mais dès le premier instant où je t'ai vue, je t'ai voulue, ajouta-t-il.

La jeune femme sentit la chaleur monter en elle tandis qu'il la parcourait de son regard sombre.

— Je te séduirai, affirma-t-il en passant le pouce sur sa lèvre inférieure. Parce que te donner du plaisir me donnera du plaisir.

— Je crois, observa-t-elle avant de marquer une pause pour s'éclaircir la voix, que c'est votre fierté qui vous pousse à dire ça.

— C'est aussi vrai, admit-il, un sourire relevant les commissures de ses lèvres alors qu'il s'approchait encore d'elle.

Ce sourire la désarma, ce qui était assez injuste. Mais pas autant que le baiser qui s'ensuivit. Au lieu de la saisir dans un désir de conquête, il la serra dans ses bras et l'embrassa comme s'il avait voulu rester là pour toujours.

Alison n'avait jamais rien connu d'aussi sensuel que ces baisers. Ils étaient lents, se faisaient plus profonds et plus longs, sa langue se mouvant contre la sienne dans un rythme magique. Elle avait l'impression de sombrer dans un rêve – mais elle en fut brutalement réveillée par son érection qui s'affirmait contre sa cuisse.

Elle interrompit le baiser et tourna la tête. Les débuts étaient peut-être bien plus agréables qu'avec Blackadder, mais la fin serait la même.

Elle se souvint que Wedderburn se servait de ses lents baisers, de ses douces caresses et de ses bras protecteurs pour gagner l'approbation de son épouse et soulager sa culpabilité. Le désir qu'il soulevait en elle était aussi incongru qu'inattendu. Cela ne ferait qu'empirer la déception qui l'attendait.

— Qu'y a-t-il, Alison ?

La jeune femme eut presque envie de pleurer quand elle l'entendit prononcer son prénom. Blackadder ne l'avait jamais fait quand il s'était servi d'elle au lit.

Wedderburn l'embrassa sur le front et la maintint près de lui.

— Je ne voulais pas te faire peur encore une fois.

— Ce n'est pas le cas.

— Alors dis-moi ce qui ne va pas. Un instant tu es enthousiaste et la minute d'après tu te raidis dans mes bras.

Alison n'était pas sûre de savoir expliquer cela – ni de vouloir l'expliquer. Mais le silence persistant de Wedderburn lui indiquait qu'il attendait une explication.

— Pour Blackadder…

Elle le sentit se crisper en entendant ce nom, et elle s'interrompit.

— Continue, dit-il.

— Pour lui, je n'étais qu'un corps qui lui servait à assouvir ses désirs, poursuivit-elle, se sentant un peu bête d'avouer cela.

Quand elle vit que Wedderburn n'éclatait pas de rire et ne la réprimandait pas, d'autres paroles lui vinrent.

— J'étais une des possessions qu'il avait tous les droits d'utiliser, une femme dont les sentiments lui étaient indifférents.

Wedderburn ne prononçait toujours pas un mot.

— Je ne veux plus ressentir ça de nouveau, avoua-t-elle dans un soupir.

Le regard de Wedderburn s'assombrit d'une violente émotion, mais ses mains demeurèrent douces tandis qu'elles encadraient son visage.

— Tu ne seras jamais une femme parmi tant d'autres pour moi, déclara-t-il. Je veux te connaître, Alison Douglas.

David observa les traits de la jeune femme pour y déceler le moindre signe d'alarme tandis qu'il pressait ses lèvres contre la paume de sa main. Malgré ce qu'elle venait de dire, il ne croyait pas un instant qu'elle lui fasse suffisamment confiance pour lui signaler s'il commençait à l'effrayer. Il se maudit de lui être tombé dessus comme un animal quelques instants plus tôt. Il ne s'oublierait plus de cette sorte.

En plus d'être un ignoble traître et un lèche-cul de Sa Majesté, Blackadder s'était conduit en véritable goujat envers Alison. C'était une jeune femme douce et délicate comme une pêche bien mûre, et Blackadder l'avait piétinée comme un buffle dans un verger. David était bien décidé à ne pas reproduire cette erreur. Il la désirait plus que de raison, mais il devait tout d'abord la convaincre qu'elle n'avait rien à craindre de lui – du moins pas au lit.

Le jeune homme se trouvait face à un choix. Si elle avait été une jeune épouse vierge, il aurait été nécessaire de montrer le sang sur les draps, comme preuve de leur union irrévocable. Mais elle était veuve, et nul homme ayant bien regardé la dame ne pourrait croire que David ait eu la patience d'attendre.

Son regard s'abaissa sur les lèvres entrouvertes d'Alison, et il sentit son corps tout entier parcouru d'une ardeur douloureuse. Dieu du ciel, il la désirait plus que n'importe quelle autre fille auparavant !

Mais il avait appris à voir plus loin que ses besoins immédiats, à être patient et à prévoir ses actions avec soin pour atteindre de plus grands objectifs, de plus beaux succès.

Il sentit son sexe se durcir douloureusement, et eut envie qu'elle pose sa main dessus. Ou mieux encore, il voulait l'enfouir en elle. Au lieu de cela, il prit une profonde inspiration et accepta de ne pas obtenir tout de suite ce qu'il attendait d'elle.

— Nous n'allons pas consommer notre mariage ce soir, dit-il sans la quitter des yeux, mais je te ferai mienne.

— Je ne comprends pas, balbutia-t-elle.

— Tu verras, ma belle, tu verras, lui répondit-il.

Chapitre 14

— Je vais prendre mon temps, déclara Wedderburn. Et ça va te plaire.

Ses paroles sonnaient comme un ordre. Pensait-il vraiment qu'elle pourrait prendre plaisir à cela uniquement parce qu'il le lui ordonnait ? L'arrogance de cet homme était sans bornes.

Il tira sur le lien situé en haut de la tunique de la jeune femme jusqu'à ce que la ficelle se dénoue et que la chemise s'ouvre, révélant un décolleté en forme de « V ». Il se pencha et souffla doucement sur cette peau dénudée – sensation étonnamment plaisante qui la fit frissonner de plaisir. Quand ses lèvres suivirent, traçant un doux et captivant chemin entre ses seins, elle commença à se douter que son arrogance était justifiée.

— Vous essayez de me séduire maintenant ? demanda-t-elle.

— Oui, répondit-il, un sourire dans la voix.

Il continua de déposer de légers baisers entre ses seins, tout en promenant sa main de haut en bas sur son flanc. Il effleura des doigts le côté de son sein, et elle attendit, le souffle coupé, qu'il le refasse. La fois suivante, il couvrit son sein de sa main, et la respiration de Wedderburn se fit changeante. Elle se douta que cela signifiait que sa douce séduction était terminée.

Au lieu de cela, il passa son pouce sur son téton, déclenchant des éclairs de plaisir en elle. Quand elle sentit une chaleur humide gagner son sein à travers sa tunique, elle leva la tête et vit que sa bouche avait remplacé sa main. *Dieu du ciel!* Elle laissa retomber sa tête en arrière. Tout ce qu'il lui faisait lui procurait d'agréables sensations.

Quand il s'arrêta, elle réprima un grognement.

— Enlevons ça, dit-il en soulevant l'ourlet de sa tenue de nuit en haut de sa cuisse.

Le souffle d'Alison raccourcit tandis que la main du jeune homme glissait le long de sa cuisse dénudée, puis se coupa quand il empoigna sa hanche. Il relâcha son étreinte subitement et lui lança un regard inquiet. Ce qu'il vit sur son visage devait l'avoir rassuré. Elle décela une lueur de satisfaction dans son regard avant qu'il la soulève et lui donne un long baiser sensuel.

Ce baiser détourna son attention et avant même qu'elle s'en rende compte, il était en train de faire passer sa tunique par-dessus sa tête et elle se trouva entièrement nue. Elle le vit déglutir avec peine en la regardant. Sans prononcer un seul mot, il l'installa sur le dos.

Quand elle tendit la main vers les draps pour se couvrir, il saisit ses poignets et secoua la tête. Elle se sentit maladroite tandis qu'il parcourait lentement du regard sa nudité. Mais quand il replongea ses yeux dans les siens, la chaleur qu'elle y décela fit partir sa gêne en fumée, comme un nuage de brume sous l'effet d'un soleil de plomb.

— Ah, tu es parfaite, souffla-t-il.

Elle frissonna et sentit qu'il était en train de se battre avec lui-même. Des émotions sauvages et contradictoires traversaient aussi l'esprit d'Alison. Sans savoir ce qu'elle voulait de lui, elle tendit la main vers lui et prononça son prénom.

— David.

Il grogna et la pressa contre le lit, retenant son poids sur ses coudes, sa bouche posée sur la sienne, chaude et exigeante, comme s'il avait envie de la dévorer. Il la tenait si fort qu'elle pouvait à peine respirer. Ces baisers n'étaient pas comme ceux d'avant, ceux-ci étaient affamés, bouche grande ouverte, emplis de sombres dangers.

Elle avait envie qu'il ne s'arrête jamais.

Il s'interrompit et se détourna brusquement d'elle. Sa peau se hérissa au contact de l'air froid glissant sur elle.

Elle regarda le plafond, trop abasourdie pour faire le moindre mouvement, et elle attendit qu'il se mette à lui crier dessus. Elle n'avait aucune idée de ce qu'elle avait fait de mal.

L'expression inquiète d'Alison lui confirma qu'il s'était montré trop rude.

— Je suis désolé.

Allait-il toujours s'excuser auprès d'elle ainsi ?

S'il n'apprenait pas à refréner sa passion, il allait finir par piétiner cette fleur fragile. Elle avait un gabarit si délicat que, même nue, elle semblait raffinée. Il songea à Gelis, sa maîtresse du château Hume, avec ses larges hanches, ses seins volumineux et ses jambes musclées. Il ne s'était jamais soucié de lui faire du mal au lit. Mais cela lui parut déplacé de penser à une autre femme alors qu'il tenait cet ange entre ses bras.

Il déglutit quand il vit les seins d'Alison. Ils étaient petits et avaient une forme parfaite, tout comme le reste de son corps. Pourquoi avait-il bien pu croire qu'il préférait les femmes à forte poitrine ? Ses tétons étaient durs, n'attendant que son contact.

Il l'embrassa, prenant son temps pour maîtriser sa faim, même quand elle glissa une main autour de son cou. Il joua doucement avec ses tétons jusqu'à lui soutirer de petits bruits de gorge aigus qui étaient gratifiants, mais mettaient sa détermination à l'épreuve.

David interrompit son baiser pour pouvoir la regarder dans les yeux tandis qu'il passait les doigts à l'intérieur de sa cuisse. Le souffle de la jeune femme se fit court alors qu'il avançait en cercles lents, s'approchant chaque fois un peu plus de son objectif. Quand il commença à effleurer sa toison, elle sursauta. Il la prit ensuite à pleine main, et elle écarquilla les yeux.

Doux Jésus ! Elle était déjà moite et chaude à son contact. Quand il passa les doigts sur cette chaleur intime, elle prit une brève inspiration sifflante.

— Que faites-vous ? demanda-t-elle.

— Je veux t'offrir la libération, lui dit-il à l'oreille.

— La quoi ?

David songea à cette question pendant un long moment.

— N'as-tu jamais trouvé le plaisir dans les bras d'un homme auparavant ?

Elle secoua la tête.

Était-ce possible ? Dix ans de mariage et pas même une fois ? Cette idée lui plaisait bien, au moins, il serait le premier à lui offrir cela.

Quand il recommença à la caresser, elle gigota pour s'échapper, mais il la maintint en place et l'embrassa. Cette fille aimait quand on l'embrassait, et il en profitait. Tandis que leurs langues se mêlaient dans une danse lente et sensuelle, sa résistance fondit. Elle ne tarda pas à enfoncer ses doigts dans les cheveux du jeune homme pour l'attirer plus près d'elle.

— Dis-moi que tu aimes ça, lui chuchota-t-il en déposant un baiser sur sa joue.

— Mmmm, gémit-elle, le souffle inégal, et les yeux perdus dans le vague.

Elle frissonna quand il l'embrassa sur la pointe des seins. Il encercla de petits coups de langue ses tétons, jusqu'à ce qu'elle cambre le dos, dans une invitation silencieuse. Quand elle prit une grande inspiration dans la bouche de David, il ferma les yeux une nouvelle fois pour lutter contre cette vague de désir qui risquait de lui faire perdre la raison.

Les doigts de la jeune femme, timides et légers, caressèrent ses cheveux – une caresse tellement loin du désir violent qu'il ressentait pour elle. Il voulait en avoir plus d'elle, il frotta doucement ses dents contre son téton et fut récompensé quand il sentit qu'elle serrait les poings dans ses cheveux. Il aspira son téton, laissant s'exprimer sans relâche son implacable désir, jusqu'à ce qu'elle gémisse et tourne la tête de part et d'autre. Il avait encore la main entre ses jambes, où il prodiguait effleurements et caresses, tandis qu'il l'embrassait de la gorge au visage.

Elle était d'une beauté déchirante ainsi, ses lèvres entrouvertes, sa poitrine se soulevant et s'abaissant en des souffles courts. Ses tétons étaient rosés et durcis. Quand il passa le pouce sur l'un d'eux, elle faillit se soulever du lit. Elle était près du but, si proche.

— Fais ça pour moi, ma jolie, murmura-t-il.

David serra les mâchoires tellement il brûlait de s'allonger sur elle, pour partager cet instant exquis, pour sentir le corps de la jeune femme se nouer autour du sien pendant qu'il plongeait en elle encore et encore.

— Je vous en prie… je vous en prie, susurra-t-elle.

Malgré le désespoir qu'il percevait dans sa voix, il sentait encore sa résistance.

— Fais-moi confiance, douce Alison. Fais-moi confiance.

Il enfouit son visage dans le cou de la jeune femme tandis que le corps de celle-ci était parcouru de frissons.

Tandis que le souffle d'Alison ralentissait progressivement, il la serra dans ses bras, la désirant à tel point qu'il en tremblait. Il ferma les yeux de toutes ses forces tout en s'imaginant enveloppé de sa chaleur moite tandis qu'elle criait son nom. Il savait que s'il la pénétrait maintenant, il pourrait l'envoyer au septième ciel en une fraction de seconde. Oui, il pouvait le faire, et elle ne résisterait pas.

Mais il lui avait donné sa parole qu'il n'en ferait rien. Il prit plusieurs inspirations saccadées jusqu'à ce que sa respiration se calme un peu.

— C'est ainsi que vous avez décidé de me tenir en votre pouvoir ? demanda-t-elle, un sourire sensuel au coin de ses lèvres encore rosées par l'intensité de leurs baisers.

— Oui.

Elle rit, dans un son cristallin, léger et musical qu'il n'avait jamais entendu auparavant, mais qu'il voulait réentendre. Puis elle lui adressa un regard doux et limpide, et il sentit son cœur se serrer.

Ah, c'était lui qui se trouvait en danger là, pas elle.

Il se contraignit à sortir du lit et à la laisser.

Chapitre 15

David était étendu, éveillé, à regarder le plafond et à se demander quel genre d'imbécile il était. Il était allongé à même le sol des appartements de l'ancien seigneur du château, tandis que la fille qui mettait tous ses sens en ébullition se tenait dans la chambre de l'étage au-dessus. Si cela ne faisait pas de lui un imbécile, peut-être que le fait de croire qu'elle n'avait jamais trouvé de plaisir avec un homme auparavant le ferait.

Lui avait-elle menti à ce sujet ? Les femmes savaient jouer de la fierté des mâles. Il trouvait ce point difficile à croire venant d'elle, surtout quand il se souvenait de la façon dont elle lui avait rendu ses baisers, et à quel point elle avait été douce et moite sous sa main. *Aïe !* voilà qu'il redevenait dur comme un roc. Il ne trouverait jamais le sommeil.

Sans même lui demander, elle avait réussi à le persuader de ne pas la prendre le soir de leur nuit de noces. Tout cela était-il une farce destinée à éviter le risque de concevoir un enfant avant que le clan Douglas vienne la sauver ? La lettre odieuse de ses frères aurait dû la convaincre d'abandonner tout espoir à ce sujet, mais il comprenait que ce manque de loyauté était dur à avaler.

Il se rappela la dernière ligne de la missive : « *Ne sous-estime pas le pouvoir d'une fille belle et intelligente comme toi pour faire ployer la volonté d'un homme.* » Était-ce ce qu'elle venait de faire ?

Il était encore éveillé dans la lueur grise qui précédait l'aube, filtrée par la meurtrière, quand quelqu'un frappa à la porte de la chambre. Sans réfléchir, il se leva, la main entre ses jambes, puis il alluma la lampe et enfila ses culottes.

Quand il ouvrit la porte, et vit Robbie et Alison, il étouffa un juron. Que diable faisait Alison à errer ainsi dans le château, en chemise de nuit, avec son frère ? Elle avait enroulé un plaid autour de ses épaules, mais ses pieds étaient nus. Elle pouvait attraper la mort ainsi. Il recula pour les laisser entrer.

— Je te cherchais là-haut, déclara Robbie, mais lady Alison m'a dit que tu n'étais pas avec elle.

Il posa de nouveau les yeux sur son épouse. Par tous les saints, elle était ravissante avec ses cheveux lâchés, noirs comme la nuit. Il sentait l'effluve de lavande qui émanait de sa peau de l'endroit où il se tenait.

— Pourquoi est-ce que tu dors ici ? s'enquit Robbie en baissant les yeux sur le tartan de David étalé par terre.

Le visage d'Alison s'empourpra, et elle évita de croiser son regard. *Bon sang !*

— Que veux-tu ? demanda-t-il à Robbie.

— Brian est revenu avec des nouvelles, mais il ne voulait pas te réveiller, dit Robbie en lançant un autre regard vers le plaid de son frère au sol. Vu que c'était ta nuit de noces, et tout…

David se frotta le front. Au moins c'était son frère qui l'avait trouvé ici. Si ça avait été n'importe qui d'autre, le seigneur aurait été la risée de ses hommes, on se serait moqués de lui pour n'avoir même pas tenu toute la nuit avec son épouse.

— Brian dit que les Bl…

— Attends, l'interrompit David avant de se tourner vers Alison. Remonte, ma jolie.

Il décela un air blessé dans le regard d'Alison avant qu'elle fasse volte-face et s'éloigne en toute hâte. Ah, il ne pouvait donc pas dire à son épouse de quitter la pièce sans heurter ses sentiments ?

— Pourquoi as-tu fait ça ? l'interrogea Robbie.

— Parce qu'elle ne doit pas entendre ce que tu as à me dire.

— Mais elle est ta femme à présent, n'est-ce pas ? s'enquit Robbie.

— Cela ne signifie pas qu'on puisse lui faire confiance, répondit David. Elle est une Hume depuis moins d'une journée, mais elle restera une Douglas pour la vie.

Peut-être pourrait-il lui faire confiance une fois qu'elle lui aurait donné un héritier. Sa loyauté pourrait alors basculer, pas en sa faveur à lui, mais en celle de l'enfant, ce qui devrait aboutir à peu près au même résultat.

— Maintenant, dis-moi ce que Brian t'a appris, reprit-il.

— Il était à Édimbourg en quête de proches des Blackadder, comme tu le lui avais demandé, expliqua Robbie. Tulliallan et ses fils sont venus pleurnicher au palais de Holyrood, clamant que l'un d'entre eux est l'héritier légitime du château de Blackadder. Ils sollicitent l'aide de la Couronne pour nous mettre à la porte.

David s'était attendu à cela.

— Ils signent leur arrêt de mort, décréta David.

Les parents éloignés mâles de Blackadder ne devraient pas hériter à la place de ses filles, mais en Écosse, les conflits sur les droits d'héritage étaient parfois soumis aux vents politiques. S'ils persistaient à le défier de la sorte, David serait sans pitié. Une fois morts, ils ne pourraient prétendre à aucun héritage.

Il ignorait encore à quel point les Tulliallan Blackadder étaient impliqués dans la conspiration contre son père et son oncle, mais ils méritaient sûrement de mourir pour cela aussi.

— Tu vas aller au Conseil ? questionna Robbie.

— Je ne suis pas du genre à débattre ni à menacer avec des pétitions, déclara David. Ces Blackadder sont toujours à Édimbourg ?

— Oui. Brian a chevauché toute la nuit pour porter cette nouvelle, indiqua Robbie.

David ne pouvait pas les attaquer là-bas, ce qui leur accorderait un petit sursis. Mais il ne pouvait pas laisser cette menace sans réponse.

— Tulliallan croit que ses terres sont assez éloignées et qu'il n'a rien à craindre de moi, dit David. Je vais le faire changer d'avis.

Les vents sifflaient, et les bonnes avaient encore laissé le feu s'éteindre, sachant que le seigneur ne rentrerait pas ce soir avec cette tempête. Alison se frotta les bras pour se réchauffer tandis qu'elle scrutait la nuit noire et se demandait où se trouvait son époux. Elle ne l'avait pas revu depuis qu'il l'avait brusquement congédiée deux jours auparavant, quelques heures à peine après leur nuit de noces.

Elle rougissait chaque fois qu'elle songeait à la façon dont il l'avait caressée cette nuit-là. Malgré cette intimité, ce qu'il avait fait ne créait pas le lien requis pour une union proprement consommée. Si elle s'enfuyait avant son retour, le mariage pourrait-il être annulé ? Avec ses hommes qui montaient la garde à la porte, elle ne pouvait pas vraiment s'enfuir, et puis, ce serait sa parole contre la sienne. David Hume était un homme vigoureux et dans la fleur de l'âge. Un seul regard à son corps musclé et à son air déterminé, et personne ne pourrait croire qu'il ait été incapable d'accomplir son devoir – ou qu'il ait eu l'envie d'attendre.

Pourquoi attendre ? Et qu'avait-elle fait pour lui déplaire au point qu'il la quitte pour passer le reste de la nuit à dormir par terre ? Quoi qu'il en soit, elle doutait qu'il veuille attendre une seconde fois. La manière dont il l'avait caressée était tellement différente de celle de Blackadder que la jeune femme ne pouvait s'empêcher de se demander comment ce serait…

Un fracas au-dessus d'elle la fit courir à la porte et dans l'escalier pour arriver dans la chambre de la tour, où se trouvaient ses filles. Des cris de colère résonnaient quand elle ouvrit la porte. Elle se rua à l'intérieur, ignorant ce qu'elle allait y trouver.

Robbie était en train de coincer son frère contre le mur, tandis que ses filles, qui faisaient la moitié de la taille de Robbie, tiraient sur ses bras et ses jambes pour tenter de l'écarter de Will.

— Arrêtez ça tout de suite ! ordonna Alison, et la pièce redevint calme.

Robbie relâcha son frère et recula d'un pas. Une lueur de défi brillait dans son regard, mais Alison se douta que le rouge qu'il avait aux joues était dû à la gêne.

— Will, est-ce que ça va ? s'enquit la jeune femme en posant une main sur l'épaule du garçon.

Il hocha la tête sans la regarder.

Elle souleva son menton et plongea les yeux dans son regard marron foncé.

— Que s'est-il passé ici ?

— Rien.

— J'ai tout vu, dit Beatrix. Robbie…

— Je ne veux pas l'entendre de toi, Beatrix, l'interrompit Alison. Robbie, allons parler de cela entre nous.

— Et si jamais il ment ? demanda Beatrix, qui avait l'air d'être sur le point d'exploser tant elle avait envie de raconter ce qui venait de se passer.

— Je suis sûre que Robbie est trop grand pour ce genre de comportement, déclara Alison avant de tourner les yeux vers lui de nouveau. Suis-moi.

Elle se tourna et descendit l'escalier, puis fut soulagée d'entendre des bruits de pas derrière elle. Pourquoi était-ce à elle de se charger de cela ? En se mariant avec Wedderburn, elle ne s'était pas attendue à écoper de la responsabilité de ces deux garçons. Quelle que soit la façon dont elle choisisse de régler ce différend entre ses frères, il risquait de ne pas être d'accord.

La jeune femme retourna à la chambre qu'elle avait partagée, quoique brièvement, avec Wedderburn et s'assit dans un des deux fauteuils face à la cheminée. Robbie s'arrêta sur le seuil de la porte et croisa les bras sur sa poitrine.

— S'il te plaît, assieds-toi près de moi, dit-elle en souriant tout en lui désignant d'un geste l'autre siège.

Après une pause, il s'avança d'un pas traînant dans la pièce et se laissa tomber dans le fauteuil. Alison poussa un soupir intérieur et pria pour que la sagesse l'accompagne.

— Évidemment, je ne te connais pas très bien, mais j'ai remarqué que ton cœur semble être rongé par la colère.

Elle regretta d'avoir été trop préoccupée par ses propres soucis pour ne pas lui en avoir parlé plus tôt.

— Will est un tel… un tel…

Elle était certaine qu'il avait été sur le point d'utiliser un mot grossier mais s'était ravisé.

— Je ne parle pas seulement de cet incident avec Will, intervint-elle en se penchant pour poser une main sur le bras du garçon. Je vois bien qu'il y a quelque chose qui te perturbe. Veux-tu me dire ce que c'est ?

Il pinça ses lèvres et cligna des yeux à plusieurs reprises, réprimant des larmes. Alison éprouva un élan de compassion envers lui. Quatorze ans était un âge difficile, c'est une phase où on n'est pas encore un homme, mais plus un enfant, or Robbie avait perdu son père peu de temps auparavant.

— Il me traite comme un gamin, lâcha-t-il enfin.

— Qui ça ? s'enquit Alison. Le seigneur ?

— David faisait des raids et des combats quand il avait mon âge, expliqua-t-il. Mais il me laisse ici, avec les enfants et les vieillards.

Alison fut soulagée d'apprendre que Wedderburn tentait de préserver son frère de la violence.

— Il affirme que ma mission consiste à veiller sur vous, vos filles, et Will, déclara-t-il. Comme si j'étais une nounou, pas un guerrier !

Alison vit des larmes de rage poindre de nouveau et elle craignit que la fierté de Robbie ne supporte pas qu'il y succombe.

— Je m'entraîne dur, lui dit-il. Je suis aussi bon au maniement de l'épée que n'importe lequel des hommes.

— Je comprends que tu ne te sentes pas apprécié à ta juste valeur, lui assura-t-elle. Mais tu ne dois pas t'en prendre à Will. Ce n'est pas sa faute.

Les épaules du garçon s'affaissèrent et il regarda par terre.

— Je sais, mais, ah, il est tellement énervant.

— Énervant ? C'est un garçon gentil.

— Justement !

— Tu es plus grand que lui, et c'est ton frère, déclara-t-elle. Le seigneur a raison quand il dit que c'est ton devoir de le protéger.

Robbie s'enfonça un peu plus dans son fauteuil, et elle sentit qu'elle avait trouvé là un bon argument, mais il se redressa ensuite.

— Allez-vous le dire à David ? questionna-t-il, l'air effaré.

Elle fut tentée de lui demander ce que le laird ferait, mais elle se douta que Robbie serait trop fier – et trop loyal envers son frère – pour le lui dire.

— Cela ne se reproduira pas ? interrogea-t-elle.

Voyant qu'il secouait la tête, elle déclara :

— Alors je ne vois aucune raison de déranger le seigneur à ce sujet.

Il hocha la tête en guise de remerciement et se leva, prêt à partir.

— Ton heure viendra, dit-elle en lui souriant. Je suis sûre que tu feras un excellent guerrier, comme ton frère.

— Je suis prêt maintenant, j'en ai marre d'attendre.

Quatorze ans et il en avait marre d'attendre. Que pouvait-elle lui répondre ?

— Pourrez-vous en parler à David pour moi ? demanda-t-il.

— Pour lui dire quoi ?

— Que je ne peux pas jouer les nounous pour l'éternité, répondit-il avec une férocité dans le regard qui rappela à Alison son aîné. Je veux me battre pour mon clan.

Pourquoi pensait-il qu'elle aurait une quelconque influence sur Wedderburn ? Et même si c'était le cas, elle ne l'encouragerait sûrement pas à emmener son cadet dans de violentes expéditions.

— Tu te mettrais en colère si je te disais que je suis contente qu'il t'ait demandé de rester ici pour veiller sur nous ? interrogea-t-elle en lui prenant le bras pour l'accompagner à la porte. Je ne connais pas les soldats de ton frère, et ça me rassure d'avoir ici un homme en qui je puisse avoir confiance.

Robbie lui lança un regard en coin, et un léger sourire vint relever les commissures de ses lèvres, indiquant à Alison qu'il savait exactement ce qu'elle était en train d'essayer de faire. Ce garçon était intelligent. Elle fut heureuse de découvrir cette pointe d'humour en lui, même si elle était enfouie au moins aussi profondément que celle de son frère.

— S'il vous plaît, l'implora-t-il encore. Parlez à David pour moi.

Patrick Blackadder entra en trombe dans la chambre de son père pour l'affronter.

— Encore en train d'écrire des pétitions ? cingla-t-il quand il découvrit son père à sa table de travail avec son clerc.

Celui-ci congédia le domestique et leva une main pour réduire Patrick au silence jusqu'à ce que l'homme referme la porte derrière lui.

— Tu as entendu ? lui demanda Patrick, ayant toutes les peines à contenir sa rage. Pendant qu'on était à Édimbourg, les Hume ont volé deux cents bêtes de notre cheptel.

— Bien sûr que je suis au courant, répondit son père en lui adressant un regard glacial.

— La Bête les a volées directement dans les champs, à proximité du château, persifla Patrick. Il a fait de nous la risée de tous.

— S'il espère ainsi me provoquer et me pousser à faire quelque chose d'idiot, il n'y parviendra pas, décréta son père sur un ton calme qui énerva Patrick encore davantage. Nous aurons le dessus à la longue, tu verras.

— Combien de temps devrons-nous attendre ? lança Patrick en se penchant par-dessus la table. Tu dois bien être d'accord pour dire qu'il faut qu'on lui rende la pareille.

— Oh, oui, nous allons réduire ce jeune Wedderburn en poussière, affirma son père. Mais nous ne pouvons le faire seuls. Il a gagné bien trop de puissance. Nous devons avoir soit les Douglas, soit les forces de la Couronne à nos côtés.

— J'ai envie de le voir mourir maintenant.

Le père de Patrick contourna la table et posa un bras autour de son fils, ce qui lui donna envie de vomir.

— Tu n'en feras rien, tu m'entends ? lui dit-il. Je suis le seigneur ici, et nous ferons les choses à ma façon.

La façon de procéder de son père n'avait fait que les mener d'une humiliation à l'autre. Patrick était tellement frustré qu'il avait envie de jeter le corps de son père contre les murs de cette pièce. Au lieu de cela, il serra les dents et se souvint que le vieil homme ne vivrait pas éternellement.

Quand il fut congédié, il monta d'un pas lourd l'escalier menant à sa chambre, où une femme l'attendait.

— Viens ici, lui ordonna-t-il.

Elle avait les cheveux bruns et les yeux bleus, comme toutes les autres. Il la mit à genoux.

Combien de fois Alison avait-elle été contrainte de se soumettre à Wedderburn jusqu'à maintenant ? Cette pensée tourmentait Patrick. Il pourrait lui pardonner si Wedderburn l'avait forcée, mais l'idée qu'elle puisse se donner de son plein gré envahissait son esprit.

Peut-être que la Bête avait été son amant secret avant même de prendre le château. Patrick secoua la tête. Non, tous les guerriers Blackadder qui avaient été présents lui avaient dit qu'Alison avait refusé de se rendre, même quand ils s'étaient trouvés à court de nourriture. Wedderburn avait dû briser le portail pour entrer.

Elle était si loyale envers Patrick.

Il empoigna la chevelure sombre de la jeune femme qui suçait son sexe et il tenta de s'imaginer que c'était Alison. Il devint furieux quand il se rendit compte qu'il n'y parvenait pas.

— Pas comme ça, idiote, s'énerva-t-il avant de la frapper quand elle releva la tête.

C'était une misérable prostituée. Comme toutes les autres. Alison, elle, saurait exactement ce qu'il voulait.

— Sors de là avant que je te tranche la gorge.

La femme pleurait et tardait à rassembler ses affaires. Il ne pouvait supporter sa présence un instant de plus et la poussa, nue, hors de sa chambre à coups de pied au derrière. La seule qui pourrait vraiment le satisfaire était Alison.

Patrick aurait sa vengeance sur Wedderburn, car il avait volé ce qui lui appartenait : Alison, le château, et les terres Blackadder. Il le surveillerait jusqu'à ce qu'il commette une erreur. Le jour viendrait où il ferait souffrir la Bête pour tout ce que ce bâtard lui avait fait.

Chapitre 16

Quand Alison retourna à la chambre de la tour, elle y trouva Will et les filles essayant d'apprendre au chiot Jasper à faire des roulades. Le résultat était des plus comiques. Les éclats de rire lui firent quelque peu oublier ses soucis.

— Il est temps pour Beatrix et Margaret d'aller se coucher, annonça-t-elle à Will.

Il renifla bruyamment tandis qu'elle l'embrassait sur la joue, et il commenta :

— Vous sentez bon.

— Bonne nuit, Will, lui dit-elle en réprimant un rire.

Alison commençait déjà à se prendre d'affection pour les deux frères de David.

— Je vais faire monter Flora, déclara Will en partant.

— Dis à une des bonnes de venir aussi, lui demanda Alison tant qu'il était encore à portée d'oreille. Mon feu est presque éteint.

Flora monta aussi vite que ses vieilles jambes pouvaient la porter. Après avoir bordé les filles, Alison retourna à sa chambre glaciale. Elle passa rapidement sa chemise de nuit et s'enroula dans une couverture.

Elle avait fait les cent pas pour se réchauffer pendant un bon moment avant que deux bonnes finissent par arriver avec un panier de tourbe.

— Relancez le feu, s'il vous plaît, leur dit Alison.

— Il fait aussi chaud que sur un tas de bouse fumante ici pourtant, rétorqua l'une d'elles. Ce doit être la faiblesse du sang des Douglas qui fait cela.

— Pourquoi est-ce que votre nouvel époux ne vous tient pas chaud ? s'enquit l'autre. Il ne vous aime pas un peu mieux que notre ancien seigneur ?

Alison aurait dû être indifférente à leur insolence, depuis le temps, mais elle était lasse et avait froid. Et cette remarque la piqua au vif. Pourquoi Wedderburn avait-il quitté leur lit conjugal et s'était-il absenté pendant les deux nuits suivantes ? Elle se demanda quel prix elle devrait payer pour l'avoir offensé.

— S'il vous plaît, faites comme je vous dis, lança-t-elle, ennuyée d'entendre la supplique dans sa propre voix.

— Certainement, milady, répondit la première en soulevant ses jupons pour feindre une révérence.

— Tout de suite, milady, repartit la seconde avant d'échanger un regard amusé avec l'autre.

Quand Alison se tourna et vit Wedderburn sur le seuil de la porte, derrière les deux servantes, elle fut stupéfaite. Sa carrure impressionnante et sa mine sombre lui rappelèrent qu'elle avait des problèmes bien plus sérieux que l'insolence des domestiques.

— Ne manquez donc pas de respect à mon épouse !

Les deux bonnes sursautèrent quand la voix de David tonna dans la pièce. Puis, elles se serrèrent l'une contre l'autre quand il s'avança vers elles.

— Comment osez-vous accepter l'abri de mon toit, la protection de mes hommes d'armes, et la nourriture que je fournis, et me donner votre insolence en contrepartie ? s'écria-t-il d'un ton grave et menaçant.

Un élan de chaleur empreint de gratitude envahit Alison. Il y avait bien longtemps que personne ne l'avait défendue.

— Cela ne voulait rien dire, messire, plaida l'une des femmes.

— On ne ferait jamais rien contre vous, laird, ajouta l'autre.

— Quand vous vous moquez de mon épouse, vous vous moquez de moi, rétorqua-t-il, les yeux luisants comme ceux d'un lion en colère. Vous ne passerez pas une nuit de plus sous mon toit. Rassemblez vos affaires et partez sur-le-champ.

Le plaisir qu'Alison avait éprouvé en le voyant prendre sa défense s'évapora. La punition était trop dure.

— Mon seigneur et époux, commença Alison avant de s'humecter les lèvres et de s'approcher de lui, elles risqueraient la mort par cette tempête.

— Cela m'est égal, lança-t-il en tournant son regard féroce vers elle. Elles peuvent bien errer dans les collines jusqu'à ce que mort s'ensuive pour ce que je m'en soucie.

Les femmes sursautèrent.

Alison joignit ses mains pour dissimuler à quel point elle tremblait.

— Je vous supplie de leur pardonner.

— Pour avoir mon pardon, il faut le gagner, dit-il en se retournant vers les deux servantes. J'attendrai la fin de la tempête avant de décider quoi faire de vous.

— Béni soyez-vous, messire, remercièrent-elles en chœur tout en baissant la tête.

— Ne me faites pas regretter ma mansuétude à votre égard. Ou bien ce sera la dernière fois que vous l'aurez, les avertit-il. Maintenant, hors de ma vue.

Quand les deux femmes eurent quitté la pièce à grands pas, David s'approcha de la fenêtre et plongea le regard dans la sombre tempête hurlante.

— Je suis heureuse que vous ne les ayez pas laissées me parler de cette façon, lui dit Alison même s'il lui tournait le dos.

— Alors, pourquoi as-tu interféré ?

Elle sentit son courage la quitter alors que des souvenirs de Blackadder lui adressant toutes ses critiques amères la submergèrent. *« Pourquoi as-tu fait cela, espèce d'idiote écervelée ? Tu ne sais donc rien faire de bien ? »*

— Je t'ai demandé pourquoi tu avais fait ça, répéta David en se tournant pour lui faire face.

— Je ne voulais pas que ces femmes soient renvoyées à cause de moi, parvint-elle à articuler.

— C'était pourtant ce qu'elles méritaient, décréta-t-il en la fusillant du regard. Ne contredis plus jamais mes décisions devant les autres.

David détestait voir Alison avoir peur de lui.

— Ne te replie pas ainsi.

Elle écarquilla les yeux encore davantage, et même si elle restait debout, il voyait bien que cela lui coûtait.

— Je t'en prie, lança-t-il, prononçant ces mots comme s'ils lui étaient étrangers, assieds-toi pendant que j'allume ce feu pour toi.

Il s'agenouilla près de la cheminée et sortit sa pierre à briquet de la sacoche attachée à sa ceinture. Une vague de fatigue le gagna quand il se pencha pour récupérer la tourbe que les servantes avaient répandue au sol en le voyant. Il n'avait pas beaucoup dormi lors de sa nuit de noces – et ce pour les mauvaises raisons –, et il n'avait pas fermé l'œil ces deux derniers jours.

Le raid mouvementé avait satisfait la fierté et la renommée de ses hommes, mais voler tant de bétail au château de Tulliallan sous la tempête s'était révélé être une besogne bien fastidieuse. Et il était revenu dès qu'il avait appris que sa tante était morte de fièvre au château de Dunbar, laissant la mère de Robbie et Will seule en captivité. Tout ce qu'il voulait, c'était dormir. Toutefois, il avait l'intention d'aller au fond de ce problème de domestiques avant tout. L'ignorer ne le résoudrait en rien.

Après avoir lancé le feu, il s'installa dans le fauteuil face à Alison. Elle était vêtue de la même façon que la dernière fois où il l'avait vue, comme si le temps s'était arrêté depuis – une tunique de nuit, les pieds nus, les cheveux lâchés et une couverture autour des épaules. Cette image de la jeune femme avait occupé les pensées de David pendant ces interminables heures passées à chevaucher dans le vent et la pluie, et pourtant, ce souvenir était si loin de la radieuse beauté de la jeune femme devant lui.

Il regrettait tant d'avoir quitté leur lit lors de leur nuit de noces. Il avait eu une bonne raison de le faire, mais il était si fatigué qu'il ne s'en souvenait plus. Quand Alison se mit à gigoter dans son siège, il se rendit compte que cela faisait un bon moment qu'il l'observait. Il secoua la tête et contraignit son esprit à s'atteler à la tâche qui l'attendait.

— J'ai vu comment les serviteurs de Blackadder te traitaient, et pourtant, j'ai été étonné d'assister à une scène comme celle-là, déclara-t-il. Le sang des chefs de clan coule dans tes veines, et tu as dû être élevée en étant habituée à ce qu'on te montre une certaine déférence.

La jeune femme s'empourpra et elle baissa les yeux. L'intention de David n'était pas de l'embarrasser, mais il ne voulait pas non plus se laisser détourner par sa gêne.

— Comment cela se fait-il ? insista-t-il. Pourquoi la petite-fille du célèbre homme qui osa destituer un roi ne parvient-elle pas à se faire respecter dans son propre foyer ?

— Mon ép... le seigneur Blackadder disait que je n'inspirais pas le respect dans cette maison parce que..., avoua Alison avant de marquer une pause, sa voix se faisant murmure. Parce que je n'en étais pas digne.

— Qu'il aille au diable, celui-là, s'exclama David en claquant son poing contre l'accoudoir de son fauteuil. Je le savais !

Voyant la façon dont les servantes semblaient être habituées à se comporter ainsi, il s'était douté que non seulement Blackadder ne leur avait pas ordonné de traiter sa femme avec respect, mais qu'il les avait encouragées dans leurs mauvaises manières.

— Je ne saurais tolérer que l'on manque de respect à mon épouse, reprit-il en levant les yeux vers elle. Si un seul des serviteurs te pose des problèmes, il faut que tu me le dises.

— Je ne peux pas vous promettre cela si vous avez l'intention de tous les renvoyer.

Alison humecta ses lèvres, geste nerveux qui détourna l'attention de David. Un long moment s'écoula donc avant qu'il intègre les paroles qu'elle venait de prononcer et se rende compte qu'elle refusait de lui obéir.

— Tu préfères que je ferme les yeux sur leur comportement insultant ? lui demanda-t-il.

— Non, mais les effrayer de la sorte est probablement suffisant, répondit-elle en regardant la porte par laquelle les bonnes s'étaient enfuies. On dirait que c'est un de vos talents.

David avait comme l'impression qu'Alison était légèrement en train de se moquer de lui. Cela faisait longtemps que personne ne l'avait taquiné de la sorte.

Pourquoi diable n'avait-elle pas tourné sept fois sa langue dans sa bouche ? C'était exactement le genre de remarques qui mettait Blackadder dans une colère noire. Quand elle vit un sourire poindre à la commissure des lèvres de Wedderburn, elle poussa un soupir de soulagement.

— Vous avez parlé des servantes, dit-elle, se sentant plus sûre d'elle à présent, mais qu'en est-il de vos hommes ?

L'humeur rieuse du jeune laird disparut et il se mit à plisser les yeux.

— Qu'as-tu à dire sur mes hommes ?

— Et s'ils me manquent de respect ?

— Cela n'arrivera pas.

Elle pensa à la façon dont Walter et ses compagnons d'armes l'avaient traitée.

— Mais si c'était le cas…

Wedderburn se pencha en avant, et parla d'une voix grave et menaçante :

— L'un d'eux t'a-t-il fait quelque chose ?

Alison secoua la tête.

— Comprends-moi bien, ma jolie, dit-il, son regard vert semblant couver un feu ardent. Je ne laisserai personne te faire de mal, quelle que soit son identité.

— Mes frères disaient la même chose, répliqua-t-elle. Leur noble intention n'a plus eu la moindre valeur dès l'instant où cela est devenu gênant pour eux.

Wedderburn la saisit par les épaules, et son expression féroce poussa Alison à déglutir bruyamment.

— Je ne suis pas comme tes frères ou comme Blackadder, dit-il. Je suis un Hume, et je protège ma famille.

Alison aurait dû être terrifiée de voir ce Wedderburn la tenir dans sa poigne de fer et lui parler avec tant de férocité, à seulement quelques centimètres de son visage. Au lieu de cela, elle trouva plutôt agréable cet usage qu'il faisait de tous ses muscles virils pour la protéger.

Cependant, elle se sentait légèrement à bout de souffle quand il plongea son regard intense dans le sien. Il avait les yeux les plus verts qu'elle ait jamais vus.

Fronçant les sourcils, il baissa le regard sur ses pouces qui s'enfonçaient dans la chair de la jeune femme, et la relâcha brutalement.

— Je ne voulais pas te faire de mal, s'excusa-t-il avant de retourner vers la fenêtre.

— Vous n'en avez rien fait, dit-elle, même si ce n'était pas tout à fait vrai.

— Ni te faire peur.

Il tourna les yeux vers la nuit orageuse, appuyant son bras contre le mur, ce qui donna à Alison l'occasion d'examiner sa silhouette grande et puissante.

— Vous ne m'avez pas fait peur non plus, dit-elle.

— Humf, grogna-t-il avant de lui adresser un regard en coin.

— Ne vous en faites pas, ajouta-t-elle en hasardant un sourire. Je suis sûre que vous êtes toujours capable de faire une peur bleue à n'importe quel serviteur qui se comporterait mal.

Cette fois, sa tentative d'humour tomba complètement à plat.

— Les Blackadder sont un véritable poison, déclara-t-il, en crispant son poing contre le mur. Je n'aime pas les avoir dans le château. Je ne vais pas les mettre à la porte un soir de tempête, mais leurs jours ici sont comptés.

— Et mes filles alors ? ne put s'empêcher d'interroger Alison. Ce ne sont pas des Blackadder peut-être ?

— Ah, mais ces petites sont des anges, dit-il, l'expression de son visage s'adoucissant. Il n'y a rien de lui en elles.

— Rien du tout, approuva la jeune femme.

Blackadder les avait ignorées la plupart du temps. Elle remerciait Dieu de n'avoir donné le jour qu'à des filles, car Blackadder aurait voulu façonner selon son exemple le caractère d'un garçon.

Wedderburn regarda encore une fois à la fenêtre pendant un long moment, et elle se demanda à quoi il pensait.

— Est-ce que tu as eu des sentiments pour lui, autrefois ? s'enquit-il.

Alison sentit que cette question lui importait, et elle hésita, ignorant quelle serait la meilleure réponse. Peu importait la piètre opinion qu'elle avait de son ancien mari, la loyauté était une valeur à laquelle David Hume accordait une grande importance. *« Je protège ma famille. »* Il n'aimerait sûrement pas qu'elle dénigre entièrement l'homme qui était le père de ses enfants et qui avait été son époux pendant dix années interminables. En vérité, elle ne s'était pas rendu compte de la profondeur de son animosité à l'encontre de Blackadder jusqu'à l'instant où elle fut libérée de sa présence constante, qui pesait sur ses jours comme un sombre nuage lourd d'orage.

Wedderburn revint se tenir debout devant elle, ce qui accentua son malaise. Elle finit par opter pour une réponse honnête, mais lacunaire.

— Je n'aimais pas les sentiments que m'inspirait Blackadder.

Il passa les doigts le long du décolleté de sa chemise de nuit, de son épaule à la naissance de ses seins, déclenchant de petits frissons de plaisir tout au long du chemin qu'il traçait sur sa peau.

— Et quels sentiments je t'inspire, moi ?

Distraite par ses caresses, elle énonça la vérité.

— La confusion.

— J'avoue que je m'attendais à mieux que de la confusion, dit-il en riant doucement avant de se pencher pour lui souffler à l'oreille, provoquant un autre frisson en elle. Je vois que je vais devoir redoubler d'efforts.

Alison commença par se raidir quand il la prit dans ses bras, mais elle s'adoucit comme du beurre quand il l'entraîna dans un long baiser sensuel.

Lorsqu'elle noua ses mains autour de son cou et se perdit en lui, la lassitude et les frustrations des deux journées passées se mirent à fondre. Il la prendrait maintenant. Il en était presque sûr.

Quelque part au fond de ses pensées, David avait entendu le grincement de la porte d'entrée, suivi du bruit des hommes et de leurs chevaux dans la cour. Mais personne n'avait sonné l'alarme ; il décida donc d'ignorer cela et de consacrer toute son attention aux agréables sensations que cet ange aux cheveux bruns lui faisait ressentir. Son ange aux cheveux bruns.

— Tu sens tellement bon, dit-il en enfouissant son visage dans sa chevelure.

Elle eut le souffle plus court quand il se mit à déposer des baisers le long de son cou. Oui, l'attente était terminée. Alison voulait de lui. Il prendrait son temps et lui ferait l'amour toute la nuit.

Il mordilla le lobe de son oreille tout en faisant glisser la couverture de ses épaules. Celle-ci tomba par terre dans un froufrou discret. À présent, l'unique barrière qui se dressait entre lui et ce qu'il voulait n'était plus constituée que de cette légère chemise de nuit. Le désir brûlait ardemment dans ses veines tandis qu'il s'imaginait voir la jeune femme nue et sentir sa douceur, ses courbes séduisantes sous ses mains.

Il souleva la chemise de nuit de quelques centimètres le long de sa cuisse quand quelqu'un toqua à la porte. Il l'ignora, mais l'imbécile eut la bonne idée de frapper plus fort.

« Bang, bang, bang ! »

Quand il s'écarta, les lèvres d'Alison étaient rosées sous l'effet de leurs baisers, et ses paupières étaient mi-closes. Ah, il avait des envies de meurtre à l'encontre de celui qui tambourinait ainsi à la porte. Il traversa la pièce d'un pas lourd et ouvrit en grand pour tomber nez à nez avec Brian.

— Vous avez un visiteur, déclara Brian.

— À moins que ce ne soit notre défunt roi revenu à la vie, il peut attendre, siffla David entre ses dents.

— C'est le seigneur Cochburn, annonça Brian avant que le laird puisse lui claquer la porte au nez. Il insiste pour vous parler.

Cochburn était un seigneur du voisinage et un vieil ami du père de David. Son arrivée dans la tempête à cette heure tardive laissait entendre qu'il s'agissait d'une affaire secrète et importante. Malgré cela, Wedderburn avait toutes les peines du monde à se convaincre qu'il devait faire passer le devoir avant son plaisir.

— Fais servir le whisky, ordonna-t-il, se résignant finalement. Je descends tout de suite.

David ferma la porte et revint vers Alison. Par tous les saints, comme il la désirait ! Et en l'état actuel, il n'aurait même pas besoin de beaucoup de temps. La tentation chantait dans ses veines tandis qu'il s'imaginait la prendre en toute hâte, avec intensité, contre le mur. Il se força à inspirer lentement et profondément. Il n'aurait même pas dû penser à sa femme délicate et raffinée de cette manière – et surtout pas pour leur première étreinte.

Il embrassa ses lèvres une nouvelle fois et quitta la chambre avant de changer d'avis.

Satané Cochburn !

Chapitre 17

— Nous sommes de bons Écossais – nous avons combattu à Flodden avec notre dernier roi, lâcha Cochburn. Et pourtant nous essuyons insulte sur insulte !

Cochburn marqua une pause dans sa diatribe pour avaler une autre gorgée de whisky et reposer violemment son verre sur la table. C'était un homme bon, mais un peu trop sanguin au goût de David.

— Comment le régent ose-t-il nommer D'Orsey gouverneur des Marches orientales, cet étranger de France, plutôt que nous ? Cette position vous revient, dit Cochburn en désignant David du doigt. Notre gouverneur a toujours été un seigneur Hume, depuis l'époque de mon grand-père.

Leur enlever cette fonction était la dernière des offenses que le régent d'Albany et son ami D'Orsey avaient commises à l'encontre des Hume. C'était D'Orsey, le célèbre commandant français, qu'Albany avait envoyé attaquer les châteaux des Hume pour faire prisonnières les épouses des deux lairds pendant que les hommes menaient un raid à la frontière. Lors de l'exécution des seigneurs Hume, Albany avait déclaré que leurs terres ne leur appartenaient plus. David avait pris possession des domaines Hume et de leurs châteaux endommagés, mais n'avait officiellement aucun droit sur eux.

Et D'Orsey détenait toujours sa belle-mère en otage au château de Dunbar.

— Ce Français a des terres dans son satané pays, poursuivit Cochburn. Il devrait retourner chez lui s'en occuper, et non pas prendre des décisions pour nous, les Écossais.

Wedderburn partageait le sentiment outragé de Cochburn, mais il prit soin de ne manifester aucune réaction. Cochburn était venu lui demander quelque chose. David sirotait son whisky en attendant d'entendre de quoi il s'agissait.

— Et maintenant, le Conseil du roi a profité du tuteur inutile de mon neveu pour instaurer une garnison royale – une garnison royale faite de soldats français, remarquez – au château de Langton.

— Ah, je n'étais pas au courant de cela.

David comprenait à présent pourquoi Cochburn était si bouleversé. Placer la propriété d'un mineur sous « protection » royale était la première étape vers une revendication de la couronne.

— Que comptez-vous faire à ce sujet ?

— Établir un siège et le prendre, tout comme vous l'avez fait ici, à Blackadder, répondit Cochburn. Je n'ai pas assez d'hommes pour m'emparer de Langton tout seul si la Couronne envoie des renforts à la garnison royale qui le détient. Je suis venu vous demander votre soutien.

— Je vous comprends, mais comme vous le savez, j'ai des ennemis et mes propres combats à mener dans l'immédiat, déclara David, même s'il avait plutôt envie d'aider cet homme.

— Si vous m'aidez, cela vous donnera une chance de combattre un de ces ennemis, plaida Cochburn. Ce satané D'Orsey considérera qu'il est de son devoir de gouverneur de rompre le siège.

David se crispa, effrayé d'espérer que son heure était enfin arrivée.

— Vous vouliez avoir D'Orsey en dehors du château de Dunbar, poursuivit Cochburn. Je serais prêt à parier qu'il viendrait en personne.

D'Orsey était connu dans toute l'Europe pour ses talents au combat, et il aimait en faire étalage. *L'imbécile imbu de sa petite personne.* David avait entendu dire que D'Orsey adorait les joutes, pour l'amour de Dieu. Il était vrai que les rois écossais organisaient parfois des joutes pour divertir la cour, mais dans cette région de l'Écosse, l'atmosphère était déjà si violente que les hommes n'avaient pas besoin de faire semblant de se battre. Ici, ce n'était jamais un jeu où les dames faisaient tomber leur mouchoir en dentelle.

Les Douglas passaient beaucoup de temps à la cour. Alison pouvait bien faire partie de ces dames admiratives, ce qui ne faisait qu'ajouter à l'irritation de David.

— Je vais envoyer quelques-uns de mes guerriers soutenir le siège, déclara le jeune laird avant de remplir de nouveau leurs verres.

— Je savais que je pouvais compter sur vous, dit Cochburn en lui donnant une tape sur l'épaule. Vous êtes un homme bien, comme votre père.

— Quand en aurez-vous besoin ? s'enquit David.

— Peut-être dans une semaine, répondit Cochburn. Je vous préviendrai par missive.

— Si D'Orsey vient vraiment, j'ai l'intention de le faire prisonnier, indiqua David.

— « Prisonnier », ce bâtard ? lança Cochburn en levant un sourcil.

— Si je le fais, je pourrai l'échanger contre la veuve de mon père, expliqua David. Il faudra attendre une autre occasion pour le tuer.

Cette autre occasion viendrait. David ne connaîtrait aucun repos tant qu'il n'aurait pas réalisé les dernières volontés de son père.

Alison dut s'asseoir pour recouvrer ses esprits. Les baisers de Wedderburn avaient laissé son corps émoustillé et ses genoux flageolants. Ces baisers ravivèrent le souvenir de la façon dont il l'avait caressée lors de leur nuit de noces, ce qui empira encore les choses. Si Brian ne les avait pas interrompus…

Elle repoussa ces pensées du mieux qu'elle put tout en s'habillant, lissant sa robe et refaisant sa tresse. Il était fort tard, mais elle voulait accueillir le premier invité de son nouvel époux au château. David venait de lui dire qu'il attendait des serviteurs et de ses hommes qu'ils lui montrent du respect. De toute évidence, il était important à ses yeux qu'elle soit le genre d'épouse de seigneur capable de gérer son foyer avec grâce et autorité – le genre de femme que l'éducation de sa mère lui permettait d'être.

Après des années à avoir été traitée comme de la boue collant aux basques de Blackadder, sa confiance en elle était bien faible. Peut-être qu'elle aurait pu mieux supporter cet acharnement de Blackadder contre elle si elle ne l'avait pas épousé si jeune. Avant d'aller à la porte, elle prit une profonde inspiration, et se souvint qu'elle descendait d'une grande lignée de chefs de clan et de femmes fortes. Elle n'était pas destinée à être la triste et morne bonne que Blackadder avait faite d'elle.

La grande salle était plongée dans le silence quand elle y entra. Les deux seigneurs étaient assis, seuls, à la haute table à l'autre bout de la longue pièce, tandis que la plupart des autres hommes dormaient ou parlaient à voix basse dans les autres coins. Quelques-uns des guerriers qui étaient partis avec le laird ces deux derniers jours portaient des bandages. Elle se demanda qui ils avaient combattu et pourquoi. Les Hume avaient déjà pris le château de Blackadder. Que David voulait-il de plus ?

Elle reconnut Cochburn, même si elle ne le connaissait pas bien. Avec sa taille épaisse, son crâne dégarni, son nez bulbeux et la cicatrice irrégulière qui descendait sur tout un côté de son visage, il tenait mal la comparaison face à la beauté dure et si virile de Wedderburn.

Après avoir remarqué qu'aucune nourriture n'avait été portée à l'invité, elle secoua doucement une domestique endormie pour qu'elle apporte un plateau de viande froide, de fromage et de gâteaux secs, ainsi qu'une autre carafe de whisky. La femme se leva d'un bond et s'exécuta avec un courtois : « Oui, milady. » De toute évidence, la menace de David à l'encontre de quiconque lui manquerait de respect avait déjà fait le tour des domestiques. Elle lui en était reconnaissante malgré tous les torts qu'il lui avait causés.

Tandis qu'elle s'approchait des deux seigneurs, absorbés par leur conversation, Alison entendit un nom familier : « lord D'Orsey ».

— Je vous souhaite la bienvenue, seigneur Cochburn, dit-elle.

— Mon ami ici présent a bien de la chance, répondit ce dernier. Félicitations pour votre mariage.

Il avait prononcé ces paroles comme si leur union avait été un événement heureux arrangé par leurs familles, au lieu d'être le fruit d'un siège et d'une capture. Elle ne pouvait pas vraiment le remercier, mais elle hocha la tête en réponse à ses bons vœux.

— Je vous souhaite d'avoir beaucoup d'enfants, ajouta-t-il en levant son verre.

Alison sourit à l'idée de tenir un nouveau-né entre ses bras. Elle avait abandonné l'idée d'en avoir un autre – encore une faute que Blackadder lui avait attribuée.

— Pourvu que cela survienne vite, commenta Wedderburn qui trinqua à son tour dans sa direction.

Par-dessus son verre, il lui adressa un regard saisissant qui ne laissait aucun doute sur le fait qu'il songeait plus à l'acte de conception qu'à la naissance qui en résulterait.

— Ah, voici les rafraîchissements, annonça-t-elle en souriant pour remercier la servante ensommeillée qui arrivait avec un plateau bien rempli et une carafe de whisky.

Cochburn avait déjà sorti son couteau avant même que le plateau ait été posé sur la table.

— Quelle gentille attention, lady Alison, dit-il en découpant une tranche de bœuf. La chevauchée a été longue jusqu'ici.

La jeune femme avait eu l'intention d'échanger quelques plaisanteries avec leur invité, puis de laisser les hommes parler entre eux, mais ils avaient l'air de se réjouir de sa présence. Avec Blackadder, le silence était toujours la voie la plus sûre, mais elle voulait montrer à Wedderburn – et à elle-même – qu'elle pouvait être une hôtesse agréable.

— Vous ai-je entendus parler de lord D'Orsey ? demanda-t-elle. J'ai eu la chance de rencontrer ce noble français à plusieurs reprises à la cour.

— Vraiment ? lança Wedderburn sans la quitter des yeux tandis qu'il avalait de grandes lampées de whisky. Je suis surpris, car c'est l'homme du régent Albany.

— C'est vrai que nous les Douglas, nous sommes disputés plus d'une fois avec Albany au fil des ans, dit-elle en adressant un sourire radieux aux deux lairds. Mais mes sœurs et moi n'avons pas pu en tenir rigueur à D'Orsey. Il est aussi charmant que tout un chacun l'affirme.

— « Charmant » ? releva Wedderburn avant de se resservir puis de faire de même pour Cochburn.

Tous deux engloutissaient le whisky à une vitesse assez alarmante, et une certaine dureté était réapparue dans les prunelles de Wedderburn. Alison priait Dieu pour que son nouveau mari ne soit pas un ivrogne. C'était une chose qu'une femme avait besoin de savoir.

Tout en songeant aux habitudes de boisson de Wedderburn et au fait qu'elle le connaissait si peu, elle en oublia presque qu'il lui avait posé une question sur D'Orsey.

— Oui, D'Orsey est charmant et très courtois aussi, répondit-elle, percevant une certaine nervosité dans le regard silencieux de Wedderburn. Je l'ai vu en lice une fois, se surprit-elle à poursuivre, et il est très impressionnant avec sa lance. Il a remporté le tournoi bien sûr. Aucun autre homme n'avait la moindre chance face à lui. Vous auriez dû voir comment toutes les femmes soupiraient après lui et laissaient tomber leurs mouchoirs.

Alison était sur le point d'ajouter qu'elle avait à cette époque le même âge que Beatrix et qu'elle avait trouvé toutes ces dames très bêtes, quand elle se rendit compte que le regard de son mari était passé de froid à glacial et que le sourire de Cochburn s'était aussi évanoui.

— Tu m'excuseras si les exploits de D'Orsey me laissent indifférent, mais le seigneur Cochburn et moi avons des affaires plus importantes à traiter, dit David entre ses dents.

Alison cligna des yeux dans sa direction. La conversation avait pourtant si bien commencé. Qu'avait-elle donc fait pour mériter cette réprimande à peine voilée ?

— En privé, précisa-t-il en la voyant trop surprise pour se déplacer, comme s'il pensait qu'elle était trop bête pour comprendre qu'il était en train de la congédier.

Elle eut comme l'impression de recevoir un coup de poing dans le ventre. *Bravo pour ses remarques inutiles sur le respect!*

— Bonne soirée à vous, seigneur Cochburn, dit-elle, fixant son attention sur l'homme plus âgé. Je suis ravie de vous recevoir sous mon toit.

Sans accorder un seul regard à Wedderburn, elle tourna les talons. Elle lutta contre l'envie de se mettre à courir, releva la tête et refusa de laisser couler une seule larme avant d'atteindre l'escalier.

Alison se réveilla en sursaut quand Wedderburn arriva en titubant dans la chambre, éméché par son whisky. La mère d'Alison lui avait appris à éviter les hommes soûls, et Wedderburn était déjà bien assez effrayant quand il était sobre. Sous l'empire de l'alcool, de quelle violence pouvait-il être capable?

La jeune femme resta étendue sans bouger et fit semblant de dormir. S'il choisissait de la forcer maintenant, elle ne pourrait rien y faire. Elle détestait ce sentiment d'impuissance.

Le matelas s'effondra quand il s'allongea dessus, par-dessus les draps et passa un bras autour d'elle. Elle lui tournait le dos et se demanda si elle pourrait lui échapper. Il n'eut pas l'air de remarquer qu'elle se trouvait là, mais il marmonna ensuite quelque chose, se tourna vers elle et commença à se blottir dans son cou.

La jeune femme fut saisie de panique quand il l'attira à lui et pressa son membre contre son dos.

À la mort de Blackadder, Alison avait cru qu'elle n'aurait plus à supporter d'être traitée comme un simple corps servant à assouvir les besoins de son mari. Ce léger intermède de liberté l'avait changée.

— C'est hors de question ! s'exclama-t-elle en retirant le bras de Wedderburn et en sortant du lit.

Malheureusement, elle se trouvait du côté du lit le plus loin de la porte. Elle serra les poings, sentant la peur bander tous ses muscles, et se prépara à se défendre, même si cet effort n'en valait pas forcément la peine. Elle savait qu'il valait mieux ne pas combattre. Avec Blackadder, elle avait appris qu'il était bien moins humiliant et douloureux de se soumettre. Et pourtant, elle n'y parvenait pas.

Elle attendit, mais rien ne se passa. Quand son cœur cessa de battre si fort dans ses oreilles, elle entendit un ronflement émaner du lit. Elle posa une main sur sa poitrine et tenta de se calmer en écoutant la respiration régulière de Wedderburn. Quand elle fut certaine qu'il dormait à poings fermés, elle s'avança sur la pointe des pieds vers le fauteuil où elle avait posé sa robe. Puis, gardant un œil sur la silhouette immobile qui occupait la longueur du lit, elle s'habilla dans la pénombre et prit la fuite.

Chapitre 18

Alison resta étendue mais éveillée tout le reste de la nuit, coincée qu'elle était entre ses filles et Flora qui ronflait. La jeune femme redoutait le jour à venir. Quand l'aube se leva enfin, humide et maussade, elle fut tentée d'envoyer les enfants et Flora prendre le petit déjeuner en bas, et de passer la journée enfouie sous les couvertures. Au lieu de cela, elle embrassa ses filles pour leur dire « bonjour », les aida à s'habiller et se prépara à affronter Wedderburn.

Quand elles descendirent, elle fut surprise de découvrir que leur invité nocturne était parti avant le petit déjeuner. Wedderburn ne se trouvait pas dans la grande salle non plus. *Dieu soit loué !*

Plusieurs des guerriers qui étaient partis les deux jours précédents avec lui étaient toujours en train de dormir sur les bancs, en dépit des activités matinales qui se déroulaient alentour. Lors du repas, elle entendit des bribes de conversations des autres hommes qui parlaient du nombre d'adversaires qu'ils avaient combattus et de leur chevauchée nocturne.

La jeune femme se demanda une nouvelle fois où ils s'étaient rendus, et pourquoi. Son nouveau mari semblait avoir des projets outre la prise du château de Blackadder – et d'elle-même.

Quand il ne se présenta pas au repas de midi non plus, elle prit un plateau de nourriture qu'elle déposa au seuil de la porte de leur chambre. Wedderburn finirait bien par descendre et la trouver, mais cet en-cas pourrait lui faire gagner du temps. Le plateau appuyé contre sa hanche, elle colla l'oreille à la porte réparée de frais. Quand tout lui sembla silencieux à l'intérieur, elle poussa un soupir de soulagement.

La porte s'ouvrit alors brusquement et elle cria en tombant nez à nez avec le jeune homme. Toute la largeur de son torse nu emplit son champ de vision. Un rapide coup d'œil vers le bas lui indiqua qu'il portait au moins un pantalon. Lentement, elle leva le regard vers son visage. Sa mâchoire non rasée était ombrée de noir, et ses cheveux retombaient sur ses yeux, lui donnant une apparence étonnamment séduisante.

Et encore plus dangereuse.

Le cri d'Alison transperça le crâne de David comme une pique ardente qu'on lui aurait enfoncée dans l'œil. Il n'était sorti du lit qu'en raison de son ventre qui criait famine, et il ne comprenait absolument pas pourquoi elle le dévisageait comme si elle venait de découvrir un démon qui hantait sa chambre.

Il était affamé, donc il saisit le plateau de ses mains avant qu'elle le fasse tomber, puis il fouilla dans son esprit pour comprendre la raison du regard qu'elle lui adressait. Il se sentait étourdi après trois nuits très courtes et un réveil en plein milieu de journée. Le whisky ne l'avait pas beaucoup aidé non plus.

Lentement, les souvenirs de la veille commencèrent à remonter dans son crâne. Tout commençait bien, puis empirait, encore et encore. Tout d'abord, une image d'Alison, les paupières mi-closes et les lèvres rouges de l'avoir embrassé, puis un vague souvenir d'avoir tenté de coucher avec elle sous l'empire de l'alcool.

Bien, voilà qui expliquait sa mine. Il avait perdu pied dans sa bataille pour la conquérir, mais il n'était pas le genre d'homme à se laisser embourber dans l'adversité. L'odeur d'un succulent ragoût fit encore gargouiller son ventre, lui rappelant cet autre besoin pressant.

— Merci de m'avoir porté ça. Je suis quasiment mort de faim. Tu me tiens compagnie pendant que je mange ? lui demanda-t-il pour s'empêcher de lui ordonner d'entrer.

Alison semblait lasse, mais après une brève hésitation, elle acquiesça. Comme il faisait un pas de côté pour la laisser passer, il sentit un envoûtant effluve de lavande.

Elle s'assit sagement sur un des fauteuils et croisa les mains pendant qu'elle le regardait engouffrer un bol fumant de ragoût de venaison. Quand il eut terminé, il reposa le bol et se renfonça dans son siège. Maintenant que sa faim de nourriture était apaisée, sa faim de la jeune femme prit possession de lui. Il ne comprenait pas pourquoi il trouvait son côté collet monté si attirant, mais le fait était que ça lui faisait de l'effet.

— Il y a certaines choses dont je souhaite discuter, déclara-t-elle en se redressant encore davantage.

Discuter, ce n'était pas ce qu'il avait en tête, mais il voyait bien que c'était inévitable et acquiesça pour l'encourager à poursuivre.

— D'abord, j'aimerais vous poser une question, dit-elle.

Il prit une grande gorgée de la bière qu'elle lui avait portée. Il était assoiffé après tout le whisky qu'il avait bu avec Cochburn la veille.

— Est-ce qu'hier soir était une soirée exceptionnelle, ou avez-vous l'habitude de vous soûler aux limites de l'inconscience ? demanda-t-elle.

Alison lui adressa un regard sceptique, ce qui l'ennuya. Il entendait la voix de sa mère dans sa tête, lui faisant la leçon et l'avertissant que l'excès d'alcool était un vice réservé aux faibles, et cela n'améliora en rien son humeur. S'il n'avait pas été déjà épuisé, le whisky ne l'aurait pas affecté de la sorte.

— Un homme ayant autant d'ennemis que moi ne peut pas se permettre de s'engourdir l'esprit de boisson, déclara-t-il.

Cela sembla la satisfaire. *Bon sang!*

— As-tu d'autres questions ? lança-t-il.

Elle passa la langue sur ses lèvres, ce geste nerveux lui fit oublier un instant pourquoi il était en colère.

— Qu'ai-je fait pour vous énerver lorsque nous parlions avec Cochburn hier soir ? demanda-t-elle.

— Tu ne m'as pas énervé, dit-il. Je ne m'énerve jamais.

Elle haussa un sourcil.

— J'ai seulement suggéré que tu prennes congé pour que Cochburn et moi puissions en finir avec nos affaires.

Il l'avait fortement suggéré, mais qu'y avait-il de mal à ça ? C'était lui, le seigneur, bon Dieu ! Il ne lui devait aucune explication. Mais il se souvint ensuite de la façon dont elle avait réagi, comme un chiot qu'on chasse à coups de pied, et il décida malgré tout de s'expliquer.

— Tu as dit du bien de mon ennemi, D'Orsey, indiqua-t-il.

— Le charmant chevalier français ? s'étonna-t-elle. Quel grief pouvez-vous avoir contre lui ?

— Il détient la veuve de mon père en otage.

Alison fronça les sourcils.

— Vous voulez dire la mère de Will et Robbie ?

— Oui, la seconde épouse de mon père, répondit-il.

— Je pensais qu'elle était au château des Hume, murmura-t-elle avant de lever brusquement les yeux. Vous ne craignez tout de même pas que D'Orsey lui fasse du mal ?

— Lui interdire de rentrer chez elle pour faire le deuil de son défunt époux avec le reste de sa famille lui fait du mal, affirma-t-il. Et lui interdire de réconforter ses jeunes fils leur fait du mal.

Alison demeura silencieuse un long moment, et David commença à penser à sa belle-mère, dont la santé fragile l'inquiétait. Le devoir de la libérer pesait lourd sur ses épaules.

— Ah, les pauvres garçons. Je suppose que c'est une des raisons pour lesquelles Robbie a l'air si perturbé, dit Alison en secouant la tête. C'est justement de lui que je souhaitais aussi vous parler.

— Mon frère ? Dieu du ciel, pourquoi donc ?

— Il m'a demandé d'intercéder en sa faveur auprès de vous.

Pourquoi son frère se confierait-il à Alison ? Robbie la connaissait à peine. Si son frère avait quelque chose à lui dire, il pouvait bien le faire lui-même. Quoi qu'il en soit, David garda le silence et attendit qu'elle poursuive.

— Robbie veut que vous le traitiez comme un homme – ce qu'il n'est pas, bien entendu, ajouta-t-elle. J'ai été soulagée quand il m'a dit que vous refusiez de l'emmener… là où vous allez, quel que soit cet endroit.

David faillit sourire. Robbie avait commis l'erreur de choisir Alison comme émissaire.

— En vérité, je ne peux pas le tenir loin des combats et des raids beaucoup plus longtemps, annonça David. Robbie sera bientôt un homme.

— Peut-être bien, répondit-elle sur un ton qui laissait entendre son désaccord. Je déteste le voir si malheureux. Et il se montre un peu dur envers Will.

— Si Robbie a fait quelque chose qu'il n'aurait pas dû faire, dis-le-moi, et je le punirai.

— Il n'a rien fait, répliqua-t-elle un peu trop rapidement au goût de David. Mais je me fais du souci pour lui.

— Robbie a raison quand il affirme que les actions de Will prêtent le flanc aux moqueries de certains jeunes guerriers, observa David avant de s'appuyer sur son coude et de passer la main dans ses cheveux. J'ai peur d'avoir été trop gentil avec lui.

Le jeune laird n'avait pas pour habitude de discuter de ses problèmes avec quelqu'un – surtout des problèmes concernant ses frères. Mais Alison n'allait pas se moquer des garçons, il n'y voyait donc aucun mal. Et si difficile que ce soit à admettre, il aurait bien besoin de conseils.

— Will est parfait tel qu'il est, dit Alison, une étincelle dans les yeux.

David aimait bien qu'elle prenne la défense de son frère, mais de toute évidence, elle ignorait comment un garçon devait s'y prendre pour gagner le respect des hommes.

— Vous ne devez pas vous en faire pour Will, poursuivit-elle. Il est gentil, mais loin d'être faible. Ce garçon a son propre caractère.

C'était assez vrai.

— Quoi qu'il en soit, je ne laisserai pas mon frère être la risée de tous. Sur le long terme, cela le desservira lui, et notre clan.

— J'ai une idée…

Elle leva les yeux en battant des cils, comme si elle attendait qu'il s'y oppose. Quand elle constata qu'il n'en était rien, elle dit :

— J'ai cru comprendre que Robbie est devenu assez doué au maniement de l'épée.

— C'est vrai, concéda David, même s'il n'avait aucune idée de la raison pour laquelle elle abordait ce sujet maintenant.

— Pourquoi ne pas lui demander de former Will ? proposa-t-elle.

— C'est moi qui vais former Will, tout comme j'ai formé Robbie.

Tous les guerriers expérimentés participaient à la formation des plus jeunes, mais l'entraînement de ses frères méritait son attention toute personnelle. Un jour, ils combattraient à ses côtés et tiendraient des rôles importants au sein du clan. Il devait veiller à ce qu'ils deviennent les guerriers les plus talentueux et les plus rusés qui soient, pour leur bien, et celui de leur clan.

— J'ai été pris par d'autres affaires, mais ce n'est pas une excuse.

Il avait passé des heures et des heures à former Robbie, et Will en méritait tout autant.

— Vous n'étiez pas seigneur quand vous avez formé Robbie, dit-elle. Quand Will sera plus grand et entraîné, il aura besoin de votre instruction. Mais il pourrait sûrement en apprendre beaucoup de Robbie dès à présent.

Plus il y pensait, plus David voyait les avantages de la suggestion d'Alison. Will serait plus versé dans l'art de la guerre, et Robbie aurait l'impression que sa valeur était reconnue, ainsi.

— Dieu du ciel, je ne sais pas quoi faire d'autre avec eux, admit-il en se frottant le visage. Ça vaut le coup d'essayer.

Alison lui adressa un sourire ravissant qui illumina ses yeux et bouleversa le jeune homme. Il était étrange de voir qu'elle semblait le récompenser chaque fois qu'il faisait montre de faiblesse. *Ah, les femmes !*

Toutefois, les guerriers intelligents savaient exploiter une ouverture quand ils en voyaient une. D'un mouvement de bras, il attira son épouse sur ses genoux. Elle écarquilla les yeux, mais il prit garde de ne rien faire de plus pour ne pas l'alarmer. Elle resta immobile. Ses fesses lui procuraient d'agréables sensations, ainsi posées sur sa cuisse. David pourrait se contenter de cela pour l'instant.

Elle passa une fois de plus la langue sur ses lèvres, et il faillit oublier sa résolution d'attendre avant de l'embrasser.

— J'ai été surprise de voir que Cochburn était parti avant le petit déjeuner, dit-elle. Ce fut une visite bien brève.

— Humf.

Elle voulait apparemment savoir ce qui avait amené le seigneur au château, mais David ne voyait pas de motif valable de partager les projets de Cochburn avec elle – et un paquet de bonnes raisons de ne pas le faire lui venaient à l'esprit.

— C'était étrange de le voir aller et venir dans la nuit, reprit-elle, même si elle avait bien dû comprendre le silence de David. Que voulait-il ?

Pourquoi insistait-elle ? Avait-elle trouvé un moyen d'envoyer des nouvelles à ses frères ? Ou pire encore, jouait-elle les espionnes pour les Blackadder ? Peut-être qu'elle ne faisait que feindre son hostilité envers son ancien époux et sa famille. Les servantes lui manquaient peut-être de respect, mais David avait vu comment les hommes la regardaient. Sans grand effort elle pourrait parvenir à faire manger n'importe lequel d'entre eux dans sa main.

— Pourquoi t'intéresses-tu à Cochburn ? lui demanda-t-il, conservant un ton calme.

— Simple curiosité, rétorqua-t-elle, ce qui ne l'avança pas davantage.

— Nous avons d'autres questions plus urgentes que Cochburn dont nous devons parler…, dit-il en posant une main sur sa nuque et en baissant les yeux sur ses lèvres, ou dont il est inutile de parler.

Il sentit qu'elle s'abandonnait à la puissante attirance qui régnait entre eux quand il se pencha.

— Mais je veux être le genre d'épouse qui fournit une aide précieuse à son mari, repartit-elle d'une voix grave, ses paupières se refermant doucement.

— Je suis sûr que tu seras une aide très précieuse de toutes sortes de façons que nous allons aimer tous les deux, murmura-t-il, ses lèvres effleurant presque les siennes. Mais cesse de t'occuper de Cochburn.

Il était si près d'elle qu'il pouvait quasiment goûter son baiser quand elle posa les mains sur son torse et le repoussa. Avant qu'il comprenne ce qui lui arrivait, elle était descendue de ses genoux et se dirigeait vers la porte.

Bon sang ! Que vient-il de se passer ?

Il garda les yeux rivés sur la porte un long moment après qu'elle l'eut claquée.

Alison était tellement énervée qu'elle donna un coup de pied dans la porte après l'avoir claquée. Elle avait espéré un mariage très différent, mais apparemment, Wedderburn voulait la laisser de côté tout comme Blackadder l'avait fait. En serait-elle réduite à écouter aux portes et soudoyer les serviteurs pour avoir une idée des situations dangereuses dans lesquelles David s'empêtrait ?

Ah, c'était si injuste ! Si un homme agissait en traître, son épouse et les siens en pâtissaient. Ils étaient dépossédés de leurs terres, et leur réputation était souillée. Nul ne savait cela mieux qu'une Douglas.

Et elle voulait être plus qu'une maîtresse pour son mari. Il avait prétendu écouter son conseil concernant ses frères, mais avait ensuite délibérément tenté de détourner son attention de Cochburn – et y était presque parvenu.

Tandis qu'elle descendait l'escalier, elle prit une décision. Il avait dit qu'il attendrait qu'elle soit consentante. Bien, elle se servirait alors de ce petit pouvoir pour ne pas s'offrir trop facilement à David Hume, seigneur de Wedderburn. C'était un homme qui semait la confusion, alternant des attitudes intimidantes et séductrices. Quel que soit l'aspect qu'il déciderait de lui montrer, elle ne céderait pas tant qu'il ne lui aurait pas donné ce qu'elle voulait.

Elle ne se faisait aucune illusion : ce ne serait pas facile. Quand il entreprenait de la séduire, il était difficile de lui résister. Mais même si elle adorait ses caresses et ses baisers, elle le ferait attendre jusqu'à ce qu'elle ne soit pas une femme parmi tant d'autres pour lui, pas un simple corps dont il avait le droit de faire usage. Il pouvait même la prendre contre son gré si c'était ce qu'il souhaitait.

Mais, au fond, s'il voulait qu'elle soit consentante, David devrait savoir qui elle était au moment où il serait en elle. Il faudrait que ça lui importe de savoir qui elle était.

Il faudrait qu'il la désire vraiment.

Chapitre 19

Alison regrettait de s'être mise en colère, craignant la punition qu'elle encourait à présent. Si elle avait claqué la porte au nez de Blackadder de cette façon, il l'aurait poursuivie et l'aurait ramenée en la tirant par les cheveux.

Elle secoua la tête pour s'éclaircir les idées – elle ne devait pas perdre un instant de plus à se souvenir des choses atroces que Blackadder lui faisait. Si Dieu était juste, cet homme devait être en train de brûler, comme son lit.

Pour éviter Wedderburn, elle passa le plus clair de l'après-midi dans les cuisines à discuter des menus et vérifier les réserves de nourriture avec le cuisinier, qui était devenu moins désagréable, maintenant qu'ils n'étaient plus à court de provisions.

— Vous vous êtes surpassé avec ce ragoût, dit-elle après avoir goûté la cuillère qu'il lui tendait.

L'homme cessa de froncer les sourcils pour une fois, et lui adressa ce qui était sûrement un sourire. Gagner ses faveurs n'était pas aussi difficile qu'elle l'avait pensé, et elle regretta de ne pas s'être donné cette peine plus tôt. Blackadder l'avait rendue si timorée.

— On a plein de bœuf, grâce à ces Hume, déclara le cuisinier en hochant la tête dans un geste approbateur.

Alison savait qu'elle ferait mieux d'éviter de demander d'où venait le bœuf. On ne posait pas ce genre de questions dans les Borders, où le vol de bétail faisait la fierté de tout un chacun.

Le cuisinier se tourna pour crier un autre ordre à une des bonnes.

— Va chercher plus d'oignons, feignasse.

L'animation grandissait, le contenu des casseroles bouillait, et les aides se hâtaient pour les préparatifs du repas du soir. Alison hésita à quitter la sécurité des quartiers des domestiques, mais elle voyait bien qu'elle entravait le passage.

— Je vous laisse à votre travail, dit-elle au cuisinier.

Espérant esquiver Wedderburn encore un peu, elle passa par la grande salle, tête baissée et pressa le pas vers l'escalier. Elle avança sur la pointe des pieds devant la porte de leurs appartements, et elle poursuivit jusqu'à l'escalier en colimaçon qui menait à la chambre de la tour pour y rejoindre ses filles. Tandis qu'elle approchait du sommet, elle entendit les échos d'une voix grave qui s'entremêlait aux rires de ses filles. Elle marqua une pause devant la porte entrouverte et écouta.

— Bêêê, bêêê.

Qui pouvait bien être en train de bêler comme un mouton ? Ce son fut suivi d'autres éclats de rire.

— Meuh.

Alison ouvrit la porte et fut abasourdie de voir l'infâme Bête de Wedderburn assise par terre avec ses filles en train de jouer avec des figurines animales en bois. La timide Margaret était installée sur les genoux du seigneur, un cochon entre les doigts, tandis que Beatrix faisait rebondir un cheval sur le sol. Tous les trois levèrent simultanément les yeux vers Alison.

— Regarde ce que David a fabriqué pour nous ! s'écria Beatrix en s'élançant vers sa mère, lui tendant le cheval sculpté pour qu'elle l'inspecte.

— Tu ne peux pas appeler le laird par son prénom, gourmanda-t-elle promptement sa fille.

— C'est moi qui leur ai dit de le faire, objecta David en ébouriffant les cheveux de Beatrix, la faisant rire aux éclats. Ah, celle-ci est une vraie fripouille, pas vrai ?

Confuse, Alison baissa le regard et examina la sculpture que Beatrix lui avait tendue.

— C'est joliment fait, dit-elle tandis qu'elle passait le bout de ses doigts sur le bois lisse.

C'était simple et cependant, cela capturait parfaitement l'essence de l'animal.

Wedderburn était un homme à la personnalité complexe pleine de contradictions. Il était un féroce seigneur des Borders qui frappait de terreur ses ennemis – et peut-être aussi ses amis. Et pourtant, il était là, à jouer avec ses filles, à faire des bruits d'animaux ridicules. Il était capable de donner la mort d'un coup d'épée et de façonner de magnifiques jouets de bois avec son petit couteau.

— Fais le bruit du cochon encore une fois, lui demanda Margaret en s'appuyant contre son épaule. S'iiil te plaît !

Alison se sentit gagnée par une vague de chaleur à l'égard du jeune homme quand il commença à pousser un affreux grognement de cochon qui déclencha des crises de fou rire chez les enfants.

La jeune femme fut frappée de se rendre compte que Beatrix et Margaret n'avaient jamais été aussi à l'aise auprès de leur père. Non seulement elles n'avaient jamais connu avec lui d'instants de liesse comme celui-ci, mais elles avaient surtout tenté d'éviter de se faire remarquer. Suivant l'instinct des petits animaux, elles se cachaient dans les coins et dans les ombres dès qu'il entrait dans une pièce.

Alison pensait qu'elle les avait empêchées de voir le mal qui habitait leur père, mais elle avait échoué.

David se leva et épousseta les copeaux de bois qui s'étaient déposés sur ses culottes sous les cris des fillettes :

—Ne t'en va pas ! S'il te plaît !

—Il faut que je parle à votre mère maintenant, répondit-il aux filles. Soyez sages.

Les deux fillettes cessèrent de le supplier et lui adressèrent des hochements de tête solennels.

Alison était au bord des larmes quand elle le vit soulever très haut Margaret, et entendit les éclats de rire de sa fille qui emplirent la pièce. Quels que soient les actes infâmes dont Wedderburn pouvait être coupable, un homme capable de montrer tant de gentillesse envers ses jeunes filles avait forcément un bon fonds aussi.

— Je vois que tu es une très bonne mère, dit-il en la prenant par le bras pour descendre l'escalier. Beatrix et Margaret sont des fillettes remarquables.

Rien n'aurait pu toucher Alison plus profondément, et elle se sentit rougir de plaisir. Sa détermination à lui résister faiblissait de minute en minute. Pire, elle commençait à craindre que lui refuser son cœur devienne un défi encore plus difficile que résister à sa passion.

Ah, c'était un homme dangereux.

Dès que David et Alison furent à l'intérieur de leur chambre, il l'embrassa doucement et profondément. Il voulait revoir cette expression sur son visage – celle qu'elle avait arborée quand il avait levé les yeux de ses jeux avec ses filles pour la découvrir se tenant sur le seuil. C'était une expression douce qui ne trahissait aucune crainte ni ressentiment.

Il fut heureux de constater qu'elle lui rendait son baiser. De ses doigts, elle agrippa sa tunique et se hissa sur la pointe des pieds pour aller à sa rencontre. Sans écarter ses lèvres des siennes, il chercha des doigts les épingles qui maintenaient sa coiffe.

— J'adore tes coiffures, murmura-t-il entre deux baisers.

La jeune femme éclata de rire et rejeta la tête en arrière.

— Elles sont pourtant si simples. En quoi les aimez-vous ?

— Elles sont faciles à enlever.

Alison rit de nouveau, et à ce son David se sentit plus léger. Tout cela se passait bien mieux qu'il ne l'avait imaginé après l'avoir vue prendre la fuite un peu plus tôt. Il l'embrassa au creux du cou et juste en dessous de son oreille tout en défaisant sa tresse. Quand il eut terminé, il enfonça ses doigts dans son épaisse chevelure et inspira son parfum.

David ravit sa bouche une nouvelle fois et entreprit de détacher les crochets qui retenaient sa robe dans le dos. Leurs baisers se firent plus intenses, et leurs langues entamèrent une danse dont le rythme suggérait ce qui allait suivre. Oui, il était sûrement temps pour David. Il se força à se souvenir d'aller lentement, de savourer chaque instant et chaque caresse au passage. Leur première union charnelle en tant que mari et femme ne se produirait qu'une fois, et il voulait en faire un instant mémorable.

Il posa une main sur sa poitrine et poussa un grognement en sentant sa douce chair emplir sa main. Incapable de s'en empêcher, il attira la jeune femme tout contre sa verge gonflée. Dieu du ciel, ce que c'était bon !

Elle émit un petit cri aigu d'étonnement quand il succomba à un autre désir et s'agenouilla pour presser son visage contre ses seins. Il marqua une pause pour se délecter de ce morceau de paradis avant de nouer les bras autour de ses hanches et de la soulever tout en se relevant.

— Que faites-vous ? s'écria-t-elle.

— Je t'emmène au lit, déclara-t-il. Là je te donnerai du plaisir jusqu'à ce que tu me supplies de te prendre.

Et je recommencerai tous les soirs jusqu'à ce que tu sois tellement comblée de partager ma couche que tu seras heureuse d'être mon épouse, en dépit de l'homme que je suis, du mal que je t'ai fait, et de tout ce que je ne pourrai jamais te donner.

Il ne lui aurait jamais dit toutes ces choses, bien évidemment. Alison ne devait jamais savoir à quel point il était devenu important pour lui qu'elle ne regrette pas d'être devenue sa femme.

Qu'elle ne le méprise pas.

Il l'étendit sur le lit et l'embrassa jusqu'à ce qu'ils en aient tous deux la tête qui tourne. Quand il fit glisser sa robe défaite, elle souleva les hanches pour lui faciliter la tâche. Oui, elle avait envie de lui cette fois-ci.

Ses tétons étaient durcis, de petites pointes roses se dressaient, et elle avait le souffle de plus en plus court à mesure qu'il passait les doigts en des cercles lents à l'intérieur de sa cuisse. Il poussa un grognement quand il découvrit à quel point elle était chaude et humide pour lui. Elle ferma les yeux, se concentrant sur les mouvements de sa main. Tandis qu'il observait le visage d'Alison et ses douces lèvres entrouvertes, il déglutit pour réprimer un trop grand élan d'émotions. Il ne l'avait jamais vue aussi belle, aussi désirable. *Et elle est à moi.*

Son parfum l'enivrait, et les petits sons qu'elle émettait lui envoyaient des décharges de désir qui traversaient tout son corps. Il la désirait plus que n'importe quelle femme auparavant.

En un clin d'œil, il se débarrassa de tous ses vêtements. Il avait l'impression d'être sur le point de mourir de plaisir quand il plaça son corps au-dessus d'elle et sentit sa peau nue contre la sienne. Il s'appuya sur ses coudes et écarta les jambes de la jeune femme à l'aide de son genou. Il se mordit les lèvres pour lutter contre l'afflux de sensations qui le gagnait tandis qu'il frottait son sexe contre l'intérieur soyeux de sa cuisse. Ah, il avait besoin d'être en elle maintenant, de sentir sa chaleur moite tout autour de lui. *Maintenant.*

— Dis-moi que tu me veux, lui susurra-t-il à l'oreille, incapable de dissimuler le désespoir dans sa voix.

Il fallait qu'elle lui dise « oui ».

— Non.

Pourquoi ? Que diantre attendait-elle ? Il lui avait dit qu'il attendrait qu'elle soit consentante avant de consommer leur mariage, mais elle le désirait. Son corps ne pouvait pas mentir.

— Pas cela, ajouta-t-elle en levant une main pour la poser sur la joue du jeune homme. Pas encore.

Il faillit s'étouffer de frustration, mais il songea que « pas encore » voulait dire « bientôt ».

Et « pas cela » signifiait que tout le reste était possible… Il sourit intérieurement. Non, elle ne tiendrait pas très longtemps.

Chapitre 20

Alison peinait à reprendre sa respiration sous le regard sombre et empli de désir de David qui lui promettait des plaisirs inavouables dépassant sûrement son imagination. Elle avait pleinement conscience du moindre centimètre carré de son corps musclé tout contre le sien, de son torse qui effleurait la pointe sensible de ses seins, de son ventre plat et dur qui se frottait contre le sien, jusqu'à ses jambes puissantes qui étaient étendues le long des siennes.

Elle porta son attention sur sa virilité durcie entre ses jambes, placée à quelques minuscules pouces de l'endroit où il lui avait donné tant de plaisir avec sa main. Elle sentait que son corps palpitait à cet endroit, et elle avait envie de prendre le jeune homme par les épaules et de l'encourager à s'avancer en elle.

La jeune femme se contraignit à se rappeler pourquoi elle avait pris cette décision et ce qu'elle voulait obtenir de lui avant que leur union soit consommée. Blackadder avait réduit sa fierté et son amour-propre à néant, et elle voulait les récupérer, bien plus qu'elle ne désirait Wedderburn en cet instant.

— Pas encore, David, répéta-t-elle.

Ils haletèrent tous deux quand il s'avança un peu pour presser son membre dressé contre elle. Malgré toutes ses bonnes résolutions, un « oui » était au bord de ses lèvres quand il couvrit sa bouche de la sienne et la fit rouler sur le côté.

Il commença à jouer de la magie de ses doigts. Dieu lui vienne en aide ! Elle était incapable de penser à quoi que ce soit d'autre qu'à ces sensations qui parcouraient son corps. Cette fois, elle sentit la tension monter en elle, elle savait où ça la mènerait, et cette attente ne ferait qu'intensifier l'explosion de volupté quand elle surviendrait.

Alison se trouvait étendue, à la merci du jeune homme, tâchant de reprendre son souffle quand David commença à embrasser doucement tout son corps. Comme il descendait plus bas, ses lèvres et sa langue s'attardant sur son ventre, un frisson de malaise la traversa. Sa gêne s'accrut quand il installa son visage entre ses jambes. Elle sentait son corps si sensible qu'elle sursauta quand il embrassa l'intérieur de sa cuisse.

Dieu du ciel, que lui faisait-il maintenant ? Elle se souleva sur ses coudes et ce qu'elle vit confirma qu'il était bien en train de passer sa langue sur cette zone des plus sensibles entre ses jambes. Elle fut tellement choquée qu'elle resta sans voix.

Il leva les yeux, et lui adressa un sourire sensuel qui durcit ses tétons et déclencha de petits frissons dans tout son corps.

— Fais-moi confiance, ma jolie, dit-il. Tu vas aimer encore davantage.

Il apparut qu'il avait raison.

Quand Alison jouit, des spasmes secouant son corps tout entier au point de la faire crier, le corps de David se tendit à son tour, réclamant sa jouissance. Il souhaitait de toute son âme se trouver en elle. Pourtant la fierté et un besoin qu'il ne savait nommer exigeaient qu'elle le veuille aussi. Il avait besoin de la sentir tirer sur ses épaules, soulever ses hanches, et enrouler ses jambes autour de lui.

Il avait besoin de l'entendre lui dire les mots : « J'ai envie de toi, David. »

Les prononcerait-elle un jour ?

Il marmonna à mesure que son corps se mouvait de son propre chef, frottant son érection contre le flanc de la jeune femme.

Elle laissa glisser le bout de ses doigts sur son torse, ses caresses délicates créant des étincelles en lui, et dit :

— Laisse-moi faire.

Il eut le souffle coupé quand elle enroula ses doigts autour de son sexe durci. Ce n'est pas ce qu'il avait espéré, mais c'était agréable. *Peut-être un peu trop même.* Et il était si près déjà. Il serra les dents pour prolonger le plaisir autant qu'il le pouvait.

Elle était inexpérimentée pour recevoir des caresses, mais elle avait clairement déjà fait des choses de ce genre. Il l'embrassa fougueusement pour s'empêcher de penser à la manière dont elle avait acquis cette compétence.

Il s'empêcha de prononcer son prénom et enfouit son visage dans ses cheveux quand il jouit dans une explosion de plaisir.

Mais ensuite, tandis qu'Alison était étendue dans ses bras, il se tortura en l'imaginant satisfaire Blackadder de cette façon. Et, pire encore, en se la figurant laisser cet homme ignoble faire ce qu'elle lui avait refusé. Il contemplait le plafond tandis que ces sombres pensées virevoltaient dans sa tête.

Elle n'avait pas aimé Blackadder – ou du moins c'est ce qu'elle avait affirmé –, alors peut-être avait-elle pris un amant. Elle n'aurait jamais choisi un homme comme lui, la Bête de Wedderburn. Non, si Alison avait pris un amant, cela aurait été un homme de la cour, vêtu de brocarts et de velours qui l'aurait flattée de sa poésie fleurie et de ses airs de harpe.

David contracta sa mâchoire jusqu'à en avoir mal.

— Si tu laisses un autre te toucher, je le tuerai, affirma-t-il.

Les paroles si dures de Wedderburn sortirent Alison de sa langueur comme un coup d'épée. Elle s'écarta de lui et descendit du lit. Comment pouvait-il lui dire une chose pareille ?

— Tu m'insultes, s'indigna-t-elle, les poings serrés. Je n'accepterai le contact d'aucun autre homme – même si je dois te tolérer.

Il s'appuya sur ses coudes et laissa son regard parcourir la jeune femme. Prenant soudain conscience qu'elle était nue comme un ver, elle saisit sa chemise de nuit par terre, et l'enfila.

— Je dirais que tu fais plus que tolérer mes caresses, observa-t-il avec un sourire en coin sur ce séduisant visage qu'elle avait pourtant envie de claquer. Je te préviens seulement que je ne tolérerai aucun autre homme, pour éviter tout bain de sang inutile. Tu sais comme la violence me répugne.

Cet être retors osa lui adresser un clin d'œil en disant cela.

— Je n'accorde pas mes faveurs aussi librement, rétorqua-t-elle en le dévisageant. Je ne t'ai donné aucune raison de penser cela.

— Un homme qui accorde trop facilement sa confiance n'a pas assez d'estime pour sa fierté ou sa vie, dit-il en haussant les épaules, et il risque de perdre l'une ou les deux.

— Humf, souffla-t-elle en croisant les bras et en tournant la tête.

— Tout comme le pardon, la confiance doit s'accorder.

— Eh bien, il faut encore que je t'accorde la mienne, répliqua-t-elle.

Alison n'aurait jamais risqué de s'exprimer avec une telle insolence à l'encontre de Blackadder, et elle n'avait aucune idée des raisons qui la poussaient à agir ainsi à présent. L'accusation de comportement immoral de la part de David n'était pas pire que celle de Blackadder qui la traitait d'imbécile et de faible d'esprit. Et pourtant, l'insulte de David avait attisé sa colère.

Elle perçut une étincelle menaçante dans les yeux du jeune homme quand il descendit du lit et s'approcha d'elle. Rester plantée là n'était pas facile, mais elle tint le coup.

— Tu deviens assez énervante quand tu laisses transparaître ton caractère comme ça, dit-il en posant une main sur sa nuque pour l'empêcher de s'enfuir, et en se penchant vers elle jusqu'à ce qu'elle sente son souffle sur son visage. Mais je trouve ça très attirant.

Elle eut à peine le temps de se rendre compte qu'il n'était pas furieux contre elle qu'il l'emporta dans un baiser qui lui fit tourner la tête et la rendit toute chancelante.

Chapitre 21

Alison s'éveilla entourée des bras de David, blottie contre lui, et elle laissa ses yeux se refermer.

Une autre nuit comme celle qui venait de s'écouler et elle craignait de ne pas pouvoir tenir. Elle avait été impuissante pendant tant d'années lors de son mariage avec Blackadder, qu'elle s'accrochait à l'once de pouvoir sur son propre corps que son nouveau mari lui avait accordée.

L'union charnelle avait été la pire des choses avec Blackadder. Elle avait tant détesté cela qu'elle avait appris à le divertir de sa main et de sa bouche. Elle avait encore un peu peur, mais elle se doutait que ce serait différent avec David – si différent qu'elle se surprit à attendre avec impatience d'avoir l'occasion de le découvrir.

Cet homme disposait d'armes sensuelles qu'il maniait avec autant de brio que ses armes de guerre. Elle n'était en rien préparée à cela. Les réactions de son propre corps étaient troublantes, mais les émotions que cela suscitait la dépassaient et lui faisaient peur.

Chaque fois, elle avait l'impression que si elle révélait une partie secrète de sa personnalité, cela la rendrait vulnérable d'une manière dont elle ne l'avait jamais été avec Blackadder. Et, si satisfaisantes soient leurs relations intimes, cela lui laissait un sentiment de vide, comme si elle avait un trou dans le cœur, une lacune ayant besoin d'être comblée.

L'amour était une notion puérile dont elle avait parlé avec ses sœurs pendant des heures interminables alors qu'elles étaient encore jeunes et naïves. Alison n'espérait pas l'amour, mais elle aurait voulu connaître le même mariage que celui de ses parents. Elle se souvenait comment ils partageaient leurs fardeaux, comment son père recherchait les conseils de sa mère sur les questions importantes.

La jeune femme soupira intérieurement. La perspective de connaître ce genre d'union avec Wedderburn était fort peu probable. Hors de la chambre, il lui parlait bien peu, à part les quelques banalités qu'ils échangeaient lors des repas. Quand il la voyait dans le château, il la suivait des yeux avec un désir qui brûlait presque la peau d'Alison. C'était excitant, mais elle en était arrivée à la conclusion que s'il la désirait tant, c'était précisément parce qu'elle se refusait à lui.

Une fois qu'elle céderait, elle perdrait le seul moyen de pression dont elle disposait pour l'attirer à elle.

Elle soupira quand David fit glisser sa main sur son flanc, un geste simple qui faisait battre son cœur plus fort. En vérité, il n'avait vraiment pas besoin de grand-chose pour la convaincre.

Bon sang, qu'elle était têtue !

Trois jours de plus s'étaient écoulés, et Alison avait encore résisté à l'inévitable, tout comme elle l'avait fait lorsqu'il avait entamé le siège du château. David la regarda dormir dans les lueurs de l'aube qui perçaient à travers les meurtrières. Personne n'aurait jamais deviné qu'un si doux visage pouvait dissimuler une telle volonté de fer. Il embrassa son front, veillant à ne pas la réveiller.

Chaque fois qu'ils étaient au lit, il avait l'impression d'approcher du but. Et chaque fois, elle trouvait un prétexte pour reculer. En général il n'avait aucune idée de ce qu'il avait pu faire ou dire qui la pousse à se retenir ainsi.

Pour un homme qui n'avait jamais eu à fournir d'efforts pour conquérir une femme, c'était une épreuve d'humilité.

Mais Alison le désirait. Il pouvait le voir à travers ses soupirs et ses gémissements, à la façon dont elle s'accrochait à son corps, au désir qu'il lisait dans ses yeux. Elle avait ses raisons pour le faire attendre – pour les faire attendre tous les deux. Il fallait simplement qu'il les surpasse.

C'était quasiment devenu un jeu entre eux, un jeu à la fois frustrant et excitant. Alison satisfaisait les besoins physiques de David de sa main, ou – *grands dieux* – de sa bouche. Et pourtant, il ne semblait jamais être vraiment satisfait. Il voulait la faire entièrement sienne. Il avait beaucoup de mal à penser à quoi que ce soit d'autre.

Elle commençait à faiblir. Ils savaient tous les deux qu'elle ne pourrait pas résister beaucoup plus longtemps. Une fois qu'elle s'offrirait enfin à lui, il perdrait ce désir constant et rageur, et redeviendrait lui-même.

D'un certain côté, cette attente insoutenable risquait de lui manquer. Après en avoir imaginé l'issue si souvent, il craignait que le simple acte sexuel ne soit pas à la hauteur.

Il enroula une mèche soyeuse de la chevelure de jais d'Alison autour de son doigt et tenta de dissiper le malaise qu'il éprouvait à l'idée de la quitter. Cochburn l'avait fait prévenir qu'il était prêt à entamer le siège du château de son neveu. Le plus sage pour David aurait été de consommer ce mariage immédiatement – et de recommencer l'acte aussi souvent que possible. Plus vite Alison aurait un enfant, mieux ce serait.

Nombre de mariages avaient été annulés au bénéfice de familles ayant des relations et clamant, à tort ou à raison, que l'union n'avait pas été consommée. Une fois qu'Alison porterait son enfant, toutefois, elle serait définitivement et véritablement liée à lui face au monde – et elle serait contrainte de l'admettre aussi.

En se rendant compte que c'était la raison pour laquelle elle continuait à lui résister, David ressentit comme un coup de poing en pleine poitrine. Ah, quel imbécile il avait été ! Alison espérait encore échapper à ce mariage. Sinon, pourquoi l'autoriserait-elle à lui donner du plaisir de toutes les façons imaginables, sauf celle qui pourrait mener à la conception ?

Elle ne veut pas porter mon enfant.

David ne pouvait s'empêcher d'espérer qu'il y avait une autre explication à sa résistance incessante, mais il devait rester sur ses gardes.

Si Alison se donnait à lui librement, si elle prenait le risque de concevoir un enfant avec lui, alors peut-être qu'il pourrait lui faire confiance.

Mais pas avant.

Alison ouvrit les yeux pour découvrir que David l'observait et elle posa la paume de sa main sur sa joue. Quelques jours plus tôt, son air sévère l'aurait effrayée, mais plus maintenant. Elle voulait qu'il lui fasse part de ses secrets, qu'il partage ses soucis, qu'il lui dise tout ce qui faisait de lui l'homme qu'il était.

Au lieu de cela, il roula au-dessus d'elle et l'embrassa fébrilement.

— Laisse-moi te faire l'amour comme j'en ai envie cette fois, lui dit-il dans un souffle. Ne me torture pas plus longtemps, ma jolie. Je t'ai sûrement accordé assez de temps.

Il avait été plus patient qu'elle n'aurait pu s'y attendre. Et ses baisers passionnés, ses mains caressantes, sa virilité qui pointait contre sa cuisse étaient assez persuasifs. Pourquoi attendait-elle quelque chose qu'il ne pourrait peut-être jamais lui donner ?

— Je dois partir aujourd'hui, annonça-t-il, une pointe de désespoir dans la voix. Ne me laisse pas partir frustré.

Il part ?

Il couvrait son visage de baisers, mais elle parvint à lui demander :

— Où vas-tu ?

— Peu importe, répondit-il, le nez dans ses cheveux.

— Pour combien de temps ?

— Pas longtemps, dit-il avant de grogner en pressant son membre contre elle. Trop longtemps. Je ne peux plus attendre. Je te désire tant.

Avec un effort, elle le repoussa et s'assit.

— Tu es mon époux, déclara-t-elle. Ce que tu fais a des conséquences sur mes filles et moi.

— Je t'ai dit que j'assurerai ta sécurité, rétorqua-t-il en agrippant son bras. C'est tout ce que tu as besoin de savoir.

— Mais je veux en savoir davantage, objecta-t-elle. J'ai le droit de connaître les dangers qui m'attendent.

Le danger qu'il faisait peser sur ses filles et elle.

— Je ne te jetterais jamais aux loups, comme ta chère famille, dit-il en tapotant son torse. Je protège ce qui est mien.

— Tu crois que je t'appartiens ? s'indigna-t-elle, commençant alors à se mettre en colère. Je ne suis pas un de tes chevaux.

— Je ne te traite pas comme un satané cheval, même si je devrais peut-être, car mon cheval, lui, sait obéir, déclara-t-il. Il est temps que tu acceptes d'être ma femme, et d'accomplir ton devoir – auprès de Dieu aussi – qui consiste à partager ton corps avec moi dans la joie et à porter mes enfants.

— Ah, je ne me souviens pas que le prêtre ait jamais évoqué cette idée de le faire « dans la joie ».

— Il faut toujours que tu sois aussi têtue ? dit-il en levant les mains, comme s'il prenait le ciel à témoin. Tu sais que tu as envie de moi.

— Tu es un homme vaniteux, en plus d'être vil, déclara-t-elle en repoussant les couvertures. Bien sûr, c'était vrai qu'elle le désirait, mais il n'aurait pas dû en parler ainsi.

— Je n'ai pas dit que tu pouvais partir, cria-t-il quand elle s'éloigna de lui pour descendre du lit.

— Je ne suis pas une enfant, rétorqua-t-elle en s'habillant en toute hâte. Et je ne tolérerai pas qu'on me traite comme telle.

Avant qu'elle puisse s'en rendre compte, il était sorti du lit et l'avait plaquée contre le mur de pierre froide. Il était redevenu la Bête de Wedderburn, la surplombant avec un regard empli de rage. Elle sentit son courage s'amenuiser.

— Crois-moi, je sais que tu es une femme, dit-il, une veine palpitant ostensiblement dans son cou. Y a-t-il un autre homme ? C'est ça, la raison ?

Elle secoua la tête. Comment pouvait-il envisager que ce soit possible ? Blackadder l'aurait tuée, et nul homme n'osait à présent l'approcher et risquer de subir la colère de Wedderburn.

— Que ça te plaise ou non, quand je reviendrai, tu accompliras ton devoir d'épouse, annonça-t-il sur un ton aussi dur et aussi froid que la glace. Tu chaufferas mon lit et me donneras des héritiers.

Ses paroles formèrent un nuage noir qui vint assombrir tout espoir d'un mariage différent, d'une vie différente. Les épaules de la jeune femme s'affaissèrent sous le poids de sa déception.

Sans lui accorder le moindre regard, David s'habilla et se prépara à partir. Il marqua ensuite une pause et se tourna vers elle.

— Qu'est-ce que tu veux de moi, Alison ? lui demanda-t-il d'une voix qui était devenue calme.

Sans attendre de réponse, il tourna les talons en direction de la porte.

Davantage. Je veux plus de toi, David Hume.

Chapitre 22

Alison monta pour trouver David à l'étage, espérant apaiser la tension qui s'était installée entre eux avant son départ. Même si elle n'était pas prête à abandonner tout espoir d'être traitée autrement que comme une maîtresse et une poulinière, il semblait malavisé de se quereller avec un homme avec lequel elle serait liée pour des dizaines d'années encore.

Elle avait une main sur la poignée de la porte de leur chambre quand elle entendit une voix coléreuse résonner à l'intérieur. On aurait dit celle de Robbie. Elle posa son oreille contre la porte, n'éprouvant aucune honte à les espionner ainsi. Si le laird ne voulait pas lui parler de ses activités, comment pourrait-elle être au courant autrement ?

— Je ne suis pas assez viril pour faire les raids avec toi, mais tu veux que je fasse ça ?

— Oui, répondit Wedderburn d'une voix calme.

— Eh bien, je refuse de le faire ! s'écria Robbie. Tu ne peux pas m'y contraindre !

Que diable David avait-il demandé à son frère ? Alison se surprit à encourager silencieusement Robbie, qui apparemment n'appréciait pas plus les décisions contraignantes que David prenait pour lui qu'elle ne le faisait.

— C'est pour ton bien, et celui de Will, assura ce dernier, la voix légèrement plus tranchante. Tu devrais me remercier.

— Tu peux te le garder, ton satané cadeau, s'emporta Robbie. Le prix n'en vaut pas la peine.

— Tu verras les choses différemment dans quelques années, rétorqua David.

Voir quoi différemment ? Alison faisait tous les efforts possibles pour mieux entendre, mais ils avaient baissé d'un ton et elle ne parvenait plus à discerner leurs paroles. Frustrée, elle ouvrit très légèrement la porte.

— J'emmène quelques-uns de nos hommes pour aider Cochburn, dit David. Je les laisserai là-bas et je reviendrai le lendemain.

Au moins avait-elle une vague idée de ses projets, mais elle ignorait encore où il allait et ce qu'il aidait Cochburn à faire.

— Je veux y aller, insista Robbie.

— J'ai besoin que tu restes ici, dit David. Je te confie la sécurité de ma femme et de mes belles-filles pendant mon absence.

— Tu fais de moi leur nounou, encore une fois ? demanda Robbie en élevant le ton d'indignation.

— Leur protection est une responsabilité importante.

Alison ouvrit la porte en grand et les deux hommes tournèrent vers elle des regards noirs.

— Je crois qu'il est trop tard pour nous protéger, dit-elle. Nous sommes déjà captives et notre château est aux mains des Hume.

Elle fut soulagée d'apercevoir une pointe d'amusement dans les yeux de David, vu la façon dont ils s'étaient quittés. Sa tentative d'humour n'eut aucun effet sur Robbie toutefois, et il passa devant elle comme une tornade.

— Je vois que ma suggestion n'a pas beaucoup aidé Robbie, fit-elle remarquer en regardant la porte.

— La formation de Will se passe bien, et cela a bien apaisé les conflits entre mes frères, indiqua David. Robbie est simplement en colère parce que je ne l'autorise pas à partir avec moi aujourd'hui.

Elle remarqua que le laird avait omis de dire où il se rendait, mais il était inutile d'insister là-dessus. Il semblait être prêt à parler de son frère, à défaut d'autre chose, et elle voulait savoir ce que David le forçait à faire.

— C'est à ce sujet que Robbie était en train de s'emporter ? demanda-t-elle, vu qu'elle ne pouvait pas lui poser la question de but en blanc, sinon, il aurait su qu'elle avait écouté à la porte.

— Oui, c'était juste ça, répondit David sur un ton qui n'encourageait pas à l'interroger plus avant.

Pourquoi mentait-il ? Et pourquoi devenait-il soudain réticent à parler de son frère ?

— Je me fais du souci pour lui, dit-elle. Il semble…

— C'est de son âge, l'interrompit David. Ça lui passera.

— Maintenant que sa mère est partie, cela pourrait peut-être l'aider si je discutais un peu avec lui pendant ton absence, dit-elle. Si je pouvais le convaincre de me confier ce qui le perturbe tant…

— N'en fais rien, l'interrompit David. Je m'occuperai de mon frère à mon retour.

— Je vois.

Elle baissa les yeux pour qu'il ne voie pas à quel point ses dernières paroles l'avaient blessée.

Pendant quelques brefs instants, David la laissait voir plus loin que le mur de pierre qu'il avait érigé entre eux. Mais chaque fois qu'elle commençait à lui faire confiance, il lui prouvait à quel point c'était malavisé. La passion et la gentillesse occasionnelle du jeune homme lui avaient fait perdre de vue qui il était vraiment.

Elle ferait mieux de se souvenir que son nouvel époux était la Bête de Wedderburn, un être sans pitié et prêt à tout pour arriver à ses fins.

David n'avait aucun espoir qu'Alison sorte lui dire « au revoir », et pourtant, il se surprit à tourner le regard vers la porte à maintes et maintes reprises tandis que ses hommes préparaient la chevauchée. Il alla parler à Robbie, qui n'était là que parce que son aîné le lui avait ordonné et se tenait dans son coin, l'air maussade.

— Je ne veux pas que mes gens pensent que ma femme est une prisonnière et je ne leur donnerai pas autorité sur elle, déclara-t-il. Je leur ai dit que c'était toi qui étais responsable de sa sécurité et de celle de ses filles en mon absence.

Robbie fit la grimace, mais eut la bonne idée de ne pas exprimer le fond de sa pensée.

Will, le seul membre de la famille de David qui n'était pas en colère contre lui, lui mena son cheval. Après avoir serré l'épaule du garçon, le laird prit les rênes.

Il avait un pied à l'étrier quand il aperçut Alison qui sortait du donjon avec ses enfants, sa beauté délicate semblable à un rayon de soleil venant pourfendre les nuages bas.

Elle était venue, mais ne paraissait pas plus heureuse que Robbie. Les fillettes descendirent les marches du perron et poussèrent leurs cris habituels quand il les souleva dans ses bras. Lorsque Alison les rejoignit, elle resta silencieuse et distante.

— Souvenez-vous, demoiselles, dit David à Beatrix et Margaret, aucune d'entre vous n'est autorisée à quitter le château en mon absence.

— Même pas pour faire une promenade à poney? demanda Beatrix.

Ah, cette petite pensait qu'elle pouvait tout obtenir de lui!

— Non, répondit David en lui adressant un regard sévère. Mais si tu es gentille, je t'emmènerai à mon retour.

— On pourra faire un pique-nique aussi?

Un pique-nique, pour l'amour du ciel!

— Quand il fera beau, dit-il, ce qui sembla satisfaire la fillette.

Les deux enfants pouffèrent quand il les reposa et ébouriffa leurs chevelures. L'expression du visage de son épouse demeura néanmoins de marbre.

— Je ne vois pas pourquoi je ne pourrais pas les emmener faire de petites promenades, observa Alison quand il la prit à part. Tu as sûrement assez terrorisé toute la région pour que personne ne songe à nous attaquer si nous restons près du château.

— Un jour, tu pourras les emmener faire du cheval de nouveau, promit-il. Ce n'est pas prudent pour toi de le faire maintenant.

— Tu crois que je vais tenter de m'échapper ? se récria-t-elle. Je ne suis pas une idiote. Je sais que je n'irais pas bien loin avec deux fillettes sur leurs poneys.

Ah, elle se montrait obstinée, une fois de plus !

— C'est important, insista-t-il en la prenant par les épaules. Tu ne dois, sous aucun prétexte, quitter le château sans ma permission.

— Lâche-moi, lui intima-t-elle en tâchant de se libérer, mais il la maintint fermement.

— Quand je ne suis pas là, dit-il en se penchant pour qu'ils puissent se regarder droit dans les yeux, je dois être assuré que tu es en sécurité derrière l'enceinte de cette forteresse.

— En sécurité ou en prison ? cingla-t-elle avant de détourner le visage.

— Bon sang, Alison ! s'exclama-t-il en soulevant son menton pour la contraindre à le regarder. Je dois avoir ta parole sur ce point.

— Si tu m'ordonnes de te donner ma parole, seigneur Wedderburn, alors tu l'as.

Elle fit volte-face, le laissant contempler son dos raidi tandis qu'elle gravissait les marches menant au donjon. Ah, elle était aussi difficile à gérer que Robbie ! David protégerait sa famille, qu'elle le veuille ou non.

Pourtant, au fond de lui, il savait que ce n'était pas son ordre de rester au château qui avait vexé la jeune femme. Cela ne lui suffisait pas qu'il la protège au péril de sa vie. Non, elle en voulait davantage : sa confiance, et peut-être même son cœur.

C'étaient des choses qu'il ne lui donnerait pas, même s'il le pouvait.

Chapitre 23

— Robbie ! Tu viens jouer à cache-cache avec nous ?

Alison grinça des dents en entendant la voix de Beatrix porter dans toute la grande salle où Robbie se tenait assis auprès d'un groupe d'hommes.

— Chut, dit-elle en interceptant sa fille et en lui prenant la main.

Son ordre arriva trop tard. Les guerriers ricanaient, et Robbie était rouge comme une écrevisse.

— L'appel du devoir de nounou, railla l'un d'eux.

— Tu veux bien porter ma poupée ? dit un autre d'une voix aiguë, ce qui déclencha une salve d'éclats de rire.

— Il ne faut pas déranger Robbie maintenant, murmura Alison à sa fille. Il est occupé.

— Mais Robbie ne fait rien, là, insista Beatrix bien trop fort.

— Tu montes, maintenant, décréta Alison.

Robbie quitta la pièce en trombe. Elle voulut partir à sa poursuite, mais elle devait tout d'abord s'occuper de sa fille, qui ne se rendait pas compte qu'elle venait d'humilier Robbie.

Dès qu'elle eut confié Beatrix à Flora dans les appartements de la tour, lui eut administré une leçon brève, mais ferme, et lui eut commandé de ne pas sortir de sa chambre avant le souper, Alison se hâta de trouver Robbie. En traversant la grande salle, elle croisa le groupe qui s'était moqué de lui. Sa colère monta d'un cran et elle décida de faire une chose qu'elle n'aurait jamais osée avec les gens de Blackadder. Elle était sur le point de découvrir si l'assurance de son nouveau mari que ses hommes la respecteraient était bien réelle.

— Le seigneur a ordonné à Robbie de veiller sur mes filles et vous le ridiculisez pour cette raison ? lança-t-elle, la voix tremblante sous l'effet de la colère. Vous devriez avoir honte de vous moquer d'un garçon de quatorze ans.

Les hommes baissèrent les yeux et se redressèrent sur leur chaise.

— C'était juste pour s'amuser un peu, se justifia l'un d'eux.

— Je suppose que ça fait un moment que vous martyrisez ce pauvre garçon, dit-elle en posant les mains sur ses hanches. Vous savez que Robbie est trop fier pour en faire part au laird, mais ne comptez pas sur moi pour me taire.

Les hommes eurent l'air inquiets, ce qu'Alison trouva satisfaisant. Une fois cela fait, elle poursuivit sa traversée de la pièce principale pour trouver Robbie.

Comme elle entrait dans la cour, elle le vit galopant vers la porte. Elle cria et lui courut après, mais il était trop tard pour l'arrêter. Elle se tint sous le portail, le souffle court, et l'observa disparaître derrière l'horizon.

Un guerrier âgé aux cheveux grisonnants commença à refermer la porte.

— Quelqu'un ne devrait pas s'élancer à sa poursuite ? demanda-t-elle.

— Ah, le garçon a juste besoin de se calmer un peu, dit le garde. Il ne part jamais très longtemps. Notre seigneur faisait de même quand il avait l'âge de Robbie.

— Ne se met-il pas en danger en chevauchant seul ? s'enquit-elle.

— Les garçons ont besoin de ressentir une pointe de danger, répondit le garde avec un clin d'œil.

Et Alison qui croyait qu'élever des filles était difficile.

— Ne vous en faites pas, milady. Le frère du laird a la tête sur les épaules, déclara le garde. Il reviendra sans encombre, vous verrez.

Alison fut soulagée de s'en remettre à ces paroles rassurantes. Elle fit tout de même ses travaux de ravaudage à la fenêtre de la chambre de la tour, qui donnait sur la porte, pour pouvoir guetter le retour de Robbie. Quand elle constata qu'il n'était pas rentré pour le souper, elle retourna parler au vieux guerrier qui montait la garde à la porte.

— Je suppose que son cheval s'est blessé et qu'il est en train de rentrer à pied, dit-il en haussant les épaules.

— Est-il déjà resté au-dehors aussi tard auparavant ?

— Oui, répondit l'homme en s'étirant. Je suis sûr qu'il va réapparaître, et on ne peut rien faire avant le lever du jour de toute façon.

Si une horde de banshees hurlantes faisait son apparition, Alison se doutait que ce vieux guerrier continuerait de se curer les dents et lui affirmerait qu'il avait déjà vu tout ça.

— Je n'aime pas ça, observa la jeune femme en serrant ses bras contre son corps.

— Le seigneur a dit qu'il rentrerait demain, déclara l'homme. Si Robbie s'est attiré des ennuis, le chef le trouvera et le ramènera à la maison.

— Comment pouvez-vous en être si sûr ? interrogea-t-elle.

— Notre seigneur est le meilleur pisteur qui soit, affirma l'homme. Et le diable en personne ne saurait s'interposer entre lui et un de ses frères.

— Vous partez déjà ? demanda Cochburn. Je pensais que vous attendriez le matin.

— J'ai changé d'avis, répondit David en montant sur son cheval et en faisant signe à Brian qui rentrait avec lui.

Il ferait nuit dans quelques heures, et il avait hâte de se mettre en chemin.

— Je ne peux pas vous en vouloir, ajouta Cochburn. Je chevaucherais à toute allure si j'avais une bien jolie femme comme la vôtre qui m'attendait.

— J'ai amené les hommes dont je pouvais me passer, déclara David, ignorant sa remarque. Prévenez-moi si D'Orsey arrive.

— Je vous remercie de votre aide, mais vous devriez garder quelques-uns de vos guerriers avec vous, dit Cochburn. Tout le monde sait que les Blackadder en ont après votre tête.

David ne s'en souciait guère. Il avait un sixième sens qui lui disait quand il était suivi, et il était plus facile de disparaître avec un seul compagnon qu'avec vingt. Il pourrait combattre une attaque s'il emmenait plus d'hommes, mais il préférait choisir le terrain et les circonstances pour cet inévitable affrontement avec les Blackadder.

— Vous n'êtes pas au courant ? rétorqua David en haussant un sourcil. Je peux invoquer une brume noire des enfers pour me dissimuler face à l'ennemi.

Cochburn riait encore quand David et Brian tournèrent les talons. Ils étaient à mi-chemin lorsque le ciel s'assombrit, et David repéra un cavalier solitaire qui s'avançait vers eux.

— C'est le cheval de Robbie, dit Brian.

— Oui, et c'est mon frère qui est dessus, ajouta David, qui éperonna sa propre monture pour passer au galop, la peur affluant dans ses veines.

Quelque chose de terrible avait dû survenir pour que Robbie lui désobéisse ainsi. Des visions du château Blackadder empli de fumée et de bruits de combat envahirent son esprit.

Quand il arriva au niveau de son frère, David ralentit brusquement son cheval, ce qui le fit se cabrer.

— Que s'est-il passé ? cria-t-il.

— Tu as dit que tu ne rentrerais pas avant demain, répondit Robbie.

Le garçon était-il sous le choc ? David se força à attendre que Robbie reprenne ses esprits pour lui raconter quel désastre s'était abattu sur leur famille et leur clan. Il imagina Alison et les filles crier pendant que les guerriers ennemis s'emparaient de la forteresse.

— Je suis venu prendre part au siège, affirma Robbie.

David dévisagea son frère, incapable d'accepter ce qu'il venait d'entendre.

— Le château n'a pas été attaqué ?

Robbie secoua la tête. Les battements frénétiques du cœur de David ralentirent, et sa crainte se mua en colère.

— Tu m'as désobéi sans raison ?

— Je suis prêt à me battre comme un homme, déclara Robbie.

— C'est un devoir d'homme que je t'ai confié en plaçant le sort de notre famille entre tes mains, rugit David.

— Laird, dit Brian en faisant un signe de tête désignant l'horizon.

Un grand groupe de cavaliers se dessinait au sommet de la colline, leurs silhouettes se détachant progressivement du coucher de soleil orangé. Ils avaient dû reconnaître Robbie et l'avaient suivi dès qu'il était sorti du château de Blackadder, espérant les avoir tous les deux.

— Ah, quel imbécile tu fais ! siffla David à son frère en faisant demi-tour. Tu avais trois dizaines d'hommes à tes trousses et tu n'as même pas vu que tu étais suivi.

Le visage de Robbie trahit enfin un soupçon de honte.

— Par là, dit Wedderburn en éperonnant son cheval dans la direction de la vallée qu'ils surplombaient.

Sans qu'on le lui demande, Brian se positionna derrière Robbie, car il savait que le laird voudrait que son frère soit protégé à tout prix.

David fulminait toujours quand ils finirent par entrer dans l'enceinte du château Blackadder après une longue nuit à se cacher dans des ravins boueux et à prendre des risques en menant leurs chevaux en parfaite santé dans des sentiers aux reliefs abrupts et enveloppés de pénombre.

— Trente hommes étaient à nos trousses toute la nuit, et on les a semés ! cria Robbie aux gardes de la porte, et il leva le poing en l'air.

Son aîné s'abstint de tout commentaire jusqu'à ce qu'ils aient démonté et aient mené leurs bêtes à l'écurie.

— Ce n'est pas un satané jeu, cingla-t-il entre ses dents. Tu aurais pu tous nous faire tuer.

— Ça n'a pas été le cas, répliqua Robbie.

— Par chance, lança David. Je t'avais ordonné de rester ici.

— Avec les enfants et les vieillards, commenta Robbie.

— Baisse d'un ton, lui ordonna son frère.

Ils arrivèrent aux écuries, où deux jeunes garçons attendaient de prendre leurs montures en charge.

— Donnez-leur un bon coup de brosse et de la nourriture en abondance. On a mis ces bêtes à rude épreuve, déclara David en tapotant l'encolure de son cheval. Si vous voyez un quelconque signe de blessure, faites-le-moi savoir.

— Si vous n'avez plus besoin de moi, seigneur, je vais me coucher, annonça Brian.

Le jeune homme était couvert de boue et avait l'air aussi fatigué que David l'était.

— Je suis heureux que tu nous aies accompagnés, dit Wedderburn en posant une main sur l'épaule de Brian. Tu es un homme de valeur.

Les yeux de Brian se mirent à briller.

— C'est un honneur de vous servir, seigneur.

David avait hâte de voir Alison pour mettre les choses au clair avec elle. Depuis l'instant où il était parti, il avait été tracassé de l'avoir laissée vexée. Mais avant de la faire quérir, il fallait qu'il nettoie toute cette boue et qu'il se remette de son énervement contre son frère à l'aide d'un bon bain chaud.

Robbie aurait dû se douter qu'il voudrait qu'on le laisse tranquille et pourtant, à peine furent-ils sortis de l'écurie que son cadet reprit leur conversation.

— J'ai tout aussi bien agi que Brian, fit remarquer Robbie.

— Brian ne m'a pas désobéi.

Et il n'a pas non plus mené trente guerriers Blackadder à nous.

Plusieurs de ses gens étaient sortis du donjon pour les saluer. David leur adressa un regard d'avertissement pour qu'ils gardent leurs distances.

— Je suis ton seigneur, déclara David, et tu dois suivre mes ordres, comme tous les autres Hume.

— Même quand tu as tort ?

— Oui, répondit David sans cesser d'avancer.

Sa patience atteignait ses limites, il n'était pas disposé à avoir cette discussion avec son frère maintenant.

— Tu devrais me traiter comme un homme.

— Un homme doit suivre les ordres pour la sécurité de tous.

Wedderburn s'arrêta et fit face à son frère pour ajouter :

— Je t'avais prévenu que la prochaine fois que tu me désobéirais, je te punirais, comme je le ferai avec n'importe quel autre homme.

— Alors, punis-moi, rétorqua Robbie, le défiant du regard.

David se douta que Robbie avait oublié que les hommes qui désobéissaient étaient généralement punis de coups de fouet. Si Robbie pouvait simplement se taire, David pourrait encore lui épargner cela.

— Je vais te punir, mais dans l'immédiat, je suis épuisé et mort de faim, dit-il. S'il te reste un tant soit peu d'intelligence dans cette tête de pioche, reste hors de ma vue jusqu'à ce que je t'appelle.

David tourna le dos à son frère et commença à gravir les marches du donjon.

— Que dois-je faire pour que tu voies que je ne suis plus un enfant ? cria Robbie à son adresse.

Ne pouvant quasiment plus retenir sa colère, David l'ignora et continua à marcher.

Le son familier d'une épée sortie de son fourreau l'arrêta net. Il pria les dieux pour qu'il se trompe et que Robbie ne soit pas en train de faire ce que son aîné pensait.

— Laisse-moi t'affronter au combat ! s'écria Robbie derrière lui.

Diantre ! Lentement, David se retourna. Son frère avait bien sûr dégainé sa lame face à son seigneur et chef de clan, une offense d'une extrême gravité. Plusieurs guerriers se précipitèrent vers Robbie pour le désarmer. Le laird leva une main pour les arrêter sans quitter son frère des yeux.

— Que je sois chef de clan ou pas, me menacer d'une épée est une erreur, lui dit David. Nul homme ayant osé cela n'en est jamais sorti vivant.

Robbie déglutit et Wedderburn vit qu'il regrettait son geste inconsidéré, mais il était trop têtu pour s'agenouiller et implorer son pardon. *Maudite soit cette fierté Hume.*

— Lâche ton épée, dit David à voix basse, espérant que les hommes ne l'écoutaient pas. On sait tous les deux que tu ne fais pas le poids contre moi.

Le regard de Robbie était toujours teinté de colère, mais il sembla se rendre compte du sérieux des ennuis qu'il venait de se créer et il posa son épée par terre.

— Tu sais que tu dois être puni, déclara David.

— Oui, répondit Robbie, d'un ton de défi.

David aurait pu demander à son frère de nettoyer les écuries pour avoir désobéi à son ordre de ne pas quitter le château, si c'était tout ce qu'il avait fait. Mais défier son seigneur devant tous les hommes était un acte qui requérait une peine bien plus sévère. Robbie voulait qu'on le traite comme un homme, eh bien, il allait être servi.

— Combien de coups de fouet penses-tu mériter ? lui demanda David.

Chapitre 24

Alison se trouvait en bas avec le cuisinier quand elle entendit des pas dévaler les marches de pierre du sous-sol. Un instant plus tard, Will fit irruption dans la cuisine.

— Alison ! Aide-moi !

Le garçon, d'apparence habituellement impeccable, était dépenaillé et à bout de souffle.

— Qu'y a-t-il ?

— David va fouetter Robbie, dit-il en réprimant des larmes. S'il te plaît, tu dois l'arrêter.

Alison fit tomber la cuillère en bois qu'elle tenait et se hâta de sortir de la cuisine avec lui.

— Où sont-ils ?

— Dans la cour, indiqua Will. Robbie a défié David devant tous les guerriers.

Ils se pressèrent de monter l'escalier et de traverser la grande salle.

Au moment où Alison poussa les portes extérieures, elle vit David et Robbie se tenant au centre d'un grand cercle d'hommes. Ils se tenaient trop près l'un de l'autre et elle pouvait sentir la fureur qui émanait de leurs corps à plusieurs mètres de distance. Quoi qu'il puisse se passer, Will ne devait pas voir ça.

— Retourne à l'intérieur, lui dit-elle. Je vais faire ce que je peux.

Pendant un moment, elle observa la scène du haut des marches du perron, doutant de la marche à suivre. Les deux frères étaient nez à nez, ne se quittaient pas des yeux, mais aucun coup n'avait encore été assené. Peut-être qu'ils finiraient par recouvrer la raison.

Elle vit une épée par terre à côté de Robbie, et elle se souvint de la vitesse à laquelle David l'avait désarmée auparavant. Quel idiot le frère cadet avait été ! Il était presque aussi grand que son aîné, mais dégingandé et maigre comme un poulain aux longues jambes fragiles, alors que David était bâti tout en muscles, tel un dieu guerrier celtique.

Malgré la colère que David semblait éprouver, il n'allait tout de même pas faire fouetter son frère ! Elle haleta de terreur quand Robbie leva la main pour bousculer son chef devant la moitié des Hume.

Alison souleva ses jupons et se mit à courir.

Un cri à vous glacer les sangs emplit les lieux. David savait que c'était Alison avant qu'il se tourne pour la découvrir en train de dévaler les marches du perron pour traverser la cour. Les hommes s'écartèrent sur son chemin comme si elle était une banshee enragée.

— Ne le touche pas ! s'écria-t-elle avant de jeter ses bras autour de Robbie.

Le garçon était aussi étonné que David. Il écarquilla les yeux, et sentit son visage s'empourprer.

— Alison, rentre à l'intérieur !

La jeune femme se tourna pour lui faire face, mais au lieu d'obéir à son ordre, elle se tint devant Robbie, les bras tendus sur ses flancs, comme si elle comptait le protéger de son corps.

Bon sang! David était en proie à une telle rage qu'il n'était pas sûr de parvenir à épargner son épouse.

— Emmenez-la.

Quand il hocha la tête, deux hommes s'empressèrent de la saisir par les bras.

— Le diable t'emporte, David ! cria-t-elle tandis qu'ils la traînaient vers le donjon malgré tous ses coups de pied et ses cris. Tu ne peux pas faire ça ! Je ne te laisserai pas faire !

Le seigneur sentit subitement sa rage disparaître, pour être remplacée par une véritable consternation.

Il se prépara à faire ce qu'il devait, et il répéta la question qu'il avait posée à Robbie avant l'interruption grandiloquente d'Alison.

— À ton avis, combien de coups de fouet mérites-tu pour avoir désobéi et manqué de respect à ton chef ?

Tirer une épée représentait plus qu'un manque de respect, mais David amoindrissait l'offense à dessein.

Il perçut un éclair de crainte dans le regard de Robbie lorsque ce dernier entendit l'évocation des coups de fouet, mais son frère ne faiblit pas. La tension était comme une corde raide tendue entre eux alors que David attendait la réponse de son cadet.

— Tu pourrais commencer par t'excuser, déclara David, espérant que Robbie lui fournirait une excuse pour minimiser sa punition.

— Cent, finit par cracher Robbie. Cent coups de fouet.

— Tu ne survivrais pas à cent coups, observa David d'une voix posée.

Il savait pertinemment ce que son frère était en train de faire. Cent était le nombre de coups de fouet que les Anglais avaient administré à David quand il avait à peu près le même âge que Robbie. Du moins était-ce l'histoire que les prisonniers ayant assisté à la scène racontèrent par la suite. David n'avait lui-même pas idée du nombre véritable, car il s'était évanoui avant la fin. Il ne confirmait ni n'infirmait jamais ce nombre quand on lui posait la question, mais c'était devenu un autre conte qui servait parfaitement sa réputation et celle de son clan.

— Alors, donne-moi la moitié des coups de fouet aujourd'hui et termine un autre jour, dit Robbie en croisant son regard.

Le petit imbécile ! Robbie était en train de suggérer que David le fouette jusqu'à ce qu'il frôle la mort, puis que son aîné le laisse se remettre, pour seulement mieux recommencer. C'était exactement ce que les Anglais avaient fait à David, et tout le clan le savait.

Le pire, dans ces coups de fouet, avait été d'attendre la seconde session, quand son corps était encore en sang et meurtri par la première. Cela briserait la plupart des hommes. David ne pourrait pas supporter de voir son frère de quatorze ans être brisé, et il ne voulait sûrement pas que cela arrive de ses mains. *Maudit soit Robbie de l'acculer dans un tel défi !*

Son cadet voulait prouver qu'il était aussi dur que David. Mais il avait été élevé par une mère plus douce, moins exigeante, dans un cercle plus affectueux. Un jour, il serait peut-être aussi fort que lui-même, mais ce n'était pas encore le cas.

David se sentit submergé par la peine. Maintenant, il n'avait plus d'autre choix que de s'exécuter, mais il lui accorderait un sursis.

— Ta punition aura lieu demain, à l'aube.

David était assis, seul, dans sa chambre, et buvait. Comment pourrait-il fouetter son frère ? Il se souvint des premiers pas de Robbie, se rappela lui avoir appris à monter à cheval. Mais il n'avait pas le choix. Robbie avait commencé par lui désobéir, puis l'avait défié ouvertement devant les hommes.

En entendant la porte grincer, il tendit la main vers sa dague. Alison apparut comme un rayon de lune dans son ciel si sombre. Il se souvint de ses hurlements quand ses hommes la traînaient hors de la cour, et il avala une autre gorgée de whisky.

— Si tu es venue pour me maudire et me vouer aux enfers une nouvelle fois, ça ne servira à rien.

David était déjà aux enfers.

— Je te supplie de ne pas aller au bout de cette histoire.

— Tu perds ton temps, lui dit-il. J'ai parlé. L'affaire est réglée.

Il riva son regard au fond de son verre et attendit d'entendre le claquement de la porte. Mais la jeune femme ne partit pas. Il ne la regardait pas, mais il avait une conscience aiguë de sa présence dans la pièce silencieuse, à tel point qu'il percevait sa respiration, aussi douce que les ailes d'un papillon.

— L'affaire n'est pas obligée d'être réglée, insista-t-elle. Tu es le seigneur. Tu peux changer d'avis.

— Mais c'est parce que je suis le seigneur que je ne peux pas en changer, dit-il. Les guerriers ne respecteront pas quelqu'un qui profère des menaces en l'air et tolère la désobéissance.

Il la sentit s'approcher, comme si elle tenait un fil attaché à son cœur. Il ferma les yeux pour lutter contre cette irrésistible traction.

Elle s'arrêta à quelques centimètres, si proche de lui. Tout ce qu'il voulait en cet instant, c'était poser sa tête contre sa poitrine, écouter les battements apaisants de son cœur, sentir ses doigts parcourir ses cheveux.

Dieu lui vienne en aide, elle ne faisait ressortir que ses faiblesses.

— Tu ne dois pas fouetter ton frère, insista-t-elle. Pour ton bien tout autant que pour le sien.

David tressaillit en pensant au fouet qui marquerait la peau tendre et immaculée du dos de son frère. Son verre étant vide, il se resservit longuement au pichet.

— Tu vaux mieux que ça, reprit-elle d'une voix qui s'érailla.

Il se tourna pour regarder par l'étroite fenêtre et contempler la nuit sans lune, aussi noire que l'était son cœur.

— Je n'ai jamais prétendu être un homme bon, déclara-t-il.

— Je crois que tu l'es, ou du moins, que tu pourrais l'être, dit-elle.

— À quoi ça sert d'être un homme bon ? interrogea-t-il. C'est un homme fort qui peut servir son peuple.

— Tu peux être les deux à la fois. Faire preuve de gentillesse ou de merci n'est pas un signe de faiblesse.

— Tu penses que nos voisins ont du respect pour la gentillesse ? cingla-t-il.

Elle posa les mains sur ses épaules. Dieu, qu'il avait besoin de son contact !

— Je sais que tu aimes ton frère, annonça-t-elle.

Elle ne comprenait pas que c'était justement parce qu'il aimait son frère qu'il devait faire cela, quel qu'en soit le prix à payer.

— Robbie et Will te vénèrent, dit-elle. Tu es l'exemple qu'ils rêvent de suivre, et leur modèle de virilité.

— Je n'ai jamais demandé cela, rétorqua-t-il.

— Si tu fais ça, ils ne ressentiront plus jamais cette admiration pour toi.

Elle approcha son visage du sien et le regarda comme si elle tentait de lire dans les tréfonds de son âme.

— Je te le dis, David : si tu fais cela, tu les perdras tous les deux.

— Robbie ne cesse de me le répéter : il devient un homme. Il doit assumer les conséquences de sa désobéissance.

— Même si cela détruit son esprit ? demanda-t-elle. Ce prix est bien trop élevé. Tu ne le vois donc pas ?

— Je ne peux pas avoir l'air faible si je veux protéger ma famille et mon clan, décréta-t-il en tapant du poing sur la table. Ma réputation est tout ce qui s'érige entre vous tous et la destruction que fomentent nos voisins.

— J'espérais que tu ne sois pas aussi horrible que ta réputation le laissait penser, j'espérais que…

La voix d'Alison s'étouffa dans un sanglot. La jeune femme se releva pour ajouter :

— Je voulais croire en toi !

— Je suis une cause perdue, Alison, dit-il en rejetant la tête en arrière pour avaler une lampée d'alcool tandis qu'elle claquait la porte derrière elle.

David se retrouva de nouveau seul, comme il l'avait toujours été.

Chapitre 25

Robbie se débarrassa des gardes qui le guidaient vers le poteau placé au centre de la cour du château, et traversa la tête haute dans un mouvement de bravade. Quand il atteignit le poteau, il se tourna et croisa le regard de David. Ce dernier connaissait si bien son frère qu'il pouvait sentir la crainte que Robbie cachait derrière sa posture fière et provocatrice.

— Va à l'intérieur, ordonna-t-il à Will qui se tenait à son côté. Tu n'as pas à voir ça.

— Je vais rester pour Robbie, affirma Will d'un air accusateur.

Les paroles d'Alison résonnèrent dans sa tête. *« Tu les perdras tous les deux. »*

Sur un hochement de tête du laird, les hommes retirèrent la chemise de Robbie. Son frère avait dépassé le mètre quatre-vingts, mais il ne s'était pas encore épaissi. À la vue de ses épaules fines et de ses maigres bras, David eut mal à la tête et sentit un poids sur sa poitrine.

Ses mains devinrent moites tandis qu'il observait les hommes attacher son frère au poteau.

Il réduirait la peine à quinze coups de fouet. *Non, dix. N'importe quel garçon devrait pouvoir en supporter dix.*

À son âge, David en avait subi bien plus. Et il n'avait pas l'intention de manier le fouet de manière aussi vicieuse que ses geôliers anglais l'avaient fait.

— Donnez-moi le fouet.

David le prit des mains du guerrier qui le lui avait tendu et s'avança vers le centre de la cour. Il aurait pu demander à un autre d'exécuter cette punition, mais c'était sa décision, et son devoir. En outre, il ne permettrait jamais à aucun de ses gens de faire du mal à Robbie. Et il croyait qu'il devait souffrir avec son frère.

Il inspira profondément et leva le bras.

Il se souvint du claquement du fouet et de l'effort qu'il avait dû fournir pour ne pas crier au moment où la corde tranchait sa peau et déchirait ses muscles. Après vingt coups, il avait abandonné et criait comme une donzelle. Après quarante coups, il s'était évanoui. On lui avait raconté qu'on l'avait détaché au bout de cinquante coups environ.

Des gouttes de sueur perlèrent dans ses yeux, et le vent froid plaqua sa chemise contre sa peau moite. Il se rappela que les coups de fouet que les Anglais lui avaient administrés avaient eu leur utilité. Cela l'avait endurci, l'avait aidé à apprendre à endurer la douleur et la crainte sans jamais rien en montrer.

Et pourtant, il ne pouvait pas faire ça à son frère.

Il jeta le fouet par terre. Tirant sa dague de sa ceinture, il alla détacher Robbie. Puis il fit signe aux autres de partir.

Tandis qu'il tranchait les liens qui retenaient son frère comme un animal, il se maudit.

— Tu ne vas pas me fouetter ? demanda Robbie d'une voix éraillée.

— J'ai eu tort de faire cela, dit David. Je suis désolé.

— Je pensais qu'un homme ne devait jamais s'excuser.

— Je n'ai pas tellement l'impression d'être un homme aujourd'hui, avoua Wedderburn en serrant les dents tandis qu'il découpait la dernière corde.

Robbie afficha un air paniqué quand il sentit ses genoux faiblir sous lui, mais David avait anticipé et entoura son frère d'un bras qui l'aida à se stabiliser.

— Les autres vont penser que je suis un lâche d'être ainsi affaibli alors que tu ne m'as pas donné un seul coup de fouet.

— Tu as fait preuve de courage face à ta punition, lui assura David. Reste debout jusqu'à ce qu'on passe la porte et ce courage sera la seule chose dont ils se souviendront.

De cela, et de la faiblesse de leur chef.

— David, murmura Robbie. Je ne suis pas sûr de pouvoir marcher aussi loin.

— Bien sûr que tu peux le faire, dit son aîné. Tu es mon frère, et je ne te laisserai pas tomber.

David se traîna lamentablement jusqu'à l'étage, se sentant minable. Tout ce qu'il voulait, c'était qu'on le laisse tranquille.

Quand il ouvrit la porte de la chambre, il fut surpris d'y trouver Alison accoudée à une fenêtre, de dos. Il pensait qu'elle serait dans les cuisines, là où elle se rendait d'habitude, quand elle voulait l'éviter. Elle devait avoir regardé toute cette horrible scène.

Elle fit volte-face, et l'espace d'un court instant, elle le dévisagea, sans un geste. Puis, elle le surprit en traversant la pièce en courant pour se jeter dans ses bras. Il était tellement étonné qu'il recula de quelques pas.

Il enfouit son visage dans son cou, se rendant compte qu'il avait plus besoin d'elle qu'il ne l'admettrait jamais.

— Tu as fait le bon choix, dit-elle. Je suis si fière de toi.

Après tous ces hauts faits pour lesquels il était célèbre – parfois tristement –, c'était ça qu'elle admirait ?

— J'ai fait preuve de faiblesse devant les hommes, répondit-il en posant son front contre le sien. Cela ne causera que des problèmes.

— Tu as fait passer ton frère avant ta fierté, le corrigea-t-elle d'une voix étouffée par l'émotion. Ils devraient te respecter pour cela.

Il lui adressa un faible sourire.

— Ah, tu ne comprends pas les hommes.

— Ce que tu as fait était courageux.

Il allait lui demander ce qui pouvait bien être courageux dans le fait de se ridiculiser, mais c'est alors qu'elle l'embrassa. Et ce n'était pas un baiser chaste. Non, c'était un baiser chaud et enflammé qui le fit réagir de la pointe des orteils au sommet du crâne, vidant son esprit de toute pensée.

La langue de la jeune femme était dans sa bouche, et elle avait une main dans ses cheveux et l'autre autour de son cou, pour l'attirer à elle. Il se sentit pris de vertige, tout son sang affluant vers sa verge, et ce avant même qu'elle commence à frotter sa cuisse contre la sienne.

Il posa les mains sur son doux séant, et grogna en la serrant contre son érection. Quand elle réagit en enroulant ses jambes autour de ses hanches, il craignit d'exploser ici et maintenant.

David ne comprenait absolument pas pourquoi son épouse si peu disposée auparavant se comportait comme si elle avait soudain envie de le dévorer, mais il avait besoin qu'elle le désire de cette façon.

Sans même décoller ses lèvres des siennes, il la porta au lit et ils s'écroulèrent tous les deux dessus. Elle passait les mains sur tout son corps – sous sa chemise, sur la peau de son torse et sur son ventre, ce qui le rendait quasiment fou. Il suçait sa langue quand elle posa la main sur son sexe à travers son pantalon.

— Doux Jésus !

Il s'étala sur le dos et concentra toute son attention sur les sensations de ses caresses.

Quand elle retira sa main, il poussa un grondement de déception.

— Je suis désolée, dit-elle en s'empourprant. Je ne suis pas sage.

— Pardon ? demanda-t-il d'une voix cassée. J'aurais préféré mourir plutôt que ça s'arrête.

Un sourire séducteur vint relever les commissures des lèvres d'Alison.

— Vraiment ?

— Oui, assura-t-il. Je n'avais encore jamais vu ce côté sauvage en toi.

— Moi non plus.

Sa respiration se fit plus rapide quand il posa une main sur sa joue et passa un pouce sur sa lèvre inférieure.

— Ne te méprends pas. Je t'aime bien quand tu es douce et timide, dit-il. Mais quand tu es comme ça, je suis à ta merci.

Il lui avait fait cet aveu avec tout le sérieux possible, mais elle éclata de rire et couvrit son visage de baisers. Ah, cette fille était un mystère. La veille, elle l'avait maudit devant tous ses hommes. Mais maintenant qu'il s'était vraiment ridiculisé, elle l'embrassait comme s'il avait été un héros de retour du combat.

Il l'attira au-dessus de lui pour qu'elle le chevauche. Elle était si ravissante avec ses joues rougies, et ses cheveux lâchés, qu'il en eut le souffle coupé. Il faufila les mains sur ses cuisses sous sa robe. Ah, il ressentait toute la chaleur qui émanait d'elle à travers leurs vêtements.

Jusqu'où accepterait-elle d'aller cette fois ?

— Je suis prête, dit-elle, l'air déterminée.

— Prête ?

Le cœur de David tambourina dans sa poitrine. Il avait peur d'espérer. Pourtant tous les signaux semblaient indiquer qu'il allait enfin obtenir ce qu'il avait désiré depuis le premier instant où il l'avait vue.

— À vraiment devenir ta femme, déclara-t-elle en plantant ses yeux violets dans les siens.

Il retint son souffle et attendit, craignant toujours de l'avoir mal comprise.

— Je veux consommer notre mariage.

Elle marqua une pause pour s'humecter les lèvres.

— J'ai envie de toi, David Hume.

Dieu soit loué! Combien de temps avait-il espéré qu'elle prononce ces paroles? Il avait l'impression que ça faisait des siècles qu'il attendait ça.

— Tu en es sûre, Allie?

Il avait tenté d'ignorer le tremblement dans la voix de la jeune femme, mais il en était incapable.

— Oui, acquiesça-t-elle doucement.

Il avait tellement envie d'elle que ses mains en tremblaient, mais il ne devait pas lui faire peur. Peu importait ce qu'il lui en coûterait, il serait doux et irait lentement.

— Cela signifie que tu as abandonné l'idée que tes frères viennent te sauver? lui demanda-t-il, même s'il n'aurait pas dû se soucier des raisons pour lesquelles elle en avait envie.

— C'est vrai, mais ce n'est pas pour ça, répondit-elle sans le quitter des yeux. Tu avais raison quand tu as dit que si ce n'avait pas été toi, j'aurais été contrainte d'épouser un autre homme.

Il tenta d'ignorer la pointe de déception qu'il éprouva en comprenant qu'elle avait simplement accepté l'aspect inévitable du mariage et la perte de sa liberté.

— Si j'avais eu le choix, dit-elle, je t'aurais choisi.

Son imbécile de cœur avait envie de la croire, mais en vérité, elle n'avait eu aucun choix.

— C'est à un diable que tu donnes ta préférence, tu sais? observa-t-il en se forçant à lui sourire.

— Aujourd'hui, j'ai vu ce qu'il y avait à l'intérieur, déclara-t-elle en posant une main sur son cœur, et tu n'as rien d'un diable, David Hume.

Elle se trompait. Mais il ferait tout son possible pour la préserver des aspects les plus sombres de son âme.

Alison était étonnée de sa propre audace. Après la tension insupportable qu'elle avait éprouvée en regardant si David allait exécuter sa punition, puis la montée de joie quand elle l'avait vu lancer le fouet par terre, ce débordement d'émotions s'était transformé, subitement – et de manière inattendue –, en un désir ardent au moment où elle se jeta dans les bras de David.

S'il n'avait pas refréné cet élan passionné, le passage à l'acte aurait eu lieu depuis longtemps. Elle aurait bien aimé que ce soit le cas. Maintenant qu'elle avait eu du temps pour y penser, elle perdait confiance en elle.

David ne s'énerverait jamais contre elle si elle ne parvenait pas à le satisfaire, mais elle craignait de le décevoir. Avec Blackadder, ces unions avaient souvent été douloureuses et toujours désagréables, ce qui la rendait aussi un peu nerveuse.

— J'ai envie qu'on prenne notre temps, dit David en se levant avec elle, près du lit. Laisse-moi te déshabiller.

Cette lueur totalement affamée qu'elle voyait dans ses yeux lui manquerait. Qu'elle le déçoive ou pas, une chose était sûre : une fois qu'elle aurait donné à David ce qu'il voulait, il ne la désirerait plus jamais autant.

Les mains du jeune homme, d'habitude si fiables, tremblaient tandis qu'il défaisait les crochets au dos de sa robe. Alison sentit que sa peau était extrêmement sensible, et sa poitrine lui semblait lourde. À chaque crochet qu'il défaisait, la tension montait entre eux.

Quand il eut défait le dernier, il abaissa sa robe sur une de ses épaules et embrassa sa peau dénudée. Les lèvres de son époux étaient chaudes et douces tandis qu'elles cheminaient le long de ses clavicules jusqu'à son cou. Il fit descendre la robe de l'autre épaule, et le tissu glissa par étapes, restant accroché quelques instants à ses seins, puis ses hanches, avant de tomber en cascade à ses pieds. Il prit sa main comme si elle descendait d'un carrosse pour l'aider à sortir de l'étoffe.

Il fit passer la chemise de la jeune femme au-dessus de sa tête d'un geste souple. Elle se sentit gênée de se trouver ainsi nue devant lui, à la lueur du feu de cheminée, mais il était trop tard pour faire marche arrière à présent. Et elle n'en avait pas vraiment envie.

— Ah, Alison, ce que tu peux être belle !

Il l'observa, son regard brûlant la peau de la jeune femme et durcissant ses tétons. Quand il finit par l'attirer dans ses bras, sa tunique lui parut délicieusement rêche contre ses seins nus. Il lui donna un baiser lent et profond qui lui fit oublier sa gêne.

Tandis qu'ils s'embrassaient, il posa une main sur son sein, et elle gémit dans sa bouche quand il trouva son téton. Quand il interrompit le baiser pour se reculer, il était scandaleusement séduisant, une mèche de cheveux retombant sur ses yeux.

— Il faudrait peut-être que je me déshabille aussi, hein ? dit-il, un sourire en coin.

— Oui, lui répondit-elle en lui rendant son sourire.

Avant qu'elle ait fini de prononcer ce mot, il avait soulevé sa tunique et sa chemise par-dessus sa tête, et les avait jetées par terre. Il parvint à retirer ses bottes et ses culottes presque aussi vite. Il se tenait donc devant elle dans son plus simple appareil.

Il l'avait qualifiée de belle, mais dieu du ciel, c'était lui qui était beau. Alison laissa son regard dériver sur ses épaules et son torse musclés, s'attarda sur son ventre tonique, et s'arrêta sur son énorme virilité. Quand il souleva son menton d'un doigt, elle se rendit compte qu'il l'avait surprise à contempler ses parties, et elle se mit à rougir.

— Tu n'as rien à craindre de moi, dit-il, rivant son regard vert sur elle. Je te promets que je ne te ferai aucun mal.

— Je sais que tu n'en feras rien, déclara-t-elle en posant les mains sur son torse. Je te fais confiance.

David déglutit. Elle lui faisait confiance, mais malgré sa promesse et ses belles intentions, il ne se faisait pas entièrement confiance à lui-même. L'impétueuse passion qui régnait en lui semblait trop dangereuse à libérer.

Alison se hissa alors sur la pointe des pieds et effleura ses lèvres des siennes, et la douceur de ce baiser calma la bête sauvage en lui – juste assez. Il serait l'amant doux qu'elle avait besoin qu'il soit.

Même si ce serait un enfer pour lui.

Chapitre 26

Alison s'attendait à ce que David accomplisse la chose de manière rapide et déterminée, maintenant qu'elle avait enfin donné son accord. Au lieu de cela, il la caressa de la même façon qu'il l'avait fait auparavant, quand il essayait encore de la convaincre. Bien avant qu'il se trouve au-dessus d'elle, paré à consommer leur mariage, son anxiété avait été réduite en cendres par les flammes de leur passion.

— Tu es prête ? lui demanda David, le regard rivé à son visage comme s'il guettait le moindre signe de détresse.

— Oh, oui.

Elle se mordit la lèvre inférieure quand il entra en elle, centimètre par centimètre, avec une lenteur proche de l'insupportable. *Oh!*

— Je ne savais pas…, dit-elle entre deux halètements, que ça serait… aussi bon.

David s'enfonça un peu plus loin. *Oh!*

Les muscles du visage et du cou du jeune homme étaient tendus quand il se retira presque entièrement pour revenir en elle. *Oh! Là, là!*

Alison en oublia de respirer tant elle se concentrait sur ses sensations. Elle avait envie de soutenir le regard de David, de se perdre encore dans ces profondeurs vertes, mais tandis qu'il accélérait la cadence, elle ferma les yeux et émit de petits sons aigus.

Les hanches de la jeune femme semblèrent s'animer d'elles-mêmes pour épouser les mouvements de va-et-vient de David. Elle enfonça ses doigts dans la chair de ses épaules tandis que la tension qu'elle commençait à connaître montait en elle. Elle serra ses jambes de plus belle autour de lui, mais il avait l'air de la retenir délibérément, de la maintenir à dessein dans cette attente tendue.

Les mots « plus vite » et « plus fort » lui échappèrent des lèvres. Il grogna et l'embrassa fougueusement, puis il s'exécuta.

Oui, oui, oui ! Des étincelles vinrent voiler son champ de vision. Leurs corps s'activaient l'un contre l'autre et pourtant, ils ne formaient qu'un.

— Tu es à moi, dit-il en tenant sa figure entre ses mains tandis qu'il allait et venait en elle.

Elle avait la sensation qu'ils ne faisaient plus qu'un.

Elle poussa des cris quand des spasmes l'envahirent.

— Alison, cria-t-il à son tour.

Son corps répondait à celui de la jeune femme, poussant toujours plus profondément, et elle chavira dans un océan de braises ardentes.

Comme la tempête de sensations durait encore, elle s'accrocha à David comme s'il était le seul à pouvoir l'empêcher de sombrer dans des flots infinis. Elle essuya furtivement les larmes qui commençaient à couler sur ses joues. Ses émotions étaient brutes, confuses et bien trop puissantes pour qu'elle puisse les contenir.

Quand il commença à se retirer, elle résista.

— Je suis trop lourd, dit-il, même s'il retenait la plus grande partie de son poids sur ses coudes. J'ai peur de te faire mal.

— Pas encore.

Elle voulait le garder en elle, qu'ils ne fassent encore qu'un aussi longtemps que possible.

Il repoussa quelques mèches de cheveux du visage de la jeune femme et la regarda avec une expression qu'elle ne parvint pas à déchiffrer. Avait-il ressenti la même proximité merveilleuse et extraordinaire qu'elle ?

— Tu es à moi, maintenant, répéta-t-il en posant son regard vert et intense sur elle. Maintenant et pour toujours.

— Je le suis, confirma-t-elle.

Mais toi, es-tu à moi, David Hume ?

David leva les yeux vers l'obscurité et tâcha de comprendre ce qui venait de lui arriver.

Il écouta la respiration douce d'Alison qui dormait dans ses bras, étonné des sensations qu'elle lui procurait, comme si elle avait toujours eu sa place là. Quand elle poussa un soupir dans son sommeil, une vague de tendresse envahit le jeune homme.

Elle était sa femme. Il était surpris des sentiments qui l'animaient. Il voulait la protéger de tout danger, la garder près de lui quoi qu'il arrive, voir son ventre s'arrondir pour porter leur enfant. Il savait au plus profond de lui que tant qu'il l'aurait, elle, il ne voudrait jamais d'une autre.

Il avait cru que faire l'amour à Alison calmerait le désir qui l'avait torturé depuis l'instant où il l'avait rencontrée mais que cela n'irait pas plus loin. Ils s'étaient déjà offert du plaisir d'autres façons auparavant. Pourquoi était-ce si différent cette fois-ci ?

Quand il était en elle, il avait eu l'impression d'avoir trouvé un abri pour son âme perdue, une réponse à ses besoins les plus profonds.

Et cela lui causait le plus grand des soucis.

— J'étais à ça d'attraper Wedderburn et son frère, déclara Patrick Blackadder en rapprochant son pouce de son index pour que son père se rende bien compte.

Maintes et maintes fois, il avait suivi leur trace, malgré la nuit noire et pluvieuse, malgré toutes les ruses qu'avait déployées sa proie, en mélangeant les pistes, ou en revenant sur ses pas. Mais chaque fois, Patrick avait un temps de retard sur Wedderburn et le manquait.

Toute la nuit, il s'était imaginé jeter les corps sans vie de Wedderburn et son frère devant les portes du château de Blackadder, et demander à entrer. S'il avait réussi, il aurait pris possession de la forteresse et d'Alison le soir même. Il aurait été dans son lit à l'heure qu'il était.

— Wedderburn t'a fait tourner en bourrique, n'est-ce pas ? dit le père de Patrick en arborant un air suffisant. Et ils n'étaient que trois face à tes trente hommes ?

— S'il en avait eu plus, je l'aurais attrapé, dit Patrick. C'est plus facile de se cacher à trois.

— Si j'étais plus jeune…, s'esclaffa son père.

— Ne te jette pas trop de fleurs, lança Patrick. Wedderburn t'aurait semé dès la première heure.

— Ne me parle pas sur ce ton, rétorqua son père en posant violemment son verre. Tu as encore beaucoup à apprendre. Heureusement pour toi, je serai seigneur encore un bon moment.

— Au moins, j'ai essayé de tuer Wedderburn et de nous venger du mal qu'il nous a fait. Au lieu de rester assis sur mon gros derrière à bassiner tout le monde avec des histoires de jeunesse.

— Je veux la vengeance tout autant que toi, et je te promets que nous l'aurons.

Patrick serra les dents quand son père lui tapota l'épaule, comme s'il était un garçon de douze ans.

— Pendant que tu allais par monts et par vaux dans ta quête impossible, j'ai échafaudé un plan, déclara son père.

Après avoir écouté son projet, Patrick était dubitatif, mais son père était bien décidé.

— Tout est arrangé, conclut ce dernier. Fais simplement comme je t'ai dit.

— J'exécuterai ma part du boulot, cingla Patrick.

— Bien, approuva son père en entrechoquant son verre avec le sien. Le château Blackadder, lady Alison et ces petites héritières seront à nous très bientôt.

— Tant que les filles d'Alison ne sont pas mariées à des hommes de notre famille, elles représentent une menace à nos droits sur le fief Blackadder, déclara Patrick. Vu le temps qu'il leur reste avant d'être en âge de se marier, les garder en vie créerait un risque inutile.

— Ce sont des enfants innocentes de notre lignée, dit son père. Une fois qu'on les aura entre nos mains, elles ne seront plus une menace.

Comment son père pouvait-il lui parler sur ce ton hautain et insupportable, alors qu'ils savaient tous les deux fort bien pourquoi son père voulait que ces deux fillettes restent en vie.

Dès qu'il le quitta, Patrick fit quérir Walter, l'ancien capitaine de la garde du château Blackadder.

Il regarda le guerrier brun des pieds à la tête. Walter était vraiment impitoyable et avait craché tout son venin contre Wedderburn depuis son arrivée. Il était le candidat idéal pour cette tâche.

— Walter, dit Patrick en s'enfonçant dans sa chaise. Est-ce que ça te plairait de semer le chaos et la vengeance chez les Hume ?

Chapitre 27

Alison était étonnée de la rapidité avec laquelle sa vie avait changé. Chaque repas avec Blackadder avait été une torture, une foule d'occasions pour lui de la critiquer devant toute la maisonnée. Mais à présent, être assise entre David et ses filles lui procurait une grande joie.

Oserait-elle croire en ce bonheur ?

David serra la cuisse de son épouse sous la table. Leurs regards se croisèrent, la chaleur qu'elle décela dans le sien lui coupa presque le souffle. Elle n'aurait jamais deviné qu'un homme pourrait lui donner un plaisir physique aussi intense.

— J'ai eu l'impression que ce repas ne se terminerait jamais, lui murmura-t-il à l'oreille avant de poser la main de la jeune femme sur son membre dressé. J'ai hâte de te retrouver là-haut.

— Beatrix, Margaret, c'est l'heure d'aller au lit, déclara-t-elle en bondissant sur ses pieds. Venez, on va vous installer avec Flora.

David saisit le bras d'Alison et lui dit :

— Je te rejoins très vite.

Elle sentit ses joues s'empourprer sous l'effet d'un mélange de plaisir et de gêne. Pourtant attentif,

David sembla ne pas se rendre compte que les conversations de la grande salle avaient toutes baissé d'un ton et que toutes les personnes présentes dans la pièce avaient marqué une pause pour observer le laird. Elle était bien consciente que ses hommes étaient amusés de le voir se retirer si tôt chaque soir, et disparaître à d'étranges moments au cours de la journée.

Quand elle entra dans la cage d'escalier, elle jeta un coup d'œil par-dessus son épaule et surprit David en train de la regarder. Elle sourit intérieurement, assurée qu'il la suivrait rapidement.

Alison était toutefois heureuse d'avoir quelques instants seule après avoir souhaité « bonne nuit » à ses filles et les avoir confiées aux bons soins de Flora. Elle observa le lit et s'imagina David étendu dessus, effrontément nu, son corps puissant et ses traits virils lui rappelant les guerriers des légendes antiques.

Parfois, quand il lui faisait l'amour, il se montrait impérieux et passionné. D'autres fois, il était si tendre qu'elle avait presque l'impression qu'il tenait vraiment à elle. Mais cette impression ne durait jamais. La plupart du temps, hors du lit, il était cet autre homme – le seigneur, dur et sans pitié.

Le plaisir physique qu'ils partageaient était un don du ciel. Elle devrait se contenter de cela. Mais en vérité, les sentiments puissants qu'il évoquait quand ils faisaient l'amour poussaient Alison à en vouloir davantage.

Elle n'avait pas envie d'aimer son nouveau mari.

Mais elle craignait bien que David ne lui vole son cœur, qu'elle le veuille ou non.

Alison s'éveilla aux aurores avec un mauvais pressentiment, elle posa aussitôt la main sur le pendentif qu'elle portait autour du cou. Que la pierre noire soit magique ou pas, elle lui rappelait sa mère, et cela la réconfortait.

— J'ai vu que tu avais envoyé Brian en mission hier, dit-elle quand elle vit que David était réveillé. Il s'est passé quelque chose ?

Elle avait attendu avant de lui en parler, espérant qu'il le fasse de lui-même. Brian était l'homme de confiance du laird, donc la mission devait être importante. Toutefois, l'endroit où Brian allait et les raisons de son déplacement ne lui importaient pas autant que le fait que David lui en fasse part.

— Rien qui te concerne, répondit David en l'embrassant juste sous l'oreille.

— Je sais que tu endosses de lourdes responsabilités. Ma mère disait toujours qu'un fardeau semblait moins lourd quand on le partageait.

Il se pencha et décrivit de sa langue un cercle autour de son téton. S'il essayait de la distraire, c'était réussi.

— Raconte-moi cette histoire, dit-il en passant les doigts sur la pierre noire et lisse qui reposait entre ses seins.

Elle était déçue qu'il ne lui en révèle pas plus sur la mission de Brian, mais au moins, il paraissait s'intéresser à autre chose que ses seins.

— Comment sais-tu qu'il y a une histoire derrière cela ? demanda-t-elle.

— Cette pierre est peu commune, et tu la portes tout le temps, dit-il avant de marquer une pause. C'est Blackadder qui te l'a donnée ?

— Non.

Ah, elle n'avait aucune envie de penser à cet homme. Elle aurait voulu pouvoir brûler tout ce sur quoi Blackadder avait pu poser la main.

— Qui te l'a offerte alors ? interrogea-t-il en haussant un sourcil. Un de tes admirateurs ?

— J'étais bien trop jeune avant mon mariage pour avoir des admirateurs.

— Les belles femmes ont toujours des admirateurs, qu'elles soient mariées ou non.

Il avait réussi à lui adresser un compliment et une insulte en même temps.

— C'est ma mère qui m'a donné ce pendentif, expliqua-t-elle. Elle en a fait faire un pour moi et chacune de mes sœurs à partir d'une seule pierre qu'elle pensait dotée de pouvoirs protecteurs.

— C'est donc vrai qu'il y a une histoire, répliqua David.

— Oui, une histoire de politique royale, d'amour et de meurtre.

— Ah, ce sont les meilleures, dit-il, les yeux brillants.

C'était ce côté joueur inattendu de David qui faisait fondre toutes les résistances de la jeune femme.

— Quand notre défunt roi était un jeune homme, tout le monde savait qu'il devait épouser une princesse étrangère pour sceller une alliance avec l'Écosse, commença-t-elle. La seule question qui se posait était de savoir si elle serait française ou anglaise.

David devait commencer sa journée sans tarder. Et pourtant, voilà qu'il était hypnotisé par la voix mélodieuse d'Alison et l'air lointain qu'elle arborait en récitant ce qu'il imaginait être une histoire souvent racontée dans sa famille.

— Toutefois, une maîtresse royale pouvait offrir des positions lucratives et d'autres faveurs à sa famille, poursuivit-elle. Tous les nobles écossais firent parader leurs plus jolies filles devant le jeune roi dans l'espoir que l'une d'elles retienne son attention.

Nul doute que la famille de David avait joué à ce jeu, même si cette idée le dégoûtait.

— Les sœurs Drummond, y compris ma mère, étaient connues pour leur beauté, raconta-t-elle. Le roi tomba éperdument amoureux de la sœur de ma mère, Margaret, et en fit sa maîtresse. En soi, cela ne la mettait pas en danger.

Quelques vagues souvenirs de la tragédie des Drummond revinrent en mémoire à David.

— Sa Majesté installa ma tante dans le château de Stirling, et vécut ouvertement avec elle comme si elle était sa reine, poursuivit Alison. Selon les rumeurs, le roi voulait même en faire son épouse légitime.

Wedderburn n'eut pas besoin qu'on lui explique que cela aurait contrarié toutes les puissantes factions d'Écosse, sans parler des rois de France et d'Angleterre.

— Qu'a fait ton grand-père Drummond pour protéger sa fille ? demanda David.

— La protéger ? répéta Alison en riant jaune brièvement. Il s'imaginait son petit-fils avec une couronne sur la tête et il a persuadé notre idiot de monarque qu'un roi pouvait faire ce qu'il voulait.

— Qu'est-il arrivé à ta tante Margaret ? s'enquit le jeune homme, sachant que tout cela ne pouvait pas s'être bien terminé.

— Les quatre sœurs Drummond rendaient visite à leur père, au château Drummond quand la tragédie se déroula, dit-elle. Cela n'a jamais pu être prouvé, mais nous croyons que les sœurs de ma mère ont été empoisonnées au petit déjeuner. En tout cas, elles tombèrent toutes trois malades et expirèrent au moment du souper.

— Ah, je suis désolé, ma belle, dit-il en repoussant ses cheveux sur son front et en y déposant un baiser.

— Ma mère se promenait au bord de la rivière ce matin-là, au lieu de se joindre à la maisonnée pour le petit déjeuner, précisa Alison. Elle y trouva un gros morceau de quartz noir. Quand elle s'en empara, une vieille femme apparut dans la brume et lui dit que cette pierre détenait des pouvoirs magiques.

David haussa un sourcil. Cela ressemblait à un conte, pur fruit de l'imagination. Personne ne rencontrait jamais de personnes mystérieuses de ce genre lorsque le temps était dégagé.

— La vieille femme prédit à ma mère qu'elle porterait quatre filles, et lui conseilla de donner à chacune d'elles un morceau de la pierre, poursuivit Alison. Elle lui dit que viendrait un temps où nous aurions grandement besoin de toute la chance et toute la protection que cette pierre pourrait nous apporter.

— Je suppose que la vieille femme a ensuite disparu dans la brume ?

— Oui, répondit-elle en chuchotant. Quand ma mère releva les yeux, la femme avait disparu.

— Humph.

— Elle craignait que la vieille femme ne soit une fée grimée ayant décidé de s'adonner à quelque espièglerie, comme elles aiment à le faire, précisa Alison. Mais quand elle vit le sort qui fut réservé à ses pauvres sœurs, elle sut qu'elle avait échappé de peu à cette destinée, et que la pierre devait réellement être porteuse de bonne magie.

Le morceau de pierre « magique » qu'Alison portait ne lui avait pas encore été d'un grand secours – d'abord Blackadder, maintenant, lui.

— Je l'ai perdue le jour où j'ai épousé Blackadder, dit Alison, frottant ses doigts sur la pierre noire et opaque, l'air songeuse. Je ne l'ai retrouvée qu'une fois que j'ai fait enlever le lit de la chambre.

David s'étendit et regarda le plafond, repensant à ce lit brûlé et au fait qu'il était bien dommage que Blackadder fût mort avant qu'il ait eu l'occasion de le tuer de ses propres mains.

— Pourquoi ton père a-t-il choisi Blackadder comme époux pour toi ? lui demanda-t-il, même s'il n'avait aucune raison d'accuser le père d'Alison d'avoir manqué de jugement, vu que son propre père et son oncle n'avaient pas vu Blackadder comme le vil serpent qu'il était.

— Mon grand-père a été le chef du clan Douglas pendant cinquante ans, et c'est lui qui avait estimé qu'une alliance avec Blackadder par le mariage nous serait utile, expliqua-t-elle. Mon père y a concédé, car ma mère et lui préféraient Blackadder à l'autre solution proposée par grand-père.

— Il voulait que tu épouses quelqu'un d'autre ?

— Pas épouser, répondit-elle en lui adressant un regard en coin. Mes sœurs et moi ressemblons à notre tante, le grand amour du roi. Notre grand-père espérait que cela mènerait le monarque à faire de l'une de nous sa maîtresse.

— Il était prêt à vous soumettre à un tel danger après le meurtre de vos tantes ?

Cette pensée mit David dans une colère noire.

— Le roi devait épouser Marguerite Tudor à l'époque, donc il n'y avait aucun risque – ni espoir – que le roi épouse l'une de nous, expliqua Alison. C'était le vœu le plus cher de mes grands-pères Douglas et Drummond : que Sa Majesté entretienne une liaison assez longue avec l'une de nous pour que nous portions un bâtard royal.

Et ils ne se souciaient donc pas de la vie de ces jeunes filles ? Et encore, faire de leur petite-fille la putain du roi, ce n'était pas le pire. Un bâtard royal pouvait octroyer de nombreux avantages à la fois à l'enfant et à sa famille, mais le sang qui coulait dans ses veines les mettait aussi tous en danger, vu la menace qu'il représentait pour les héritiers légitimes du trône.

— Mes grands-pères ont décidé que leur meilleur espoir résidait dans ma sœur, Maggie, dit Alison. Et moi, j'ai été mariée à Blackadder.

David l'attira à lui et l'embrassa sur le front. Quelle triste famille elle avait, que ce soit du côté Drummond ou Douglas. Il aurait aimé pouvoir la protéger de tout cela.

— Tu vois pourquoi ma mère voulait nous donner une sorte de protection magique ? reprit-elle en lui tendant le pendentif, un sourire aux lèvres.

Ah, cela pinçait le cœur du jeune homme de la voir tenir ce caillou comme si c'était là tout ce qu'elle avait pour se battre contre tous les maux de ce monde.

— Je te protégerai de mon épée, et de ma vie s'il le faut, promit-il en lui relevant le menton et en la regardant dans les yeux. Je ne laisserai aucun mal t'arriver, ni à toi, ni à tes filles.

Il posa les yeux sur son teint d'ivoire, ses lèvres carmin et ses yeux violets aux reflets bleutés, bordés d'épais cils noirs comme la suie. Après avoir partagé sa couche quasiment sans interruption pendant une semaine, il ne se lassait toujours pas d'elle. Il avait toujours hâte de retrouver le goût de sa peau, d'entendre ses soupirs, de sentir ses jambes s'enrouler autour de lui tandis qu'ils se mouvaient à l'unisson.

Il aurait dû partir avec Brian au château Hume pour voir comment se portaient les hommes de son clan installés là-bas. Brian avait été plus que ravi d'y aller, étant donné qu'il courtisait une fille des villages voisins, et David avait largement de quoi s'occuper ici.

Mais la véritable raison pour laquelle il était resté était qu'il ne voulait pas manquer une nuit avec Alison.

Pour la première fois, il commençait à comprendre comment son père avait pu se montrer si bête à propos de sa seconde épouse. Il reconnut ce danger et vit à quel point cela pouvait survenir aisément, mais il avait tiré les leçons des erreurs de son père : la vulnérabilité d'un seigneur mettait en danger le clan tout entier.

David pouvait profiter de son épouse, mais il ne laisserait jamais Alison devenir sa faiblesse.

— Je ne me souviens pas de la dernière fois que j'ai participé à un pique-nique, fit remarquer Alison en se penchant contre David, un sourire aux lèvres. C'est gentil de t'être souvenu de ta promesse à Beatrix.

— Comme si la petite diablesse allait me laisser oublier ça, dit-il en lui serrant doucement les épaules.

Alison se blottit contre lui, et regarda les filles et Will qui jetaient des cailloux dans le ruisseau et se disputaient pour savoir qui avait lancé sa pierre le plus loin, ou fait le plus de ricochets. Après avoir supporté les critiques et les mauvais traitements de Blackadder pendant des années, Alison se sentit le cœur léger.

Un lien était assurément en train de se tisser entre David et elle, et dans son cœur naissait l'espoir qu'il en vienne à réellement s'attacher à elle.

— J'aimerais te faire l'amour dans ce bel endroit, lui murmura-t-il à l'oreille. Avec les oiseaux qui chantent, et les rayons du soleil couchant qui caressent ta peau nue.

— Peut-on revenir ici sans les enfants et les gardes ? demanda-t-elle.

— Ces nuages de pluie se dirigent vers nous, observa-t-il en scrutant l'horizon, sourcils froncés.

Puis il se tourna vers elle et lui adressa un clin d'œil.

— On va devoir se contenter de notre lit, mais si on part assez tôt, nous aurons du temps avant le souper.

— Je vais chercher les enfants, dit-elle en lui souriant.

Alors qu'elle se redressait, Margaret émergea du buisson qui courait le long du ruisseau.

— Où sont Beatrix et Will ? s'enquit Alison.

— Par là, répondit Margaret en désignant l'amont.

Alison souleva ses jupons et traversa le buisson. Elle entendit les deux enfants avant de les voir.

— J'aime pas me faire commander, disait Beatrix.

Alison rit intérieurement. C'était tellement vrai. Curieuse, elle approcha de quelques pas pour les entrapercevoir à travers les branches.

— Je te laisserais faire ce que tu veux, je ne m'en occuperais pas, répondit Will avant de lancer un bâton dans le ruisseau. Mais je pense que Robbie et toi, vous aurez des disputes à en faire trembler les murs.

— Je ne veux pas l'épouser, déclara Beatrix. Je ne veux pas me marier du tout.

Alison sentit un certain malaise gagner son estomac. Ce que les enfants avaient entendu de leurs conversations d'adultes leur avait inspiré ces pensées sur le mariage ?

— J'aime Margaret à peu près autant que j'aime Jasper, dit Will en tapotant doucement la tête du chiot, mais je ne veux pas l'épouser non plus.

— Alors on n'en fera rien, décréta Beatrix en croisant les bras.

— David a dit à Robbie qu'on devait faire ça pour le bien du clan, déclara Will. Et quand David dit qu'il faut faire une chose pour le clan, il est vraiment inutile d'argumenter.

Alison était si en colère qu'elle se mit à trembler. Elle ne devait pas céder à la panique, elle devait laisser une chance à David de s'expliquer. Assurément, il n'avait pas pu prévoir les mariages de ses filles sans même la consulter. Quoi que les enfants aient entendu, ils devaient avoir mal compris.

David ressentit une satisfaction rare en s'étendant et en observant les nuages passer pendant que la petite Margaret était assise à côté de lui à jouer avec le cochon de bois qu'il avait sculpté pour elle. Il ne se souvenait pas d'avoir jamais passé un si bel après-midi. Sa mère l'aurait fait battre pour cela. *« Un héritier de seigneur a bien trop à apprendre pour perdre son temps en de telles frivolités. »* Sa belle-mère emmenait souvent ses frères dans des sorties de ce genre, mais il était à l'époque trop âgé pour y participer.

Il eut le souffle coupé quand il vit Alison sortir d'entre les arbres, l'air aussi séduisant qu'une nymphe des bois. S'habituerait-il jamais à l'effet qu'elle lui faisait ? Il aimait bien passer du temps avec Will et les filles, mais à présent, tout ce qu'il voulait, c'était se retrouver en tête à tête avec sa femme toute nue dans leur chambre.

Imaginant cette scène, il ne remarqua pas de prime abord qu'Alison était étonnamment silencieuse sur le chemin du retour. Il l'examina plus attentivement et vit que le dos de la jeune femme était raide, et qu'elle serrait ses rênes de toutes ses forces.

— Quelque chose ne va pas ?

— Ça peut attendre jusqu'à ce qu'on soit seuls, dit-elle avant d'éperonner son cheval pour trotter en avant.

Il la laissa partir et ralentit la cadence pour chevaucher aux côtés de Will.

— Tu sais de quoi il s'agit ?

— Je crois qu'elle m'a entendu parler de nos fiançailles avec Bea.

— Par tous les saints, Will, pourquoi n'as-tu pas gardé le secret là-dessus ?

— Bea est mon amie, répliqua le garçon en haussant les épaules. Ça me semblait mal de ne rien lui en dire.

David jura entre ses dents. Alison avait raison quand elle affirmait que Will n'en faisait qu'à sa tête. Comment le laird pouvait-il régner sur son clan avec autorité si son épouse et ses jeunes frères ignoraient ses commandements ?

— Pourquoi tu n'en as pas parlé à Alison ? lui demanda Will.

David ressentit un soupçon de culpabilité. Il avait eu l'intention de l'en informer, mais le bon moment n'était pas encore venu.

— C'est à moi de prendre cette décision, rétorqua-t-il. Mon épouse devrait m'être reconnaissante de veiller au bien de ses filles en préparant leur avenir.

Will lui adressa un long regard en coin.

— Tu ne comprends pas grand-chose aux femmes, pas vrai ?

Chapitre 28

David était persuadé qu'Alison était une femme raisonnable qui accepterait sa décision, comme c'était de son devoir, et en verrait même la sagesse avec le temps. Toutefois, il prit une profonde inspiration avant d'ouvrir la porte de leur chambre. Alison se tenait debout et l'attendait les bras croisés, la mine contrariée.

— Tu n'as quand même pas eu le culot d'arranger le mariage de mes filles, n'est-ce pas ? demanda-t-elle avec un sourire crispé.

Il pensait que les femmes étaient censées confondre les hommes par leur subtilité. Sa question, si directe, le surprit et il hésita trop longtemps.

— Alors c'est bien le cas, dit-elle en haussant le ton.

— En tant que beau-père, il est de ma responsabilité d'assurer leur avenir, dit-il, tâchant d'esquiver la question.

— Qu'as-tu fait précisément ? questionna-t-elle en le regardant comme s'il était un serpent maléfique.

— Je les ai promises à mes frères.

— Tu as fait cela sans m'en dire un seul mot ? s'indigna-t-elle, des flammes dans les yeux. Tu sais que mes filles sont tout pour moi. Tout !

— Leur avenir relève de ma responsabilité, déclara-t-il.

Elle posa un poing sur sa hanche et le dévisagea.

— Quand avais-tu prévu de m'en parler ?

— J'ai voulu t'en parler, mais je savais que tu réagirais mal – comme tu viens de le faire.

— Mes filles sont encore toutes petites, argua-t-elle. Tu n'avais nul besoin d'agir aussi vite, alors que la situation est encore instable.

— « Instable » ? répéta-t-il, sentant la colère monter en lui.

Si elle nourrissait encore l'espoir de le quitter, il avait bien l'intention de mettre les choses au clair.

— Il n'y a rien d'instable dans tout cela : toi, tes filles et ces terres m'appartenez, et je suis libre de faire de vous ce que bon me semble.

— Ne t'avise pas de parler de mes filles comme si elles étaient une propriété dont tu pouvais disposer, cingla-t-elle. Ce sont mes filles. Ma responsabilité. Tu n'as aucun droit.

— J'ai tous les droits, et tu le sais pertinemment, dit-il. Ce que je fais est pour leur bien.

— Leur bien ? Tu t'en sers comme des pions et tu oses me dire que c'est pour leur bien ?

— Je m'occupe bien mieux d'elles que les membres de la famille Blackadder, figure-toi, lança-t-il. Je ne laisserai personne leur faire de mal, mais je me dois de les promettre, elles et ces terres, à mes frères et mon clan.

— C'est impardonnable.

— Tu es une Douglas pour l'amour de Dieu ! Dès l'instant où tu les as conçues, tu savais que leurs mariages seraient arrangés pour rassembler des domaines et de grandes familles.

— Si tu m'avais laissée veuve, cela aurait été ma décision, dit-elle en tambourinant contre sa poitrine. Moi, j'aurais fait passer leur bonheur avant tout.

— À t'écouter, on dirait que je leur ai donné des hommes vils qui vont les maltraiter. Quel est le problème ? Je les ai promises à mes deux seuls frères. Tu aimes beaucoup Will et Robbie, et ils feront de bons maris pour tes filles un jour.

— Tu connais Beatrix et Margaret depuis à peine quinze jours. Comment as-tu pu croire que tu saurais vraiment quels seraient les bons époux pour elles ? objecta Alison. Et nous savons tous les deux qu'il importe peu de savoir quels hommes deviendront tes frères. Tu n'as fait cela que pour les terres Blackadder.

— Bien sûr, je n'ai pas pris ce château pour y renoncer ensuite, dit David. Mais je n'ai pas trouvé de meilleurs époux pour ces filles dans toute l'Écosse.

— Ça ne t'a pas suffi de t'emparer des propriétés de mes filles jusqu'à ce qu'elles soient en âge de se marier, poursuivit-elle comme si elle n'entendait rien des paroles du jeune homme. Tout ce qui t'intéresse, c'est de donner des terres à ta famille et d'en faire des fiefs Hume pour l'éternité.

— Ce n'est pas tout ce qui m'intéresse…

— Tu m'as prise pour une idiote. J'espérais que mes sentiments t'importent un minimum, et pourtant au fond de moi je n'y croyais pas vraiment, mais je pensais que tu tenais au moins à mes filles, dit-elle d'une voix chevrotante, au bord des larmes.

Avant qu'il puisse prononcer un autre mot, elle se tourna et se précipita vers la porte.

— Mais je tiens à elles, lui cria-t-il. Je les protégerai de ma vie s'il le faut !

Comme si les cieux reflétaient l'humeur maussade de David, des nuages noirs arrivèrent avant le souper, apportant une pluie battante et un vent qui sifflait aux fenêtres.

La dispute qui avait eu lieu entre Alison et lui avait laissé David contrarié.

— C'est calme sans elles, fit remarquer Will.

Alison et les filles avaient pris leur souper dans la chambre de la tour, et le repas était bien entendu morose sans leurs voix cristallines et leurs adorables sourires. Ah, il se comportait comme une vieille femme sentimentale !

Ce soir, il mettrait les choses au clair avec Alison. Il ne savait pas comment s'y prendre pour la calmer avec ses mots, mais une fois qu'il lui aurait retiré ses vêtements, il saurait comment abaisser ses défenses.

Serait-elle en colère au point de refuser de partager son lit ce soir ? Bon sang, il espérait que non.

Il venait de quitter la table et se dirigeait vers l'escalier quand Brian entra dans la grande salle au pas de charge, des gouttes de pluie perlant sur son plaid, ses bottes maculées de boue. Il fonça tout droit sur David.

Il était clair que Brian apportait des nouvelles. Et elles semblaient mauvaises.

— J'étais en chemin pour la tour Hume afin de voir comment les hommes du clan se portaient, comme vous me l'aviez demandé, commença Brian, le souffle encore court. Avant que j'y parvienne, j'ai rencontré un de nos guerriers qui chevauchait à toute allure dans cette direction.

— Et ?

— Il a dit qu'un de nos villages avait été attaqué il y a deux nuits.

— Le bétail a été volé ?

David n'aimait pas laisser son bétail aux raids, mais ils en avaient à profusion et pourraient remplacer ce que les villageois avaient perdu.

— Oui, confirma Brian. Il n'a pas su me dire qui était responsable de cela.

Brian n'était pas du genre à s'emballer pour rien. La perte de ce bétail n'expliquait en rien la mine déconfite qu'il arborait.

— Quoi d'autre ? interrogea David.

— Il a ajouté que plusieurs hommes du village avaient été assassinés, répondit Brian, luttant pour prononcer ces paroles. Et certaines des femmes ont peut-être été violées.

— Seigneur, non ! s'exclama David en serrant les poings de rage.

Le vol de bétail était chose commune, un talent quasiment respecté, et enlever une jeune fille pour l'épouser, comme David l'avait fait, faisait partie de leurs mœurs. Mais violer et tuer d'innocents villageois, voilà qui brisait tous leurs codes.

Lequel de ses ennemis avait pu commettre un acte aussi haineux ?

— Quel village a été attaqué ? demanda David qui avait hâte de se mettre en route.

— Eccles.

C'était l'endroit où la fille que Brian courtisait vivait avec son grand-père. Cela faisait des mois que le jeune homme tâchait de trouver le courage de demander sa main.

— On va rassembler les guerriers et se rendre là-bas sur-le-champ pour leur apporter l'aide que l'on pourra, déclara David en saisissant le bras de Brian. Ensuite, nous ferons payer au responsable le prix du sang, quelle que soit son identité.

— Nous savons l'un comme l'autre que cela a été fait pour vous provoquer, observa Brian. Les coupables s'attendent à ce que vous vous rendiez à ce village plein de rage. Je serais prêt à parier qu'ils ont installé une embuscade sur le chemin.

— Rassemble les hommes, ordonna David.

Chapitre 29

— Je sais que vous vous emportez facilement, laird, et moi aussi, annonça Brian. Mais nous avons plus de chances d'échapper à une embuscade si l'on attend que ce soit la nuit noire.

David était habituellement celui qui prenait le plus de recul, mais il grinçait des dents, impatient de passer à l'action. Néanmoins, le mal était déjà fait.

— Tu as raison. Mieux vaut arriver quelques heures plus tard que pas du tout, concéda David. Dis aux hommes d'être prêts à prendre la route à la tombée de la nuit.

Comme il se tournait pour quitter la grande salle, ses yeux se posèrent sur Robbie. Son frère ne le supplierait plus jamais de l'accompagner, mais David voyait tout l'espoir qui emplissait son regard. Les autres hommes finiraient par le considérer comme un faible si David continuait de le préserver ainsi.

— Tu peux venir, lui lança-t-il. Mais tu restes près de moi, et tu fais exactement ce que je dis.

— Oui, acquiesça Robbie, des étincelles dans les yeux. Je le promets.

David n'avait que cette attaque du village en tête quand il monta l'escalier. Lorsqu'il ouvrit la porte de la chambre, il y trouva Alison parée à se coucher, vêtue d'une fine tunique, ses cheveux noirs et brillants tombant en cascade sur ses épaules.

Il avait eu l'intention de rassembler ses affaires pour immédiatement retourner dans la pièce principale, jusqu'à ce qu'il la voie. Avant d'affronter les rudesses de la nuit à venir et les horreurs du village, il avait besoin de s'envelopper de sa douceur, de respirer son odeur féminine, de se perdre dans ses soupirs, de l'entendre crier son nom alors qu'il était enfoui en elle.

Elle était devenue un havre de paix dans ce monde de violence.

Quand David apparut sur le seuil, il avait la mine si sombre qu'Alison dut lutter contre l'envie de le réconforter.

— Je pensais que tu serais trop en colère pour dormir ici ce soir, dit-il.

— Je suis toujours furieuse.

Elle avait été trop bouleversée pour risquer une explication devant toute la maisonnée un peu plus tôt, mais elle n'avait rien à gagner à refuser de lui parler. Il avait le droit de faire ce qu'il avait fait, mais elle avait espéré un peu plus de considération de sa part. Il l'avait profondément blessée.

— Avoir une épouse, c'est nouveau pour moi, reprit-il. J'ai fait ce qui me semblait être le mieux. Peut-être aurais-je dû te demander ton avis avant de promettre tes filles à Will et Robbie.

« Peut-être » ?

— Serais-je parvenue à te faire changer d'avis ?

— Je suis en train d'essayer de te présenter mes excuses, Alison.

— Mais tu l'aurais fait dans tous les cas, répliqua-t-elle en croisant les bras.

Toutefois, ses excuses avaient leur importance. Blackadder, lui, ne s'était pas excusé une seule fois pour son comportement odieux, et Alison se doutait que c'était une chose rare pour David.

— Je tiens à Beatrix et Margaret, dit-il. Je ne laisserai personne faire le moindre mal à ces fillettes, même au péril de ma vie. Il faut que tu le saches.

La jeune femme le savait, mais comme il n'ajoutait pas qu'il éprouvait aussi des sentiments pour elle, cela raviva un peu sa plaie.

— Protéger mes filles du danger n'est pas la même chose que de se soucier de leur bonheur.

— Elles doivent être en sécurité avant de pouvoir connaître le bonheur, répondit-il en lui tendant les bras. Viens, ma belle, oublions tout ça.

Alison avait envie de profiter du réconfort qu'il lui proposait, mais elle se retint.

— J'ai besoin de savoir que tu vas me consulter avant de prendre n'importe quelle autre décision concernant mes enfants, dit-elle.

— Je le ferai, répliqua-t-il sans hésitation.

C'était une petite victoire, mais ce fut assez pour la laisser s'avancer dans les bras de David sans y perdre sa fierté. Le cœur d'Alison appartenait déjà au jeune homme.

Une heure plus tard, David était étendu, Alison dans les bras, redoutant d'avoir à la quitter.

Il était bon qu'il doive partir. Il avait besoin de cette distance pour mettre de l'ordre dans ses idées. Quand il était au lit avec elle, il avait l'impression de se noyer dans la luxure et le désir – et il n'avait aucune envie de sortir la tête de ces eaux envoûtantes.

La désirer était une chose, mais avoir besoin d'elle en était une autre.

Il ne pouvait se permettre aucune faiblesse. Trop de vies dépendaient de lui : il devait agir avec sagesse en leur nom, et non se laisser gouverner uniquement par ses propres besoins et désirs. Il se força à se lever, il enfila ses culottes et chercha ses bottes.

— Tu t'en vas ? lui demanda Alison d'une voix ensommeillée.

— Oui.

David aventura un dernier regard vers elle par-dessus son épaule. Quand il la vit s'asseoir sur le bord du lit, ses cheveux lâchés, tout ce qu'il voulut faire était de retourner sous les draps tout chauds avec elle.

— Mais il est tard, dit-elle.

— Oui.

Il faisait presque nuit noire – le moment de partir. Il trouva sa tunique de mailles et l'enfila.

— Où vas-tu à cette heure ?

Il secoua la tête et se mit à rassembler ses idées. Alison avait l'air trop innocente pour manigancer contre lui, mais il était bien trop tôt pour lui faire confiance.

Il avait déjà fait une coûteuse erreur de jugement. En ne fouettant pas son frère, il avait montré au mieux son indécision, et au pire sa faiblesse. Il ne pouvait s'empêcher de se demander si c'était cette faiblesse qui avait guidé les attaquants au village. Il ne pouvait pas regretter d'avoir libéré son frère de son châtiment, mais il aurait dû se douter des problèmes à venir et s'occuper de la colère de Robbie plus tôt. Il ne pouvait se permettre une autre erreur.

— Pour combien de temps pars-tu ?

— Je ne peux pas le dire, répondit-il en dissimulant un poignard dans sa botte.

Pourquoi toutes ces questions ?

— Tu ne peux pas ou tu ne veux pas le dire ?

Constatant qu'il ne répondait pas, elle sortit du lit, s'enveloppa de sa chemise de nuit et se tint entre lui et la porte.

— Pourquoi ne puis-je pas savoir ? interrogea-t-elle en croisant les bras. Je suis ta femme.

— Tu n'as pas besoin de savoir ça.

Même s'il était sûr qu'il pouvait lui faire confiance, il ne voulait pas l'accabler du récit de ces villageois assassinés et des viols.

— « Pas besoin » ? répéta-t-elle. Alors tu es juste monté pour te servir de moi et partir ?

Se servir d'elle ? Pourquoi diable disait-elle cela ?

— Tout cela ne signifie rien pour toi ? lui demanda-t-elle, en désignant le lit d'un geste de la main. Après tout ce qui s'est passé entre nous, tu ne me fais toujours pas confiance ?

Cela signifiait même trop pour lui. Elle comptait trop pour lui.

— Tu aimes ce que je fais au lit, dit-il en laissant son regard s'attarder sur le corps de la jeune femme d'un air entendu.

— Me donner du plaisir ne suffit pas, répliqua-t-elle. Je pourrais trouver un autre homme pour faire cela.

David sentit sa vision se brouiller sous l'effet de la rage.

— Trouver un autre homme pour te donner du plaisir ?

Au lieu de reculer, effrayée, comme elle aurait dû le faire, elle leva les yeux au ciel.

— Ce ne serait pas bien difficile, répondit-elle en haussant une frêle épaule.

Elle le cherchait ! Il serra les poings pour s'empêcher d'aller la secouer.

— Tant que je serai en vie, il n'y aura pas d'autre homme, prévint-il, sentant que son crâne allait exploser.

— Je veux un homme qui me respecte, poursuivit-elle comme s'il n'avait rien dit. Dans le lit et en dehors.

— Tu ne peux pas m'accuser de ne pas être cet homme-là, rétorqua-t-il. À l'inverse de Blackadder, j'insiste pour que chaque membre de mon foyer t'accorde le respect qui est dû à mon épouse et à la dame du château.

— Pas tous les membres de ton foyer, le corrigea-t-elle.

— Nomme celui qui t'a manqué de respect et je le ferai tuer si tel est ton souhait, déclara-t-il. Tu sais que je le ferai.

— Tu fais tout plein d'histoires…

— Je suis seigneur et chef, assena-t-il en haussant le ton. Je ne fais pas d'histoires.

— Des histoires pour que tous les autres me montrent du respect, mais toi…, finit-elle par s'emporter.

— Mais moi quoi ? s'enquit-il en la surplombant, les poings sur les hanches.

Quand elle leva le regard, il vit des larmes submerger ses yeux violets.

— Mais toi, tu ne m'en donnes aucun.

— Seigneur, cria quelqu'un à travers la porte. Les hommes sont prêts. La nuit est tombée.

David étant parti, Alison se sentit perturbée en se mettant au lit. Bizarre de voir avec quelle rapidité elle en était venue à se sentir en sécurité quand il se trouvait au château. Elle dormit d'un sommeil agité, se réveillant à chaque bourrasque à la fenêtre et à chaque grincement du donjon, pensant que David était revenu.

La chambre était encore plongée dans l'obscurité quand elle fut réveillée par un léger bruit à la porte de la chambre. *David est rentré.* Une vague de soulagement l'envahit avant qu'elle se souvienne à quel point elle était en colère contre lui. La pièce était glacée, donc la jeune femme enfila une chemise de nuit et s'empressa de retirer la barre de la porte pour son époux.

Quand elle ouvrit, son soulagement disparut soudain pour être remplacé par une crainte qui lui parcourut l'échine. La torche accrochée au mur du couloir projetait une lumière blafarde sur la silhouette d'un homme vêtu de la tunique marron des moines. Sa capuche était abaissée sur son visage plongé dans la pénombre, ce qui lui donnait des airs d'ange de la mort. Elle ferma rapidement la porte autant qu'elle put.

— Qui êtes-vous ? demanda-t-elle en regardant par l'interstice de la porte. Et comment êtes-vous entré ?

— Je viens de l'abbaye, dit le moine d'une voix grave avant de marquer une pause pour jeter un coup d'œil par-dessus son épaule. J'ai un message pour vous.

— Un message ? De qui ?

— On m'a dit que vous sauriez reconnaître le sceau.

Il fouilla dans sa manche, et lui tendit un parchemin épais et plié. Dès qu'elle le retourna, elle reconnut le sceau : la croix sur fond de flammes du blason des Douglas. La missive provenait de son oncle, l'évêque, un homme doté d'un pouvoir considérable aussi bien dans l'Église que dans son clan.

Après tout ce temps sans nouvelles des siens, pourquoi lui écrivaient-ils seulement maintenant ? Et pourquoi était-ce l'évêque et non ses frères ?

— L'expéditeur attend-il une réponse ? demanda-t-elle.

— Oui, milady, acquiesça le moine avant de lancer un autre regard par-dessus son épaule.

Elle se sentait mal à l'aise à l'idée de laisser un homme pénétrer dans sa chambre, mais c'était un moine, et envoyé par son oncle. Resserrant sa chemise de nuit sur son corps, elle lui fit signe d'entrer.

Après avoir allumé une bougie, elle tourna le dos au messager pour lire la lettre. Elle en brisa le sceau et déroula le parchemin raidi.

Je vous attends près de l'abbaye. Venez sur-le-champ avec vos filles. Ne dites à personne que je vous ai fait quérir, et évitez de dévoiler votre destination.

Suivez bien mes instructions. Votre vie et celle de vos filles sont en jeu.

— Que répondez-vous, milady ? interrogea le moine, l'interrompant dans ses pensées.

David lui avait ordonné de ne pas quitter la forteresse en son absence, mais que devait-elle faire à présent ? Elle ne pouvait rien refuser à l'évêque. Il donnait ses ordres sous la double autorité de l'Église et de son clan. Et son message l'avertissait que la vie de ses filles était aussi en jeu. En dehors des souhaits de David, c'était leur sécurité qui primait.

En outre, l'abbaye était si proche – à peine plus d'un mile de distance – que cela ne comptait pas vraiment comme une sortie du château. Elle pouvait très bien s'y rendre et être de retour avant le petit déjeuner.

Et pourtant, elle avait du mal à se résoudre à y aller. Elle ne doutait pas que le pli provenait bien de son oncle, mais pourquoi n'était-il pas simplement venu au château pour lui parler ? Il ne craignait sûrement pas que David ose faire du mal à un évêque.

Alison poussa un soupir. Étant donné la réputation sulfureuse de son mari, son oncle avait toutes les raisons de craindre précisément cela. Elle aurait préféré qu'il lui dise ce qu'il voulait au lieu de lui envoyer un message clairement destiné à lui faire peur. Mais le cercle intime des Douglas avait de longue date une habitude du secret, provenant de leur implication dans certaines rivalités et autres complots du plus haut niveau.

Elle relut la dernière phrase du message. *« La vie de vos filles est en jeu. »* Si David avait été là, elle ne lui aurait pas menti. Peu importaient les instructions de son oncle, elle aurait dit à son époux les raisons de son départ pour l'abbaye.

Mais David n'était pas là.

Chapitre 30

Alison plissa les yeux en direction du moine.

— Je ne crois pas que vous m'ayez expliqué comment vous étiez rentré dans le château.

— Un serviteur a feint une maladie subite et grave, et a supplié les gardes de faire quérir de l'aide à l'abbaye, dit-il. Comme vous le savez, nous sommes réputés pour nos potions curatives et nos remèdes.

— Quel serviteur a fait cela ? demanda-t-elle.

— Le prieur ne souhaite pas que je le dise, mais ne vous en faites pas, milady, répondit le moine avec un sourire suffisant. Je pense que le domestique en question va subir une guérison miracle. En réalité, il était assez rétabli pour m'indiquer votre porte.

La jeune femme n'appréciait guère le tour ainsi joué, ni ce serviteur qui obéissait aux ordres du prieur. Apparemment, elle n'obtiendrait nulle explication sur les raisons pour lesquelles cette ruse était nécessaire, avant d'avoir parlé avec son oncle.

— J'ai hâte de voir mon oncle et de rentrer, dit-elle. Je vais chercher mes filles.

— Nous ne pouvons être vus en train de partir ensemble, milady, déclara le messager. Vous devrez attendre le lever du jour, juste avant la relève des gardes de nuit, mais pas plus tard.

Ce serait plus sage. Persuader les gardes de la laisser partir serait un vrai défi, mais ils ne la laisseraient assurément pas sortir au beau milieu de la nuit.

— Je ne sais pas ce que je dirai à la gouvernante, réfléchit-elle tout haut.

— Nous lui avons administré une potion somnifère, lui annonça le moine.

— Une potion ? répéta-t-elle, tandis qu'une vague de panique la gagnait.

— Rien qui lui fera le moindre mal, la rassura le moine. Maintenant, il faut que j'y aille. La maisonnée va bientôt se réveiller, et moins il y aura de personnes pour remarquer ma présence, mieux ce sera.

Alison se sentit de moins en moins à l'aise en faisant les cent pas, et en guettant les premiers signes de l'aube par la fenêtre. Le serviteur qui avait feint la maladie, et celui qui avait administré la potion somnifère à Flora, tous avaient reçu des messages des heures avant elle. Cela la troubla de savoir qu'il y avait des espions dans le château, même si c'était pour aider son oncle.

Après des semaines de matins d'hiver mornes et humides, le soleil se leva dans toute sa gloire, emplissant l'horizon d'éclats rose et doré. Se disant que c'était sûrement bon signe, Alison se hâta d'emprunter l'escalier pour aller chercher ses filles.

Flora ronflait assez fort pour faire trembler son lit, mais elle n'avait pas plus mauvaise mine que d'habitude. Alison embrassa le front de la vieille femme avant de secouer doucement ses enfants pour les réveiller.

— Je n'ai pas envie de me lever, se plaignit Beatrix, tandis qu'Alison pressait ses filles endormies d'enfiler leurs vêtements et de lourdes capes.

— Chut, dit Alison. Nous devons faire vite.

— Pourquoi ? demanda Margaret en se frottant les yeux.

Alison se sentit coupable de les sortir de leurs lits, mais le message de son oncle semblait urgent – et l'évêque n'avait pas l'habitude qu'on le fasse attendre.

— C'est une belle matinée, annonça Alison. Si on se dépêche, on pourra aller se promener avant le petit déjeuner.

— Mais David a dit qu'on ne devait pas quitter le château quand il n'était pas là, fit remarquer Beatrix. Il va être en colère.

— Ça, c'est mon problème, déclara Alison. Maintenant, assez discuté.

Si David découvrait cela, il serait furieux, bien entendu. Et il serait encore plus en colère s'il se souvenait que le prieur de l'abbaye était un Blackadder.

Eh bien, elle aussi avait de quoi être en colère contre lui : il refusait de lui dire où il allait et pourquoi. S'il pouvait garder le secret sur ses allées et venues, elle pouvait bien en faire autant.

Le cœur de David se serra quand il aperçut les ruines du village. Les murailles noircies des masures et les toits de chaume incendiés se dessinaient clairement dans le ciel rose de l'aube.

Quelques villageois fouillaient parmi les ruines pour voir s'ils trouvaient quoi que ce soit à sauver. La plupart d'entre eux avaient fui au château des Hume où David et ses guerriers s'étaient arrêtés pour la nuit afin de porter de la nourriture. La forteresse Hume avait déjà été endommagée lors du combat entre son oncle et les troupes d'Albany, mais elle offrait une meilleure protection contre la pluie et les maraudeurs que ces chaumières dépourvues de toit.

David était resté éveillé presque toute la nuit à écouter les récits horribles des villageois. Il ne faisait aucun doute que la bande d'hommes qui avait chevauché dans le village en plein jour, brandissant épées et torches, était des Blackadder.

David lança un regard à Robbie et aurait voulu épargner cela à son frère.

— Pourquoi ont-ils commis cet outrage aux villageois ? demanda Robbie. Ce ne sont que des fermiers et des bergers, pas des guerriers.

C'était exactement la question qui occupait les pensées de David. La culpabilité et la rage l'emportaient sur la désolation dans son cœur. Il était persuadé que cette attaque le visait, lui. Pourtant, nul homme ne semblait l'avoir attendu sur le chemin.

Qu'espérait gagner l'ennemi avec ces atrocités ?

David se prépara à entendre d'autres mauvaises nouvelles quand il vit Brian émerger d'une masure brûlée. La fille que ce dernier avait espéré épouser et son grand-père ne comptaient pas parmi les villageois qui avaient fui au château Hume, et ils avaient espéré les trouver ici. Mais l'expression qu'arborait Brian en s'approchant de David était plus sombre que la suie qui couvrait ses mains.

— Je ne trouve Leana nulle part, déclara son compagnon.

— Nous continuerons de chercher, dit David, même s'il commençait à perdre espoir de la trouver en vie.

Incapable d'ajouter autre chose, il posa une main sur l'épaule de Brian et tourna le regard vers l'horizon.

— Attends, ce n'est pas son grand-père, là ? s'enquit-il en désignant du doigt un vieil homme qui traversait un champ près du village, tête baissée.

Brian se mit à courir à travers champs. Quand Robbie fit mine de le suivre, David le saisit par le bras.

— Je vais avec Brian, dit-il. Vois comment tu peux aider les autres.

Voir ce village brûlé était assez triste comme ça. Il ne voulait pas que son frère ait à entendre cette histoire.

— Les hommes qui ont fait cela n'ont rien caché de leur identité, racontait le grand-père quand David rejoignit Brian. C'étaient les Blackadder, et ils voulaient que ça se sache.

— Je leur ferai payer pour ça, je vous le promets, déclara David.

— Ça ne me ramènera pas ma petite-fille.

Wedderburn regarda Brian dans les yeux et, voyant son visage livide, il craignit le pire.

— J'ai fouillé dans toutes les maisons et tous les champs, dit le vieil homme. Je n'arrive pas à la trouver.

David organisa ses gens en rangées afin d'organiser des recherches méthodiques dans les champs et les bois avoisinants. Il espérait pouvoir au moins donner au vieil homme et à Brian son corps à enterrer.

Il garda Brian à ses côtés quand il rejoignit les hommes qui cherchaient la jeune fille. Au son des canards, il se tourna pour les voir prendre leur envol d'une zone marécageuse en contrebas, à quelques mètres de là, et il repéra une tache colorée au milieu des massettes et des roseaux.

Leana avait une chevelure d'un rouge flamboyant.

David se mit à courir, Brian sur ses talons. Quand il atteignit le marais, David trouva la jeune femme, face contre terre, son corps étalé dans les roseaux et la boue comme un morceau d'os dont on aurait rongé toute la chair et qu'on aurait jeté par terre.

Doucement, Wedderburn la retourna et la prit dans ses bras. Brian pleura ouvertement quand il baissa son jupon déchiré sur ses cuisses tachées de sang, et qu'il essuya la boue de son visage. David n'avait aucun mot pour le réconforter. La vengeance était tout ce qu'il pouvait lui offrir.

Mais… un instant! Ne l'avait-il pas vue prendre une légère inspiration ? Il chercha son pouls.

— Elle est en vie, dit-il en levant les yeux vers Brian. Elle vit !

Avec des gestes empressés, ils l'enveloppèrent dans le plaid de Brian. Tandis que ce dernier l'installait sur ses genoux, David attrapa sa gourde à sa ceinture et la porta aux lèvres de la jeune femme. Il prononça intérieurement une prière de remerciement quand elle gémit et but une gorgée.

Leana était affaiblie et gravement blessée, mais elle survivrait.

— Tu vas l'aider à s'en sortir, promit David en serrant l'épaule de Brian. J'en suis sûr.

Il avait le cœur brisé pour son ami. Il imaginait à peine comment il réagirait si quelque chose de ce genre était arrivé à Alison.

Dieu merci, elle était en sécurité avec ses filles, à l'abri des grandes murailles du château Blackadder.

Alison mena ses filles au bas des marches de l'escalier. Elles étaient presque arrivées tout en bas quand Beatrix tira sur sa main.

— J'ai mon cheval de bois, dit-elle en tendant la figurine que David avait sculptée pour elle. Mais Margaret a oublié son cochon. Je vais courir le lui récupérer.

— Non…

— Mon petit cochon ! s'écria Margaret en écarquillant les yeux sous l'effet de la panique. Je ne peux pas partir sans mon petit cochon !

Les filles gardaient ces jouets avec elles depuis que David les leur avait fabriqués.

Reconnaissant sa défaite, Alison s'agenouilla et posa un bras sur les épaules de Margaret.

— D'accord, ta sœur va chercher ton cochon, dit-elle.

Elle se tourna vers Beatrix avant d'ajouter :

— On attendra ici, mais dépêche-toi.

Alison voulait faire cet aller-retour aussi vite que possible. Elle se rongeait les sangs en attendant Beatrix qui lambinait. Quand cette dernière finit par revenir avec la figurine, ses mains étaient couvertes de suie.

— Je n'ai pas pu faire autrement, se défendit la fillette. Son cochon était derrière un des fauteuils près de la cheminée.

Dans la grande salle, les hommes commençaient à s'agiter. Alison baissa la tête quand elles traversèrent, espérant que personne ne lui demanderait où elles allaient de si bonne heure. Elle détestait mentir, et elle le faisait très mal. Quand elles furent à l'air libre, elle prit une profonde inspiration.

Le palefrenier parut surpris quand elle le pria de harnacher son cheval et les poneys des filles, mais il s'exécuta. Les gardes seraient plus coriaces.

Mais la chance était du côté d'Alison. Les deux guerriers qui se tenaient à la porte étaient jeunes. L'un d'eux avait des cheveux d'un roux vif et des taches de rousseur, et le second faisait de son mieux pour se laisser pousser une petite barbe.

— Bonjour à vous, lady Alison, dit le garde roux en inclinant la tête. Puis-je vous demander où vous allez ?

— J'emmène mes filles pour une courte promenade avant le petit déjeuner, lui répondit Alison en leur adressant un grand sourire. Après tous ces jours de pluie, ce serait dommage de gâcher une si belle matinée.

Les sentinelles échangèrent un regard gêné.

— Je n'aime pas ça, entendit-elle le soldat roux murmurer.

— Mais que peut-on faire ? chuchota l'autre en réponse.

— Ouvrez la porte, s'il vous plaît, s'écria Alison.

— Je ne suis pas sûr que messire Wedderburn approuverait, répondit le garde roux. Laissez-moi ramener les chevaux à l'écurie pour vous, et vos filles pourront profiter de la matinée en se promenant dans la cour.

— C'est que je ne veux pas décevoir mes enfants, dit-elle en désignant d'un geste de la main les fillettes sur leurs poneys.

Voyant que ça ne semblait pas les émouvoir, elle posa le poing sur sa hanche.

— Le seigneur vous a-t-il ordonné de m'empêcher de passer cette porte ?

— Non, admit le roux, mais cela ne veut pas dire qu'il accepterait qu'on vous laisse partir à cheval.

— Je suis la dame de ce château, et l'épouse de votre laird, déclara Alison. Il vous a parlé du respect que vous me devez, n'est-ce pas ?

— Oui, répondirent les deux en chœur.

Cette confirmation que David avait intimé à ses hommes de faire preuve de respect à son égard la fit se sentir encore plus coupable de son mensonge.

— Nous nous contenterons de faire quelques tours autour du château, reprit-elle, adoucissant le ton.

— Je vais venir avec vous, suggéra le roux.

— Inutile, dit Alison, sachant très bien qu'ils seraient fatigués après avoir monté la garde toute la nuit. Vous pouvez nous observer de la tour si vous voulez, mais nous resterons assez près pour pouvoir crier à l'aide en cas de besoin.

Avec une réticence évidente, les jeunes gardes ouvrirent la porte suffisamment pour qu'elles la franchissent à cheval. Alison guida les filles pour deux tours autour de l'enceinte, faisant signe aux sentinelles chaque fois qu'elle passait sous la porte.

— On va bientôt changer la garde, l'interpella le guerrier à la petite barbe lors de leur troisième passage.

— Encore un tour et on rentre, lui répondit-elle.

Quand elle se trouva avec ses filles à l'arrière du château, il ne lui fallut que quelques instants pour s'élancer au galop dans le champ et se mettre à l'abri des feuillages des arbres qui longeaient la rivière. Alison se sentait coupable d'avoir dupé les jeunes gardes. Elle espérait que sa rencontre avec son oncle ne lui prendrait pas trop de temps, qu'elle serait rentrée avec ses enfants avant que leur absence ne soulève une quelconque inquiétude.

Chapitre 31

Alison tenait les mains de ses filles en attendant d'être admise dans les quartiers du prieur, qui disposaient d'une entrée à part et étaient l'unique partie de l'abbaye où les femmes étaient autorisées. Elle avait hâte d'en finir et de pouvoir retourner au château.

Le moine qui lui avait porté le message répondit à la porte quand elle toqua, et il leur fit signe de s'avancer dans le petit vestibule doté d'un banc de bois de part et d'autre.

— Notre prieur n'a guère d'inclination pour les enfants et aucune patience avec eux.

L'air pincé que le moine arborait en regardant Beatrix et Margaret laissait penser qu'il partageait le même point de vue.

— Je m'occuperai de vos filles pendant que vous serez à l'intérieur.

Alison n'aimait pas l'idée de laisser ses fillettes, mais son oncle et le prieur ne voudraient pas parler d'affaires importantes devant elles.

— Ce ne sera pas long, leur annonça-t-elle.

Elle se tourna vers le moine et ajouta :

— Nous sommes parties avant le petit déjeuner. Je suis sûre qu'elles seront de vrais petits anges si vous leur portez de quoi manger.

— Je veillerai à ce que vos anges soient nourris, lady Alison.

Beatrix tira la langue quand le moine lui tourna le dos, et Alison lui adressa un regard réprobateur.

— Ils vous attendent, dit le moine avant de porter un doigt sur ses lèvres et d'ouvrir la porte de la pièce suivante.

Il fit signe à Alison d'entrer.

Les deux hommes d'Église de haut rang ignorèrent l'apparition de la jeune femme et continuèrent à parler à voix basse, penchant la tête l'un vers l'autre. Tandis qu'elle attendait qu'on fasse acte de sa présence, Alison examina les personnes présentes et la salle. Les deux ecclésiastiques étaient assis dans des fauteuils finement sculptés et avaient des coupes d'argent assorties. Le prieur portait la tunique simple de son ordre, qui contrastait fortement avec la pièce si richement meublée. Son oncle, qui n'avait nul besoin d'afficher une quelconque modestie, arborait une croix lourdement ornée de pierres précieuses, et une cape bordée de fourrure par-dessus sa chasuble violette.

La jeune femme avait rencontré à de nombreuses reprises le prieur, qui était l'oncle de son défunt époux, et elle ne l'avait jamais aimé. Elle doutait qu'il officie par dévotion envers Dieu, pas plus que son oncle. Pour les hommes issus de grandes familles, l'Église n'était qu'une voie parmi tant d'autres pour accéder au pouvoir.

Son oncle finit par se tourner vers elle et lui tendit la main.

— Salutations, Monseigneur, dit-elle.

Alison exécuta une grande révérence et embrassa son anneau, puis se tourna vers le prieur pour faire une autre révérence.

— Comment vous portez-vous, ma chère ? lui demanda son oncle.

— Je vais bien, merci.

— Ma pauvre enfant, répliqua-t-il en secouant la tête. J'exècre l'idée qu'une de mes nièces ait été forcée de s'offrir à cette immonde Bête de Wedderburn.

— C'est fâcheux, acquiesça le prieur. Cet homme infâme vous a-t-il beaucoup maltraitée ?

Il fixa ses yeux ronds sur elle et se pencha en avant, espérant sûrement entendre d'effroyables détails.

— Mes filles et moi-même avons été bien traitées, déclara Alison.

— Inutile de tâcher de sauver les apparences, dit son oncle. Cette nouvelle nous a tous plongés dans l'effroi.

— Si ma captivité était si dérangeante, fit remarquer Alison, alors pourquoi personne n'est venu à mon secours lorsque nous étions en état de siège ?

— D'autres affaires passaient en priorité à cette époque.

Son oncle l'observa par-dessus son nez long et pointu. L'évêque n'avait pas pour habitude d'être contredit, en particulier par une femme.

— Toutefois, cette malheureuse situation peut encore être résolue.

« *Résolue* » ? Que pouvait-il vouloir dire ?

— Je suppose qu'il serait excessif d'espérer que Wedderburn n'ait pas encore couché avec vous ?

lança le prieur en posant le regard sur la poitrine de la jeune femme.

Elle baissa les yeux en pensant à ce que David et elle avaient fait au lit. Ce n'était pas un sujet qu'elle souhaitait aborder avec un évêque et un prieur.

— C'est un problème mineur, décréta son oncle en balayant cette idée d'un geste de la main. Nous pouvons louer le Seigneur, car elle n'était pas vierge.

Alison s'empourpra.

— Il n'y aura pas de draps ensanglantés à présenter, poursuivit son oncle. Nulle preuve.

Alison commença à comprendre tandis que son regard oscillait entre les visages austères des deux hommes d'Église.

— Mais il y a eu beaucoup de témoins pour la cérémonie du coucher, objecta-t-elle, se souvenant à quel point David avait insisté sur ce point.

— À moins que Wedderburn n'ait demandé aux témoins de rester dans votre chambre pour le regarder faire, c'est votre parole contre la sienne pour savoir s'il a bien accompli son devoir ou pas, déclara le prieur en parcourant son corps du regard une nouvelle fois.

— Et je peux vous dire avec certitude que l'Église choisira d'écouter votre parole, ma chère, ajouta son oncle avec un sourire satisfait.

— Mais Wedderburn l'a bien accompli.

Et plusieurs fois.

— Peu importe, vous devrez jurer que le mariage n'a jamais été consommé, insista son oncle sur un ton qui laissait percevoir qu'il la prenait pour une simple d'esprit. Afin qu'il soit annulé.

— Je ne veux pas d'annulation, leur dit Alison.

Au départ, elle avait accepté cette union parce qu'elle n'avait pas eu d'autre choix. Maintenant que son oncle et le prieur menaçaient de la lui retirer, elle se rendit compte à quel point ce mariage – et David – était devenu important pour elle. Elle connaissait son époux depuis peu, mais des images de lui vinrent envahir ses pensées.

David, la mine grave et rayonnante quand il fit le vœu de la protéger de sa vie… à son aise par terre, au milieu de ses filles qui piaillaient et des copeaux de bois… incroyablement séduisant alors qu'il était étendu, nu, à ses côtés, une main sur sa joue, et son regard assombri par le désir…

Non, elle ne voulait pas l'abandonner. Elle aurait pourtant aimé qu'il tienne autant à elle qu'elle tenait à lui, mais cela ne changeait en rien sa décision.

— J'ai fait préparer la requête pour Rome, dit son oncle au prieur. Nous n'avons pas besoin d'attendre qu'elle soit formellement acceptée pour avancer dans nos projets.

Alison se sentit gagnée par la panique tandis que les deux hommes d'Église parlaient d'elle comme si elle ne se trouvait pas dans la pièce.

— Je ne peux accepter cela, déclara-t-elle en haussant la voix.

Les deux ecclésiastiques se tournèrent brusquement vers elle.

— J'ai partagé ma couche avec mon nouveau mari et je ne mentirai pas à ce sujet, affirma-t-elle en tremblant.

Ce n'était pas chose aisée de tenir tête à son oncle, mais elle ne le laisserait pas faire cela.

— Je suis l'épouse de David Hume et je le resterai, ajouta-t-elle.

— L'affaire est réglée, dit son oncle sur un ton ferme. Les Douglas et les Blackadder sont parvenus à un accord. Ce faux mariage sera dissous, et vous épouserez un Blackadder.

— Ce n'est pas possible, rétorqua-t-elle. Je porte peut-être déjà l'enfant de Wedderburn.

— Raison de plus pour agir vite, intervint le prieur. Mon frère ne se réjouira pas d'accepter un rejeton de la Bête, mais il le fera.

— Tout comme ma nièce, ajouta l'oncle d'Alison en fixant son regard sur elle.

— Je n'en ferai rien.

Alison recula d'un pas, en direction de la porte.

Elle avait commis une terrible erreur en venant là. Pire, personne au château ne savait où elle se trouvait.

Chapitre 32

David sentit un immense soulagement quand il remonta la dernière colline avant d'apercevoir les solides murailles de pierre du château Blackadder. Après avoir trouvé Leana, il avait vu son malaise concernant les motivations des Blackadder se muer en un irrépressible besoin de regagner son foyer et de s'assurer que sa famille était en sécurité. Il avait laissé assez d'hommes au château pour le défendre, mais les guerriers devaient leur survie à leur instinct, ce en quoi ils avaient toute confiance. Il prit le départ sur-le-champ.

Il ne constata aucun signe de problème en approchant de la forteresse. Des gardes Hume se tenaient sur les remparts et lui firent signe. Tout allait bien. Pour autant, il ne regrettait pas d'avoir demandé à ses hommes de chevaucher à toute allure. Il était heureux d'être rentré.

Qu'il était étrange de penser que ce château appartenait il y a encore peu à son ennemi. Tout cela était dû à Alison. Elle comblait le vide qu'il ressentait en lui.

Il regretta les mots durs qu'ils avaient échangés avant son départ. Sur le chemin du retour, il avait beaucoup réfléchi à elle et à leur dispute. Il avait du mal à accorder sa confiance, mais elle méritait mieux que cela.

Le jeune homme fut gagné par la hâte de la retrouver tandis qu'il guidait sa troupe à la porte grande ouverte. Il s'imaginait Alison et les filles courir du donjon pour l'accueillir. Une nuit loin d'elle, et elle lui manquait déjà.

Il fallait qu'il lui parle de Leana. Alison avait un grand cœur et saurait quoi faire pour venir en aide à la jeune fille. Il avait laissé Brian auprès de Leana, mais il lui avait suggéré de l'emmener au château Blackadder dès qu'elle aurait assez de forces pour chevaucher.

La maisonnée était en train de se rassembler dans la cour. David scruta les visages, en quête de celui de son épouse. Était-elle encore si en colère contre lui qu'elle n'aurait pas même la courtoisie de venir l'accueillir à son retour ? Cela ne lui ressemblait guère.

Il démonta et confia ses rênes à un palefrenier, puis il gravit les marches du donjon. À l'intérieur, les serviteurs débarrassaient les restes du petit déjeuner sur les tables.

Alison ne se trouvait pas dans la grande salle, mais Will accourut vers lui, talonné par le chiot des filles.

— J'étais en train d'apprendre des tours à Jasper, déclara Will. Je voulais faire une surprise à Bea et Margaret.

— Où sont-elles et où est lady Alison ?

— Je les cherchais justement, répondit Will.

— Elles doivent être à l'étage, dit David en se dirigeant vers l'escalier.

Il gravit les marches quatre à quatre, suivi de Will et du chiot.

— Je vais voir dans la chambre de la tour, annonça Will en poursuivant son ascension de l'escalier tandis que David poussait la porte des appartements d'Alison.

Il se tint au beau milieu de la pièce vide.

— Bon sang, où est-elle ?

Quelques instants plus tard, Will apparut sur le seuil.

— Elles ne sont pas dans la chambre de la tour non plus.

— Quand les as-tu vues pour la dernière fois ?

Will se gratta la tête en réfléchissant, puis il répondit :

— Hier soir.

— Et au petit déjeuner ?

— J'entraînais Jasper à faire ses tours, et j'ai oublié d'aller manger.

C'est alors que Robbie fit irruption dans l'escalier en criant :

— David !

— Qu'y a-t-il ?

— Tout le monde dit que lady Alison et ses filles sont parties.

— Parties ? demanda David, espérant avoir mal entendu.

Robbie hocha la tête.

— Comment peuvent-elles être parties ?

David sentit son estomac se nouer de peur, revoyant l'image de Leana, face contre terre dans la boue et les roseaux.

— Où sont-elles allées ?

— Personne ne le sait, déclara Robbie.

— Je vais vous laisser un instant seul avec votre nièce, dit le prieur en jetant un regard assassin à Alison. Je serai dans la chapelle à prier pour que Dieu lui accorde la sagesse.

Son oncle attira la jeune femme à lui, empoignant son bras sans ménagement. Il inclina la tête vers la porte et posa un doigt sur ses lèvres pour lui indiquer que le prieur ou un de ses sbires se tenait peut-être là à écouter.

— Les Blackadder se sont rendus au Conseil du roi, lui murmura-t-il, et ils ont argué que les proches masculins de votre défunt mari étaient plus légitimes que vos filles pour réclamer l'héritage des terres et du château.

— Mais leur lien du sang est trop éloigné ?

— Pas tant que ça, avec la tendance politique qui commence à se retourner contre nous, chuchota-t-il. En revanche, votre mariage avec le seigneur de Tulliallan va résoudre le différend à la satisfaction des deux familles.

— Tulliallan ? cingla-t-elle.

Comment pouvait-il envisager une seule seconde qu'elle serait prête à épouser cet homme répugnant ?

— Un de vos enfants héritera toujours des terres de Blackadder, poursuivit-il, comme s'il lui était indifférent de parler d'un rejeton qu'elle concevrait avec cet atroce seigneur Blackadder – ou du fait que Beatrix et Margaret soient déshéritées.

— Plus important, cela assurera le soutien des Blackadder quand votre frère Archibald se proclamera gardien légitime de son beau-fils, le roi.

— David Hume ferait un allié bien plus puissant que les Blackadder dans ce combat, plaida-t-elle, sachant qu'il était inutile d'argumenter de ce qui serait le mieux pour ses filles et elle.

— Si seulement il choisissait d'être un allié, dit son oncle.

— Laissez-moi lui parler.

— Wedderburn est trop imprévisible, objecta-t-il d'un air amer. Il se fait une fierté de n'en faire qu'à sa tête.

— Vous devez me laisser essayer, parce que je refuse de faire comme si ce mariage n'avait jamais eu lieu, dit-elle.

— Notre chef sera très mécontent d'apprendre que vous avez refusé d'accomplir votre devoir de Douglas.

— Mon frère est au courant de cela ?

— Et qui pensez-vous m'a fait venir ici ?

Face à son absence de réponse, il leva les yeux au ciel.

— J'ai négocié cet accord avec les Blackadder à la demande de vos frères, ajouta-t-il.

Archibald avait fait ça ?

— George est-il au courant ?

— Bien sûr que oui, répondit-il avec un soupir d'impatience.

Elle était dévastée d'apprendre que ses frères avaient une fois de plus placé leurs ambitions avant son bien-être. Ils s'attendaient à ce qu'elle accepte d'être utilisée comme un pion et ils ne se donnaient même pas la peine de le lui dire en face.

— Je vais vous emmener avec vos filles à Tantallon maintenant, reprit-il, faisant référence à la forteresse massive des Douglas, au bord de la mer. Là, vous pourrez parler avec vos frères.

— Mon foyer est au château Blackadder avec mon mari, rétorqua-t-elle. Il se fait tard, je dois récupérer mes filles et rentrer. Quand vous verrez mes sœurs, transmettez-leur mes affectueuses pensées.

Que ses frères aillent au diable !

— Soyez prévenue, s'énerva son oncle, le visage virant au rouge, ce n'est pas le fin mot de cette histoire.

Alison avait son compte d'arrogance de la part des hommes de sa famille, à commencer par son oncle.

— Je vous empêche de commettre une grave erreur, dit-elle en remuant l'index dans sa direction. Je connais les Blackadder mieux que vous, et on ne peut pas leur faire confiance.

— Ce n'est pas à vous de…

— David Hume vaut largement dix Blackadder, déclara-t-elle. Dites à mes frères qu'ils seraient sages d'en faire leur allié – et bien bêtes d'en faire leur ennemi.

Sur ces paroles, elle fit volte-face et se dirigea vers la porte.

— Sûrement que les hommes qui ont accompagné ma femme ont indiqué où ils se rendaient, dit David en saisissant les épaules de Robbie.

— Elle a refusé toute escorte, expliqua Robbie. Elle a dit qu'elle faisait seulement faire aux filles des tours du château à poney.

David avait envie d'étrangler les gardes pour n'être pas allés avec elle.

— Quand était-ce ?

— À l'aube, peu avant le changement de la garde, répondit Robbie. J'ai réveillé les hommes qui se tenaient à la porte à ce moment-là, et c'est tout ce qu'ils ont pu me dire.

— C'était au moins il y a une heure, observa David.

— Tu crois qu'elles ont été enlevées, ou…, commença Robbie dont la voix dérailla, n'énonçant pas la seule autre possibilité : qu'elles soient parties de leur plein gré.

— Je l'ignore, dit David, même si le fait que cela survienne pile avant le changement de garde laisse penser qu'elle avait tout prévu. Qu'elles soient parties de leur plein gré ou pas, elles se trouvent en danger. Nous devons les trouver, et vite.

— Mais on ne sait pas où chercher, objecta Robbie.

— Elles ne peuvent pas être allées bien loin.

David tenta de réfléchir. Où irait Alison ? Ou auprès de qui ?

Chapitre 33

Alison aidait en toute hâte ses filles à enfiler leurs capes quand le prieur revint.

— Vous ne la laissez tout de même pas partir ? demanda-t-il en dévisageant l'oncle d'Alison.

— Pour le moment, si, déclara son oncle. Elle était docile quand elle était enfant. Je ne sais pas ce qui lui est arrivé.

— J'ai un mari qui apprécie les femmes ayant de l'esprit, dit Alison entre ses dents.

— Les enfants sont des Blackadder, intervint le prieur. J'insiste pour qu'elles restent avec moi.

— Vous insistez ? dit son oncle de son ton le plus hautain. Laissez-moi vous rappeler que ces enfants sont de mon sang, et ce sont les nièces du comte d'Angus, le beau-père du roi.

Alison se sentit immédiatement plus en sécurité en voyant son oncle puissant prendre sa défense, même si elle avait bien conscience qu'il ne faisait pas cela parce qu'il éprouvait une quelconque affection pour elle, mais parce que le prieur avait insulté sa fierté.

— Merci, Monseigneur.

La jeune femme exécuta une autre révérence, puis prit ses fillettes par la main.

— Dépêchez-vous, les filles. On rentre à la maison, lança-t-elle.

Elle s'imagina que le prieur n'oserait pas contredire son oncle en tentant d'empêcher leur départ. Quoi qu'il en soit, elle retint son souffle jusqu'à ce que l'abbaye disparaisse derrière les arbres, dans leur dos. Beatrix et Margaret étaient étonnamment silencieuses, percevant le malaise de leur mère, et elles trottèrent sans poser de questions.

Des nuages menaçants assombrissaient le ciel, et un vent puissant fouettait les arbres, rendant le chemin longeant la rivière, habituellement agréable, totalement sinistre.

Alison enfonça son menton dans sa cape et repensa à son entrevue avec les ecclésiastiques, ce qui avait été une révélation à plus d'un titre. Mais sa découverte la plus importante était qu'elle était éperdument amoureuse de son nouvel époux.

Elle sentit un début de chair de poule dans sa nuque et ses pensées se dispersèrent. Elle avait l'impression que quelqu'un les observait. Cette rencontre à l'abbaye l'avait laissée sur ses gardes, et avait dû alimenter son imagination. Mais les chevaux semblaient tendus, eux aussi.

— C'est quoi, ce bruit ? interrogea Beatrix.

— Un daim, peut-être, dit Alison avant d'indiquer aux filles de garder le silence.

C'était comme le bruit d'un grand animal qui se déplace dans les arbres, mais cela pouvait tout simplement être le vent dans les branches. Alison avait hâte de rentrer chez elle.

Il n'y en a plus pour longtemps. Au prochain tournant, il y aurait une petite clairière, et un quart de mile plus loin, le château serait en vue. Elles seraient alors en sécurité.

Elles entreprirent le virage, et Alison sentit son cœur s'emballer.

Une dizaine de cavaliers se trouvaient dans la clairière, et elle sut immédiatement qu'ils l'attendaient, elle et ses filles. Elle détourna son cheval, mais d'autres cavaliers sortaient du bois derrière elle, lui bloquant le chemin. L'espace de quelques instants, elles furent encerclées.

— Lady Alison, c'est toujours un plaisir.

L'homme qui avait pris la parole avait un bouc pointu, un regard gris et dur, et ressemblait terriblement à son défunt époux.

Patrick Blackadder. Elle reconnut plusieurs des autres hommes aussi, y compris le frère de ce dernier.

— Ces dames ne devraient pas chevaucher seules, dit le frère de Patrick avec un sourire mauvais. Ça pourrait être dangereux.

— Heureusement que nous sommes venus vous escorter en toute sécurité, déclara Patrick.

— Nous n'irons nulle part avec vous, dit Alison en donnant un coup de cravache. Dégagez de notre chemin.

Un des guerriers saisit les rênes de la jeune femme, tandis qu'un autre lui prit la cravache des mains, arrêta le cheval et lui immobilisa les bras dans le dos.

— Vous allez chevaucher avec moi, annonça Patrick en lui tendant la main. Après tout, vous allez être mon épouse.

— Vous savez très bien que j'ai déjà un mari, dit-elle entre ses dents tout en luttant contre l'individu qui la détenait.

— Inutile de prétendre à la loyauté envers la Bête, repartit Patrick. Wedderburn sera bientôt mort. Il sera retrouvé sans vie dans un champ, des corbeaux lui dévorant les yeux.

La certitude avec laquelle Patrick s'exprimait fit frissonner Alison. Que savait-il pour être si confiant ?

— Vous ne pouvez pas tuer David, intervint Beatrix. Il est cent fois plus fort et plus intelligent que vous tous.

— Fais attention à ce que tu dis, petite, si tu ne veux pas connaître le même sort, menaça le frère de Patrick.

— Comment osez-vous ! lui cria Alison. David viendra nous chercher, ajouta-t-elle en voyant le regard terrifié de sa fille.

Elle pria de tout son cœur pour que ce soit vrai.

— Wedderburn est à des miles d'ici, mais assez tergiversé, dit Patrick en lui tendant la main de nouveau. Je ne crois pas qu'on ait besoin d'attendre qu'il meure pour que vous partagiez ma couche, n'est-ce pas ?

— Je préfère encore mourir.

— Dommage que vous nous fassiez attendre pour ce qu'on veut tous les deux, déclara Patrick en la parcourant du regard. Mais vous n'êtes pas vraiment indispensable à ce stade. Vous pouvez rester ici si vous voulez.

Ce devait être un piège. Les Blackadder n'étaient pas du genre à abandonner aussi facilement.

— Ce sont vos filles, les héritières, poursuivit Patrick avec un sourire glaçant.

Il se tourna vers ses hommes pour dire :

— Prenez les filles.

— Ne les touchez pas ! s'écria Alison.

Elle lutta pour tenter d'atteindre ses enfants, mais elle était prise dans un étau.

— Non, vous ne pouvez pas les prendre !

Les cris des fillettes résonnèrent à ses oreilles tandis que deux hommes les firent descendre de force de leurs poneys pour les jucher sur leurs chevaux. Alison en eut le souffle coupé. *Je vous en prie, mon Dieu, non !*

— Vous ne pouvez pas faire ça ! cria-t-elle en donnant des coups de pied et de dents au guerrier qui la tenait, mais elle ne parvint pas à se libérer.

— Je vais prendre celle qui ose parler comme ça, dit le frère de Patrick.

— Maman ! s'écria Beatrix alors qu'il la soulevait du cheval de l'autre homme et l'installait devant lui, posant un de ses gros bras autour d'elle.

— Patrick, prenez-moi à leur place, l'implora Alison. Prenez-moi et laissez mes filles !

— Vous savez bien que je ne peux pas laisser partir les héritières – du moins, pas en vie, rétorqua Patrick.

Il se tourna alors vers ses filles, qui hurlaient de toutes leurs forces, avant de lancer d'une voix faussement enjouée :

— Parées à prendre la route ?

— Ne me laissez pas ici ! s'époumona Alison. Je ferai tout ce que vous dites. Tout. Prenez-moi avec mes filles, je vous en supplie.

— Et ce bon prieur qui affirmait que vous étiez une femme indomptable, dit Patrick. Mais c'est normal, il n'y connaît pas grand-chose aux femmes.

Chapitre 34

— David, attends, l'appela Will de l'étage supérieur.

— Je ne peux pas, lança-t-il par-dessus son épaule en poursuivant sa descente des marches de l'escalier quatre à quatre, Robbie le talonnant.

— Mais je sais où elles sont parties !

David s'arrêta brutalement et se pencha en arrière pour regarder son jeune frère à travers la cage d'escalier en colimaçon.

— Bea a laissé un message, dit Will. Viens voir !

Quelques instants après, David se tenait avec ses frères et examinait un dessin d'enfant gribouillé sur le mur de pierre.

— Bea a dû utiliser un des morceaux de charbon froid de la cheminée, observa Robbie en en ramassant un par terre.

— Sa mère va être fâchée…, commença à dire David avant de se souvenir qu'Alison et ses filles avaient toutes disparu.

— Elle l'a signé pour qu'on sache que ça venait d'elle, ajouta Will en désignant un grand « B » aux contours imprécis.

— Ce n'est qu'un dessin, dit David, le poids de la déception s'abattant sur ses épaules.

— Will a raison. Regardez, là, ce sont elles trois à cheval, déclara Robbie en désignant les trois silhouettes primitives aux cheveux longs dessinées sur des créatures à quatre pattes. Elles vont dans ce bâtiment entouré d'un mur. Est-ce que ce serait un château ?

Peut-être que la fillette voulait vraiment leur laisser un message. David craignait d'y croire.

— Et ce n'est pas une croix, au sommet du bâtiment ? fit remarquer Will.

— Alors, ce n'est pas un château, mais une église…, pensa David tout haut en examinant le dessin de plus près. Ce sont des arbres là, et ce trait sinueux doit être un ruisseau.

Il passa la main dans ses cheveux. *Réfléchis ! Où les a emmenées Alison ?* Il était évident que c'était un endroit que l'enfant avait déjà vu auparavant. Il n'y avait qu'elles trois sur le dessin. Alison avait sûrement très envie de le quitter, mais elle n'emmènerait pas ses filles bien loin toute seule. Ce devait être un lieu proche.

La réponse le frappa comme un coup de tonnerre : l'abbaye, dont le prieur était membre de la famille de son défunt époux.

Alison l'avait quitté, et elle n'aurait pas pu trouver un refuge qui lui ferait plus de mal.

Elle était retournée auprès des Blackadder.

— Nous devons faire route pour l'abbaye, déclara-t-il, même s'il se doutait que les Blackadder auraient déplacé Alison et les filles en cet instant.

C'est ce que lui aurait fait à leur place.

La peur d'Alison s'accrut quand la jeune femme vit qu'ils chevauchaient de plus en plus loin. Quelqu'un aurait-il seulement l'idée de les chercher avant que Patrick l'enferme, elle et ses filles, dans le château de Tulliallan ? Et Patrick était en bonne voie pour devenir un homme aussi détestable que son ancien époux.

Elle fit de son mieux pour ignorer l'érection qu'il pressait contre elle, et quand il tenta de lui toucher les seins, elle claqua sa main.

— Arrêtez ça.

— Inutile de jouer les saintes nitouches avec moi. Nous serons bientôt mari et femme, lui susurra-t-il à l'oreille. Ça fait des années que j'attends ça, et je sais que toi aussi.

Était-il fou, ou si imbu de sa personne qu'il s'était bercé de l'illusion qu'elle le désirait aussi ?

— Tu aurais dû être mon épouse depuis le début, poursuivit-il. Je voulais tuer mon propre sang chaque fois que je le voyais avec toi. Après sa mort, c'était à mon tour.

Patrick l'avait toujours mise mal à l'aise, mais elle ne s'était pas rendu compte qu'il nourrissait de telles réflexions sur eux deux.

— Mon oncle et le prieur ne m'ont rien dit d'un mariage avec vous, déclara-t-elle.

Il était peu probable qu'il les laisse partir s'il apprenait que son père avait un autre projet, mais c'était la seule carte qu'elle avait en main.

— Je sais qu'ils t'ont dit qu'on devait se marier, objecta le jeune homme. C'était dans l'accord que mon père a passé avec les Douglas.

— Ce n'est pas ce qu'on m'a dit.

— Ne me mens pas, ordonna-t-il. Le prieur m'a rapporté qu'ils avaient parlé d'annulation avec toi, et que tu avais refusé. Pourquoi donc ?

— Ils ont parlé d'annulation, mais ils m'ont dit que c'est votre père que je devais épouser.

— Quel bâtard ! s'exclama Patrick en donnant un si grand coup de cravache que le cheval se cabra avant de se lancer.

Alison agrippa la crinière de l'animal pour éviter de tomber et lança un regard par-dessus son épaule pour voir ses filles, qui avaient l'air si effrayé qu'elle pouvait à peine le supporter.

— Alors mon père et les Douglas pensent que je vais attendre, comme mon imbécile de frère, et épouser une de tes filles quand elle sera en âge, cingla-t-il.

Alison serra fort les yeux et pria. *Dieu, je vous en supplie, faites que ça n'arrive pas.* Malheureusement, les alliances pouvaient rapidement être brisées. Sans la protection de David, ses enfants couraient un réel danger aux mains des Blackadder et de ses propres frères.

— Vu que ta famille ne t'a pas remise comme promis, nous, les Blackadder, allons changer les termes de l'accord selon notre convenance.

— Comment cela ? demanda-t-elle, même si elle ne s'attendait pas à trouver une quelconque amélioration dans ces nouvelles conditions.

— Tu seras mienne, bien sûr, dit-il en se serrant contre elle. Mon père sera heureux de prendre une de tes filles. Il a un faible pour les donzelles très jeunes.

Alison avait envie de vomir.

— Wedderburn vous tuera tous si vous songez à toucher un seul des cheveux de mes filles, dit-elle. Il les aime beaucoup.

— La Bête les « aime » beaucoup ? se moqua Patrick. Ce bâtard sera enragé, je n'en doute pas, mais pas parce qu'il tient à elles.

— C'est pourtant le cas, insista-t-elle, l'émotion faisant érailler sa voix. Comme si c'étaient ses propres filles.

Elle imagina David rentrer au château et découvrir qu'elles étaient parties. Pourquoi n'avait-elle dit à personne où elle allait ?

— Ce qui intéressera Wedderburn, c'est de voir qu'on a ruiné ses propres projets pour les petites héritières.

— Il n'a rien à voir avec vous, les Blackadder, ni avec ma famille, dit Alison. Il a juré de protéger mes enfants de sa vie.

La jeune femme se tourna de nouveau pour voir les fillettes, qui chevauchaient derrière eux, chacune aux mains d'un Blackadder. Elles semblaient si petites et sans défense, qu'elle avait envie de pleurer. Elle retint ses larmes et leur adressa ce qu'elle espérait être un hochement de tête rassurant.

— Crois-moi, la Bête ne diffère en rien de nous, rétorqua Patrick. Cet individu vendrait ces fillettes au diable pour conserver les terres qu'il a volées.

Alison pensa à Robbie et Will, qui avaient déjà développé un lien d'amitié avec ses filles et promettaient de devenir des hommes très bien. Son objection à ces alliances paraissait dérisoire à présent. Comme David le disait, ses frères feraient de bons maris, à l'inverse des êtres vils auxquels les membres de sa propre famille et les Blackadder voulaient les marier.

— Quand je mettrai la main sur Wedderburn, je m'assurerai qu'il souffrira pour chaque fois où il t'a touchée, promit Patrick, la bouche collée à l'oreille de la jeune femme. Je le punirai jusqu'à ce qu'il me supplie de lui donner la mort.

Chapitre 35

L'espoir d'Alison que David les retrouve d'une façon ou d'une autre s'évanouissait avec chaque mile qu'ils parcouraient. Il n'était probablement même pas encore rentré à la maison et ignorait qu'elles étaient parties.

Pourtant, elle ne voulait pas accepter ce destin. La fuite était impossible pour le moment, et le resterait tant qu'elles seraient escortées par une dizaine de guerriers armés, et qu'elle et ses filles seraient détenues par un cavalier différent. Elle devrait attendre qu'ils arrivent au château de Tulliallan. Mais peu importait le temps que ça prendrait, elle s'échapperait avec ses enfants et trouverait un moyen de retourner au château Blackadder.

Et de retrouver David.

Elle entendit le battement de sabots d'animaux au galop et se tourna pour découvrir un groupe de cavaliers au sommet de la colline sur le côté. Un instant plus tard, les cavaliers dévalèrent la pente comme un ruisseau sauvage. Les Blackadder succombèrent au chaos, se criant les uns sur les autres pendant que leurs chevaux hennissaient et ruaient.

Alison reconnut David brandissant son épée à l'avant de la troupe qui s'approchait rapidement, et elle sut que ses prières avaient été exaucées.

— Maudits Hume ! s'écria Patrick tandis qu'il tentait de maîtriser sa monture.

Un instant plus tard, les Hume fonçaient sur les Blackadder, leurs cris de guerre emplissant les airs. Alison lutta pour garder ses filles en vue, mais elle arrivait seulement à les entrapercevoir dans tout ce tumulte.

— Maman ! Maman ! entendait-elle crier sur fond de bruits d'épées et de cris d'hommes.

Elle frappa Patrick de toutes ses forces avec son coude, ce qui surprit ce dernier, et elle sauta du cheval. Dès qu'elle mit pied à terre, elle se rendit compte de son erreur. Partout autour d'elle, la bataille faisait rage. Les lames ne cessaient de traverser son champ de vision, et les bêtes ruaient et esquivaient de manière désordonnée. Si elle ne sortait pas de là rapidement, elle risquait de se faire piétiner.

Elle entendit un rugissement, et vit David charger à travers la mêlée dans sa direction. Le temps sembla tourner au ralenti et le chaos qui l'entourait devint flou. Elle ne vit rien d'autre que David qui s'avançait vers elle, maniant son épée de part et d'autre, frappant tout Blackadder qui se trouvait sur son chemin.

Alison cria quand quelqu'un la saisit par-derrière, en lui tirant les cheveux. La dague de David vola au-dessus de sa tête. Elle entendit un bruit mat, un cri d'agonie, et sa chevelure fut subitement libérée. Elle tomba à quatre pattes. La boue soulevée par les sabots des chevaux lui couvrit le visage tandis qu'elle luttait pour se relever, afin d'éviter de se faire écraser.

David chargea en avant, abattant le dernier homme qui les séparait. Sans ralentir l'allure, il se pencha sur le côté et la soutira à la boue pour la soulever dans les airs. Elle atterrit sur sa monture dans un grand bruit.

— Sauve mes filles ! s'écria-t-elle en désignant l'endroit où elle les avait vues pour la dernière fois.

— Ian, suis-moi ! cria David à l'un de ses hommes, et il éperonna son cheval vers la colline, loin des combats qui faisaient rage.

Il marqua une pause sous un vieux chêne, quelques yards plus haut sur la colline, et posa Alison par terre. Elle n'était pas blessée, mais elle perdit l'équilibre et tomba sur les fesses, sa jupe pleine de boue toute chiffonnée.

— Ne la lâche pas un instant, ordonna-t-il à Ian. Attache-la à l'arbre s'il le faut.

Puis il détourna son cheval pour rejoindre la bataille.

Alison bondit sur ses pieds et tâcha tant bien que mal de voir où se trouvaient ses filles.

— Là ! cria-t-elle quand elle vit un cavalier s'enfuir au galop avec Margaret sur le sentier traversant le bois.

Un instant plus tard, Patrick et son frère galopaient dans la direction opposée avec Beatrix.

— Ah, il a séparé les filles pour qu'on ait plus de mal à les récupérer toutes les deux, dit Ian à côté d'elle. Et il a laissé le reste de ses hommes nous retenir pendant qu'ils s'échappent.

David fut le premier à se sortir du cercle de guerriers Blackadder pour poursuivre Beatrix. Il n'avait pas mis très longtemps, mais Patrick et son frère avaient déjà gagné pas mal de terrain.

Les autres Hume étaient embourbés dans le combat.

— Quelqu'un doit se lancer à la poursuite de Margaret avant qu'il soit trop tard, s'écria Alison, emplie de frustration.

Robbie, qui ne participait pas à la bataille – sûrement sur les ordres de David –, était près du chemin à travers bois. Elle l'observa contourner les hommes, puis s'élancer au grand galop sur ce sentier étroit avant de disparaître derrière les arbres.

— Robbie n'est qu'un garçon. Vous devez l'aider ! dit-elle en tirant frénétiquement sur le bras de Ian.

— Non, lui répondit Ian.

— Si vous n'y allez pas, donnez-moi votre cheval et j'irai.

— Le seigneur m'a ordonné de vous garder ici, déclara Ian sans la quitter des yeux. Vous avez peut-être dupé les deux imbéciles de la porte ce matin, mais vous ne m'aurez pas.

Quand elle s'avança vers son cheval, il lui barra le chemin. Il posa la main sur la corde nouée à sa taille, pour lui rappeler que David l'avait autorisé à l'attacher si besoin était. Alison le frappa à l'épaule, mais il ne bougea pas d'un iota. Elle ne pouvait rien faire d'autre qu'attendre.

Elle eut l'impression de mourir mille fois avant que Robbie émerge des bois. Quand elle vit Margaret agrippée à lui à l'arrière de sa monture, elle en eut les larmes aux yeux. *Dieu soit loué!*

Robbie l'aperçut et monta sur la colline. À la vue de sa manche souillée de sang quand il fit descendre Margaret de son cheval, Alison eut envie de pleurer en pensant à ce que ce garçon de quatorze ans avait dû faire pour lui ramener sa fille.

— Tu es un homme bon et courageux, Robbie, dit Alison. Je t'en serai éternellement reconnaissante.

Robbie s'empourpra. Il lui adressa un bref hochement de tête, puis détourna son cheval pour retourner au combat.

Alison couvrit les yeux de Margaret pour l'empêcher de voir encore cette effusion de sang, et elle chantonna pour l'empêcher d'entendre les cris des soldats agonisants. Dieu du ciel, qu'avait-elle fait ? Le sang versé aujourd'hui l'était à cause d'elle. Rien de tout cela ne serait arrivé si elle n'avait pas quitté la protection du château.

Margaret leva la tête et lui demanda :

— Où est Beatrix ?

— Ne t'en fais pas, dit Alison en repoussant les mèches du visage de sa fille. David est parti la chercher.

Margaret posa la tête sur la poitrine de sa mère, comme si c'était tout ce qu'elle avait besoin d'entendre.

Beaucoup d'autres choses devinrent claires pour Alison ce jour-là. Elle avait appris à qui elle pouvait faire confiance et de qui elle devait se méfier. Aussi, elle savait avec la plus grande des certitudes que David ne reviendrait pas sans sa fille.

Une rage assassine s'était emparée du corps de David, bouillonnait dans sa poitrine, et rougissait les contours de son champ de vision. Les Blackadder allaient payer de leur misérable vie pour avoir pris sa femme et ses belles-filles.

Galopant à tombeau ouvert, il s'approchait des deux chevaux adverses. Patrick Blackadder en chevauchait un, seul, tandis que son frère était avec Beatrix. Tout ce que David pouvait voir derrière les silhouettes épaisses des deux frères était un morceau de jupon coloré et un bout de chevelure brune flottant au vent.

Il ne les laisserait jamais l'emmener.

Il éperonna sa monture pour aller encore plus vite. Patrick Blackadder regarda par-dessus son épaule et le vit venir.

Oui, je viens vous attraper et vous tuer. Tu as commis ta dernière erreur contre moi et les miens, Patrick Blackadder.

David était assez près pour presque goûter sa vengeance.

Patrick cria quelque chose à son frère, puis il bifurqua brusquement sur la droite. *Maudit soit-il!* David ne pouvait en suivre qu'un. Il resta sur la piste de son frère, ce que Patrick avait sûrement anticipé.

Il serra les dents de frustration en voyant Patrick s'échapper, sa silhouette rétrécissant à l'horizon. Cet homme était encore pire que ce que David n'avait cru. Au lieu de courir le risque de perdre au combat en face-à-face, il avait abandonné son frère pour prendre la fuite tout seul.

La crinière du cheval de David lui fouetta le visage quand il se pencha sur son encolure pour pousser l'animal à presser l'allure. Alors qu'il s'approchait de son adversaire, Beatrix lui lança un regard affolé. Les sabots des bêtes martelaient le sol dans un bruit de tonnerre. Lâchant ses rênes, David plongea sa dague dans la cuisse de l'homme et saisit Beatrix de son autre main tandis que son ennemi criait et portait sa main à sa blessure par réflexe.

Mais ce bâtard était rapide, et il s'empara du bras de David. Beatrix cria dans son oreille et les sabots galopants devinrent flous devant ses yeux alors qu'il était quasiment désarçonné. Il serra son poing autour de la garde de sa dague encore plantée dans la cuisse du ravisseur. Quand l'homme le lâcha, avec un cri de douleur, David se redressa prestement.

Il vit la terreur dans les yeux de son ennemi. *Oui, la mort et David Hume sont venus pour toi.* Tenant Beatrix contre son torse d'une main, il sortit son épée de son fourreau de l'autre et attaqua son adversaire dans un grand geste tranchant.

Il ralentit au trot et regarda le cheval de Blackadder traîner le corps meurtri de son cavalier au sol, encore accroché par un pied.

Une rage guerrière parcourait encore ses veines. Il jeta un coup d'œil dans la direction où Patrick était parti. Beatrix était en sécurité à présent. Il pouvait la déposer et lui demander d'attendre son retour pendant qu'il s'élançait à la poursuite de Patrick.

David avait besoin que son ennemi voie le sang sur son épée, qu'il entende le bruit froid de l'acier qui sonne son glas. Mais il baissa ensuite les yeux sur Beatrix, qui avait enfoui sa figure dans son torse, et empoignait sa tunique de ses petits poings, et il sut qu'il ne pouvait pas la laisser.

Patrick devrait affronter la colère de Wedderburn un autre jour.

David était revenu avec Beatrix, le combat était terminé, et les corps sans vie reposaient au sol.

— Tout va bien, maintenant, dit Alison en prenant ses filles dans ses bras. Vous êtes sauves, vous êtes sauves, ne cessait-elle de répéter, mais ses enfants restaient inconsolables.

Les Hume encerclèrent les quatre Blackadder qui n'avaient pas été tués et ne s'étaient pas enfuis. Alison pria pour qu'ils soient maintenus captifs, mais les expressions dures qu'elle voyait sur les visages des hommes Hume lui laissaient craindre le pire. Tuer au combat était une chose, mais là, ce seraient des meurtres. Elle ne pouvait supporter que l'âme de David soit marquée de cette noirceur à cause de son propre manque de jugement.

Chapitre 36

David se tenait devant les prisonniers Blackadder, son corps tendu sous l'effet du besoin de les punir pour avoir ainsi fait affront à sa fierté, de la crainte qu'il avait éprouvée en pensant qu'Alison était perdue, et de la douleur de savoir qu'elle était partie de son plein gré.

Les Blackadder étaient arrivés bien trop près du succès. Si David n'était pas rentré plus tôt ou n'avait pas découvert le message de Beatrix, il n'aurait jamais remarqué les traces de sabots sur le chemin de l'abbaye, et trouvé la trace des Blackadder à temps pour les rattraper.

Il fallait faire passer un message. Chaque homme en Écosse devait savoir qu'une attaque contre sa famille menait à une mort inexorable.

— Agenouillez-vous, commanda-t-il aux prisonniers, et affrontez votre mort avec tout le courage que vous pourrez trouver.

Un autre chef aurait confié la sinistre tâche des exécutions à un autre, mais David ne voulait pas charger ses gens de cela. Cet affront avait été personnel, et cette responsabilité lui revenait.

Il sortit son épée de son fourreau.

Un soupçon de culpabilité se mêla à sa rage quand il vit que le premier condamné n'était pas beaucoup plus âgé que Robbie. Dans son for intérieur, il revit le village brûlé et le corps de Leana laissé en pâture dans les roseaux. Il avait de bonnes raisons de croire qu'une autre branche des Blackadder – un groupe mené par Walter – avait attaqué le village. Mais que ces quatre soldats aient participé à ce crime ou pas, ils étaient des Blackadder et ils étaient coupables.

Tuer un homme à genoux retournait l'estomac de David, mais il fallait le faire. Ces hommes ne méritaient pas une mort de guerrier. Il essuya le sang et la sueur de ses mains, et s'approcha du premier prisonnier.

Soudain, Alison s'interposa entre lui et les quatre Blackadder.

— Je t'en supplie, dit-elle, tombant à genoux comme les captifs et joignant ses mains. Ne les tue pas !

David baissa les yeux sur son épouse, une femme pour qui il mourrait sans hésiter. Il ferait tout pour la défendre. Malgré cela, elle le jugeait. Elle préférait se mettre à genoux et implorer sa merci pour ces êtres vils qui avaient voulu lui faire du mal, elle le méprisait pour les basses besognes qu'il accomplissait afin qu'elle soit en sécurité.

Enfant, il avait appris que la vie était souvent injuste. Et pourtant, cette injustice le blessait profondément.

— Éloigne-toi des prisonniers, siffla David.

— Je ne peux pas te laisser faire ça, répliqua-t-elle. Quand ta colère sera retombée, tu regretteras d'avoir massacré des hommes déjà vaincus.

Ils méritaient de mourir. Les conséquences encourues pour avoir mis en danger sa famille devaient être claires pour tous.

— Regarde-les, David. Vois comme ils sont jeunes, dit-elle en tendant le bras vers les captifs. Tu crois qu'on leur a laissé le choix de chevaucher avec Patrick Blackadder aujourd'hui ?

Ils étaient des guerriers ennemis, pas des garçons qui jouaient innocemment. Et pourtant, en regardant le visage pâle d'Alison, il hésita. S'il faisait cela, il serait encore plus monstrueux à ses yeux qu'il ne l'était déjà. Pourquoi est-ce que ça lui importait toujours après ce qu'elle venait de faire ?

— Je t'en supplie, reprit-elle. Mes filles ont vu assez de sang couler pour aujourd'hui.

Il se tourna, et appela Beatrix et Margaret qui étaient gardées par Ian. Dès que ce dernier les libéra, elles accoururent à lui. Quand il s'agenouilla pour parler aux fillettes, elles se jetèrent à son cou.

— Je savais que tu nous trouverais, dit Beatrix.

— Moi aussi, murmura Margaret à son oreille.

David se sentit le cœur un peu plus léger en voyant qu'elles lui faisaient confiance.

— Est-ce qu'un de ces hommes vous a fait du mal ? s'enquit-il en désignant du doigt les quatre prisonniers.

Si c'était le cas, rien ne pourrait les sauver.

Les boucles brunes des filles rebondirent tandis qu'elles secouaient toutes deux la tête.

— Vous avez été très courageuses, je suis fier de vous.

Elles l'embrassèrent encore une fois, et il se demanda si Alison avait été aussi facile à satisfaire quand elle était enfant.

— Les filles, vous allez chevaucher avec Robbie et Ian jusqu'au château, dit-il en intimant d'un geste à Ian et son frère de s'exécuter.

Ils aidèrent les fillettes à monter sur leurs chevaux, et David se retourna pour faire face aux prisonniers. Les épargner allait contre son intuition.

— Vous pouvez remercier ma femme pour vos vies sauves, mais soyez avertis, gronda-t-il en laissant son regard parcourir lentement la rangée d'hommes pour que chacun puisse sonder la profondeur de la rage qui y couvait. Si vous mettez encore une fois les pieds en terre Hume, je vous découperai en morceaux et vous donnerai en pâture aux corbeaux.

Les doigts de David posés sur la garde de son épée le démangeaient, et il espérait secrètement qu'un des prisonniers lui fournisse une excuse de brandir son arme.

— Rassemblez vos morts et levez le camp avant que je change d'avis, dit-il, puis il leur tourna le dos.

David noua les rênes du cheval d'Alison aux siennes, serrant le nœud au maximum, puis il lui décocha un regard d'une telle fureur qu'un frisson parcourut l'échine de la jeune femme. Il fit signe à un de ses hommes d'aider son épouse à monter à cheval, comme s'il était trop en colère pour se risquer au moindre contact avec elle.

David ne se retourna pas pour lui adresser un regard de plus sur le long chemin les menant au château. Les autres Hume suivaient le mouvement. Alison sentait leur désapprobation à travers leur silence et leurs coups d'œil furtifs. Dieu merci, aucun d'eux ne semblait trop blessé, mais la plupart avaient des égratignures.

Quand ils finirent par passer la porte du château, toute la maisonnée vint envahir la cour. Mais après avoir vu le visage fermé des guerriers, personne ne dit un seul mot. Seul Will adressa à Alison un regard amical.

— Soignez les chevaux, et occupez-vous de Beatrix et Margaret, ordonna-t-il à ses frères avant de se tourner et de pointer le doigt en direction d'Alison. Toi, tu viens avec moi.

C'étaient les premiers mots qu'il avait prononcés à son égard depuis le sauvetage. En le suivant dans l'escalier menant à la chambre, elle sentit la rage du jeune homme irradier de tout son corps, comme si elle s'approchait d'un feu ardent.

Dès qu'il eut fermé la porte de la chambre derrière eux, il se tourna vers elle.

— À la première occasion, tu choisis d'aller voir mes ennemis, siffla-t-il entre ses dents.

— Je…

— Les Blackadder ! cria-t-il. Si tu veux me quitter, es-tu obligée de me planter un poignard dans le cœur en allant précisément vers eux ?

— Ce n'est pas moi. Mon oncle m'a fait quérir…

— Ne mens pas, l'interrompit-il en serrant les poings. Je n'ai vu aucun Douglas là-bas.

Aussi vite qu'elle le put, elle lui parla du moine qui lui avait remis un message la veille, de ce qui s'était déroulé dans l'abbaye et de l'enlèvement sur le chemin du retour.

— Je n'avais pas d'autre choix que d'aller à l'abbaye, se défendit-elle. C'est mon oncle, il est évêque, et il a dit que l'avenir de mes filles était en jeu.

— Que ce soit ta famille ou les Blackadder, personne ne s'est jamais vraiment soucié de toi ni de tes filles. Alors que moi, dit-il en martelant son torse, moi, je donnerais ma vie pour te protéger. Et c'est comme ça que tu me remercies ?

— David…

— Je n'aurais jamais dû m'attendre à une quelconque loyauté venant d'une Douglas, cingla-t-il.

Il se détourna d'elle pour s'approcher de la fenêtre.

— Je ne les ai pas choisis à ta place, dit-elle. Je ne suis pas déloyale. J'ai eu peur pour mes filles, et j'ai dû me soumettre à l'ordre de mon oncle qui me commandait de venir.

— Tous ces mensonges dans ta bouche, lâcha-t-il, se tenant toujours à la fenêtre, lui tournant le dos. Tu savais très bien ce que ta famille et les Blackadder voulaient.

— Je jure que je l'ignorais.

— N'importe quelle idiote aurait su qu'ils voudraient vous emmener, toi et les filles, loin de moi. Et tu n'es pas une idiote, Alison Douglas, dit-il. Tu as voulu me quitter.

— Non, c'est faux, se défendit-elle, les larmes embuant son champ de vision. C'est ce qu'ils voulaient que je fasse, mais j'ai refusé.

— Facile à dire, maintenant que le plan a échoué, assena-t-il.

— Je ne savais rien de leur dessein.

— Si c'est vrai, alors tu as voué une confiance aveugle à des hommes qui ont prouvé maintes fois qu'ils n'en étaient pas dignes.

Il marqua une pause.

— Tu ne m'as jamais accordé cette confiance, reprit-il, malgré tout ce que j'ai fait pour tenter de la gagner.

— Tu ne m'as pas fait confiance non plus, dit-elle.

— Et j'ai eu bien raison.

Il était tellement en colère qu'elle hésita à s'approcher de lui, mais elle avait besoin de le toucher, de le rassurer d'une façon ou d'une autre. Il tressaillit quand elle posa délicatement la main sur son épaule.

Quand il se tourna pour lui faire face, une lueur de menace traversa son regard.

— Je te conseille de garder tes distances.

— Je n'ai pas peur de toi, affirma-t-elle en passant ses doigts tremblants sur sa joue à la barbe naissante.

— Tu devrais.

Son expression était si farouche qu'il lui fallut tout son courage pour ne pas s'éloigner de lui. Mais son cœur avait entendu la douleur qui se cachait derrière ses mots durs.

Chapitre 37

— Je suis désolée de t'avoir blessé, dit Alison.

David cligna des yeux quand elle posa sa main contre son torse.

— Je te conseille de ne pas me toucher, l'avertit-il.

— Je veux te réconforter.

— Le réconfort est la dernière chose que je veux de toi à présent.

Le désir sombre et enragé qui luisait dans ses prunelles coupa le souffle à la jeune femme. Son corps y réagit par une impulsion violente qui la traversa tout entière.

— Je te préviens, dit-il d'une voix rauque. Pars pendant que tu le peux encore.

Quand elle secoua la tête, il l'attira à lui.

— Je vois qu'il reste encore un plan sur lequel tu veux toujours être ma femme, dit-il en collant ses hanches contre les siennes, pour qu'elle se rende compte de son érection. C'est quand je mets ma queue à ton service.

— Ne sois pas grossier, répondit-elle en reculant.

— La grossièreté, c'est ce que tu attends de moi, hein ? assena-t-il en maintenant son menton et en plongeant son regard d'un vert intense dans le sien. Je suis la Bête, et je ne mérite ni ton respect ni ta loyauté.

— Ce n'est pas ce que je pense.

Il la fit pivoter pour l'adosser contre le mur de pierre.

— Du plaisir facile, c'est tout ce que tu veux de moi, reprit-il en passant la main dans son cou. Dieu m'en est témoin, c'est tout ce que tu veux de moi.

— Je…

— Ma protection, ma fidélité, mes propos salaces, ça, tu n'en veux pas. Non, ce que tu veux vraiment, c'est ça, poursuivit-il en se frottant contre elle.

Il se pencha pour la frôler du visage.

— Parce que quand je suis en toi, tu oublies qui je suis et ce que tu penses de moi, ajouta-t-il.

— Je n'oublie pas qui tu es, dit-elle, mais David savait qu'elle mentait.

Elle était la personne qu'il aurait voulu voir le choisir, mais elle ne le ferait jamais.

Malgré tout ce qu'il avait fait et tout ce qu'il ressentait pour elle, elle l'avait fui à la première occasion. Elle avait risqué sa vie et celle de ses filles pour l'abandonner.

Et pourtant, il ne l'avait jamais autant désirée que maintenant. Son corps mourait d'envie de la toucher, de la posséder, de la faire sienne de la seule façon qu'elle accepterait.

— Je ne pourrai pas me montrer doux cette fois-ci, la prévint-il.

Au lieu de partir de la chambre en courant, elle caressa sa joue et le désir du jeune homme monta en flèche.

Il l'embrassa avec toute la colère et toute l'angoisse qui le traversaient comme un torrent tumultueux. Il avait craint pour sa vie tant de fois ces dernières heures. Cette crainte bouillonnait avec fureur en lui, tout comme la douleur sourde qui avait brisé son cœur en morceaux.

Dans un geste éperdu, ses mains cherchèrent la peau nue de la jeune femme, soulevant sa robe jusqu'à ce que les attaches sautent du tissu. Il abaissa brusquement son corset, puis la souleva pour enfouir son visage dans sa poitrine, alors qu'il tentait de repousser ses jupons aux longueurs infinies.

Il fallait qu'il la possède. *Maintenant.* Il ne voulait pas se laisser le temps de réfléchir. Il ne voulait pas se souvenir qu'elle n'avait aucune considération pour lui, qu'elle avait tenté de le quitter, qu'elle avait fui pour rejoindre ses ennemis.

Fébrile, il la caressa et l'embrassa, se noyant dans le désir qu'il éprouvait pour elle. Il passa doucement ses dents le long de son cou pour goûter sa peau. Quand il finit par la libérer de ses jupons, il planta son bas-ventre contre elle, son érection se frottant à sa chaleur.

C'était un homme aveuglé par la douleur et le désir.

Alison était ravie de voir la puissance de la passion de David. Pour une fois, il ne la traitait pas comme s'il avait peur qu'elle se brise. Il n'avait plus aucune retenue.

Quand les Blackadder l'avaient enlevée, elle avait redouté de ne plus jamais le revoir. Plus jamais toucher son visage, entendre sa voix, ne plus avoir la chance de lui montrer ses sentiments. Maintenant, elle le désirait aussi éperdument qu'il la désirait, dans le même mouvement de passion.

Elle avait beau le serrer fort contre elle, ce n'était jamais assez près. Elle voulait sauter dans les flammes avec David Hume. Son mari, son amant, l'homme qui avait gagné sa confiance et volé son cœur.

Elle glissa sa main pour défaire ses culottes.

— Je te veux en moi.

Au lieu de s'exécuter, il retira ses jambes d'autour de sa taille, et la releva pour déchirer sa robe et abaisser sa tunique sur ses hanches jusqu'à ce qu'elle glisse à ses pieds. Il tomba à genoux et elle haleta avant même que sa bouche entre en contact avec elle.

Bon sang! Elle s'adossa au mur et agrippa ses cheveux entre ses doigts pour supporter l'assaut sensuel qu'il dirigeait contre elle à l'aide de sa bouche et de sa langue qui l'encerclèrent, la sucèrent et la léchèrent jusqu'à ce qu'elle parvienne à un orgasme dévastateur. Ses genoux étaient si faibles qu'elle aurait pu tomber, mais il la maintenait contre le mur. D'un mouvement, il se mit debout et s'enfonça en elle.

Elle haleta quand un autre orgasme la frappa tel un éclair aveuglant. Elle se demandait si elle n'était pas en train de mourir, et d'entrevoir le paradis. Et il continuait son va-et-vient en elle. Elle enfonça ses ongles dans ses épaules et cria son nom.

David poussa un cri de libération proche d'un hurlement de douleur.

Il laissa tomber son front contre le mur et elle sentit son cœur tambourinant contre sa poitrine. Ils avaient tous les deux le souffle court, la sueur perlait sur leur peau. Elle avait les jambes cotonneuses, mais elle les maintint ainsi que ses bras enroulés autour de lui. Elle voulait qu'ils restent unis ainsi pour toujours.

Elle était si exténuée que son esprit avait sombré dans la léthargie. Même si elle était capable de formuler des mots, cela lui semblait déplacé après des ébats aussi intenses.

Elle espérait que tout irait bien entre eux à présent.

Il la porta sur le lit et ils s'y effondrèrent tous les deux. Ce devait être le milieu de la journée, mais comme elle n'avait pas dormi la nuit précédente, et qu'elle avait vécu ces moments terribles avec son oncle et les Blackadder, ses paupières se firent lourdes. Elle enroula son bras autour de David pour qu'elle sache s'il tentait de partir, puis elle sombra dans un sommeil de plomb.

Elle n'avait aucune idée du temps qu'elle avait passé à dormir quand il la réveilla pour lui faire l'amour à nouveau. La première fois avait été sous l'effet de la colère, mais cette fois, il la conquit par sa tendresse. Il l'embrassa comme s'il n'allait peut-être plus jamais avoir la chance de le faire.

À chaque caresse, chaque baiser, chaque mot doux murmuré qui s'échappait de ses lèvres, il mettait son cœur à nu devant elle. Le lien entre eux deux était trop puissant pour qu'il puisse le nier.

David ne le voulait peut-être pas, mais il lui appartenait de nouveau.

David sortit du lit et rassembla ses affaires qui étaient éparpillées par terre avec celles d'Alison. Quand il vit l'extrémité déchirée de la tunique de son épouse, il se sentit un peu coupable de lui avoir arraché ses vêtements et de l'avoir prise comme un animal.

Puis, la seconde fois, il lui avait laissé voir son cœur qui saignait. Il ne referait plus la même erreur. Il avait sa fierté.

Il regarda Alison, étendue sur le lit, l'air plus innocent et plus vulnérable que jamais. Malgré son manque de loyauté et la fureur qu'il ressentait, il dut lutter contre la tentation de se rallonger pour la prendre dans ses bras.

Il était devenu aussi faible que son père.

David avait espéré qu'elle dirait quelque chose qui changerait ce qui s'était passé. Mais aucun de ses mots ne semblait être vrai. Ses actions en disaient déjà tellement long que seul un imbécile désespéré pourrait trouver un moyen de les ignorer et de croire dans les doux regards qu'elle lui lançait.

Il était peut-être désespéré, mais il n'avait jamais été un imbécile.

Chapitre 38

Patrick Blackadder regardait son père boire sa bière et attendait.

— J'ai envoyé un message à D'Orsey, dit son père. Il a combattu les Hume pour Albany avant, et il nous doit sa position de gouverneur.

Son père avait fort à propos oublié qu'il avait trahi les seigneurs Hume, dans l'espoir qu'un régent reconnaissant le nomme gouverneur. Patrick ne se donna pas la peine de le lui rappeler. Cela n'importait guère maintenant.

— Une fois que D'Orsey saura que Wedderburn soutient le siège du château de Langton par Cochburn, il devra agir.

Son père marqua une pause pour tousser et se tapoter la poitrine.

— Il va briser le siège et mener les responsables devant la justice. Et nous serons débarrassés de Wedderburn pour de bon.

Son père postillonna puis toussa encore, avant de laisser tomber son verre. Patrick regarda la coupe rouler sur le sol.

— Aide-moi ! souffla son père en portant les mains à sa gorge.

— Il n'est rien que l'on puisse faire, dit Patrick. Tu es en train de mourir.

Curieux de savoir combien de temps cela prendrait, Patrick se renfonça dans son fauteuil et se mit à siroter son vin. Le vieil homme tomba à terre et roula sur le flanc, sa gorge resserrée produisant d'affreux gargouillis.

Comme d'habitude, son père chercha de l'aide au mauvais endroit et saisit la cheville de Patrick. Bon Dieu, qu'il avait tort, ce vieux singe ! Patrick dut lui détacher les doigts.

La tentative de son père d'épouser lui-même lady Alison avait été la goutte d'eau.

— Père, dit-il en se penchant sur lui, tu as mal prévu ton coup.

Un éclair de confusion traversa le regard de son père, puis son corps se mit à se convulser et ses yeux devinrent des billes blanches.

Patrick n'avait même pas encore fini son vin. Diantre, cela avait été rapide.

Alison se réveilla au son d'une mélopée funeste et chercha David des mains pour se rendre compte qu'il était parti.

Craignant que quelqu'un ne soit mort, elle s'habilla prestement et ouvrit la porte. Ce son macabre provenait de l'étage. Elle le suivit jusque dans la chambre de la tour, où elle découvrit que Flora était la source de ces bruits.

La gouvernante était assise sur un tabouret et pleurait tandis que le vieux Garrett se tenait près d'elle, lui tapotant le dos, l'air déconfit.

— Qu'y a-t-il ? s'enquit Alison en s'agenouillant pour prendre la main de Flora.

— Je ne peux pas me passer de mon Garrett, dit Flora, des larmes coulant sur ses joues.

Alison resta muette, abasourdie de découvrir que ces deux serviteurs âgés avaient noué une relation sentimentale.

— Le seigneur a ordonné à tous les serviteurs Blackadder de quitter le château, expliqua Garrett. Il a dit qu'il allait nous fouetter si on n'était pas partis dans une heure.

Alison ferma les yeux. C'était sa faute.

— Je vais parler au laird, mais venez d'abord avec moi, déclara-t-elle à Garrett. J'ai quelque chose à vous donner si jamais je n'arrive pas à le faire changer d'avis.

Alison détourna le regard pendant que Garrett murmurait quelque chose à Flora et l'embrassait sur la joue. Puis elle le mena à sa chambre, où elle fouilla dans sa malle. Tout au fond, elle trouva le sac de cuir qui renfermait les pièces d'argent qu'elle était parvenue à mettre de côté au fil des ans, sans que les Blackadder s'en rendent compte.

— Ce n'est pas grand-chose, mais en voici deux pour vous, et deux pour le cuisinier, dit-elle en plaçant les pièces dans la paume de la main du vieil homme, et en refermant ses doigts dessus. Dites au cuisinier que je suis navrée de le voir partir.

Elle trouva David assis sur les marches du perron, à affûter sa longue dague à l'aide d'une pierre à aiguiser, le visage fermé. Ainsi, il avait l'air de se préparer très sérieusement à exécuter sa menace d'écorcher vifs ses ennemis.

— Il faut que je te parle, commença Alison.

— J'ai d'autres affaires à régler, répondit-il en pinçant ses lèvres et en frottant la pierre contre la lame avec une force inutile.

— Pourquoi as-tu renvoyé tous les domestiques ? demanda-t-elle.

— Si la partie de ton histoire sur le moine qui t'a remis un message est vraie, alors un ou plusieurs serviteurs ont participé à ce complot, repartit-il en frottant de nouveau la pierre contre la lame.

— Chaque mot que je t'ai dit est vrai, se défendit Alison. Tu ne peux pas les interroger pour trouver lesquels sont impliqués plutôt ?

— Ça m'est bien égal de savoir qui a fait ça, répondit-il. Je veux qu'ils disparaissent tous.

— Tu peux sûrement épargner le vieux Garrett et le cuisinier ? demanda-t-elle. Je n'ai aucun doute quant à leur loyauté.

David essuya sa lame et la brandit pour en examiner le rebord affûté qui brillait à la lueur du soleil. Puis il se leva et la rangea dans le fourreau de sa ceinture. Enfin, il regarda Alison et la rage froide qui se lisait dans ses yeux soutira un halètement à la jeune femme.

— Leur loyauté envers toi peut-être, dit-il. Mais je ne leur fais pas confiance, ni à toi.

Elle avait eu tort de penser que sa fureur était passée lors de leurs ébats fougueux et qu'il était en bonne voie pour lui pardonner.

— Patrick Blackadder nous a emmenées de force alors qu'on rentrait parce que je refusais de faire ce qu'ils voulaient, dit-elle, même si elle le lui avait déjà expliqué auparavant.

Sans un mot, David se détourna d'elle et descendit les marches.

— Je leur ai dit « non » ! s'exclama-t-elle en le saisissant par le bras.

— Tu n'aurais pas dû être là, répliqua-t-il en se libérant de son étreinte. Tu n'aurais pas dû partir. Je t'avais demandé de ne pas quitter le château.

— Et je t'ai expliqué pourquoi je l'avais fait, mais tu ne veux pas l'entendre.

— Tu m'avais donné ta parole, dit-il. Je ne te ferai plus jamais confiance.

— Tu ne l'as jamais fait ! s'écria-t-elle alors qu'il lui tournait le dos.

David se pencha sur la carte qu'il avait déroulée sur la table haute, et réfléchit aux dernières étapes de son plan pour venger son père et son oncle. Il s'était laissé divertir par son épouse pendant trop longtemps.

Cela le peinait de savoir que la veuve de son père croupissait encore dans le château de Dunbar, mais tant que son ravisseur, lord D'Orsey, ne se montrait pas, il ne pouvait rien y faire. Ce qui lui laissait les Blackadder. Après les événements des deux derniers jours, il regretta de n'avoir eu qu'une occasion de tuer Patrick Blackadder.

— Le seigneur de Tulliallan et son fils Patrick ont envoyé ces hommes attaquer le village pour faire diversion, dit-il à ses guerriers les plus expérimentés et à Robbie, qui étaient rassemblés autour de la table. Il voulait m'éloigner de la forteresse pour attirer ma femme dans l'abbaye.

Alison avait-elle été attirée là, ou participait-elle activement à leur complot ? Même si elle était complice au début, cela ne s'était pas déroulé comme elle l'avait prévu, car elle avait clairement eu peur pour ses filles.

Qu'elle soit coupable ou pas, il ne dirait pas du mal d'elle devant les hommes.

Maintenant que sa colère était quelque peu retombée, il se rendit compte qu'il avait été déraisonnable de sa part d'attendre qu'une femme qu'il avait forcée à l'épouser lui soit loyale. Et il ne pouvait blâmer Alison de ne pas vouloir se lier à lui. Toutefois, elle avait fait de son mieux pour lui faire croire qu'elle le voulait.

Si elle avait réussi, c'était la faute de David. Il avait voulu y croire.

David rassembla ses pensées vers l'affaire qui les occupait et adressa un hochement de tête à Brian, qui venait de rentrer du château Hume et semblait avoir pris dix ans ces deux derniers jours.

— Nous avons la certitude que les hommes qui ont attaqué le village étaient d'anciens gardes de ce château, dit Brian en promenant ses yeux hagards sur l'assemblée. Quand on les trouvera, Walter Blackadder sera à moi.

Brian lui avait dit auparavant que Leana avait désigné l'ancien capitaine de la garde comme étant son agresseur.

David leva les yeux quand un des gardes de la porte d'entrée pénétra dans la grande salle et s'approcha de la table haute.

— Laird, déclara-t-il. Nous avons un visiteur qui chevauche seul dehors, il affirme avoir un message pour vous.

— De quel clan est-il ? demanda David.

— Il n'est pas d'ici. Il parle bizarrement, et il a l'air très… (la sentinelle marqua une pause, cherchant ses mots) très propre pour un combattant.

— Invitez notre hôte à entrer.

L'étranger, grand et robuste qui pénétra dans la pièce portait une armure éclatante et sa barbe était nettement taillée. David devina qu'il était chevalier français, et son cœur s'accéléra.

— Je suis sir François Guinard, dit l'homme avec un accent qui confirma qu'il était français, et en exécutant une révérence complexe. Lord D'Orsey m'a demandé de vous remettre ce pli.

— Puis-je vous offrir un rafraîchissement d'abord ? proposa David qui ne voulait pas paraître impatient de lire le message de D'Orsey.

En outre, les Écossais offraient toujours l'hospitalité.

— *Non, merci*, dit l'homme avec une autre révérence raffinée. Mon seigneur attend votre réponse.

— Quel est ce message ?

— Lord D'Orsey souhaite parlementer avec vous.

— Où et quand ? interrogea David.

— Demain, à l'aube, à l'endroit où les rivières Blackadder et Whiteadder se croisent.

David s'autorisa un léger sourire. D'Orsey allait enfin quitter l'imprenable château de Dunbar. Mieux encore, ils allaient se rencontrer sur le territoire de David.

— Quelles garanties exigez-vous pour votre sécurité ? demanda le chevalier.

— Je ne compte pas sur les garanties des autres hommes, affirma David, ce qui poussa le Français à hausser les sourcils un bref instant. Mais vous pouvez dire à lord D'Orsey que je serai là.

— J'ai pour instruction de vous informer que le lieu de rendez-vous se trouve non loin d'ici, reprit le chevalier. Lord D'Orsey prolongera la trêve des pourparlers seulement une heure après leur terme.

— Je ferai de même envers lord D'Orsey, répondit David, amusé de voir les sourcils du Français se soulever encore davantage.

— Cela vous laissera, à vous et à vos hommes, le temps de rentrer au château Blackadder.

En effet, si c'était là l'intention de David.

— *Bonne nuit**, déclara le chevalier en faisant une autre révérence avant de tourner les talons.

Ses éperons scintillants produisirent de petits cliquetis tandis qu'il sortait de la grande salle.

* En français dans le texte original. (*NdÉ*)

— Tu penses que tu vas pouvoir convaincre lord D'Orsey de libérer ma mère ? demanda Robbie dès que les portes se fermèrent sur le messager.

— Je l'espère, répondit David.

— Il pourrait nous avoir tendu un piège, et n'avoir aucune intention de parlementer, dit Brian.

— Ah, tu sais que ces Français sont très à cheval sur leurs règles de combat, répliqua David. Quoi qu'il en soit, on va s'y rendre ce soir pour repérer les lieux et choisir des sentinelles.

En Écosse, les hommes qui croyaient en la parole de leurs ennemis pouvaient se retrouver avec leur tête au bout d'une pique, ou pendus à des bâtiments brûlés.

— Pourquoi a-t-il décidé de parlementer sur les terres des Blackadder ? interrogea Robbie.

— Faire marcher une armée sur nos terres, surtout aussi près du château, cela constitue une menace, expliqua David. Par là, il me dit qu'il est le gouverneur, et qu'il a autorité ici.

— Le fils de pute arrogant, lança un de ses hommes.

David sourit intérieurement. Il allait profiter de cette arrogance.

— Pourquoi ne lui as-tu pas dit de rester loin de nos terres ? s'enquit Robbie.

— Parce que c'est précisément là où je veux qu'il soit, répondit David en passant un bras autour des épaules de son frère.

Le cœur d'Alison s'allégea quand elle vit David entrer dans leur chambre, mais il redevint lourd quand il enfila sa tunique de mailles et fixa ses armes à son corps sans lui adresser un seul regard.

— Parle-moi, David. S'il te plaît.

— Je n'ai rien à te dire.

Il continua à rassembler ses affaires sans la regarder.

— Je ne veux pas que les choses soient comme ça entre nous, déclara-t-elle.

— Tu es ma femme, répondit-il, et tu n'es pas obligée d'aimer ça.

— Attends que je comprenne les termes de ce mariage, dit-elle, commençant à s'énerver.

— Qu'est-ce que tu ne comprends pas ? demanda-t-il en lui décochant une œillade glaciale.

— Suis-je là pour chauffer ton lit, porter ton héritier et voilà tout ?

— Oui, acquiesça-t-il en soutenant son regard tandis qu'il rangeait une autre dague à sa ceinture.

Sans un mot de plus, il se tourna et sortit de la chambre.

Un bref instant plus tard, Alison se tenait sur les marches du perron, observant la troupe qui achevait les préparatifs du départ.

— Sais-tu où ils vont ? demanda-t-elle à Will quand ce dernier apparut à ses côtés.

— À la rencontre du Français.

— Lord D'Orsey ?

— Oui, répondit Will. David va le forcer à libérer ma mère.

La jeune femme s'alarma.

— Je lui ai demandé de l'accompagner, poursuivit Will, mais David a dit que mon tour viendrait plus tard.

— Que compte-t-il faire ?

— Je l'ignore, répondit Will, mais j'ai entendu les hommes dire que c'était un plan audacieux. Peut-être le plus audacieux de tous, même s'il semble difficile de surpasser ce qu'il a fait à Édimbourg.

Alison descendit les marches. Il fallait qu'elle l'arrête. Même son propre frère, avec tous ses soldats, n'avait jamais défié les forces de la Couronne directement.

Quand David la vit s'approcher de lui, il serra les mâchoires.

— S'il te plaît, laisse-moi te parler en privé, l'implora-t-elle en regardant les autres guerriers qui se préparaient à chevaucher avec lui. Je ne veux pas te gêner devant tes hommes.

— Par tous les saints, Alison ! siffla-t-il. Tu ne crois pas que t'enfuir avec mon ennemi l'a déjà fait ? Pour l'amour de Dieu, ce sont les mêmes hommes qui ont dû m'aider à te retrouver.

Bien, elle ne pouvait plus rien y changer à présent.

— Écoute-moi, dit-elle, tâchant désespérément de le convaincre. D'Orsey agit sous l'autorité de la Couronne, et il aura des centaines de guerriers avec lui.

David la regarda comme s'il attendait de voir où elle voulait en venir. Ah, c'était un homme têtu, et fier.

— Battre D'Orsey sera plus difficile que de se faufiler à Édimbourg sous une cape noire.

En prononçant ces mots, elle avait commis une grave erreur, à en juger par le regard assassin que David lui lança.

— Ce n'est pas ce que je voulais dire, ajouta-t-elle rapidement. Pour aller seul à Édimbourg, il t'a fallu un grand courage – bien plus que de raison. Mais le courage ne suffira pas pour vaincre D'Orsey. J'ai peur que tu ne te fasses tuer.

— Pas étonnant que tu m'aies quitté, dit-il. Tu n'as jamais eu aucune confiance en moi.

— Si, mais même si tu gagnes, que feras-tu ? demanda-t-elle. Tu sais ce qui est arrivé à ton père et ton oncle quand ils ont eu le malheur de déplaire à la Couronne.

— Nul ne le sait mieux que moi, déclara-t-il d'une voix glaciale. Cela ne m'arrivera pas.

Chapitre 39

D'Orsey attendait dans la prairie près de la rivière avec vingt guerriers à cheval de part et d'autre, et environ cinq cents hommes qui couvraient le flanc de la colline derrière lui. Quand David s'approcha, il fut heureux de voir que seule une poignée des soldats de D'Orsey appartenaient à sa garde française d'élite. Les autres étaient écossais.

David s'engagea dans la prairie avec seulement une dizaine d'hommes, y compris Brian et Robbie. Comme D'Orsey ne lui avait pas laissé assez de temps pour rassembler ses forces, la meilleure tactique était de venir avec peu d'hommes, et d'afficher une audace insouciante et une irrévérence effrontée.

Naturellement, ses gens avaient déjà parsemé la zone de pièges. En cet instant même, ses sentinelles étaient dissimulées dans le chêne esseulé de l'autre côté de la rivière et sur les collines environnantes. En vivant près de leur puissant voisin anglais, les Écossais avaient appris de longue date à se montrer courageux et perfides au combat.

— Je ne vois pas les Blackadder, annonça Brian à voix basse. Ils doivent être à l'arrière.

Les Blackadder étaient capables de poignarder dans le dos, mais ils n'étaient jamais les premiers à se lancer dans la mêlée.

David arrêta sa monture devant D'Orsey. Tout dans ce Français l'offensait, de sa tunique d'un blanc immaculé qu'il portait par-dessus sa cotte de mailles aux incrustations argentées de sa selle. Mais ce qui fit bouillir David de rage, ce fut le cheval que D'Orsey montait.

— *Bonjour**, laird Wedderburn, déclara le cavalier en inclinant sa tête en guise de salutation.

— Vous m'insultez en montant le cheval de mon père, dit David. Je ne tolère aucunement la fausse courtoisie.

— Alors venons-en au fait qui nous intéresse, rétorqua D'Orsey avec un sourire pincé.

— De quel fait s'agit-il ?

— Vous le savez très bien, riposta D'Orsey, et David fut heureux d'avoir enfin fait sortir le Français de son calme olympien. Vous participez au siège de la tour de Langton.

— Comme vous pouvez le constater, dit David en écartant les bras, je suis ici, et pas à Langton.

Quelques ricanements étouffés émanèrent des Écossais derrière D'Orsey. David connaissait bien cette vallée et avait pleinement conscience que sa voix porterait aussi loin que les collines.

— On m'a dit que vous étiez allié avec des hommes de ces contrées, reprit D'Orsey. De ce que j'ai entendu,

---

* En français dans le texte original. (*NdÉ*)

Cochburn n'aurait pas assiégé Langton sans votre accord tacite.

— Les hommes des Borders sont libres de faire leurs propres choix, dit David en parcourant du regard les guerriers écossais derrière D'Orsey.

— En fait, repartit ce dernier, on raconte que personne ne peut traverser ces terres sans votre autorisation.

— Et pourtant, vous êtes là.

Des éclats de rire retentirent parmi les Écossais.

— Sur ordre du roi, je suis le gouverneur des Marches orientales, siffla D'Orsey entre ses dents. Il est de mon devoir de maintenir l'ordre ici.

— Nous n'avons pas besoin d'un étranger pour maintenir l'ordre, répliqua David, laissant sa colère exploser au grand jour cette fois. Je vous conseille de suivre Albany et de retourner en France vous occuper de vos propres terres. Laissez la gouvernance des terres d'Écosse aux Écossais.

— Maudite soit votre insolence. Au nom du roi, je vous ordonne de retirer vos hommes du siège du château de Langton sur-le-champ.

David était sur le point de sommer le Français de retirer son nez de ses affaires quand son frère toussa pour attirer son attention.

— Demande-lui de nous rendre ma mère, chuchota Robbie.

— Je veux bien discuter du sort du château de Langton, dit David, mais une fois que vous aurez libéré la veuve de mon père, lady Isabella.

— Ah, cette lady est un trésor. Je vous assure qu'elle reçoit les meilleures attentions au château de Dunbar.

— La seule attention qu'elle souhaite, c'est de retrouver sa famille, rétorqua David en serrant les dents.

— Une dame aussi raffinée sera sûrement mieux confiée à mes bons soins qu'à ceux d'un homme qui se fait appeler « la Bête ».

— C'est une veuve éplorée et malade, s'indigna David, laissant sa voix porter en direction des hommes rassemblés sur le flanc de colline derrière D'Orsey. Mon père est mort. À quoi peut bien vous servir de la tenir en otage maintenant ?

— En tant que veuve d'un traître, elle sert d'avertissement à tous les Écossais : les familles des traîtres paieront le prix de leur trahison.

— Avec tous les changements au pouvoir, avec tous ces comploteurs qui tentent de gouverner notre enfant roi, qui peut dire ce qui compte pour trahison ? s'enquit David. Cela peut changer du jour au lendemain.

Un murmure d'approbation parcourut le groupe de soldats sur la colline.

— Je vous le demande de nouveau, libérez la veuve de mon père.

— Je ne le peux, dit D'Orsey. Toutefois, je suis un homme raisonnable et suis disposé à négocier la fin du siège afin d'éviter un bain de sang. Que voulez-vous d'autre ? Quelques dizaines de têtes de bétail peut-être ?

Cet imbécile ne savait donc pas qui lui avait volé son bétail ? Certains des Écossais éclatèrent de rire, mais David n'avait plus aucun sens de l'humour.

— Ce que je veux d'autre ? gronda David comme un coup de tonnerre. Je veux que justice soit rendue pour le meurtre de mon père et de mon oncle.

— Ils n'ont pas été assassinés, mais ont été exécutés pour trahison, objecta D'Orsey.

— Ils ont été assassinés par traîtrise ! cria David. On les a invités à Édimbourg en tant qu'hôtes du régent, et on leur avait promis un sauf-conduit.

— Je vois que j'ai eu tort de croire que nous pourrions discuter de nos différends avec courtoisie.

— Mon père et mon oncle avaient accepté de discuter poliment de leurs différends avec Albany, s'emporta David avant de cracher par terre. J'ai vu ce qui en a résulté.

— Pour la dernière fois, je vous commande au nom du roi de mettre un terme au siège du château de Langton, dit D'Orsey.

— Quand notre roi écossais sera assez vieux pour parler pour lui, je me ferai un plaisir de suivre ses ordres.

Du moins le ferait-il si les ordres du roi étaient sensés.

Le visage de D'Orsey s'empourpra plus encore, mais David n'avait jamais espéré le convaincre de libérer Isabella. Il avait parlé pour tous les Écossais qui chevauchaient derrière le Français, tisonnant leur rancune naturelle contre l'autorité d'un étranger. Il leur avait aussi rappelé que ses griefs étaient légitimes, et ne pouvaient être satisfaits que par une vengeance par le sang, chose qu'ils respectaient tous.

David détourna son cheval, et ses hommes firent de même. En s'éloignant, il sentit cinq cents paires d'yeux le suivre et il espérait s'être montré assez persuasif.

— Je mettrai un terme au siège de Langton, cria D'Orsey après lui. Et je vous ferai payer votre insolence, à vous et à ceux qui vous suivent.

David retourna brusquement sa monture.

— Et je vous promets devant Dieu et tous les hommes ici présents, que la prochaine fois qu'on se rencontrera, vous serez mort ou aux fers, dit-il en fixant son regard sur D'Orsey et en, levant le poing vers le ciel.

Chapitre 40

— Laird, venez voir ça, dit un des Hume postés sur la crête par-dessus son épaule.

David rampa sur l'herbe et s'appuya sur ses coudes pour voir les forces de D'Orsey voyager vers l'ouest, à l'extrémité de la rivière qui traversait la vallée entre les collines. Cela faisait une heure que ses soldats et lui les suivaient.

— D'Orsey a toujours trois ou quatre cents hommes, annonça le guerrier Hume, mais les Écossais ont disparu sans un bruit au-delà des collines près du ruisseau.

C'était précisément ce que David espérait. Les Écossais voulaient bien chevaucher avec D'Orsey moyennant des pièces d'argent, mais ils n'avaient pas envie de combattre le seigneur de Wedderburn pour le compte du Français. La plupart d'entre eux pensaient que David était dans le vrai et que cette même injustice pourrait aisément toucher leurs propres familles.

Mieux encore, ils savaient que D'Orsey allait soit mourir soit retourner en France un jour. Mais tant que le soleil se lèverait, il y aurait des Hume dans les Borders. Dans une terre où le sang se payait par le sang, et où l'on se souvenait des griefs au fil des générations, on n'offensait pas les Hume à la légère.

David leva le regard vers le ciel. Il était temps. Il ne leur restait plus beaucoup de lumière du jour et ils étaient près du château si jamais il fallait organiser une retraite rapide. Comme le disait l'adage, « Toujours se ménager une porte de sortie. »

David descendit la colline, puis rassembla en cercle les hommes qu'il comptait emmener. Il y avait trente de ses cavaliers les plus rapides, car la vitesse était décisive. Si tout se passait bien, un petit groupe, similaire à une équipée de raid, servirait ses objectifs. Dans le cas contraire, ils galoperaient à toute vitesse vers la forteresse.

— Souvenez-vous, leur dit David. Je veux que D'Orsey soit capturé, pas tué, pour pouvoir l'échanger contre lady Isabella.

Il envoya Robbie monter la garde à mi-chemin du château, ce qui le maintiendrait hors de danger.

— Si tu nous vois galoper dans ta direction, va au château directement, lui demanda David. Dis aux sentinelles d'ouvrir les portes et de se préparer à les refermer rapidement derrière nous.

David mena ses trente cavaliers au sommet de la crête et marqua une pause, accordant aux hommes en contrebas le temps de les voir. Puis il donna le signal, et les Hume dévalèrent la colline comme une meute de loups.

D'Orsey sembla crier à ses hommes de former une rangée. Au lieu de cela, des centaines d'Écossais commencèrent à traverser la rivière pour rejoindre les Hume. D'autres, qui ne souhaitaient pas choisir leur camp, disparurent.

C'était ce que David espérait, mais cela se déroulait trop vite. Il y avait bien trop d'Écossais volontaires entre son groupe de cavaliers et D'Orsey.

Ce dernier ne manquait pas de courage, mais ce n'était pas un imbécile. Dès qu'il se rendit compte que seule sa garde française combattrait, il éperonna son cheval pour s'élancer dans une échappée.

C'était un cheval magnifique qui avait fait la fierté du père de David.

Ses hommes et lui se trouvèrent piégés par tous les Écossais qui se ralliaient à eux. *Bon sang!* Quand ils finirent par en être libérés, D'Orsey avait déjà pris trop d'avance. Il allait s'enfuir, et tous ces efforts n'auraient servi à rien.

Du coin de l'œil, David repéra un cavalier au loin, sur la gauche, en provenance du château de Blackadder. Le cavalier était petit pour un homme, et il fonçait droit sur D'Orsey dans l'intention apparente de lui couper la route.

Alison s'assit avec ses filles près de l'imposante cheminée de la grande salle, prétendant coudre. Elle était si impatiente de connaître le résultat de la rencontre de David avec D'Orsey que quand un des gardes s'approcha d'elle, elle se piqua avec son aiguille.

— Désolé de vous déranger, lady Alison, mais comme le seigneur est parti, j'ai pensé qu'il fallait que je vous en parle, dit-il.

— C'est à quel sujet ? demanda-t-elle, heureuse que quelqu'un pense à la consulter, même si son mari ne le faisait jamais.

— Il s'agit de Will.

La jeune femme sentit son estomac se nouer de malaise.

— J'étais sur la muraille, en service, reprit le garde. Will était avec moi, et me parlait des oiseaux et tout ça.

— C'est du Will tout craché, fit remarquer Beatrix. Il observe toujours les oiseaux ?

— Vous savez comme ce garçon arrive à se mettre des idées en tête, poursuivit l'homme. Donc, à un moment il s'extasiait sur les chants des oiseaux et leur envergure. Puis il s'est arrêté en plein milieu de son discours pour descendre l'échelle à toute vitesse. Tout ce que j'ai pu voir ensuite, c'est qu'il passait le portail à cheval, à la vitesse de l'éclair.

Dieu du ciel ! Pour ce qu'Alison en savait, la bataille faisait peut-être rage dans les environs.

— Il y a des tartes aux pommes toutes fraîches dans la cuisine, annonça-t-elle aux filles, espérant ainsi détourner leur attention, pour qu'elles ne voient pas à quel point elle se faisait du souci. Allez les goûter tant qu'elles sont encore chaudes.

— Je veux que Will rentre à la maison, dit Margaret.

— Je vais le faire quérir pour qu'il nous rejoigne dès qu'il sera revenu, promit Alison en posant une main ferme dans le dos des fillettes.

Une fois qu'elles furent parties, elle se hâta de sortir du donjon avec le garde.

— Je pense que le garçon est seulement en train de chasser un oiseau et va vite abandonner, déclara le garde mais il avait l'air inquiet. J'aurais bien cavalé après lui, mais le seigneur nous a ordonné de rester ici et de monter la garde. Je n'aurais pas dû quitter mon poste aussi longtemps déjà.

— Je remonte sur la muraille avec vous, répliqua Alison en rassemblant ses jupons dans une main et en entamant l'ascension de l'échelle. Il faut que je garde un œil sur Will et les autres moi-même.

David ne voulait pas croire que le cavalier qui traversait les champs au loin était celui qu'il pensait être.

— Will a perdu la tête ! s'écria Brian. C'est lui qui prend D'Orsey en chasse.

Son cœur battait la chamade. *Jésus, Marie, Joseph ! S'il vous plaît, non. Pas Will.* David préférerait souffrir mille morts plutôt que de voir Will blessé.

David éperonna son cheval jusqu'à ce qu'ils volent quasiment au-dessus du sol. La crainte s'emparait de ses tripes.

Un autre cavalier apparut au loin, traversant le champ un quart de mile derrière Will. David jura. C'était Robbie. Vu sa position, il avait dû voir Will en premier.

David serra les dents de frustration tandis que Will incurva la trajectoire de son cheval pour suivre le sillage de D'Orsey dans sa course folle. Que diable pensait-il pouvoir faire ?

Par tous les saints ! David n'en crut pas ses yeux quand il vit son imbécile de frère donner des coups d'épée en direction de D'Orsey, tout en chevauchant à tombeau ouvert. Il pria pour que D'Orsey ne fasse pas tomber Will de sa monture ou ne sorte son épée pour trancher son cadet en deux.

Ils étaient encore trop loin devant. David empoigna la crinière de son cheval et se pencha contre son encolure. Il y avait une tourbière droit devant, et les gens du coin savaient qu'il fallait l'éviter. Son seul espoir résidait dans le fait que D'Orsey l'ignore et s'y embourbe. Ainsi, il pourrait les rattraper avant que son frère se fasse tuer.

À la dernière minute, Will trouva le chemin le plus sûr pour traverser la tourbière. D'Orsey, méconnaissant le terrain, força sa bête à s'y enfoncer. Le Français tomba tandis que son cheval luttait vaillamment sur ce terrain instable, et David pensa que la chance lui souriait enfin.

Malgré son allure de grand galop, le temps sembla ralentir tandis qu'il observait D'Orsey se dégager de la boue et désarçonner Will.

Portant toute son attention sur son benjamin, David n'avait pas encore remarqué que Robbie était arrivé au bord de la tourbière. Ce dernier démonta et courut venir en aide à Will

Par tous les saints, David regrettait d'avoir provoqué D'Orsey, et ainsi risqué la vie de ses frères. Le Français était un chevalier renommé, doué au combat, et l'on disait de lui qu'il était à ce jour invaincu à l'épée. Robbie et Will ne feraient pas long feu contre lui.

David s'approchait enfin de la tourbière quand il vit l'homme brandir sa lame au-dessus de la tête de Will.

— D'Orsey ! cria David en pressant son cheval sur le terrain inégal.

Robbie chargea le Français. Ce dernier l'envoya valser dans la tourbe, et Will tomba à la renverse. Regardant David droit dans les yeux, D'Orsey leva son épée haut au-dessus de la tête de Will pour lui donner le coup de grâce.

Le cheval de David trouva une parcelle de terre ferme et bondit en avant alors que la lame commençait à s'abaisser.

Se penchant sur le côté, David dégaina son épée de toutes ses forces et trancha le cou de D'Orsey tandis que sa monture passait à côté du Français à toute allure.

Par-dessus son épaule, David regarda la lame du Français continuer à s'abaisser, sa pointe affûtée se dirigeant vers le cœur de Will. Ce dernier roula sur le côté au moment même où la lame toucha le sol, là où il s'était trouvé une fraction de seconde plus tôt.

David mit son cheval au trot et fit demi-tour. Robbie arriva le premier près de Will et l'aidait à se relever quand David s'arrêta à côté d'eux.

Il démonta et tomba à genoux. Maintenant que c'était terminé, David avait le souffle coupé, et ses mains tremblaient. *Merci, Seigneur, d'avoir sauvé Will, car c'est le meilleur des Hume.*

Il observa ses frères se prendre dans les bras pour la première fois depuis des années.

— Personne ne fera plus de mauvaises blagues à son sujet maintenant, dit Robbie en serrant les épaules de son petit frère. Sans toi, Will, D'Orsey se serait enfui.

David était trempé de sueurs froides. Il avait presque perdu ses deux frères. L'image de l'épée de D'Orsey au-dessus de Will le hanterait encore bien longtemps.

Il baissa les yeux sur la tête tranchée. Il n'avait à présent plus d'otage à échanger contre la veuve de son père, et il avait tué le gouverneur de la Couronne, un crime de trahison. Toutefois, il fallait qu'il tourne cela à son avantage.

Il devait assurer la sécurité de sa famille, et il ne connaissait qu'une façon d'y parvenir. Son nom devait de nouveau semer la terreur dans les cœurs de ses ennemis. Même les forces de la Couronne devaient le craindre.

— Que fais-tu ? demanda Will en lui adressant un regard écarquillé.

— Les légendes sont faites d'actes comme celui-ci, dit David. Et je dois être une légende.

Chapitre 41

— Dieu soit loué, ils sont rentrés ! s'écria Alison en pressant ses mains contre sa poitrine alors qu'elle regardait les cavaliers approcher du château.

David se trouvait devant, ses frères de part et d'autre. Il avait réussi à retrouver Will. La jeune femme eut l'impression qu'on lui avait ôté un poids sur la poitrine, l'empêchant de respirer, et elle se sentit légère quand elle descendit de la muraille en courant.

— David !

Ignorant le décorum, elle cria et lui adressa de grands signes tandis qu'il s'avançait dans la cour, passant le portail grand ouvert.

Il avait magnifique allure sur sa monture, vêtu de sa cotte de mailles pour le combat. Elle souleva ses jupons pour courir à sa rencontre.

Quand il tira sur ses rênes, son cheval pivota, et Alison s'arrêta brutalement.

Une sinistre tête était attachée à la selle de David par sa longue chevelure. La jeune femme couvrit son visage de ses mains et s'entendit pousser un cri, comme si ce son provenait de quelqu'un d'autre qu'elle-même.

— Je sais qui c'est, dit-elle en désignant du doigt la tête ensanglantée. C'est lord D'Orsey.

Elle arracha son regard à cette vue atroce et leva les yeux vers son mari. David arborait une mine dure et distante.

— Non, tu n'as pas pu faire ça, s'écria-t-elle en reculant et en secouant la tête.

Son regard était froid comme la pierre. Qui était-il ? Elle pensait le connaître. Comment l'homme qu'elle aimait pouvait-il être capable d'une telle brutalité ?

Il regarda au-delà de la jeune femme et fit faire à son cheval le tour de la cour pendant que toute la maisonnée l'observait.

— Voici ce à quoi tout homme, quel que soit son pouvoir, peut s'attendre s'il contrarie les Hume ! cria David.

Tous sauf Alison levèrent le poing et l'acclamèrent.

— Je vais maintenant aller placer la tête de mon ennemi sur la croix du marché à Duns, en guise d'avertissement pour les autres, tonna-t-il d'une voix qui résonna dans toute la cour. Qui est avec moi ?

De nouveau, les cris retentirent.

Puis, aussi subitement qu'elle s'était remplie, la cour se vida, n'abritant plus que quelques servantes et des gardes.

Alison était si abasourdie qu'elle n'avait pas remarqué que Will et Robbie étaient restés dans la cour, jusqu'à ce que Will coure vers elle et noue ses bras autour de sa taille.

— Je ne le laisserai pas te transformer en l'animal qu'il est, affirma Alison.

Les larmes coulaient sur ses joues tandis qu'elle serrait Will dans ses bras et passait la main sur ses cheveux.

Par-dessus sa tête, elle croisa le regard de Robbie, et la dureté qu'elle y vit lui rappela bien trop David.

— Tu n'as aucun droit de le juger, dit Robbie.

Avant qu'il puisse ajouter quoi que ce soit, les filles arrivèrent.

— Vous êtes rentrés ! l'interpella Margaret en courant vers lui.

Puis la mine de la fillette s'assombrit.

— Qu'est-ce qu'il y a ? Pourquoi est-ce que Will pleure ?

— Il ne pleure pas, cingla Robbie en posant un bras sur les épaules de son frère et en s'éloignant avec lui.

David aurait aimé pouvoir éviter de revenir au château avant d'aller à la croix du marché de la ville de Duns. Il n'avait pas le choix. Après la dure épreuve qu'avait subie Will, il fallait qu'il voie son frère sain et sauf sous la protection des murailles du château. En outre, il était important que toute la maisonnée soit témoin de sa férocité à l'égard de ses ennemis et répande la nouvelle.

Mais il en avait payé le prix fort. Alison l'avait regardé comme s'il avait été un démon tout droit sorti des enfers. Jusqu'à cet instant, malgré sa trahison et en dépit de ce que lui dictait sa raison, il avait gardé espoir qu'avec le temps il obtiendrait son pardon pour s'être ainsi emparé d'elle et de ses terres, et gagnerait son affection sincère.

Quand il vit l'horreur pure qu'exprimait le visage d'Alison, cet espoir se figea et mourut en lui.

Mais il préférait être damné que de devoir présenter ses excuses pour ce qu'il avait fait. Alison ne pouvait pas l'aimer pour ce qu'il était, mais seul un homme aussi féroce que lui était capable d'assurer sa sécurité.

Alison écouta les voix masculines s'élever dans la grande salle alors qu'elle faisait les cent pas dans sa chambre, en attendant son époux. Apparemment, David n'avait aucune hâte de la voir. Elle l'avait aperçu arriver une heure plus tôt, après qu'elle eut couché les enfants. Will ne tenait plus debout, alors elle lui avait conseillé de dormir sur une banquette dans la chambre des filles ce soir, puis elle avait laissé Flora les mettre au lit. Nul doute que de voir cette tête tranchée avait dû bouleverser le pauvre garçon.

Ce n'était rien comparé à ce qu'il ressentirait quand les forces de la Couronne viendraient arrêter David. Alison se faisait un sang d'encre pour lui. Et comment pouvait-il avoir fait cela ? Elle s'était forcée à ne pas écouter la moitié de ce que les gens disaient de lui, mais elle se demandait à présent si chacune de ces anecdotes sordides était vraie ? Avait-elle été aveuglée par l'amour ?

Elle avait voulu choisir ses mots avec soin, mais au moment où David daigna gravir l'escalier, elle avait usé le plancher tant elle avait piétiné et elle était d'une humeur noire.

Il ferma la porte et se tint devant elle les mains sur les hanches, mais sans dire un mot.

— Comment as-tu pu commettre un acte aussi ignoble ? lui demanda-t-elle.

— C'était nécessaire.

— Couper sa tête et l'attacher à ta selle par les cheveux était « nécessaire » ? s'indigna-t-elle en haussant le ton. Ne crains-tu pas le châtiment de Dieu pour avoir assassiné un homme comme D'Orsey et avoir profané son corps ? Ah, dans toute l'Écosse, nul n'était plus estimé pour sa conduite chevaleresque.

— Les hommes qui vivent par l'épée meurent par l'épée, répliqua-t-il sur un ton agressif.

— Qu'est-ce que cette barbarie pourra bien t'apporter ? s'enquit-elle, levant les mains au ciel. À part t'attirer les foudres de la Couronne ?

— J'ai dit à la foule attroupée autour de la croix du marché que tant que la veuve de mon père resterait prisonnière, tout homme s'aventurant au-delà du château de Dunbar pourrait s'attendre au même sort.

— Et tu crois que de telles menaces vont aboutir à quoi que ce soit ?

— Mes menaces ne sont pas vaines, rétorqua-t-il, le regard glacial. Elle sera bientôt libérée. Ce genre de nouvelles voyage plus vite que les chevaux.

— Mon Dieu, dit-elle en secouant la tête, tu es un barbare, froid et assoiffé de sang.

David se déplaça avec la grâce féline des lions de la ménagerie royale. Il se tint au-dessus d'elle, son corps vibrant d'émotion.

— Souviens-toi simplement que ce barbare froid et assoiffé de sang est tout ce qui se tient entre toi et ceux qui veulent vous utiliser, toi et tes filles, à leurs propres fins, déclara-t-il entre ses dents.

— Et tu es différent des Blackadder et de ma famille, c'est ça ? interrogea-t-elle. Tu ne t'es pas servi de nous ?

— Si tu préfères mettre tes filles entre leurs mains, vas-y, cingla-t-il. Tu sais qu'elles sont plus en sécurité avec moi. Tu devrais être contente que les hommes aient peur de moi.

— Ce que je crains, c'est que les forces de la Couronne s'en prennent à toi, dit-elle. Par tous les saints, David, tu n'aurais pas pu faire preuve d'un peu de retenue ?

— D'Orsey dirigeait les troupes qui ont pris la maison de ma famille et la veuve de mon père, répondit-il, sa poitrine se soulevant au rythme de son souffle court et laborieux. Après avoir perdu celui dont elle était l'épouse depuis quinze ans, elle a dû endurer le spectacle de sa tête au bout d'une pique pour le ridiculiser. Cette femme est malade de chagrin, et pourtant D'Orsey refusait encore de la libérer.

— Je comprends cela…

— Tu ne comprends rien ! Il fallait que quelqu'un paie le prix, apprenne la leçon, dit-il d'une voix plus basse, menaçante. Œil pour œil, dent pour dent, c'est ça, la justice.

Malgré elle, Alison recula. Il lui montrait ses blessures, mais lui rappelait un animal sauvage mis en rage par ses plaies, ce qui le rendait encore plus dangereux.

— Ils ont coupé la tête de mon père et l'ont mise au bout d'une pique à Tolbooth pour que tout Édimbourg le voie. La tête de mon père ! Et tu trouves que j'aurais dû me montrer plus mesuré dans ma réaction ?

Il s'approcha d'elle, les prunelles ardentes.

— Non, Alison, la retenue n'était pas possible.

Il quitta la pièce sans un regard pour elle. Alison se laissa tomber par terre, tremblante.

Chapitre 42

Pour la première fois depuis leur nuit de noces, David dormit dans les appartements sans lit de l'ancien seigneur – et il y dormit aussi mal que cette nuit-là. Quand il n'imaginait pas sa femme nue dans leur couche, dans la chambre du dessus, il était submergé d'images de son visage horrifié face à lui dans la cour.

Il avait été blessé quand Alison l'avait accusé de se servir d'elle et de ses filles, et de ne pas valoir plus que sa famille et les Blackadder. Peut-être était-ce le fond de vérité de son accusation qui lui avait fait perdre son sang-froid et l'avait effrayé.

Le lendemain, les tensions étaient si palpables entre eux au petit déjeuner que même Beatrix gardait le silence. Cela lui faisait du mal de voir les cernes sous les yeux d'Alison, et son teint si pâle en contraste avec ses cheveux noirs.

Il se leva de table et quitta la pièce pour lui épargner sa présence.

Peu de temps après, un message arriva du château de Dunbar. Il était évident que la nouvelle de la mort de D'Orsey avait vite été transmise. Le capitaine de la garnison l'informait que lady Isabella était

« souffrante », et l'invitait dans des termes d'une cordialité assez froide à venir la chercher aussi vite que possible. Il savait que cette maladie était un prétexte pour faire paraître sa libération comme un acte de merci, mais David se faisait du souci.

Il comptait partir sur-le-champ avec Will et une garde élargie. Robbie était en patrouille avec une poignée d'hommes, il devrait donc patienter là pour voir sa mère à leur retour.

David ne prit pas la peine de dire « au revoir » à sa femme. Elle serait contente de le voir parti. Tandis qu'il promenait un dernier regard sur la grande salle, il sentit son cœur se serrer.

Une vague d'émotions inattendue emplit la poitrine de David quand le pont-levis du château de Dunbar fut abaissé et qu'Isabella le traversa, suivie de sa bonne et de deux serviteurs portant une malle. Enfin, il avait exaucé le dernier vœu de son père.

Il resta en retrait pendant que Will embrassait sa mère.

— Pardonnez-moi d'avoir pris autant de temps à obtenir votre libération, dit David en s'agenouillant devant elle. Robbie sera au château quand nous rentrerons.

— Merci, dit Isabella, effleurant sa joue du bout des doigts. Je craignais que mes fils ne soient devenus des hommes avant que je les revoie.

— Nous devons partir d'ici, avant qu'ils changent d'avis, annonça-t-il en levant les yeux sur la rangée de gardes postés au-dessus des portes de la forteresse.

Il aida Isabella à monter à cheval, et personne ne prononça un seul mot jusqu'à ce que le château de Dunbar se trouve à bonne distance.

— Vous vous portez bien ? demanda David à Isabella.

Elle paraissait amaigrie et fatiguée, mais elle avait toujours eu la santé fragile.

— Je rentre chez moi, dit-elle en souriant, donc je me porte comme un charme.

— Nous ne rentrons pas à la maison, fit remarquer Will. Je veux dire, on ne va pas au château Hume. On a une nouvelle maison.

David poussa un soupir. Ce n'était pas ainsi qu'il aurait voulu lui annoncer la nouvelle.

— Une nouvelle maison ? interrogea Isabella en se tournant vers lui.

— Oui, nous avons assiégé le château Blackadder. Il est à nous maintenant, dit-il.

— Et David a une femme aussi, ajouta Will.

— Toi ? Marié ? s'étonna Isabella, incrédule.

David avait mal au crâne.

— Elle s'appelle Alison – lady Alison, répondit Will. Elle est jolie et gentille, et on l'aime tous très fort.

— Alors, je suis sûre que je l'aimerai aussi.

David éperonna son cheval et avança.

Le voyage pour Dunbar avait pris une demi-journée, et il avait espéré être rentré à la tombée de la nuit. Malgré l'assurance d'Isabella qu'elle se portait bien, elle se fatiguait facilement. Il était heureux d'avoir eu l'idée d'ordonner qu'on porte une tente pour elle.

Will soupa avec elle dans la tente, puis il en sortit pour rejoindre David et les hommes autour du feu.

— Mère veut parler avec toi, déclara Will.

— Maintenant ? demanda David.

Quand Will acquiesça, David prit une dernière gorgée de sa gourde et se leva. Il n'y avait pas de porte où toquer, mais il se sentit mal à l'aise à l'idée d'entrer sans préambule.

— Lady Isabella, appela-t-il de l'extérieur. Vous devriez vous reposer. Pourrions-nous discuter demain matin ?

— Entre, dit-elle d'une voix si faible qu'il l'entendit à peine.

Il s'exécuta et regarda la femme qui avait causé la chute de son père et de presque tout son clan par la même occasion. Toutefois, il ne pouvait pas l'accuser des faiblesses de son père. Isabella n'avait jamais voulu causer le moindre mal.

— Mon fils s'est mis à aimer ton épouse et ses filles en bien peu de temps, commença-t-elle avec un sourire chaleureux. Will ne parle de presque rien d'autre.

— Humph, grogna David qui espérait que ce serait tout.

— Et toi ? demanda Isabella.

— Quoi, moi ?

— Comment te sens-tu avec cette nouvelle épouse ?

Pourquoi posait-elle la question ? Elle ne s'était jamais souciée de lui auparavant.

— Nous avons rarement parlé, toi et moi, même si nous avons vécu sous le même toit pendant des années, dit-elle, comme si elle lisait dans ses pensées. Après avoir perdu ton père et avoir été tenue loin de vous ainsi, je ne veux plus laisser une telle distance entre nous.

David n'avait qu'une envie : sortir de cette tente.

— Je n'aurais jamais pu remplacer ta mère dans ton cœur, reprit-elle, mais j'aurais dû essayer de me montrer plus maternelle envers toi. Tu étais encore assez jeune pour en avoir besoin.

— J'avais dix ans.

Bon sang.

— Comme je le disais, soupira-t-elle. Je le regrette vraiment.

— Vous n'avez rien à regretter en ce qui me concerne.

Ce n'était pas sa faute s'il était difficile d'éprouver de l'affection pour lui, même quand il était enfant.

— J'étais si jeune, et si amoureuse. Puis, les bébés sont arrivés, poursuivit-elle sur un ton nostalgique.

Elle marqua une pause avant de demander :

— Alors, dis-moi comment tu as trouvé cette nouvelle femme.

— Elle allait avec le château, répondit-il, ce qui fit rire sa belle-mère.

— Alors je suppose que c'est d'Alison Douglas que nous sommes en train de parler, dit-elle. C'était un acte plein d'audace.

— Oui, c'est vrai.

— Tu dis cela comme si tu le regrettais, observa-t-elle en fronçant les sourcils.

Voyant qu'il ne répondait pas, elle ajouta :

— Naturellement, les circonstances en font un mariage difficile, mais Will pense tant de bien d'elle. Tu devrais lui donner une chance.

— Je ne regrette pas d'avoir fait d'Alison ma femme, dit-il, la gorge serrée.

— Qu'y a-t-il, alors ?

Elle le fit sursauter en se penchant en avant et en touchant sa main.

— Allez, dis-le-moi.

— Ce que je regrette, c'est de l'avoir forcée à m'épouser, avoua-t-il après un long silence.

Il ignorait pourquoi il confiait cela à Isabella, avec qui il n'avait jamais eu la moindre conversation intime de sa vie.

Il avait été nécessaire qu'il épouse la veuve Blackadder et gagne le pouvoir sur ses filles, et s'il devait le refaire, il prendrait cette même décision. Pourtant, au fond de son cœur, il voulait qu'Alison devienne sa femme dans d'autres circonstances. Si ridicule que ce soit, il aurait aimé lui donner le choix, qu'elle l'épouse parce qu'elle le voulait.

— Tu tiens à elle, dit Isabella.

— Oui, admit-il, en levant les yeux sur le plafond de la tente.

— Pourquoi est-ce que cela te rend malheureux ? demanda-t-elle. Elle ne tient pas à toi ?

Il voulait croire que, pendant un bref instant, Alison s'était attachée à lui. Elle connaissait son vrai visage à présent, et toute affection qu'elle aurait pu ressentir pour lui avait été remplacée par de la révulsion.

— Ma nature lui est insupportable, dit-il.

— Tu es un homme bien, le genre d'homme que toute femme serait fière d'appeler son mari.

— Mon épouse ne serait pas d'accord avec cela.

Il se redressa. Il n'y avait rien à gagner à poursuivre cette conversation.

— Laisse-lui du temps, déclara Isabella en levant les yeux sur lui.

— Le temps ne changera rien, dit-il. Je ne suis pas la bonne personne pour elle.

Et Alison était la seule femme pour lui.

Il prit une décision sur le chemin du retour. Il lui donnerait ce qu'elle avait voulu tout ce temps.

Alison se sentait perdue et entreprit de se promener sur les terrains autour du château. David était furieux contre elle, et elle ne savait pas comment ils pourraient réparer les choses entre eux.

Elle repensa au pique-nique, au bonheur qu'elle avait ressenti alors. Rien n'allait entre eux depuis ce jour-là, et elle avait empiré la situation avec sa réaction à la mort de D'Orsey. Mais par tous les dieux, quelle femme n'aurait pas réagi face à cette sinistre tête ?

Maintenant que David ne la surplombait pas comme un bœuf enragé, elle avait pu réfléchir à ce qu'il en avait dit. Elle n'avait pas encore mesuré l'ampleur de la rage ardente qu'il nourrissait en raison de la mort de son père.

Elle ne pourrait jamais lui pardonner ce qu'il avait fait à D'Orsey – elle frissonnait encore à cette idée – mais elle pouvait admettre qu'il y avait une certaine justice à cela, vu le rôle de D'Orsey dans la décapitation de son père. Et à sa plus grande surprise, cela avait apparemment convaincu le commandant de la garnison de Dunbar de relâcher la mère de Will et Robbie. David avait eu raison à ce sujet.

Alison longea le donjon et trouva Robbie adossé à un mur, observant ses filles s'amuser avec leurs jouets de bois. Connaissant Robbie, elle se douta qu'il s'ennuyait à mourir.

Elle le sentit tendu quand elle s'approcha pour s'adosser près de lui.

— Tu as soudain développé un intérêt pour les figurines d'animaux, à ce que je vois.

Il croisa les bras et continua à regarder les fillettes, l'air sérieux.

— Tes amis sont de l'autre côté du donjon et s'entraînent, dit-elle.

— Quand David n'est pas là, je suis responsable de la sécurité de ces enfants, déclara-t-il en lui lançant un regard en coin amer. Et de la tienne.

— Pourquoi en as-tu après moi ? demanda-t-elle.

— Je n'en ai pas après toi, répondit Robbie sans cesser d'observer ses filles.

Alison poussa un soupir exaspéré.

— Il s'est passé quelque chose, et j'aimerais que tu me dises ce que c'est.

— Tu veux savoir ? interrogea Robbie en tournant vers elle son regard vert si semblable à celui de David. Vraiment ?

— Oui.

— Non, tu ne veux pas, dit-il. Tu as envie de croire ce qui t'arrange.

Alison s'était surtout concentrée sur ses problèmes avec son époux, mais elle se rendait à présent compte que Robbie arborait un visage fermé en sa présence depuis que David avait paradé avec la tête dans la cour et que Will avait fondu en larmes. Mais pourquoi serait-il en colère contre elle à cause de cela ?

— Allez, dis-moi de quoi il s'agit, insista-t-elle.

— Tu as eu l'air dégoûtée par ce que David avait fait à ce salaud de Français, mais tu ne sais pas pourquoi il l'a fait, cracha-t-il. Et tu ne t'en soucies guère.

David lui avait déjà raconté pourquoi. *« Œil pour œil, dent pour dent. » « Il fallait que quelqu'un apprenne la leçon. »* Apparemment, Robbie ressentait le besoin de le lui expliquer aussi, alors qu'il le fasse.

— Si, je m'en soucie, répliqua-t-elle. Dis-moi donc.

— D'Orsey allait assassiner notre Will, rapporta Robbie. J'ai essayé de le sauver, mais D'Orsey m'a frappé de côté et m'a envoyé valser comme un de ces jouets en bois.

Robbie marqua une pause pour laisser couler des larmes de colère sur ses joues.

— Il avait levé son épée au-dessus de Will, dit-il avant de déglutir. J'ai vu David surgir à cheval, mais il était trop loin. Il n'aurait jamais pu arriver à temps. J'ai pensé que mon petit frère était mort.

Alison toucha son bras mais il esquiva son contact.

— La lame de D'Orsey était à deux doigts de couper Will en deux, reprit Robbie. Mais David est arrivé au grand galop et a frappé avec tant de force qu'il a détaché la tête de D'Orsey de son corps.

Elle porta la main à sa gorge et sentit des larmes lui monter aux yeux en songeant à quel point ils avaient été près de perdre Will.

— Pourquoi David ne m'en a-t-il rien dit ? demanda-t-elle.

— La loyauté, c'est tout pour lui, répondit Robbie. Il pensait que tu lui ferais confiance, que tu le croirais sans autre explication.

Elle avait déçu David, et il ne pouvait pas le lui pardonner.

Alison regarda la scène la gorge nouée quand Robbie souleva sa mère du sol pour la prendre dans ses bras.

— Oh, tu es devenu si grand, observa Isabella entre deux larmes.

Pendant toutes les présentations, le regard d'Alison était resté rivé sur la porte. David avait dû s'arrêter pour parler aux gardes de la porte, ou pour donner ses instructions aux palefreniers pour les chevaux.

— Will m'a tant parlé de vous, que j'ai l'impression de déjà vous connaître, dit Isabella.

— Hummm, répondit Alison en souriant tout en regardant derrière elle.

Elle craignait de se montrer grossière, mais elle était distraite, attendait David. Qu'est-ce qui le retenait ?

Elle avait hâte de lui présenter ses excuses et de remettre tout en ordre. Il avait sauvé la vie de Will et fait libérer Isabella, alors qu'elle s'était contentée de le juger.

— Veuillez m'excuser, dit-elle, mais il faut que je trouve David.

Elle ouvrit la porte et sortit sous la pluie battante. Elle repéra David en train de faire avancer son cheval dans la cour pleine de boue. Est-ce qu'il repartait de l'écurie ?

— David ! cria-t-elle, mais il ne l'entendit pas.

Elle souleva ses jupons et lui courut après. La distance était courte, mais ses jupons étaient alourdis par la boue et la pluie avait trempé son dos au moment où elle l'atteignit.

— David, dit-elle en saisissant son bras. Où vas-tu ?

— Je pars pour le château Hume, répondit-il, le visage dénué d'expression.

La déception s'abattit sur la poitrine de la jeune femme.

— Si vite ? interrogea-t-elle en essuyant de sa manche l'eau qui ruisselait sur sa figure. Quand reviendras-tu ?

Il haussa les épaules et elle remarqua qu'une goutte de pluie était emprisonnée entre ses cils. Il avait de si beaux yeux. Mais il avait l'air fatigué, et elle avait envie de passer la paume de sa main sur sa joue à la barbe naissante.

— Quand ? demanda-t-elle de nouveau.

— Je pense revenir de temps en temps, dit-il. Mais je vivrai au château Hume désormais. J'ai laissé à Brian la responsabilité de ce lieu.

— Vivre au château Hume ? répéta-t-elle en clignant des paupières, pour lutter contre la pluie qui l'aveuglait, tandis qu'elle tentait d'assimiler cette nouvelle. On ne pourrait pas partir demain plutôt ? J'ai besoin de temps pour rassembler mes affaires. Et ne devrait-on pas attendre que cet orage passe ?

— Toi, tu restes ici. Brian est un homme bien et il assurera votre sécurité.

Il leva la main pour repousser une mèche des cheveux d'Alison, collée sur sa joue, mais il laissa retomber son bras.

— Rentre avant d'attraper la mort, dit-il.

— Je ne veux pas rentrer, déclara-t-elle. Dis-moi ce que ça signifie. Dis les choses clairement.

— On va rester mariés, annonça-t-il en détournant le regard d'elle. Mais je pense qu'il vaut mieux qu'on vive séparés.

— Pourquoi ? questionna-t-elle, abasourdie.

L'avait-elle déçu à ce point ?

— Tu voulais ta liberté, dit-il, en l'évitant toujours du regard. Je te la donne.

— Mais… mais…, balbutia-t-elle. Et si je ne veux pas qu'on vive séparés ?

— Je ne peux être l'homme que tu veux.

Avant qu'elle puisse trouver les mots qui le feraient changer d'avis, il grimpa sur sa monture.

— Je te souhaite d'être heureuse, conclut-il, puis il baissa la tête.

Elle aurait pu être heureuse d'avoir sa liberté si elle ne l'avait pas connu, et n'était pas devenue son épouse. Mais maintenant, ça n'avait plus aucun sens. Pourquoi David lui avait-il volé son cœur pour la délaisser maintenant ?

— Pourquoi fallait-il que tu viennes ici ? lui demanda-t-elle en serrant les poings. Tu n'aurais pas pu me laisser tranquille ?

Alison se tenait là, trempée jusqu'aux os, et elle l'observa encore longtemps après qu'il eut passé la porte à cheval.

Chapitre 43

— Je suis ta mère, Beatrix, dit Alison en croisant les bras tandis qu'elle surplombait sa fille. Tu vas devoir me parler un jour ou l'autre.

La jeune femme ne savait pas ce qui était pire : que Beatrix, furieuse, la fusille ainsi du regard, ou que Margaret, l'air penaude, soit assise par terre et porte à sa joue son cochon de bois.

— Pourquoi as-tu fait partir David ? demanda Beatrix en tapant du pied.

Au moins, elle lui parlait enfin, mais Alison se sentait trop lasse pour faire face à la colère de sa fille. Les jours lui semblaient déjà interminables depuis le départ de David.

— Si tu crois que j'ai le pouvoir d'assujettir le seigneur de Wedderburn, tu te mets le doigt dans l'œil, annonça Alison.

— Tu n'as même pas essayé de le faire revenir à la maison, rétorqua Beatrix, sa voix se faisant chevrotante à cause des larmes qu'elle retenait. Tu n'as rien fait ! Rien !

Il ne veut pas de moi.

Beatrix tendit la main à Margaret et les deux sœurs quittèrent la pièce. Alison les regarda par-dessus son épaule, puis elle s'effondra sur un tabouret face à la meurtrière. Elle perdit son regard dans les nuages noirs qui se rassemblaient à l'horizon, comme un reflet de son avenir maussade.

Le lendemain, la grande salle était presque vide quand elle descendit d'un pas traînant. Elle s'affala dans un fauteuil à côté d'Isabella, près de la cheminée, et reprit son ouvrage qu'elle avait laissé là.

— Vous avez encore sauté le petit déjeuner, remarqua Isabella.

Elle était restée au lit à penser à la chaleur du corps de David qui lui manquait, et elle s'était levée trop tard.

— Vous devriez descendre à la cuisine pour manger un morceau, suggéra Isabella. Pendant que vous y êtes, vous pourrez donner des instructions à votre nouveau cuisinier.

— Je n'ai pas faim.

Alison devait faire connaissance avec les nouveaux membres de son foyer que Brian avait fait venir du château Hume pour remplacer les serviteurs que David avait renvoyés. Il y a peu, elle aurait été ravie de former de nouveaux domestiques, mais elle avait laissé Isabella le faire, parce qu'elle ne s'en souciait plus le moins du monde.

— La loi du talion est un devoir sacré dans les Borders, déclara Isabella. David n'aurait jamais pu garder la tête haute en tant qu'homme, et encore moins en tant que seigneur, si ce règlement de comptes n'avait pas eu lieu.

— Je comprends cela à présent, dit Alison dans un soupir.

Isabella le lui avait répété si souvent ces derniers jours, que c'en était devenu un peu lassant.

Elles poursuivirent un moment leurs travaux dans un silence salvateur.

— Vous savez qu'il a une maîtresse au château Hume ? lui demanda Isabella.

Alison eut le souffle coupé. Elle avait l'impression de tomber à la renverse sous l'effet d'une violente bourrasque.

— Du moins, Gelis était sa maîtresse, reprit Isabella, poursuivant son ouvrage comme si elle parlait de la pluie et du beau temps. Je suppose qu'elle est toujours là-bas, à l'attendre.

— Vous voulez parler de la maîtresse de David ? interrogea Alison, son esprit peinant à accepter ce qu'elle entendait.

— David n'est pas du genre à papillonner de lit en lit, dit Isabella.

Pas une seule fois Alison n'avait entendu dire qu'il avait disparu avec une des servantes, alors que plus d'une lui avait déjà fait de l'œil. Alison avait pris sa fidélité pour argent comptant.

— Donc naturellement, il a gardé une maîtresse, poursuivit Isabella. La même depuis deux ans.

— Il n'était pas marié à cette époque, fit remarquer Alison.

— Oui. J'ai déjà dit que son nom était Gelis ? s'enquit Isabella en faisant un nœud et en coupant le fil de ses dents. Je ne peux pas dire que je l'aime beaucoup, mais elle a le genre de physique qui fait baver tous les hommes, si vous voyez ce que je veux dire.

Alison eut l'impression qu'on lui enfonçait une lame dans le cœur.

Isabella poussa un bref soupir.

— Je suppose qu'il va retourner vers elle, maintenant.

— Il ne ferait pas ça, dit Alison.

— Les hommes ont des besoins, répliqua Isabella, adressant à Alison un regard en coin. Surtout un homme aussi jeune et vigoureux que David.

L'idée que David touche une autre femme, avec vigueur ou autre chose, la rendait malade.

— Que comptez-vous faire à ce sujet ? questionna la voix d'Isabella, qui interrompit les pensées d'Alison.

— Que puis-je faire ?

Cessant de faire semblant de coudre, Alison jeta son ouvrage par terre.

— Eh bien, la première chose que vous pouvez faire, c'est de ne pas le laisser seul avec cette Gelis, suggéra Isabella.

— David m'a ordonné de ne pas quitter le château, dit-elle en réprimant des larmes. La dernière fois que j'ai essayé, ça s'est très mal terminé.

— Une épouse doit avoir le bon sens de savoir quand elle peut ignorer les ordres de son mari.

— David ne veut pas de moi. Il ne serait pas parti, sinon. Et il ne me fera plus jamais confiance.

— Il m'a dit qu'il tenait à vous, déclara Isabella. Et Dieu sait que ce n'est pas une chose que David admettrait facilement.

— Vraiment ? demanda Alison en se redressant.

— Et en ce qui concerne la confiance, votre équipée n'a sûrement pas aidé, ma chère, répondit Isabella en lui tapotant le bras. Mais je me doute que la vraie raison pour laquelle David met votre loyauté en doute, c'est parce qu'au fond de lui, il ne se croit pas digne d'être aimé.

Alison porta la main à sa poitrine. Ce qu'Isabella venait de dire sonnait tellement vrai. Malgré la dévotion que David portait à sa famille et son clan, il était différent. Il y avait un cœur solitaire au plus profond de lui. Elle avait l'impression d'avoir brisé les murailles qui le protégeaient pour l'atteindre avant de partir pour l'abbaye.

Elle pouvait sûrement le refaire. Il le fallait.

— Je vais demander à Brian de monter une escorte pour moi, et je partirai sur-le-champ.

Alison se leva et se pencha vers Isabella pour déposer un baiser sur sa joue.

— Merci.

Isabella lui adressa un sourire entendu.

Avant qu'Alison ait fait seulement deux pas, Flora entra dans la grande salle, agitant les bras dans les airs.

— Je ne les trouve pas ! Elles sont parties ! Elles sont parties !

David remplit son verre de whisky, l'avala et essuya sa bouche de sa manche.

Elle ne lui manquait pas. Et il n'avait assurément pas besoin d'elle.

Mais quand il fermait les yeux, le soir, tout ce qu'il voyait était Alison. Il devait boire jusqu'aux limites de l'inconscience pour parvenir à trouver le sommeil. Même soûl, il entendait sa voix, son rire, ses soupirs.

Il se souvenait exactement de la sensation de ses doigts sur sa joue.

La main féminine sur son épaule était familière, mais ce n'était pas celle d'Alison. Son odeur n'était pas non plus celle d'Alison.

Il sentit le souffle chaud de la femme à son oreille.

— Viens au lit, dit-elle. Je vais t'aider à l'oublier.

— Ce n'est pas possible.

Et même si ça l'était, il n'avait pas envie d'oublier Alison. Les souvenirs étaient tout ce qui lui restait, et il s'y accrochait comme un naufragé qui s'agrippait à une planche brisée de son bateau échoué.

— J'ai envie d'essayer, roucoula la femme.

David secoua la tête, ce qui fit tourner la pièce autour de lui, brouillant sa vue.

— Contente-toi de me resservir à boire.

Peu de temps après, son front heurta la table et l'obscurité tant attendue l'engloutit.

Il n'avait aucune idée du nombre d'heures ni de jours qui avaient pu s'écouler quand il se réveilla, mais sa nuque était raidie en raison de l'angle inconfortable qu'il avait adopté en posant la tête sur la table.

— Ça fait combien de temps qu'il est comme ça ?

David entendit la voix d'Alison à travers un brouillard épais. Mais il l'avait si souvent entendue dans sa tête, qu'il savait qu'il valait mieux ne pas y croire. Elle se trouvait à des miles de là, au château Blackadder, hors de sa portée, profitant de sa liberté et le détestant. Ce qu'il méritait.

— Quelqu'un aurait dû me faire quérir.

Il sourit en entendant le ton irrité d'Alison. En général, il pensait à elle dans ses moments les plus doux, mais il aimait aussi songer à elle en colère, quand ses yeux violets lançaient des éclairs.

— David !

La voix de la jeune femme à son oreille et le contact de sa main sur son épaule semblaient tellement vrais cette fois-ci qu'il eut envie de pleurer. Ah, quelle épave il faisait à présent !

— Lève-toi, dit-elle en secouant son épaule plus fort. J'ai besoin de toi, David Hume.

Elle avait besoin de lui ? *Peu probable.*

Quoi qu'il en soit, il risqua de ruiner son illusion en entrouvrant un œil. Son joli minois se tenait à quelques centimètres du sien. Ses yeux violets étaient d'une beauté renversante à cette distance.

— C'est vraiment toi ? interrogea-t-il, la bouche pâteuse.

— Oui, répondit-elle avant de repousser ses cheveux de son visage dans un geste apaisant qu'il pensait ne plus jamais connaître.

Il aurait dû lever sa tête de la table, mais elle était lourde, et il se demandait encore s'il rêvait. Quand sa vision se fit un peu plus nette, et qu'il aperçut des rides d'inquiétude se dessiner autour des sourcils de la jeune femme, il se redressa. Ce mouvement brusque lui donna un mal de tête ahurissant et une nausée malvenue, mais il décida de les ignorer.

— Que s'est-il passé ? demanda-t-il. Mes frères sont en sécurité ?

— Oui, mais, David, nos filles ont disparu, dit-elle, la lèvre inférieure tremblante.

Cela faisait des jours entiers que David s'enivrait, mais il se trouva subitement dans un état de sobriété glaciale. L'image des doux visages de Beatrix et Margaret était aussi claire dans son esprit que si elles se tenaient devant lui.

— Assieds-toi, dit-il en prenant Alison par la main, et raconte-moi tout ce que tu sais.

— Flora s'est levée un matin pour découvrir qu'elles n'étaient pas dans leurs lits. Elle a pensé que ce n'était rien au début, mais quand elles ne se sont pas présentées au petit déjeuner, elle s'est mise à les chercher.

— Elles doivent être quelque part dans le château, intervint-il.

— J'ai demandé à toute la maisonnée de les chercher, dit-elle. Will connaît toutes leurs cachettes, mais elles étaient introuvables.

Qu'avait-il bien pu leur arriver dans l'enceinte de la forteresse ? Le cœur de David bondit quand il songea au puits profond du domaine.

— Ensuite, un des gardes a trouvé leur chiot en train d'aboyer au-delà des portes, poursuivit-elle.

— Dehors ?

Dieu du ciel, les fillettes avaient dû quitter le château ! Les gardes qui les avaient laissées passer allaient goûter de sa colère.

— Elles n'ont pas pu aller bien loin toutes seules, reprit-il.

— On les a appelées et cherchées, dit-elle en se tordant les mains. Certains les cherchent encore pendant que je suis là pour te voir. Je crains qu'elles n'aient été enlevées.

David partageait cette crainte. C'était possible. Les sentinelles vérifiaient les chariots qui entraient, mais pas ceux qui sortaient. Le chiot avait dû suivre le chariot, ou le cheval qui transportait les fillettes, mais il était trop jeune pour tenir la distance.

— Je suis vraiment désolée, mon amour.

Il prit Alison dans ses bras et embrassa ses cheveux.

— Je vais les récupérer coûte que coûte. S'il faut remuer ciel et terre, je le ferai et je les ramènerai.

— Je sais que tu le feras, déclara Alison. Mais j'ai tellement peur.

Cette fois, elle avait demandé son aide à lui, pas celle de ses frères. Il espérait se montrer digne de sa confiance. Elle se pencha en arrière, et la chaleur de son regard violet fit fondre la glace qui avait enveloppé le cœur du jeune homme.

— J'avais l'intention de venir te voir avant même d'apprendre que les filles avaient disparu, dit-elle en passant les doigts sur sa joue. Je t'aime, David Hume, et je veux que tu rentres à la maison.

David attira Alison à lui et enfouit son visage dans ses cheveux. En la tenant dans ses bras, il se sentait déjà comme à la maison.

Patrick n'en revenait pas d'avoir tant de chance.

— C'est un plaisir de vous revoir, les filles, dit-il en leur souriant.

Deux femmes Blackadder que Wedderburn avait chassées se trouvaient au village, probablement à mendier, quand elles virent les fillettes. Elles les attrapèrent et les menèrent tout droit à Patrick, espérant recevoir une récompense.

— Je ne peux m'empêcher d'être curieux. Comment vous êtes-vous retrouvées à emprunter le chemin du château Blackadder menant au village, toutes seules ?

Elles échangèrent un regard, et la plus âgée secoua la tête.

— Je vous ai posé une question.

La cadette pleurait déjà, alors il la souleva et la secoua.

— Dis-moi.

— Reposez ma sœur et je vous le dirai, intervint l'aînée.

— Vous voyez, je peux être très gentil si vous faites ce que je dis.

Il posa la fillette qui braillait par terre, puis s'assit dans le fauteuil orné qui avait appartenu à son père et il étendit les jambes.

— Alors, petite, raconte-moi tout.

— On s'est faufilées par les portes du château alors qu'elles s'ouvraient pour laisser entrer les chariots de provisions pour les cuisines, expliqua la plus âgée. Il était tôt, et le jour n'était pas encore levé, alors personne ne nous a vues.

Patrick rejeta la tête en arrière pour éclater de rire. Après tout le mal que Wedderburn s'était donné, les deux enfants étaient sorties par la porte principale de leur propre chef.

— Ah, j'adorerais voir la tête de Wedderburn quand il se rendra compte qu'il a perdu ses héritières.

Patrick ne s'était pas autant amusé depuis qu'il avait observé son père suffoquer par terre.

— Mais où donc pensiez-vous aller comme ça ?

Les filles échangèrent un autre regard au lieu de lui répondre. Mais quand il commença à s'approcher de la plus jeune, l'autre prit rapidement la parole.

— Au château Hume, dit-elle. Pour ramener notre seigneur à la maison.

Patrick se pencha vers elles.

— Wedderburn n'est pas au château Blackadder ?

Les deux fillettes secouèrent la tête.

— Mais votre mère y est encore ?

Elles acquiescèrent. *Autre bonne nouvelle.*

— J'ai répondu à vos questions, déclara l'aînée. On peut rentrer à la maison, maintenant ?

— « À la maison » ?

Il éclata de rire encore une fois. Elles étaient si bêtes.

Mais que pouvait-il faire d'elles ? Il laissa ses doigts tapoter sur son accoudoir. Les tuer serait la plus simple solution pour se débarrasser de leur droit à l'héritage. Il pourrait laisser leurs corps au village, et personne ne se douterait qu'il était coupable.

Toutefois, cela ne satisfaisait pas son désir de vengeance contre Wedderburn. Il sourit à ses piteuses captives quand un plan se forma dans sa tête. Pour l'instant du moins, elles lui rapporteraient plus vivantes que mortes.

Chapitre 44

— Je vois que tu es réveillé, seigneur, dit Gelis en s'adossant à l'encadrement de la porte.

David regarda Alison la dévisager, et il se demanda si elle avait seulement idée de qui Gelis était. Il avait entendu dire que les femmes pouvaient sentir ce genre de choses, mais il n'avait même pas eu l'envie de toucher son ancienne maîtresse depuis son retour.

— Maintenant que tu es réveillé, je peux te prévenir qu'un message est arrivé pour toi tout à l'heure, poursuivit-elle en s'approchant de lui en ondulant.

Elle faisait de son mieux pour qu'Alison pense qu'il y avait encore quelque chose entre eux, s'il en jugeait par les regards suggestifs qu'elle lui lançait. Ah, il n'avait pas besoin que Gelis ajoute à ses problèmes. Pas maintenant qu'Alison était enfin près de lui.

Il attira sa femme tout contre lui et l'embrassa sur la joue.

— Gelis, cette jolie dame est mon épouse, lady Alison.

Sa voix avait flanché sous le coup de l'émotion quand il avait prononcé le mot « épouse ».

— Tu peux débarrasser le whisky. Je n'en ai plus besoin maintenant.

Il entendit la porte se fermer, mais il ne pouvait quitter Alison des yeux. Il ne s'imaginait pas pouvoir en désirer une autre.

Il oublia le message jusqu'à ce qu'Alison le prenne sur la table. Il en brisa le sceau et regarda la signature au bas du papier.

— Ça vient de Patrick Blackadder, annonça-t-il.

Patrick l'avait signé sous le titre de seigneur, donc son père devait être mort.

— Je le savais, dit Alison en portant la main à sa gorge. Il détient Beatrix et Margaret, n'est-ce pas ?

David prit la lettre près de la fenêtre pour la lire dans la lumière faiblissante. Il n'y avait rien de très mystérieux dans ce message. Il avait laissé Patrick voir sa faiblesse, et son ennemi en tirait parti.

Lady Alison m'a juré que la Bête de Wedderburn aimait vraiment ses filles. Prétendre l'affection envers les filles pour séduire la mère, c'est astucieux, mais à présent, il va falloir faire un choix. Garderas-tu tout ce que tu as gagné et pousseras-tu Alison à te détester ? Ou te montreras-tu aussi bête que ton père pour tout abandonner ?

— Que veut-il ? s'enquit Alison en se penchant sur son épaule.

David parcourut le reste de la lettre. Patrick lui demandait de renoncer à tout ce pour quoi il s'était battu.

— « Je libérerai une fille, lut David à voix haute, en échange de la possession du château Blackadder. »

— Pour une seule ? interrogea Alison.

— « En échange de la seconde, poursuivit David, tu devras te rendre à moi pour que je puisse te déposer à Édimbourg, que tu affrontes l'accusation de trahison pour avoir assassiné le gouverneur de la Couronne. »

Alison s'assit brusquement.

— Oh, David. Qu'allons-nous faire ?

— Nous allons nous soumettre à ses conditions, répondit-il. Nous n'avons pas le choix. Nous ne pouvons pas mettre la vie des filles en danger.

— On peut sûrement trouver un autre moyen, dit-elle. Tu ne peux pas te rendre aux mains de cet homme.

— L'échange doit avoir lieu demain, reprit David. Cela ne nous laisse pas assez de temps pour trouver un subterfuge, même si je voulais prendre ce risque, ce qui n'est pas le cas.

Il regarda encore une fois les dernières lignes du message, qu'il ne lui avait pas lues.

Hélas, la santé des enfants peut être si fragile. Souviens-toi de ça avant de penser à tenter de reprendre les filles par la force ou la ruse lors de l'échange.

— Maintenant qu'Albany est parti, j'ai mes chances pour contester l'accusation de trahison, annonça-t-il, tâchant de la rassurer sans vraiment lui mentir. Le roi anglais menace de nous envahir. Le Conseil voudra avoir un homme fort à la frontière pour empêcher les troupes anglaises d'atteindre Édimbourg.

— Je ne fais pas assez confiance à Patrick pour qu'il respecte sa part du marché et t'emmène à Édimbourg, objecta-t-elle. Tu le crois, toi ?

— On verra bien, répondit-il en haussant les épaules.

Il n'y avait pas l'ombre d'une chance que Patrick le livre. Il était aussi déterminé à se venger que David l'était – ou plutôt que David l'avait été auparavant. Il regarda Alison. Maintenant qu'il avait tant à perdre, la vengeance n'en valait plus la peine.

— Nous devons trouver une manière de contourner cela, dit-elle. Nous offrirons le château en échange de mes deux filles.

— Patrick n'acceptera pas.

— Alors, je supplierai mes frères de nous aider, dit-elle.

Il leva un sourcil dans sa direction. Ils savaient tous les deux que les chances d'obtenir des résultats étaient minces.

— La situation est différente à présent, reprit-elle en s'agrippant à son bras. Ils sauront que tu as affronté D'Orsey avec des centaines d'Écossais à tes côtés. Ils voudront que tu te rallies à eux pour leur combat contre les Hamilton.

— Je vais envoyer une escorte pour t'accompagner voir tes frères.

Même si les Douglas envoyaient de l'aide – ce dont il doutait –, ils n'arriveraient jamais à temps. Toutefois, ce voyage à Édimbourg maintiendrait Alison en sécurité, loin de l'échange. Si elle était là, il craindrait que Patrick ne soit tenté de l'ajouter à sa liste d'exigences.

— Je ne veux pas être séparée de toi aussi vite, dit Alison. Je vais envoyer un message à ma sœur, Sybil. Si quelqu'un est bien capable de convaincre mes frères de venir, c'est elle.

David fut soulagé qu'elle accepte de demeurer au château Hume en attendant qu'ils arrivent.

Dès qu'elle eut terminé de rédiger sa lettre et l'eut scellée, David fit quérir un de ses hommes pour la porter aux Douglas.

— Lady Sybil doit la recevoir ce soir, expliqua Alison au soldat. Dites aux serviteurs de la réveiller si besoin.

Quand le messager fut parti, David verrouilla la porte et prit Alison dans ses bras.

— Ah, tu m'as tellement manqué, dit-il.

— Pourquoi m'as-tu laissée ? demanda-t-elle d'une petite voix.

— Je pensais que c'était ce que tu voulais, répondit-il. Je suis un homme brutal qui ne te mérite pas.

— Tu es un homme bon. Ce que je voulais, c'était ta confiance et ton cœur.

— J'aurais dû te faire confiance, dit-il, mais mon cœur, tu l'as eu dès le départ.

Il avait l'impression d'être un animal à la désirer avec un tel désespoir alors qu'ils étaient tous deux pétris de craintes pour Beatrix et Margaret. Pourtant, il ne pouvait empêcher son corps de réagir en sentant le souffle de la jeune femme sur son cou, son odeur emplissant ses narines, et ses douces formes se pressant contre lui.

— J'ai été un imbécile de perdre tout ce temps qu'on aurait pu passer ensemble, avoua-t-il tandis qu'il glissait les doigts dans sa chevelure de jais.

— Je suis heureuse qu'on dispose de cette nuit, dit-elle en se penchant en arrière pour le regarder. Fais-moi l'amour, David. J'ai besoin de toi.

— Nous allons profiter au maximum de cette nuit. Il s'écoulera peut-être un bon moment avant qu'on en ait une autre.

Il savait que ce serait leur dernière.

— Je suis désolé de ne pas t'avoir dit très souvent que je t'aime, poursuivit-il.

Si par miracle il survivait à cela, il le lui dirait tous les jours.

Alison maudit le chant des oiseaux et la lumière grise qui filtrait à travers la fenêtre, signes qui confirmaient le lever du jour – le départ imminent de David. Vu le rythme de son souffle, elle savait qu'il était lui aussi réveillé.

— Patrick me prendrait à ta place, dit-elle en passant les doigts sur son torse.

— Ah, tu ne peux pas t'imaginer que je supporterais de te laisser faire ça.

David posa la main sur sa nuque et de son pouce, il dessina les contours de sa mâchoire.

— Mais il ne me tuerait pas, avança-t-elle. Il a toujours voulu m'avoir.

— Non !

David inspira profondément, puis reprit la parole, plus calmement :

— En plus, Patrick ne serait pas d'accord pour te prendre à ma place.

— Et pourquoi pas ?

— Parce qu'il s'attend à t'avoir à la fin, de toutes les façons. En prenant possession du château, avec tes filles déshéritées et moi en dehors de son chemin, il a toutes les raisons de croire que tes frères accepteraient un mariage.

— Mais je n'y consentirais jamais.

Elle préférait encore mourir.

— Je peux affronter absolument tout, du moment que je sais que tu es en sécurité, hors de sa portée, dit-il en lui adressant un regard farouche. Tu es assez forte pour tenir tête à tes frères. Reste avec mes hommes et ils te protégeront.

— Ne t'en fais pas pour moi, assura-t-elle en repoussant une mèche éclaircie par le soleil derrière l'oreille du jeune homme. Je t'attendrai.

— Il se fait tard, dit-il. Il faut que je m'habille et que j'y aille.

Elle se glissa hors du lit, et lui donna sa chemise.

— Pendant que tu dormais, j'ai utilisé la pointe de ta dague pour retirer la pierre noire de mon collier, déclara-t-elle tandis qu'elle l'aidait à s'habiller. Et je l'ai cousue à l'ourlet de ta chemise.

Elle prit sa main et lui montra où se trouvait la bosse dans l'ourlet. La pierre était plate et ne faisait qu'un pouce de diamètre, donc elle se dit que cela ne se remarquerait pas.

— Je sais qu'ils te prendront tes armes, reprit-elle en déglutissant. Mais je ne pourrais pas te laisser aller là-bas sans aucune protection.

David sourit en entendant cela.

— Je sais que tu ne crois pas que cette pierre soit magique, mais c'est elle qui m'a porté chance depuis que je l'ai retrouvée.

Elle marqua une pause, réprimant des larmes.

— Elle m'a menée à toi.

— Je porterai ce fardeau avec plus de facilité, si je sais que j'ai quelque chose qui t'appartient avec moi, annonça-t-il. (Il tâta l'ourlet de sa chemise, là où se trouvait la pierre.) Maintenant, ma belle, il faut se dire « adieu ».

— Ce ne sont pas des adieux, dit-elle.

Il effleura sa joue de ses doigts, et la triste résignation sur le visage de son époux lui fit peur.

— D'après ce que Patrick m'a dit, reprit-elle, je ne crois pas qu'il te tuera tout de suite.

David ne prononça pas un mot, mais elle put voir dans ses yeux qu'il la croyait.

— Cela nous laisse un peu de temps, ajouta-t-elle en agrippant le devant de sa chemise. Promets-moi que tu tiendras bon jusqu'à ce qu'on puisse te libérer.

— Mourir facilement n'est pas vraiment dans ma nature, ma jolie, répondit-il avec un sourire doux-amer.

— Fais-moi confiance, mon amour, dit-elle avant de lui donner un dernier baiser. Ce n'est pas la fin.

Si ses frères n'arrivaient pas rapidement, elle avait un autre plan en tête.

Du genre que David n'aimerait pas.

Chapitre 45

Alors que David pénétrait dans le château Blackadder à cheval en tant que seigneur et homme libre pour la dernière fois, le souvenir de son entrée au palais de Holyrood avec son père et son oncle, en ce funeste jour, lui donna des sueurs froides. Il ne craignait pas la mort, mais ce qu'il voulait, c'était mourir une épée à la main, pas sous les fers et les coups.

Ce n'était pas la fin qu'il choisirait, mais il donnerait sa vie au moins une centaine de fois pour sauver Beatrix et Margaret – et pour épargner à Alison la douleur de les perdre.

Le temps que David avait passé avec elle avait été trop court. Il voulait avoir une demi-douzaine d'enfants avec Alison, et vieillir à ses côtés. Toutefois, il s'estimait heureux. Il avait été aimé véritablement pendant un moment de sa vie par un ange aux cheveux noirs.

Il démonta et flatta le cheval de son père. Un de ses frères pourrait avoir le destrier à présent.

Brièvement, il appela ses guerriers dans la grande salle, et leur parla du message de Patrick et de l'échange qui allait avoir lieu. La pièce s'emplit de commentaires alors que les hommes énonçaient leurs objections. David leva la main pour les faire taire.

— Ça a été un honneur de vous mener, déclara-t-il quand le silence revint. Mais j'ai pris ma décision, et vous allez tous la respecter.

Il prit Brian et Robbie à part. L'heure tournait.

— Brian, je compte sur toi pour emmener les filles d'Alison en lieu sûr au château Hume après l'échange, dit-il. Chevauchez vite. Les Blackadder essaieront peut-être de vous suivre.

— Je les emmènerai avec tes frères au château Hume, acquiesça Brian. Mais on ne peut pas sauver les filles d'une autre façon ?

David se souvint de la menace de Patrick et secoua la tête. *« Hélas, la santé des enfants peut être si fragile. »* Il se tourna vers Robbie.

— Il se peut que je ne revienne pas, annonça-t-il en posant une main sur l'épaule de son frère. Tu es jeune pour prendre la charge de mener le clan.

— « Mener le clan » ?

— Brian prendra les décisions et t'entraînera pendant les deux prochaines années, expliqua David. Écoute-le bien, et Alison aussi. Grâce à leurs conseils, tu seras un seigneur plus sage que moi.

— Personne ne t'arriverait à la cheville, répondit Robbie en réprimant des larmes. Tu dois nous revenir.

— Je ferai tout pour cela, promit David en passant le bras autour des épaules de son frère.

— Ne fais pas ça, dit Robbie.

— Patrick Blackadder veut ma peau, déclara David. Je ne vois pas d'autre moyen de le convaincre de libérer Beatrix et Margaret.

— Alors, essaie de le faire attendre, jusqu'à ce qu'on en trouve un.

— Si on retarde les choses, il va les assassiner.

David pensa à ce qui était arrivé aux tantes d'Alison. Avec le bon poison, il serait impossible de prouver que les filles n'étaient pas simplement tombées malades.

Il appela ensuite Will. Ah, que c'était difficile ! Il avait l'impression de déjà connaître l'homme que Robbie deviendrait, mais Will avait encore tant de chemin à parcourir. David ne pouvait deviner précisément comment son frère grandirait, Will était spécial, et il était évident qu'il deviendrait un homme intéressant.

— Je veux que tu gardes mon épée pour moi, lui dit-il. (Puis il releva son cadet et lui donna une grande accolade, comme il le faisait quand Will était enfant.) Veille bien sur ta mère.

— Ils arrivent ! cria quelqu'un.

David grimpa sur la muraille pour assister à l'arrivée de son ennemi. Il fut gagné par le soulagement en voyant les petites silhouettes de Beatrix et Margaret avec deux des hommes Blackadder. Jusqu'à cet instant, il n'avait pas encore été sûr qu'elles soient encore en vie.

— David ! s'écrièrent les filles en lui faisant de grands signes dès qu'elles l'aperçurent.

Elles avaient l'air débraillées, mais ne semblaient pas blessées. *Dieu soit loué !* Quand les Blackadder firent halte, on fit descendre les fillettes de cheval pour ensuite les remettre entre les mains d'un guerrier brun que David reconnaissait.

— Tu ne peux rien y faire maintenant, murmura David à l'oreille de Brian, mais c'est Walter.

Brian dévisagea Walter, comme s'il voulait graver ses traits dans sa mémoire.

— Je le tuerai très prochainement.

— Bien, dit David.

— Quelle est ta décision, Wedderburn ? cria Patrick.

— J'accepte vos conditions, cria-t-il en retour. Toutes vos conditions.

— Vide le château, et rends-toi, cria Patrick, et je libérerai les deux fillettes.

D'un côté comme de l'autre, la confiance ne régnait pas, et David laissa à Brian le soin de discuter du temps nécessaire. Finalement, il fut entendu que les Hume quitteraient d'abord la forteresse, mais que les portes resteraient ouvertes jusqu'à ce qu'on leur remette une des enfants.

David donna l'ordre, et les Hume levèrent le camp. Pour s'assurer que l'accord soit respecté, les archers Blackadder visaient de leurs flèches le cœur des filles, tandis que les Hume visaient Patrick.

David fut le dernier Hume à partir. La perte du château, qui avait été si important pour lui auparavant, ne signifiait plus rien comparée à celle de ses frères, de ses belles-filles et surtout, de sa femme.

Patrick et pas moins de trente Blackadder entrèrent dans la forteresse. Après avoir mené une fouille pour s'assurer que David n'avait pas laissé d'hommes à l'intérieur, Patrick se présenta sur la muraille.

— Laissez-en une partir, cria-t-il.

Walter libéra Margaret. Cette dernière traversa en courant les trente yards qui séparaient les Hume et les Blackadder restés devant la porte, pour se jeter tout droit dans les bras de David.

Il la serra contre lui un moment, fermant les yeux, puis il la confia à Robbie.

— Maintiens-la cachée derrière les hommes, dit-il.

— Et maintenant, l'instant de vérité, lança Patrick d'une voix puissante. La Bête se laissera-t-elle capturer pour une fillette inutile ?

Beatrix, qui était toujours détenue par Walter, regarda David et secoua la tête. Elle était aussi courageuse que sa mère.

— J'ai promis de livrer votre seigneur au Conseil, cria Patrick aux Hume. Mais un seul geste de travers, et je tue les deux filles et votre laird.

— Brian, chuchota David, protège ma famille.

— Au péril de ma vie, répondit Brian. J'aimerais qu'il y ait un autre moyen.

— Parfois, il faut accepter de mourir, répliqua David.

Et si c'était son destin, mourir pour sauver ceux qu'il aimait était la meilleure des décisions.

David prit une profonde inspiration. Puis il fit ce qu'il avait juré de ne plus jamais refaire.

Tout comme lorsqu'il était entré dans le palais de Holyrood avec son père et son oncle le jour de leur mort, il ignora la chair de poule qui se manifestait dans sa nuque et le poussait plutôt à se battre, et il déposa ses armes.

David détacha son épée et la tendit à Will. Puis il sortit ses dagues de sa ceinture et de ses bottes, puis celle qui était secrètement fixée à sa cuisse. Enfin, il retira sa hache de son ceinturon arrière et la laissa tomber par terre.

Le danger planait dans les airs, et la mort rôdait tandis qu'il descendait les marches raides qui menaient à son ennemi. Aux deux tiers du chemin, elles se séparaient. Il marqua une halte, se tenant debout, désarmé.

— Laissez partir l'autre fille ! cria la voix de Brian.

L'espace d'un instant, David se demanda s'il était possible de se battre plutôt que de se rendre. Quand Beatrix accourrait vers lui, pourrait-il la protéger de son corps avant que ses hommes n'arrivent en renfort ? Non, le risque qu'elle soit blessée était trop grand.

Apparemment, les Blackadder avaient pensé la même chose. Au lieu de libérer Beatrix comme il l'avait fait pour Margaret, Walter s'avança jusqu'aux guerriers Hume, la pointe de son épée dans son dos.

David était entouré d'une dizaine de soldats Blackadder, qui lui lièrent les mains derrière le dos et le poussèrent vers la porte. Sur la muraille, les archers Blackadder avaient toujours leurs flèches pointées sur son cœur. Il regarda par-dessus son épaule et vit que Beatrix était sous la protection des guerriers Hume.

Toute sa famille était en sécurité. Quoi qu'il se passe à présent, il n'avait aucun regret.

Chapitre 46

La joie qu'éprouva Alison en embrassant ses filles fut douce-amère.

— Dieu soit loué, je vous récupère !

Elle s'effondra en larmes en les serrant contre elle.

— Ils ont pris David, gémit Beatrix.

— Je sais, je sais, dit Alison en leur tapotant le dos.

Quand elles furent calmées, elle demanda :

— Comment les Blackadder ont-ils réussi à vous enlever du château sans que personne ici ne s'en rende compte ?

— Ils ne nous ont pas enlevées au château, avoua Beatrix.

— Quoi ? interrogea Alison en se tournant vers Brian, qui avait emmené les fillettes et se tenait non loin, près de Robbie et Will.

— Elles ont une sacrée histoire à vous raconter, lady Alison, dit Brian en hochant la tête en direction de Beatrix. Expliquez-nous ça, les filles.

— On était presque arrivées au village quand on nous a attrapées, commença Beatrix. C'étaient ces deux servantes méchantes. Jasper s'est échappé, mais nous, on n'a pas réussi.

— Tu es en train de me dire que vous êtes parties du château toutes seules ?

Alison était hors d'elle. Les filles avaient cherché les problèmes.

— On voulait rejoindre David et lui dire qu'il fallait qu'il rentre à la maison, avoua Margaret, sa lèvre inférieure tremblant.

— Dis-lui vite comment vous êtes parties, insista Robbie en donnant un petit coup de coude à Beatrix.

— On a trouvé un tunnel secret pour sortir du château, annonça Beatrix.

Le cœur d'Alison faillit cesser de battre dans sa poitrine. Était-ce le miracle pour lequel elle avait prié ? S'il existait un souterrain, alors leurs guerriers pourraient surprendre les Blackadder et libérer David.

— Quel tunnel secret ? demanda-t-elle.

— Will nous a raconté que le jour où les Hume avaient pris la forteresse, David avait peur que l'on s'échappe par le tunnel secret du château, dit-elle. Depuis lors, on a passé notre temps à le chercher.

— On ne l'a découvert que grâce à Jasper, ajouta Margaret d'une voix aiguë. On est passées dans les anciens appartements de père, et c'était là que se trouvait la porte cachée.

Les filles n'auraient jamais pénétré dans les appartements du seigneur lorsque leur père était encore en vie. En dix ans au château Blackadder, Alison s'était rendue dans cette pièce des centaines de fois, mais elle n'y était jamais restée une seconde de plus que nécessaire.

— Où est la porte secrète exactement ? demanda Alison.

— Dans le mur, derrière l'endroit où se trouvait le lit.

Beatrix expliqua qu'elles avaient essayé d'attraper leur chiot, et dans l'action, elle était tombée contre le mur.

— La pierre du bas, derrière la tapisserie, a bougé, donc je me suis levée pour la pousser du pied.

Cela ressemblait tellement à Beatrix.

— On a senti un courant d'air froid, alors on a rampé sous la tapisserie, poursuivit Beatrix. Et on est tombées dessus. Une ouverture dans le mur, qui faisait pile notre taille.

— Est-elle assez grande pour que je passe dedans ? s'enquit Brian.

— Je crois, dit Margaret, rejetant la tête en arrière pour le regarder dans toute sa hauteur. Si tu fais attention à ta tête.

— Où ce tunnel ressort-il ? interrogea Alison.

— Près de la rivière, indiqua Beatrix. Pas loin de là où on a fait notre pique-nique.

— Les Blackadder surveillaient pour s'assurer qu'on ait bien quitté la zone, et il nous fallait déposer les filles en lieu sûr, intervint Brian. Mais à la nuit tombée, j'y retournerai avec quelques hommes.

— Attendez, dit Alison avant de se tourner vers ses enfants. Avez-vous raconté à Patrick comment vous étiez parties du château ?

Les deux fillettes secouèrent la tête.

— Je lui ai dit tout le reste, répondit Beatrix. Mais je savais que le tunnel était un secret très important.

— Bien, approuva Brian. On va se faufiler dans le souterrain ce soir, et notre seigneur sera de retour au matin.

— Vous ne pouvez pas, déclara Beatrix, ses épaules s'affaissant. Le tunnel ne sert qu'à sortir, pas à entrer.

— Pourquoi dis-tu cela ?

— On a eu peur dans le souterrain, et on a essayé de faire demi-tour, dit-elle. Mais la porte secrète s'était fermée derrière nous et elle ne s'ouvrait plus.

— Les filles n'étaient sûrement pas assez fortes pour l'ouvrir elles-mêmes. Je vais y aller seul dans un premier temps pour vérifier, suggéra Brian avant de se tourner vers Beatrix. Il faut que tu essaies de m'indiquer exactement où tu es sortie du tunnel. Il doit être bien caché.

— Je peux vous montrer, répondit Beatrix.

— Non, dit Brian. David s'est montré très clair sur ce point : je dois te ramener au château Hume et tu dois ensuite y rester sous bonne garde.

— Bea est forte en dessin, intervint Will en courant chercher un charbon dans la cheminée.

Brian rentra en fin d'après-midi. Au vu de sa mine défaite, Alison sut qu'il avait échoué. Elle l'attira avec Robbie dans un coin de la grande salle où ils pourraient parler seuls.

— J'ai trouvé le tunnel. Je suppose que personne ne l'a utilisé depuis l'époque des grands-pères de nos grands-pères. Il est étroit, avec des tas de pierres et de débris. J'ai découvert la porte, mais les filles ont raison. Il n'y a aucun moyen de l'ouvrir sans briser le mur de pierre, ce qui prendrait du temps et ferait beaucoup de bruit.

— Ce dont on a besoin, c'est un complice à l'intérieur, estima Robbie. Peut-être qu'on pourrait soudoyer l'un de leurs hommes pour ouvrir la porte du passage.

— Il prendrait nos pièces et nous trahirait, dit Brian. Puis nous aurions tous les Blackadder qui nous attendraient à la sortie du tunnel.

Tous les deux discutèrent encore, mais la réponse semblait évidente à Alison.

— Je peux aller à l'intérieur, les interrompit-elle. Patrick me laissera rentrer. Je trouverai la porte et l'ouvrirai pour vous.

C'était là un bien meilleur plan que sa vague idée initiale d'y aller et de trouver par elle-même un moyen de faire sortir David.

— Non, dit Robbie en croisant les bras, tout comme David. Tu ne peux pas faire ça, c'est beaucoup trop dangereux.

— Je suis la seule à pouvoir le faire, objecta-t-elle. Patrick ne laissera entrer personne d'autre, et vous le savez très bien tous les deux.

— David ne serait jamais d'accord pour vous laisser vous jeter dans les griffes de cet homme, déclara Brian. Attendez vos frères et laissez-les convaincre Patrick de relâcher votre époux.

— J'ai déjà attendu mes frères une fois. Je ne referai pas la même erreur, dit-elle en se levant. Je pars sauver mon mari.

Un des hommes Hume accourut dans la pièce en criant :

— Des chevaliers à l'approche, lady Alison. Pourriez-vous venir voir si ce sont les Douglas ?

Avait-elle mal jugé Archibald et George ? Elle s'empressa de sortir du donjon et grimpa l'escalier pour se tenir sur la muraille. Le désespoir affaissa ses épaules quand elle vit les cavaliers. Même si c'étaient des Douglas, à quoi leur servirait seulement une dizaine de guerriers ?

Archibald ne voyageait jamais avec si peu d'hommes maintenant qu'il était comte et chef de clan. La jeune femme plissa les yeux, tâchant de voir si George faisait partie des cavaliers. Parmi eux, elle vit quelqu'un qui portait une robe et ressemblait beaucoup à…

Dieu du ciel, c'était sa sœur, Sybil.

— Ouvrez les portes ! cria-t-elle, puis elle se précipita en bas de la muraille.

Dès que sa sœur entra dans la cour, elle glissa au bas de son cheval et accourut dans les bras d'Alison. Sybil n'avait que dix-sept ans, mais elle respirait l'assurance et une vive sensualité.

— Je suis tellement contente de te voir, dit Alison. Mais dis-moi, y a-t-il d'autres Douglas en chemin ?

— Archibald et George n'étaient pas là, donc je suis venue avec ma garde, répondit Sybil.

— J'espérais qu'Archibald vienne ou envoie George pour négocier la libération de David, déclara Alison.

— J'ai porté quelque chose de plus utile qu'Archibald, annonça Sybil, le regard pétillant.

Elle se pencha près de sa sœur pour ajouter à voix basse :

— J'ai volé son sceau.

Alison était sous le choc. Un sceau de chef de clan portait tout le poids de son autorité.

— Archibald va être furieux.

— Pas si je le remets à sa place avant qu'il s'en rende compte, répliqua Sybil avec un clin d'œil.

— Comment as-tu réussi à le prendre ? demanda Alison. Il doit sûrement garder son sceau dans un tiroir fermé à clé.

— Je sais forcer une serrure depuis que j'ai quatorze ans, révéla Sybil. J'ai laissé un garçon m'embrasser en échange de cette leçon.

— Sybil, tu n'as quand même pas fait ça.

— Ah, il était tellement beau, j'aurais peut-être fini par l'embrasser de toutes les façons, dit-elle en balayant cette idée d'un geste de la main. Maintenant, nous allons écrire un message à cet affreux Patrick Blackadder. Je me suis entraînée à imiter la signature d'Archibald depuis le jour où il est devenu comte.

— Mais pourquoi ça ? interrogea Alison.

— Pour survivre à la cour, une fille doit apprendre ce genre de choses, dit Sybil.

De ce qu'Alison avait entendu, Sybil avait beaucoup de succès à la cour.

— À l'inverse d'Archibald, qui peut être difficile et manquer de perspicacité, j'écrirai tout ce que tu auras besoin que notre chef de clan dise, poursuivit sa cadette.

Plus Alison y pensait, plus elle se disait que ça pouvait marcher.

— Bénie sois-tu, remercia-t-elle sa sœur en l'embrassant une nouvelle fois.

Elles montèrent dans le donjon, loin des regards curieux, afin de rédiger le message. Inutile que quiconque sache si Archibald l'avait écrit lui-même ou pas. Quand elles eurent terminé, Sybil signa avec quelques fioritures et y apposa le sceau du chef du clan Douglas.

— Je viendrai avec toi au château Blackadder, dit Sybil.

— Non, j'ai besoin que tu restes ici, répliqua Alison. Si les choses ne tournent pas comme je l'espère, je veux que tu t'occupes de mes filles.

— Moi ? interrogea Sybil. Pourquoi pas notre sœur Maggie ? Tout le monde sait qu'elle fera une excellente mère.

— Je n'aime pas son mari, répondit Alison. Et je veux que mes filles apprennent à être fortes, comme tu l'es.

— Il ne t'arrivera rien, dit Sybil en serrant un mince morceau de métal dans sa main. C'est un crochet. Ça ne marche pas forcément sur toutes les serrures, mais la plupart oui.

— Comment l'as-tu obtenu ?

— De ce même garçon, lança Sybil dans un sourire. Pour deux baisers de plus.

Alison chevaucha jusqu'aux portes du château Blackadder entourée de la garde de sa sœur, dont la présence l'avait aidé à persuader ses protecteurs Hume de suivre son plan. Grâce à Sybil, qui ne voyageait jamais léger, elle portait une belle robe et une coiffe raffinée, convenant parfaitement à son statut de belle-sœur de la reine.

Alison fit avancer sa monture à quelques yards de la porte et patienta.

Pendant que les gardes parlaient entre eux, elle lutta contre la tentation d'essuyer ses mains moites sur ses jupons. Peu de temps après, Patrick en personne apparut sur les remparts, ne croyant apparemment pas ses hommes sur parole. Il disparut, et le cœur de la jeune femme sombra.

— Notre seigneur souhaite la bienvenue à lady Alison, cria un des Blackadder. Mais elle doit entrer seule.

Alison ravala sa panique. Elle devait pénétrer dans ce château et ouvrir la porte secrète du tunnel. Elle était la seule capable de sauver David.

Après avoir fait signe aux Douglas pour qu'ils la laissent y aller, elle entendit le bruit de leurs chevaux qui s'éloignaient. Elle resta assise sur sa monture, le regard rivé sur un point lointain devant elle. Comme elle l'avait à la fois espéré et craint, la porte s'ouvrit avec un léger grincement. Patrick se tenait debout, au milieu de la cour, les jambes fermement ancrées, les mains dans son dos. L'instinct d'Alison lui dictait de faire faire demi-tour à son cheval aussi vite que possible.

Au lieu de cela, elle s'avança seule pour faire face à Patrick et à un château plein de guerriers avec pour seules armes un parchemin roulé dans sa manche, un crochet dans sa coiffe, et une dague fixée à sa cuisse.

Chapitre 47

Alison se força à chevaucher à rythme lent pour traverser la cour et rejoindre Patrick. La ressemblance de ce dernier avec son ancien époux la frappa de nouveau, lui rappelant le premier jour où elle avait pénétré dans ce château, jeune épouse effrayée.

Patrick la voyait toujours de cette façon. Il l'avait sous-estimée, et elle se servirait de cela à son avantage.

— Quelle surprise ! s'exclama Patrick. Mais une belle surprise.

Elle fut soulagée de constater qu'il usait de courtoisie, du moins pour le moment.

— J'en suis heureuse, dit-elle en tâchant de dissimuler sa nervosité à l'aide d'un sourire. Voulez-vous m'aider à descendre ?

Elle serra les dents pour les empêcher de grincer quand il referma ses mains autour de sa taille. Tandis qu'elle démontait, sa lourde robe commença à bouger. Elle s'imagina le crochet perdu dans la poussière, ou pire, tombant aux pieds de Patrick tandis que sa coiffe roulerait par terre. Le cœur battant la chamade, elle la redressa sur sa tête d'une main alors qu'elle touchait le sol, puis elle la lâcha prestement.

— Je suis désolé de ne pas avoir accepté la présence de votre escorte, déclara Patrick. Mais les circonstances font qu'il est difficile de faire confiance à quiconque ces jours-ci.

— Je vous fais confiance, répondit-elle en prenant son bras. Sinon, je ne serais pas venue, et certainement pas seule.

Vu l'air satisfait qu'il arborait, elle avait apparemment dit exactement ce qu'il fallait. La jeune femme respira un peu mieux.

— Si vous êtes ici pour me demander de libérer Wedderburn, il faudra vous montrer très persuasive, dit-il en lui adressant un regard insistant tout en la guidant vers le donjon.

— Je n'attends pas de vous que vous le libériez, repartit-elle. Je comprends qu'il doive se soumettre à la justice de la Couronne après ce qu'il a fait.

Quand ils furent à l'intérieur, il claqua des doigts à l'intention des domestiques et leur ordonna de porter des rafraîchissements. Patrick laissait clairement apparaître des signes extérieurs de son nouveau statut de seigneur, ce qui ressemblait si peu à David, qui disposait d'une autorité naturelle. David Hume aurait pu entrer dans une pièce en haillons, tout le monde aurait su que c'était un chef capable d'emmener des hommes au combat.

Il lui parut étrange de s'asseoir dans son fauteuil habituel avec Patrick auprès d'elle, dans le siège du laird que David occupait encore si récemment.

— J'ai entendu que votre père était mort, lança-t-elle. Je vous présente mes condoléances.

— Il était vieux, dit Patrick. Ce vin est bon, n'est-ce pas ?

Apparemment, il avait oublié que le vin provenait de la cave d'Alison.

— Si vous n'êtes pas venue pour me supplier d'épargner Wedderburn, alors pourquoi êtes-vous là ? demanda-t-il.

Elle se souvint à quel point Patrick avait insisté sur le fait qu'ils étaient faits l'un pour l'autre et qu'elle le désirait quand il l'avait capturée au retour de l'abbaye. Elle songea à le conforter dans cette idée, mais elle craignit de ne pas assez bien jouer ce rôle et redouta qu'il ne se rende compte de son mensonge. Le plus sûr était de feindre la simple acceptation de son changement de situation.

— Nous autres les femmes, nous devons nous montrer pragmatiques, dit-elle. Je ne souhaite pas abandonner mon foyer ni les droits de succession de mes enfants.

Elle sursauta sur son siège quand Patrick posa une main chaude et moite sur sa cuisse. Heureusement, ce n'était pas la cuisse sur laquelle elle avait fixé sa dague.

— Naturellement, mon frère, le comte d'Angus, se soucie aussi de moi et de l'avenir de mes filles, poursuivit-elle, en offrant à Patrick un sourire aimable tout en retirant sa main.

— Votre frère ? dit-il. S'il était intéressé, il serait ici.

— Hélas, ses responsabilités en tant que beau-père du roi et membre de son Conseil l'empêchent de quitter Édimbourg pour le moment.

Elle sortit le message que Sybil avait contrefait de sa manche et le remit à Patrick.

— Il espère que vous et moi pourrons trouver un accord qui satisfasse nos deux familles, ajouta-t-elle.

— Bizarre qu'il envoie une femme pour négocier, murmura-t-il en le lisant.

Elle plaqua un sourire sur son visage, mais son sang tambourina dans ses oreilles jusqu'à ce que Patrick finisse sa lecture. Se douterait-il qu'il s'agissait d'un faux ?

— En quoi une alliance par le mariage entre nos familles serait acceptable pour vous à présent ? demanda-t-il en plissant les yeux dans sa direction. Vous devez admettre que votre fuite de l'abbaye montrait un certain manque de bonne volonté.

Alison s'était préparée à cela.

— À l'époque, j'ai pensé que je pouvais porter l'enfant de Wedderburn, qui deviendrait l'héritier Hume.

Elle ne put s'empêcher de rougir en parlant d'un sujet aussi intime.

— Mais ce n'est pas le cas, reprit-elle.

Patrick lui adressa un hochement de tête raidi. Comme elle s'y attendait, il comprenait qu'elle faisait cela pour conserver ses droits d'héritage.

— L'autre raison est que, en toute franchise, je ne souhaitais pas épouser votre père.

— Et vous voyez différemment le fait de m'avoir comme époux désormais, alors, c'est ça ? s'enquit-il, un sourire menaçant jouant sur ses lèvres.

En venant, Alison savait qu'elle courait le risque que Patrick ignore les formalités d'une négociation de mariage, et se contente de la mener de force à l'étage pour la violer. Vu la façon dont il la regardait à présent, c'était ce qu'il voulait faire. Elle pouvait presque voir tous les calculs qu'il faisait dans sa tête.

Patrick pianota du bout des doigts. Que faisait donc son chaton ?

— J'ai hâte de vous épouser, dit-elle, en baissant les yeux sur cette tenue qui lui chauffait les sangs. Vu les relations qu'entretiennent nos familles, il devrait toujours être possible d'obtenir une annulation. Cela prendra du temps bien sûr.

Patrick la tenait là, sous son toit. Il était hors de question pour lui d'attendre qu'ils soient mariés.

— Comme mon frère l'indique dans sa lettre, la situation doit être menée avec doigté auprès des Wedderburn pour s'épargner des ennuis avec les Hume et leurs alliés.

Elle passa nerveusement les doigts sur sa coiffe tout en parlant.

— Il pense qu'il est important que Wedderburn soit jugé pour son crime par le Conseil, afin que le blâme ne vous retombe pas dessus – ni sur les Douglas. Il vous presse de l'emmener à Édimbourg le plus rapidement possible.

— J'ai déjà ce château, et mon ennemi dans mon cachot, déclara Patrick. Je n'ai pas besoin de ses conseils de prudence.

— Mon frère nourrit de très grandes ambitions, comme je suis sûre que vous le savez, dit-elle en joignant ses mains. Il n'acceptera pas ce mariage si cela entre en contradiction d'une quelconque façon avec ses objectifs.

C'était bizarre, bien entendu. Alison avait toujours été réservée et docile. Elle venait d'une famille qui s'était impliquée dans des complots royaux pendant des générations entières, mais il n'avait jamais entendu la jeune femme parler d'affaires d'hommes auparavant.

Son chaton avait la folie des grandeurs. Il la ferait redevenir la fille timide de ses fantasmes et il s'amuserait bien à faire cela.

Il pianota du bout des doigts encore une fois. Pourquoi voulait-elle avec tant d'ardeur que Wedderburn soit porté devant le Conseil ? Était-ce une ruse pour lui sauver la vie ?

Pendant toutes ces années où elle était mariée à son frère, elle l'avait désiré. Patrick en était sûr. Mais ça, c'était avant Wedderburn. La Bête était un homme jeune, viril, et il avait une carrure et une beauté qui attiraient les femmes comme des mouches.

— Est-il vrai que Wedderburn et vous avez vécu séparément ?

Il le savait, mais il voulait observer son visage quand elle le dirait.

— Oui, acquiesça-t-elle. Je ne pouvais pas supporter sa vue après ce qu'il a fait à lord D'Orsey.

Avait-il vu une pointe de tristesse dans son regard avant qu'elle lui réponde ?

Alison affirmait qu'elle avait hâte d'être son épouse. Mais était-ce Wedderburn qui avait son cœur ?

Patrick savait précisément comment s'y prendre pour trouver la réponse.

Patrick agrippa le bras d'Alison et la fit se lever. Elle lança un regard affolé sur la grande salle bondée tandis qu'il la traînait à travers la pièce pour accéder à l'escalier menant au sous-sol. Mais elle ne trouverait aucune aide parmi les Blackadder.

— Inutile de me tirer ainsi, dit-elle, luttant pour garder son calme. Je vous suivrai de mon plein gré.

Patrick ignora sa requête. Quand elle trébucha dans l'escalier, il la souleva et la porta jusqu'en bas avant de la reposer. Une fois qu'il la poussa devant les cuisines et les réserves, elle sut où il était en train de l'emmener.

Le cachot.

David devait encore être en vie, ou Patrick ne l'emmènerait pas là. Malgré la poigne malveillante de Patrick et son comportement effrayant, la jeune femme se sentit soulagée.

Quand ils atteignirent la grille de fer du cachot, Patrick prit la torche qui était fixée au mur et la rapprocha de la porte.

— Regardez-le bien, dit-il en la poussant de sa main dans son dos. Il n'est plus aussi beau qu'il l'était.

Alison se rendit compte que c'était une sorte d'épreuve et elle se prépara à voir ce que Patrick avait fait à son aimé.

— Wedderburn ! cria-t-il. Alison est ici.

Nulle réponse, mais elle entendit un faible gémissement provenant de l'obscurité, au fond de la cellule. Patrick prit la grande clé attachée à sa ceinture et ouvrit la serrure de la grille. Un bras autour de la taille d'Alison, il la tira à l'intérieur de la cellule et projeta la torche devant eux, éclairant le coin le plus éloigné.

David était étendu par terre, enchaîné au mur par des menottes. Des larmes perlèrent dans les yeux de la jeune femme quand elle vit son fier mari, le guerrier légendaire et seigneur de son clan, enchaîné comme un animal.

Tandis que les yeux d'Alison s'adaptaient à la pénombre, elle vit des balafres et du sang séché sur ses pieds et ses jambes. Son regard remonta jusqu'à l'amas sanguinolent qu'était sa main posée sur son genou. *Dieu me vienne en aide, que t'a donc fait Patrick ?* Elle enfonça ses ongles dans les paumes de ses mains. Quoi qu'elle ressente, il ne fallait pas qu'elle le montre.

La tête de David reposait sur son autre genou, sur son bras, de telle sorte qu'elle ne distinguait pas son visage. Sa chemise était ensanglantée, mais ses bourreaux ne la lui avaient pas enlevée. Cela voulait dire qu'il avait toujours la pierre.

Tiens bon, mon amour. Je suis là. Je suis là !

David entendit la voix de son ennemi prononcer le prénom de sa femme.

Alison. Il sentit le parfum léger de lavande qu'elle portait toujours, mais son esprit devait lui jouer des tours. Il n'avait cessé d'alterner les états de conscience et d'inconscience depuis la dernière fois où on l'avait battu.

— Wedderburn ! tonna encore la voix de Patrick qui le sortit de sa stupeur. Je veux que tu voies qui je t'ai pris.

Alison ne pouvait pas se trouver dans ce trou à rats. Mais elle avait été avec lui, dans son cœur pendant tout ce temps, et il s'était accroché à son image aussi longtemps que possible pour la garder auprès de lui.

— Tu voulais mourir pour ses filles, et voilà qu'elle vient ici pour négocier son prochain mariage avant même que tu sois mort, lança Patrick.

David perçut sa présence encore plus fort qu'avant. Il souleva la tête, mais elle était trop lourde pour qu'il puisse la tenir, alors il la posa contre le mur de pierre derrière lui. Son œil tuméfié était fermé, mais s'il se concentrait il pourrait l'entrouvrir un peu.

Et elle apparut. Aussi jolie dans ses rêves que la dernière fois qu'il l'avait vue. La voir le fit sourire, ce qui ouvrit une des blessures de ses lèvres.

— Alison.

David n'était pas sûr de parler à voix haute. C'était elle. Il s'appuya contre le mur pour se relever maladroitement.

— Maintenant, tu as perdu tout ce que tu m'as volé, reprit Patrick. Elle est à moi maintenant. À moi !

— Non, dit David en secouant la tête, même si cela lui envoyait des éclairs de douleur à travers tout le crâne.

Patrick poussa Alison hors de la cellule. Puis il s'approcha du prisonnier, juste assez loin pour être hors de portée de ses chaînes.

— Je veux que tu saches que pendant que tu es affalé par terre ici, sans défense et en sang, je serai dans ton lit avec ta femme, pour la baiser toute la nuit, lui lança Patrick dans un murmure rauque.

— Non !

Un sursaut de rage poussa le corps de David à ignorer la douleur, et il fit un grand mouvement en direction de Patrick. Quand les chaînes autour de ses poignets le retinrent en arrière, la douleur de sa main le rendit sourd et aveugle un instant. Puis, malgré le bourdonnement dans ses oreilles, il entendit le rire de son ennemi.

— C'est moi qu'elle veut, dit Patrick. Ça a toujours été moi.

Chapitre 48

Alison lutta pour maîtriser ses émotions avant que Patrick sorte de la cellule. Elle savait qu'il ferait souffrir David par pure méchanceté. Elle avait même compté sur le désir de Patrick de lui réserver une mort lente pour lui laisser le temps de le libérer. Mais elle était secouée d'avoir vu David si affaibli.

Il était de toute évidence trop faible pour quitter sa cellule sans aide extérieure. Pourtant, elle parvint à le laisser enchaîné et entièrement incapable de se défendre.

David poussa soudain un hurlement de douleur qui déchira le cœur de la jeune femme comme un coup de poignard. Elle se dit qu'elle devait garder la tête froide, rester concentrée sur sa mission. Elle n'avait pas le droit à l'erreur. Il fallait qu'elle veille au respect de son emploi du temps. Elle attendit un instant après que Patrick eut dit ses dernières paroles à David, et eut commencé à se tourner vers elle et la porte.

Elle balança son bras et jeta le crochet à travers les barreaux. Elle pria pour l'avoir lancé assez loin pour que David puisse l'atteindre et le trouve.

Après avoir verrouillé la porte du cachot, Patrick la pressa contre le mur. Se penchant vers elle, il examina de son regard dur et gris le visage de la jeune femme à la lueur de sa torche.

— Comment ça, pas de larmes ? demanda-t-il.

— Non, mais je n'aime pas voir un homme menacé de la sorte, dit-elle d'un ton froid et désapprobateur.

Les lèvres de Patrick se relevèrent en un léger sourire. Apparemment, elle avait réussi cette satanée épreuve. Il coinça la main d'Alison dans son bras et marcha avec elle, affichant ce fin vernis de courtoisie qu'il lui avait montré plus tôt, comme si rien d'inhabituel n'était survenu.

Les cris à fendre le cœur que poussait David résonnaient contre les murs tandis que Patrick la menait vers le sous-sol. Elle pria Dieu et tous les saints que David survive jusqu'au sauvetage de ce soir.

Mais elle ne pourrait pas ouvrir la porte du tunnel si Patrick lui collait aux basques en permanence. La laisserait-il donc à un moment ? Pour la première fois, elle craignit vraiment d'échouer, et redouta que David meure dans ce puits de misère.

Alison ne s'était jamais sentie aussi seule.

Tandis qu'ils passaient devant la cuisine, elle repéra un visage familier. Le cuisinier était revenu au château avec les autres Blackadder. Même si son expression était aussi maussade que d'habitude, le bref instant où leurs regards se croisèrent, il lui adressa un léger hochement de tête. Ce n'était qu'un cuisinier alors qu'elle avait besoin d'une armée entière.

Mais elle avait un ami dans le château.

David hurla de frustration. Son épouse, la femme qu'il aimait, était aux mains de Patrick Blackadder, et il ne pouvait rien faire pour la protéger. C'était inutile, mais il tenta de se libérer de ses chaînes jusqu'à ce que ses poignets soient à vif, ensanglantés.

Au moins, sa rage lui permit de faire le point. Pourquoi Alison était-elle venue au château ? Quoi que Patrick ait voulu lui faire croire, David faisait confiance à Alison. Elle avait dû penser qu'elle pourrait lui sauver la vie. Il pria Dieu pour qu'elle ne se soit pas mise en danger pour lui. Mais elle devait participer à un plan destiné à le secourir. Après les risques qu'elle avait pris, il serait prêt.

Au bout d'un moment, il entendit des bruits de pas, et espéra que ce soient les guerriers Hume. Au lieu de cela, c'était Walter, qui était venu le rouer de coups.

— J'ai une faveur à vous demander, dit Alison en levant les yeux sur Patrick tandis qu'ils rentraient dans la grande salle. J'ai perdu la bague que mon père m'a donnée dans les appartements du seigneur. Cela vous dérangerait-il que je la cherche ?

— J'enverrai un serviteur, répondit-il.

— Je préfère la chercher moi-même, dit-elle avant de baisser la voix. Elle a de la valeur.

Elle lutta pour conserver un air innocent tandis qu'il lui lançait une œillade suspicieuse. S'il ne croyait pas à son histoire pour entrer dans les appartements du laird, il n'en croirait sûrement pas une autre. Quand l'expression de Patrick changea subitement, la jeune femme se fit encore plus de souci.

— Vous n'avez pas besoin d'excuse pour me faire aller à l'étage, déclara-t-il. On a tous les deux attendu pendant bien trop longtemps.

Dieu m'en préserve. Croyait-il vraiment qu'elle le désirait ? Son arrogance était sans limites.

Elle ne pouvait pas l'offenser avant qu'il l'emmène là-haut. Il fallait qu'elle entre dans les appartements du seigneur, et c'était très probablement sa seule chance d'y arriver. Son cœur battait la chamade quand ils pénétrèrent dans la cage d'escalier menant aux chambres à coucher.

Elle pria pour ne pas avoir à laisser Patrick abuser d'elle, mais elle ferait le nécessaire pour sauver David. À travers le tissu de sa robe, elle tâta la dague fixée à sa jambe.

D'une façon ou d'une autre, elle avait l'intention de réussir sa mission.

La panique parcourut les veines de la jeune femme quand Patrick pressa le pas en passant devant les appartements du seigneur. Apparemment, il avait voulu l'emmener directement à la première chambre dotée d'un lit, qui était celle qu'elle avait partagée avec David. Ce serait trop dur à supporter.

— Je veux vraiment chercher cette bague, dit Alison en lui tirant doucement le bras.

Quand il se tourna pour la regarder, elle inclina la tête et afficha un sourire forcé.

— S'il vous plaît ? ajouta-t-elle.

Elle devait mieux parvenir à dissimuler sa haine qu'elle ne le pensait, car il revint sur ses pas et ouvrit la porte des appartements du seigneur pour elle.

Elle traversa la pièce et se tint dos au mur où le lit s'était autrefois trouvé.

— Tous les hommes Blackadder étaient furieux quand vous avez brûlé le lit, dit Patrick sans quitter Alison des yeux, s'approchant d'elle progressivement. Mais je savais que vous détestiez qu'il vous touche, tout autant que moi, je le détestais.

— La bague est tombée entre la tête du lit et le mur, là où je n'arrivais pas à aller, insista-t-elle, d'une voix suraiguë.

— Vous aviez besoin d'un homme plus jeune pour vous satisfaire, poursuivit-il en avançant encore d'un pas. Vous aviez besoin de moi.

— J'aurais dû chercher cette bague dès que j'ai fait retirer le lit, dit-elle en regardant frénétiquement le sol, comme si elle s'attendait à ce que l'anneau réapparaisse par magie. Mais ensuite, il y a eu le siège et… et… tout le reste, et j'ai oublié de la chercher.

Il l'effleurait presque, donc elle s'agenouilla par terre.

— Elle est quelque part par ici, je le sais.

La jeune femme passa la main droite sur le sol, tout en faisant furtivement courir le bout des doigts de sa main gauche sur le bas du mur, en quête d'une marque qui lui révélerait la pierre qui débloquait la porte secrète.

Elle palpa le mur délicatement, de peur d'ouvrir la porte par accident, sous les yeux de Patrick. Les filles avaient dit que la porte était cachée derrière la tapisserie, mais qu'arriverait-il si elle s'ouvrait dans un grand bruit, ou si un courant d'air en provenance du tunnel faisait bouger la tenture ?

Elle ne sentit aucune trace de la pierre mouvante, mais elle devait bien être là.

— Oubliez cette bague, déclara Patrick en la relevant. J'en ferai faire une nouvelle pour vous.

Alison se trouvait coincée entre le mur et lui.

— Mais…

— Je vous ai dit d'oublier la bague, s'emporta Patrick en la saisissant par les épaules et en la poussant en arrière jusqu'à ce qu'elle sente les pierres froides et dures sous la tapisserie.

— J'ai attendu dix longues années pour vous avoir, reprit-il.

— Il nous faut être patients, dit-elle. Le contrat de mariage n'est pas encore signé.

Elle ne fit pas remarquer qu'elle était encore mariée à un autre homme, de peur qu'il ne décide d'y remédier sur-le-champ.

— Je n'attendrai pas une heure de plus, répliqua-t-il.

— Vous ne voulez tout de même pas contrarier mon frère, objecta-t-elle rapidement. Je pense qu'il dirigera bientôt ce pays au nom de son beau-fils.

— Votre frère est plus pragmatique que vous ne le claironnez, rétorqua-t-il. Il acceptera si c'est chose faite, et nous nous mettrons d'accord sur les termes ultérieurement.

Alison eut la nausée en sentant son haleine de poireau et l'odeur rance de sa peau mal lavée qui la prit au nez. Quand elle détourna la tête, il prit ce geste pour une invitation à lui embrasser le cou.

La jeune femme ravala son dégoût et se servit de cette diversion pour taper du talon la base du mur. Quand Patrick saisit son sein, elle repoussa sa main et fit un pas de côté, où elle tapa encore du talon contre le mur. Il était si occupé à lui baver dessus qu'il ne sembla pas se rendre compte qu'elle sondait le mur, pouce par pouce, à la recherche de la pierre qui ouvrirait la porte du tunnel.

— Je t'ai désirée pendant si longtemps, annonça-t-il.

Ah, non, voilà qu'il avait glissé sa main sous sa tunique, tâchant de défaire ses braies. Il fallait qu'elle agisse.

— Pas comme ça, dit-elle. Je vous en prie, Patrick, pas comme ça.

— Précisément comme ça, répliqua-t-il. J'ai imaginé cette scène des milliers de fois.

Quand elle tenta de lutter contre lui, il maintint ses poignets contre le mur de part et d'autre de sa tête.

— Mon frère s'attend à ce que vous me traitiez avec respect. Nous serons mariés en temps voulu, et il vous faut attendre d'ici là.

— Dix ans, c'est déjà assez long.

Il ouvrit en grand ses culottes, révélant son membre en érection. Que Dieu lui vienne en aide à présent !

Alison avait souffert de dégradations en tout genre pendant dix ans pour satisfaire la vanité d'un homme cruel et méprisable. Elle se dit qu'elle pouvait bien endurer cela une dernière fois pour sauver la vie d'un homme bon, l'homme qu'elle aimait et avec qui elle voulait passer le restant de ses jours.

Mais maintenant qu'ils en étaient là, Patrick lui rappelait trop son défunt époux. La rage qu'elle avait contenue pendant toutes ces années ne put s'empêcher d'éclater en elle.

— Tu as aussi envie de moi, dit-il en soulevant ses jupons. Je sais que tu me veux.

— Pas du tout ! s'exclama-t-elle avant de lui assener un coup de genou entre les jambes.

Tout sembla se dérouler en accéléré. Patrick était en train de hurler une bordée d'injures à son oreille. Elle bougea le pied pour reprendre son équilibre et elle sentit le mur s'ouvrir derrière son talon. Un instant plus tard, la tapisserie sur laquelle elle avait posé sa main lui donna l'impression qu'il n'y avait plus rien derrière, et un courant d'air froid caressa ses pieds.

Elle venait d'ouvrir la porte du tunnel.

Si Patrick s'en rendait compte et découvrait ce passage, alors, tout était perdu. Les guerriers Hume se feraient tuer les uns après les autres à mesure qu'ils emprunteraient le tunnel, elle n'échapperait jamais à Patrick, et David mourrait dans d'atroces souffrances au cachot.

Il fallait qu'elle fasse sortir Patrick de cette pièce. Ce dernier était toujours plié en deux, et elle se mit à courir vers la porte, sachant qu'il s'élancerait à sa poursuite. Mais il l'attrapa avant qu'elle atteigne la porte. Son regard gris et dur exprimait une violente furie quand il la projeta contre le mur.

— C'est à cause de lui, n'est-ce pas ? cria-t-il en la secouant. Il t'a détournée de moi !

Alison craignit qu'il ne la tue.

— Non.

Elle se souvint soudain de la dague qui était fixée à sa cuisse, et elle tenta désespérément de l'attraper.

— Je veux seulement que vous attendiez le contrat de mariage, reprit-elle.

— Tu me voulais avant. Pendant toutes ces années, tu m'as voulu, moi, dit-il, le regard sauvage. Maintenant, c'est Wedderburn que tu veux.

— Wedderburn m'a forcée à l'épouser, répliqua-t-elle en luttant pour remonter son jupon assez haut pour atteindre sa lame. Je n'avais pas le choix.

— Il est enchaîné dans une cellule de prison, cingla-t-il entre ses dents. Et tu lui es toujours loyale !

— Je jure que c'est la vérité, dit-elle avant de plonger sa dague dans son flanc. Je lui suis toujours loyale.

Chapitre 49

Patrick saisit son côté. L'air choqué, il baissa les yeux sur le sang qui coulait entre ses doigts, puis il leva les yeux vers elle, et la dague qu'elle tenait encore à la main.

Alison n'avait jamais tenté de tuer un homme auparavant, et elle avait clairement échoué. Avec un rugissement, Patrick se jeta sur elle. Elle bascula en arrière sous la puissance de l'impact, et ils atterrirent sur un guéridon, puis sur le mur. Abasourdie et blessée, elle se releva.

Patrick était étendu, immobile sur le sol. Il avait une plaie à la tête et une dague dans le ventre. D'instinct, elle avait dû mettre sa lame devant elle quand il l'avait chargée. Dieu du ciel, l'avait-elle tué après tout ? Craignant qu'il ne se redresse d'un bond et l'attaque de nouveau, elle le titilla du bout du pied. Il ne bougeait toujours pas.

Combien de temps avant qu'un des hommes de Patrick ne vienne chercher son seigneur et le découvre inanimé ? Elle ne pouvait attendre que les guerriers Hume arrivent pour l'aider. David et elle devaient s'échapper par le tunnel maintenant.

Alison était sur le départ quand son regard tomba sur la bourse fixée à la ceinture de Patrick. Il lui fallait la clé du cachot au cas où son crochet ne fonctionnerait pas. Elle s'agenouilla près du corps. Prise de nausée en sentant le sang du mort couler sur ses doigts, elle retira la clé de la bourse. Elle essuya sa main sur ses jupons puis baissa les yeux sur sa robe de soie maculée de sang.

Dans cette tenue, on la reconnaîtrait facilement si elle voulait traverser la petite portion de la grande salle séparant l'escalier de la tour de celui du sous-sol. Après avoir fermé la porte sur le cadavre de Patrick, elle se rua vers la chambre de la tour, quitta la si jolie robe de sa sœur et sa coiffe élaborée, puis enfila une tenue plus simple et une coiffe confectionnée par Flora.

Elle traînait beaucoup trop ! À tout moment, le corps de Patrick pouvait être découvert.

Quand elle arriva en bas de l'escalier, Alison retint son souffle et jeta un coup d'œil dans la grande salle. La pièce débordait d'activité, ce qui signifiait qu'une simple servante se ferait moins facilement remarquer. Renfonçant sa tête dans ses épaules, elle pressa le pas.

Juste avant d'atteindre l'escalier du sous-sol, quelqu'un s'avança devant elle. Alison leva les yeux sur le visage d'un guerrier Blackadder qu'elle reconnut. C'était un des jeunes hommes que David avait failli exécuter et dont elle l'avait supplié d'épargner la vie.

Elle vit la surprise traverser son regard quand il la reconnut à son tour. Ils s'observèrent en chiens de faïence un bref instant.

— Retour de faveur, dit-il dans le brouhaha ambiant.

Puis il tourna les talons.

Une fois qu'Alison fut hors de vue, au bas des marches du sous-sol, elle s'appuya contre le mur, son cœur tambourinant dans sa poitrine. Si le jeune guerrier la dénonçait, David et elle ne survivraient pas bien longtemps.

Il fallait qu'ils s'échappent rapidement. Tandis qu'elle pressait le pas dans le sous-sol, passant devant la cuisine et les réserves, elle espéra que David ait eu le temps de retirer ses menottes à l'aide du crochet. Elle n'en avait pas les clés.

Quand elle atteignit le cachot, elle s'empara de la torche au mur et scruta l'obscurité qui régnait de l'autre côté de la grille en fer. David était sans connaissance, par terre, contre le mur du fond, et les chaînes étaient toujours à ses poignets. Le cœur d'Alison sombra quand elle se rendit compte qu'il avait encore été battu.

— David ! l'appela-t-elle dans un murmure tandis qu'elle enfonçait la clé dans le verrou de la grille.

La panique la gagna quand elle constata qu'il ne répondait pas.

Comment pourrait-elle parvenir à lui faire monter l'escalier ? Même si elle y arrivait, un homme gravement blessé se ferait sûrement remarquer quand ils traverseraient la grande salle.

Le temps passait. Le verrou était difficile et elle peinait à tourner la clé.

— David, répéta-t-elle en luttant pour ouvrir.

Une fois de plus, il ne répondit pas. *Non, ils ne peuvent pas l'avoir tué. Ils ne peuvent pas avoir fait ça.*

Elle tenta de tourner la clé dans un sens, puis dans l'autre, et ainsi de suite.

Ses cris résonnaient conte le mur quand elle fut subitement soulevée du sol et jetée contre la grille de fer. Elle tomba à quatre pattes, et ses oreilles sifflèrent quand sa tête se heurta aux barreaux.

Quand son attaquant la releva, elle vit qu'il s'agissait de Patrick, revenu d'entre les morts. Le regard assassin, il la gifla avec une telle force qu'elle sentit le goût du sang dans sa bouche.

— David, aide-moi ! appela-t-elle alors que Patrick levait encore la main sur elle.

Le coup lui fit voir des étoiles. David restait plongé dans un silence sinistre.

— Vous l'avez tué, n'est-ce pas ? brailla-t-elle en donnant aveuglément des coups de poing sur le torse de Patrick. Vous l'avez tué ! Vous l'avez tué !

— Il n'est pas mort, dit Patrick. Wedderburn ! Réveille-toi, je veux que tu voies ça.

Tenant Alison d'une main par les cheveux, il prit un seau d'eau situé derrière eux et lança son contenu dans la cellule. Un grognement se fit entendre au fond.

David est encore en vie.

Les barreaux de fer lui firent mal au dos quand Patrick la plaqua encore une fois contre la porte du cachot.

— Je vais baiser ta femme maintenant, cria Patrick par-dessus l'épaule d'Alison.

La jeune femme le mordit et lui donna des coups de pied tandis qu'il tentait de remonter ses jupons.

Quand elle se mit à lui griffer le visage, il la projeta plus fort contre les barreaux, lui cognant la tête.

Il pressa son avant-bras contre sa gorge, la faisant suffoquer pendant qu'il défaisait ses braies de sa main libre.

— David ! Par terre, parvint-elle à piailler. C'est par terre !

Alison ne pouvait plus respirer. Elle lacéra les mains de Patrick, tâchant de trouver de l'air.

Puis, les sons autour d'elle s'amenuisèrent, et elle sombra dans les ténèbres.

David entendait Alison l'appeler, comme si elle était très loin. Lentement, sa voix le fit remonter à la surface. Il lutta pour s'éclaircir les idées et essuya le sang de ses yeux. L'angoisse déchira ses entrailles endolories quand il vit que Patrick la détenait contre la porte.

« Par terre ! » Une chose dont elle avait besoin se trouvait par terre. Walter lui avait cassé le bras, celui dont la main était déjà blessée, mais il tâta la pierre dénudée autour de lui de son autre main, cherchant désespérément ce que c'était. De l'autre côté de la grille de fer, à seulement quelques pieds hors de sa portée, son ennemi était en train d'étouffer et de violer sa femme. Doux Jésus, où se trouvait ce satané objet ?

Ses doigts s'arrêtèrent sur un morceau de métal. Il sut immédiatement ce que c'était. *Un crochet.*

Bon sang ! Trouver la serrure était comme chercher une aiguille dans une botte de foin. La sueur perla sur son œil valide. Il entendait Alison qui suffoquait tandis qu'il faisait jouer la fine tige de métal dans le verrou.

« Clic. »

Il ne pouvait pas utiliser le crochet avec sa main blessée pour le second bracelet, c'est pourquoi il le tint entre ses dents. Alison était devenue silencieuse. Le temps allait lui manquer. Il fallait qu'il se libère tout de suite.

« Clic. »

David ne ressentait plus la douleur. Il traversa la cellule en trois grandes enjambées, tendit le bras entre les barreaux et attrapa Patrick par la gorge, de sa main valide. Surpris, Patrick lâcha Alison. Elle retomba lourdement par terre, en toussant.

David serra la gorge de Patrick, voulant lui briser le cou. Blackadder agrippa sa main, et David serra encore plus fort. Quand Patrick tenta de saisir la dague de sa ceinture, David le prit de vitesse. Il relâcha la gorge de son ennemi, s'empara de la dague et plongea la lame dans le cœur de Patrick.

Il fut soulagé quand il vit Alison se relever. Il posa le front contre la grille de fer, épuisé par son effort pour triompher de Patrick. Le sang qu'il avait perdu à cause de ses blessures l'avait affaibli.

— David ! s'exclama Alison en tendant une main à travers les barreaux de la grille et en tenant le visage éprouvé de son époux entre ses mains.

Des larmes coulaient le long de ses joues.

— Que t'ont-ils fait, mon amour ?

— Rien d'irrémédiable si on réussit à ouvrir cette porte et à s'échapper.

— J'ai porté la clé, annonça-t-elle en désignant la serrure. Mais je n'arrive pas à la faire marcher.

Se servant de sa main valide, David prit la clé. Le verrou était ancien et rouillé. Serrant les dents, il força la clé à tourner dans un cliquetis râpeux. Il était libre.

Il ouvrit la porte et tomba dans les bras d'Alison.

David parvint à s'accrocher à la porte quand ses genoux cédèrent, lui épargnant ainsi de choir sur la jeune femme de tout son poids. Toutefois, elle tituba en tentant de l'empêcher de tomber par terre.

Il fit la grimace quand elle le prit dans ses bras. Chaque pouce de son corps lui faisait mal, mais peu importait. Alison était là.

— Ah, c'est bon de te revoir, ma belle, dit-il en la serrant de son bras valide.

Il pensait que ses hommes avaient trouvé un moyen d'entrer dans le château, mais il avait du mal à comprendre pourquoi Alison était là.

— Quel est le plan pour notre évasion ? demanda-t-il.

David manqua de défaillir quand elle lui expliqua qu'elle était venue au château seule pour ouvrir la porte d'un tunnel secret pour ses hommes. Une fois qu'elle serait hors de danger, il dirait à sa femme ce qu'il pensait de ce qu'elle avait fait. Mais dans l'immédiat, il fallait qu'il trouve ce passage et qu'il la sorte de là.

— Nos hommes vont bientôt arriver par le souterrain.

Alison avait les traits tendus par l'inquiétude quand elle tenta d'essuyer le sang des plaies du visage de David.

— Nous allons devoir les attendre ici, ajouta-t-elle.

— Nous n'allons rien attendre du tout. On doit disparaître avant que quelqu'un nous découvre – nous, ou lui, dit David en désignant le corps de Patrick d'un geste de la tête.

— Mais tu tiens à peine debout, sans même parler de gravir ces deux volées de marches, objecta-t-elle.

— J'avais seulement besoin de reprendre mon souffle.

Serrant les dents, il s'appuya sur la porte et se souleva.

— Allons-y, lança-t-il.

Elle posa les mains sur ses hanches et le regarda des pieds à la tête.

— Tu n'arriveras jamais à traverser la grande salle dans cet état sans te faire arrêter.

David observa sa chemise ensanglantée et sa main, qui était violette et avait triplé de volume.

— C'est vrai, il nous faut une diversion, dit-il. Mais il nous en fallait une de toute façon pour assurer la sécurité de nos hommes qui arrivent par le tunnel.

Au son de bruits de pas s'approchant d'eux, David se plaça devant Alison. Le sang battait fort dans ses veines, mais il se détendit quand un homme maigre, à la carrure malingre émergea des ombres. Même dans un tel état de faiblesse, David pourrait le battre sans peine.

— C'est le cuisinier, souffla Alison derrière lui. C'est un ami, nous pouvons lui faire confiance.

La première fois qu'elle avait dit à David de faire confiance au cuisinier, il avait jeté le pauvre homme hors du château avec les autres serviteurs Blackadder. Mais il était plus sage à présent.

— Peux-tu mettre le feu aux cuisines ? demanda David au cuisinier. Un grand feu ?

Alison toussa quand la fumée se mit à envahir le sous-sol tandis qu'elle regardait discrètement, de derrière la porte des réserves pour voir les domestiques fuir les cuisines. Le cuisinier fut le dernier à partir. Il marqua une pause pour lever la tête vers l'escalier que tout le monde avait emprunté, puis il fit signe à David et elle, leur indiquant qu'ils pouvaient sortir.

— Ne vous en faites pas, je ne vais pas réduire le château en cendres, assura-t-il. Ce feu produit plus de fumée que de flammes.

— C'est la diversion idéale, dit David. Un grand merci.

— Regardez un peu comment je vais vous vider la grande salle, dit le cuisinier dont les yeux brillaient, comme s'il s'amusait vraiment.

Il se tourna, et gravit l'escalier en courant et en criant :

— Au feu ! Tous aux abris !

Alison observa David. *Dieu me vienne en aide, comment vais-je réussir à le faire sortir ?*

Il était tellement affaibli et ensanglanté qu'il semblait miraculeux qu'il tienne encore debout. S'il s'effondrait, elle ne pourrait pas le porter seule. Elle essuya le sang d'une des plaies de son visage. Son œil tuméfié paraissait si douloureux qu'elle n'osa pas y toucher.

— Prête ? lança David.

— Je peux avancer seule et ramener nos guerriers pour toi.

— Je viens de voir un homme essayer de te violer et de t'assassiner, dit-il. Je ne te quitterai pas d'une semelle tant que tu ne seras pas en sécurité.

Ah, c'était un homme têtu ! Inutile d'essayer de discuter avec lui, alors elle le prit par le bras. Quand ils s'élancèrent vers l'escalier, il tituba et dut se rattraper d'une main sur le mur de pierre. Alison ravala ses craintes et continua à avancer.

La grande salle était en proie au chaos le plus complet, avec hommes et femmes criant et courant dans tous les sens. Alison pensait qu'il sauterait aux yeux de tous ceux qui poseraient le regard sur David qu'il s'agissait du seigneur Hume capturé, mais personne ne parut leur prêter la moindre attention.

La jeune femme fléchit sous le poids de David qui s'appuya soudain sur elle.

— Désolé, ma belle, s'excusa-t-il en se redressant presque immédiatement.

— On y est presque, dit-elle.

Elle regarda derrière eux et vit qu'il laissait derrière lui une traînée de sang. Elle mourait d'envie de le faire sortir de cette pièce et de le mener à l'étage pour examiner ses blessures.

Elle fut gagnée par le soulagement quand ils arrivèrent enfin sur le seuil voûté de l'escalier de la tour. Jetant un coup d'œil derrière elle, elle repéra Walter. Le grand guerrier brun repoussait les personnes sur son chemin tandis qu'il s'avançait vers la porte donnant sur l'extérieur.

— C'est lui qui a fait ça à ma main, dit David en fixant ses yeux sur Walter. Je le tuerais bien maintenant, mais Brian a plus besoin de voir son sang maculer son épée que moi.

La vue de Walter sembla donner un regain de forces à David, et Alison grimpa dans l'escalier pour lui emboîter le pas. Quand ils ouvrirent la porte des appartements du seigneur, plusieurs guerriers Hume s'y trouvaient déjà, et ils sortirent leurs dagues avant de se rendre compte de l'identité du nouvel arrivant.

— Très heureux de voir que vous êtes en vie, laird, même si je vous ai déjà vu plus en forme, déclara Brian avec un large sourire.

Il tendit à David sa gourde de whisky.

— C'est indiqué pour reprendre des forces, commenta-t-il.

— Ah, tu es un homme bon, dit David avant de rejeter la tête en arrière pour en avaler une grande rasade, puis s'essuyer la bouche sur sa manche. C'est ce qu'il me fallait.

Alison resta près de David tandis que la pièce se remplissait rapidement de guerriers Hume qui arrivaient encore par le tunnel. Trouver leur seigneur sur place pour les accueillir semblait les mettre de bonne humeur.

David prit une autre gorgée de whisky. Quand il le rendit à Brian, il dit :

— Walter est ici.

L'expression de Brian se figea comme du granit, et il se rua sur la porte.

— On y va ensemble, intervint David en lui barrant le passage.

— Mais Walter est à moi, objecta Brian.

David acquiesça. Puis il donna le signal, et tous les soldats Hume sortirent. Quand David fit mine de les suivre, Alison agrippa son bras. Avait-il perdu la raison ?

— Tu ne peux pas y aller, lança-t-elle. Tu es trop gravement blessé.

— Ah, j'ai déjà combattu dans un pire état, ma jolie, dit-il. Attends-nous ici. Ce ne sera pas long.

Il descendit l'escalier avec ses hommes, laissant Alison fixer ses yeux sur les gouttes de sang qui coulaient sur les marches de pierre.

Chapitre 50

— Tu es entrée seule dans ce château en sachant que tu risquais de te faire tuer, et presque certainement de te faire violer, siffla David entre ses dents.

Plus il y pensait, plus il s'énervait.

— Oui, c'était un plan audacieux, repartit Alison en lui souriant alors qu'elle appliquait un onguent sur sa main blessée. Mais les Hume sont réputés pour cela.

Qu'elle se considère comme une Hume apaisa la colère de David un moment, comme si sa femme si maligne l'avait su d'avance.

— Ah, cette main est en piteux état, déplora-t-elle. Est-ce que ça te fait terriblement souffrir ?

— Diantre, non, répondit-il, même si la douleur le lancinait comme le diable en personne.

— Mon plan a réussi, fit-elle remarquer. Nous avons tous les deux survécu et nous avons récupéré le château Blackadder.

Les Blackadder étaient déjà en déroute en raison du feu quand David et les hommes ayant traversé le tunnel les prirent par surprise dans la grande salle. En seulement quelques instants, les Hume s'étaient emparés du donjon. Le reste du château ne leur prit pas beaucoup plus de temps. D'autres guerriers Hume, qui s'étaient cachés dans les arbres près du ruisseau, se déversèrent par les portes, que les gardes Blackadder avaient ouvertes pour permettre à leurs gens d'échapper au feu.

Walter se battit jusqu'à son dernier souffle, sachant qu'il n'y aurait aucune merci à son égard, et il mourut par le fil de l'épée de Brian. Néanmoins, la plupart des Blackadder se doutèrent du tour que prenaient les événements et déposèrent leurs armes.

— Je suis heureuse que tu aies laissé partir la plupart des Blackadder, dit Alison en enroulant une longue bande de lin autour de la main de David. Leurs atroces seigneurs morts, ils ne constituent plus la moindre menace.

Elle l'avait convaincu de les laisser libres, bien sûr. Mais il avait fait prisonniers les hommes qui avaient attaqué le village, et ils brûlaient à présent dans les flammes de l'enfer. Il ne se souvenait pas de grand-chose après cela lorsqu'il s'était réveillé mort de faim quelques heures plus tôt.

— Je suis obligé de porter ça ? demanda-t-il, alors qu'Alison nouait une écharpe autour de son bras.

— Tu éprouves ma patience, mon amour, observa-t-elle. Tu vas rester assis ici et faire ce que je te dis, tu m'as déjà causé assez d'inquiétude comme ça. Tu es tombé comme une masse quand tout cela s'est terminé. Cela fait trois jours que j'attends que tu te réveilles, espèce d'affreux.

Lui causer de l'inquiétude ? Alison ne parviendrait pas à lui faire oublier ce qu'elle avait elle-même fait.

L'image de Patrick en train de l'étrangler tout en remontant ses jupons emplit son esprit de nouveau, et il la serra contre lui de son bras valide.

— Comment as-tu pu te mettre en péril de la sorte ? demanda-t-il d'une voix rauque sous l'effet de l'émotion.

— Comment aurais-je pu faire autrement ? répliqua-t-elle. Que feraient tes frères, les filles, Isabella et moi sans toi ? Tu es le centre de notre famille, celui qui nous lie tous les uns aux autres. Beatrix et Margaret le savaient. Pourquoi crois-tu qu'elles se sont aventurées toutes seules pour te ramener à la maison ?

David n'avait jamais espéré se trouver entouré d'amour et d'une famille. Et tout cela était grâce à Alison. Elle lui avait donné tout ce qu'il avait toujours désiré et qu'il avait cru ne pas mériter.

— Sans toi, je serais comme Patrick Blackadder, un homme qui n'a rien de plus dans sa vie que la haine et la vengeance.

Il poussa une mèche de ses cheveux de jais derrière son oreille.

— Tu m'as sauvé, Allie, ajouta-t-il.

— Ah, tu n'as jamais été comme cet individu vicieux et égocentrique, dit-elle. Tout ce que tu faisais, c'était protéger les autres. L'amour a toujours été la raison de tes actes, même si tu l'ignorais.

Elle avait toujours vu le meilleur en lui. Il ferait de son mieux chaque jour pour devenir l'homme qu'elle croyait qu'il était.

— Il y a une chose que j'ai faite et que je voudrais changer, annonça-t-il.

— Qu'est-ce que c'est ? s'enquit-elle en inclinant la tête.

David avait lutté pour savoir ce qu'il y avait de mieux à faire. Il fallait qu'il pense à l'avenir de ses frères et à celui de ses belles-filles.

— Je vais détruire les contrats de mariage de Beatrix et Margaret avec mes frères, si c'est la volonté des filles, déclara-t-il. Quand elles seront en âge de se marier, je les laisserai décider.

Son cadeau pour ses frères serait d'avoir des épouses qui se marient de leur plein gré.

— Merci, dit Alison en effleurant sa joue du bout de ses doigts. Quand le moment viendra, j'espère qu'elles choisiront avec sagesse, car ce serait mon vœu le plus cher : savoir que mes filles ont des hommes Hume à aimer qui les protégeront pour le restant de leurs jours.

— Tu sais que je t'aime à la folie, ma belle, répondit David. Mais maintenant, tu vas devoir te racheter pour avoir fait une peur bleue à la Bête de Wedderburn.

Alison sourit contre ses lèvres et lui administra un féroce baiser de Hume.

Avec un soupir de regret, Alison interrompit son baiser et pressa sa main contre le torse de David.

— Tu n'es pas en forme pour aller plus loin.

— Tu n'as qu'à regarder par toi-même, dit-il. Je suis largement à la hauteur.

Elle leva les yeux au ciel et éclata de rire. Il rit avec elle, mais son expression redevint sérieuse.

— Après t'avoir presque perdue, révéla-t-il en prenant sa joue dans sa grande main, j'ai besoin de ça, ma jolie.

Alison le comprit, car elle en avait désespérément besoin elle aussi. Alors qu'ils faisaient l'amour lentement, ils échangèrent des murmures affectueux, elle passa ses mains doucement sur son corps blessé, chaque pouce lui étant si précieux. Elle eut envie de pleurer en voyant ses plaies et ses bleus, mais son mari était fort, et il guérirait.

Elle sombra ensuite dans le sommeil, au son réconfortant de ses battements de cœur réguliers contre son oreille. Elle se réveilla d'un rêve en sentant le soleil qui filtrait par la fenêtre. Le printemps était enfin arrivé sur le château Blackadder.

— J'ai une bonne nouvelle pour toi, annonça-t-elle en prenant la main de David pour la poser sur son ventre. On va avoir un bébé.

— Beatrix et Margaret sont comme mes propres filles, et je me serais volontiers contenté d'elles, dit-il en lui adressant un regard doux et chaleureux. Mais un bébé. Ah, c'est une bénédiction. Je ferai de mon mieux pour être un bon père.

— Tu feras un père formidable, assura-t-elle, ce qui est une chance, parce qu'on en aura bien d'autres encore.

— Et comment tu sais ça ? demanda-t-il en esquissant un sourire du coin des lèvres.

— Eh bien, la vieille femme que ma mère avait vue quand elle avait trouvé la pierre magique m'est apparue dans un rêve, à l'instant, juste avant que je me réveille, expliqua Alison. Elle m'a dit que nous aurions six enfants ensemble.

—Six!

Il eut l'air abasourdi un moment, puis il rit et embrassa son front.

—Je suppose que chacun d'entre eux aura autant de caractère et d'audace que ma femme.

—Oh, oui, acquiesça-t-elle en souriant à David. On va avoir une vie merveilleuse.

Alison passa le pouce sur la pierre noire qu'elle avait remontée en pendentif et médita sur la chance qu'elle avait eue depuis qu'elle l'avait retrouvée.

Épilogue

Trois ans plus tard…

— Ce bébé va bien devoir sortir un jour ou l'autre, dit Alison en portant une main au creux de son dos douloureux. C'est gentil à toi d'être venue pour la naissance, Sybil. J'espère que tu n'auras pas à attendre trop longtemps, aussi bien pour toi que pour moi.

— Je suis heureuse de m'échapper un peu de la cour, déclara Sybil. La tension entre notre clan et celui des Hamilton devient insupportable. Et la reine a pris parti pour les Hamilton.

— Est-il vrai qu'elle souhaite divorcer d'Archibald ? s'enquit Alison.

— Les espions d'Archibald l'ont informé que dans ses lettres à son frère, le roi Henry, elle évoquait sa volonté de divorcer, révéla Sybil. Henry lui a répondu en lui faisant une leçon de morale, si incroyable que ça puisse paraître, et il a affirmé son soutien à Archibald. Bien sûr, toute la faction en faveur des Français s'est donc retournée contre nous.

— Tu devrais rester ici, où David peut te protéger jusqu'à ce que le problème soit résolu, dit Alison.

— Je ne suis pas en danger, répliqua Sybil en balayant cette idée d'un revers de la main. J'ai des amis des deux côtés. Et je pense qu'Archibald vaincra tout compte fait.

Alison n'en était pas si sûre.

— Beatrix va bientôt avoir douze ans, dit Sybil quand Will et ses filles entrèrent dans la grande salle par l'escalier de la tour, avec Jasper sur leurs talons. Ce garçon fera un bel homme. A-t-elle déjà décidé si elle le prendra pour époux ?

— David ne les laissera pas se marier avant des années encore, il n'y a pas d'urgence. Mais c'est Will que tu regardes là, pas Robbie.

Will était presque aussi grand que Robbie et David à présent. Alison avait entendu les hommes faire des commentaires sur sa puissance et son talent au maniement de l'épée, mais Will était encore un garçon au cœur tendre qui semblait perdu dans ses pensées par moments.

Alison vit Isabella et Robbie émerger de la cage d'escalier et lancer des regards suspicieux alentour. Cela faisait des heures que David avait disparu, et il était resté très évasif sur cette absence. Toute la famille avait partagé son secret et faisait de son mieux pour détourner l'attention d'Alison. Cette dernière vouait une confiance absolue à son mari, mais sa curiosité commençait à prendre le dessus.

— T'ont-ils dit ce qu'était la surprise ? demanda-t-elle à Sybil.

— Quelle surprise ? répondit Sybil en lui adressant un regard dénué d'expression, mais Alison savait que sa sœur était très forte pour garder les secrets.

David descendit l'escalier, portant dans ses bras leur fils, qui était à la fois la joie et la tornade du foyer comme de juste, puis il le remit à Leana. Endosser ce rôle de nourrice avait aidé celle-ci à guérir, et elle allait bientôt épouser Brian. Flora et Garrett coulaient maintenant des jours heureux dans une petite chaumière que David leur avait donnée.

— Puis-je t'emprunter ma femme ? demanda David en adressant un sourire à Sybil.

Il aida Alison à se lever de sa main valide. Il ne l'admettrait jamais, mais elle savait que la main que Walter avait blessée le faisait encore souffrir par moments.

— Il y a une chose que je voudrais te montrer à l'étage, dit-il en la guidant à travers la grande salle.

— Il en faudra plus que ça pour soulager mon mal de dos, observa Alison.

— Tu sais que je n'aimerais rien de plus que de te faire l'amour, si l'arrivée du bébé n'est pas trop imminente, répondit-il en lui lançant un regard attendri, mais ce n'est pas ce que je voulais dire.

Alors qu'ils gravissaient les marches de l'escalier, les pensées d'Alison revinrent sur sa conversation avec sa sœur.

— Tu crois que le conflit avec les Hamilton va se terminer en combat ? interrogea-t-elle.

— Oui, lui répondit David. La tension est forte et ça explosera à la moindre étincelle.

—J'ai peur que mes sœurs ne se retrouvent au beau milieu de tout cela – surtout Sybil, avoua Alison. Et elle assure qu'Archibald compte sur toi pour mener une grande troupe à Édimbourg le moment venu.

—Ça vaut la peine d'y réfléchir, dit David. S'il triomphe, tes sœurs seront toutes en sécurité et Archibald sera en mesure de me restituer le titre des territoires Hume, ce qui mettrait nos enfants à l'abri du besoin.

—Je suis d'accord, mais je n'aime pas ça.

—Les temps s'annoncent troublés, assurément, reprit David avant de s'arrêter dans l'escalier et de se tourner pour lui faire face. Mais on va se frayer notre bonhomme de chemin ensemble.

—Oui, on va faire ça, approuva-t-elle, les épaules détendues, lui adressant un sourire.

Au lieu de poursuivre l'ascension de l'escalier, il tourna et ouvrit la porte des anciens appartements du seigneur.

—J'ai trois ans de retard, mais voici mon cadeau de mariage pour toi, dit-il.

Un énorme lit tout neuf occupait la pièce.

—Oh, David ! s'exclama-t-elle. Il est beau.

Il avait dû le payer une fortune. Le lit était fait d'un majestueux bois sombre qui tirait sur le rouge, comme la couleur des chevaux alezans, et de riches gravures entremêlées ornaient la tête et le pied du lit. Alison s'approcha et passa la main sur l'un des motifs.

—Ils ressemblent un peu aux cochons et aux chevaux que tu as sculptés pour Beatrix et Margaret…, dit-elle avant de se tourner vers David. C'est toi qui as fait ça ?

— Oui, j'ai découpé des planches de la table du château Hume quand j'y séjournais, avant que tu viennes me chercher, répondit-il avant de rire jaune. D'ailleurs, c'est étonnant que je ne me sois pas coupé une jambe vu à quel point j'étais soûl.

Elle fut touchée de voir que même lorsque David avait été convaincu qu'elle lui préférait sa liberté, il avait assez d'espoir dans son cœur pour entreprendre de créer ce magnifique présent pour elle.

— Isabella a fabriqué les rideaux du lit, ajouta-t-il en désignant du doigt le tissu de velours bleu foncé.

Alison contourna le lit et caressa du bout des doigts les gravures. Elle pouvait sentir tout l'amour qu'il y avait mis.

— Aucune femme n'a jamais reçu de si merveilleux cadeau de mariage, dit-elle.

— Alors, ça te plaît ?

— Oh, oui, déclara-t-elle, les larmes lui montant aux yeux.

— Tu devrais t'asseoir, mon amour, dit David en lui adressant un regard inquiet.

Puis il la souleva pour la déposer sur le lit avant de s'installer à côté d'elle.

Quand elle se tourna, elle vit les initiales de leurs deux prénoms entrelacées au centre de la tête de lit, et sa gorge se noua. Elle songea au nombre incalculable de fois où ils feraient l'amour dans cette chambre, et aux enfants à qui elle donnerait naissance ici même.

Elle l'aimait tellement. Le regard de David s'assombrit quand elle passa ses mains doucement en haut de son torse.

— On devrait s'assurer que ce lit est confortable, tu ne crois pas ? suggéra-t-elle en remuant les sourcils.

— Tu es sûre que ça ne craint rien ? demanda David en baissant les yeux sur son ventre arrondi.

Alison le prit par surprise et le poussa sur le lit.

— Je suis une femme Hume, audacieuse et aventureuse, dit-elle en se penchant sur lui. Mais je te promets que j'essaierai de me montrer douce envers toi, si c'est comme ça que tu aimes ça.

Le regard de David se mit à pétiller quand il reconnut des paroles qu'il lui avait adressées auparavant.

— Serais-tu en train de te jouer de moi, petite ?

— Pas encore, mais c'est mon intention, répondit-elle en lui tapotant le torse. Et tu vas voir que tu vas aimer ça.

— Je n'en doute pas, dit-il, un sourire sensuel illuminant son beau visage.

Alison sentit son cœur se serrer quand elle baissa les yeux sur l'homme qu'elle aimait.

— Tu es à moi, David Hume, annonça-t-elle.

— Ça, c'est sûr, ma belle, répliqua-t-il en l'attirant à lui pour un langoureux baiser. Aujourd'hui et à jamais.

Note historique

J'ai croisé Archibald Douglas pour la première fois lorsque je faisais des recherches pour *Le Gardien* (tome 1 du *Retour des Highlanders*). J'ai été intriguée par l'impudence de ce séduisant jeune chef de clan qui a entamé une liaison avec la reine douairière d'Écosse, Marguerite Tudor, si tôt après la mort de son mari, Jacques IV. Cette aventure a mené à des conséquences lucratives pour la lignée des Douglas, et son mariage à la reine qui finit par survenir plaça le chef Douglas en position de disputer le pouvoir sur le jeune héritier au trône – et le pays. Au fil des ans, le pouvoir d'Archibald n'a cessé de connaître des hauts et des bas spectaculaires. Le chef et ses proches masculins furent plus d'une fois contraints de fuir le pays pour garder la vie sauve.

Cette série est née lorsque j'ai commencé à me demander ce qui était arrivé aux femmes de la famille Douglas qui étaient restées sur place tandis que les hommes avaient pris la fuite. Les informations sur les sœurs d'Archibald sont peu nombreuses, mais j'ai réuni assez de matière pour savoir qu'elles se trouvaient parfois en proie à de grands dangers. L'une des sœurs Douglas est même morte sur le bûcher du château d'Édimbourg sur ordre d'un Jacques V furieux – le beau-fils d'Archibald.

Étant auteure de romance, j'ai naturellement voulu offrir aux filles Douglas des histoires heureuses, avec des hommes pour les soutenir dans l'adversité.

Avec ce premier roman de la série *Les Sœurs Douglas*, j'ai écrit une fiction inspirée du mariage réel entre Alison, la sœur d'Archibald, et David Hume de Wedderburn. Comme c'est souvent le cas dans l'Écosse d'il y a cinq cents ans, l'histoire et la légende sont entremêlées. J'écris de la fiction afin d'avoir le champ libre pour créer une histoire agréable à lire. Cela dit, le véritable David Hume a réellement capturé le château de Blackadder, s'est marié de force à la veuve, et a contraint ses deux héritières à épouser ses frères cadets. De ce que je sais, Alison et lui eurent six enfants, et je n'ai trouvé aucune trace d'enfants illégitimes de Wedderburn. Tenant compte de ces deux faits, j'ai eu envie de croire que cette union forcée avait mené à un véritable amour.

Un héros est en général doté de belles qualités, et je dois avouer que certains actes que David Hume est censé avoir commis ont constitué un défi dans ce sens. Tous les témoins s'accordent à confirmer que le père de David et son oncle ont bien été attirés à Édimbourg pour régler leur différend avec le régent d'Albany, exécutés pour trahison, et que leurs têtes ont été exhibées sur la place publique. David avait incontestablement de bonnes raisons d'être en colère.

Comme David semble avoir tué tous les Blackadder qui auraient pu prétendre aux droits d'héritage de

Beatrix et Margaret, j'ai dû faire des Blackadder des hommes vils, méritant leur triste sort. Je suis navrée si en réalité ils étaient des hommes bons et honorables. J'ai aussi rendu les frères de David plus jeunes qu'ils ne l'étaient afin de ne pas choquer la conscience des lectrices – et la mienne. Les filles d'Alison furent confinées au château jusqu'à ce qu'elles soient en âge de se marier – douze ans ! – aux frères de David, qui avaient probablement une vingtaine d'années. Une telle différence d'âge était monnaie courante à l'époque, et ces mariages semblent avoir perduré.

Le personnage de lord D'Orsey est très librement inspiré de l'ami proche d'Albany, lord Antoine D'Arcy, qui faisait l'objet de beaucoup d'admiration à l'époque. Il existait déjà des conflits entre les D'Arcy et les Hume quand ils s'affrontèrent au sujet du siège du château de Langton. David ou ses frères ont fini par tuer D'Arcy et ont exhibé sa tête sur la croix du marché de Duns. On raconte que les Hume auraient conservé des mèches de ses cheveux dans un coffre jusqu'au XIXe siècle.

Dans les futurs tomes de la série, vous entendrez probablement encore parler des morts mystérieuses des jolies sœurs Drummond, les tantes maternelles d'Alison. Elles ont peut-être succombé à une intoxication alimentaire, mais pourquoi les trois sœurs sont-elles les seules à avoir péri ?

Le prochain livre de la série, *La Conquête du Highlander*, se déroule quand Archibald Douglas est contraint à l'exil pour la première fois. J'ai inventé le personnage de l'héroïne, Sybil Douglas, de toutes pièces, mais j'ai été inspirée dans la création du beau héros Highlander par le remarquable chef MacKenzie qui vivait à cette époque.

Milady Romance

DÉCOUVREZ AUSSI CHEZ MILADY ROMANCE :

HISTORIQUE

25 NOVEMBRE 2016

- **Margaret Mallory**, Le Retour des Highlanders, *Le Gardien*
- **Vonda Sinclair**, Aventuriers des Highlands, *Le Guerrier audacieux*

Achevé d'imprimer en octobre 2016
Par CPI France
N° d'impression : 3019294
Dépôt légal : octobre 2016
Imprimé en France
81121834-1